LA MUERTE DE DEXTER

Jeff Lindsay

La muerte de Dexter

Traducción de Antonio Padilla Estebán

Umbriel Editores

Argentina • Chile • Colombia • España
Estados Unidos • México • Perú • Uruguay • Venezuela

Título original: *Dexter Is Dead*
Editor original: Doubleday, a division of Penguin Random House LLC, New York
Traducción: Antonio Padilla Esteban

1.ª edición Abril 2016

ISBN: 978-84-92915-77-4
E-ISBN: 978-84-9944-947-0
Depósito legal: B-1.617-2016

Fotocomposición: Ediciones Urano, S.A.U.
Impreso por Romanyà-Valls, S.A. – Verdaguer, 1 – 08786 Capellades (Barcelona)

Impreso en España – *Printed in Spain*

Esta novela está dedicada a los fans de Dex, a todas las personas que, en el mundo entero, han reservado un lugar en su corazón para Mi Pequeño Monstruo y que, al hacerlo, han conseguido que me sienta especial a lo largo de unos cuantos años. Nunca hubiera sucedido sin vosotros. Gracias.

También está dedicada a mis tres espíritus especiales —Bear, Pookie y Tink—, quienes son mi razón para vivir (y para envejecer).

Y muy en especial, a Hilary, que lo es todo para mí.

Agradecimientos

Quisiera dar las gracias a Samantha Steinberg por su continua ayuda. Samantha me proporcionó valiosa información básica y algo de inspiración basada en la vida real para varios de los elementos de la trama de este libro. También consiguió hacerme entrar en el Turner Guilford Knight Correctional Center... de *buen* rollo.

Estoy en deuda con el capitán Richardson del TGK, quien —a pesar de su ajetreado ritmo de trabajo— encontró tiempo para hablar conmigo, responder a mis preguntas y sugerir cosas que valía la pena que viese. El sargento Faure también se mostró generoso con su tiempo y sus conocimientos. Estoy particularmente agradecido al agente Rondon, quien me mostró el centro. Considerado y servicial en extremo, Rondon resultó ser un profesional muy concienzudo. Sin la ayuda de estas personas, no hubiera podido escribir lo que escribí. Son unas muy buenas personas que hacen un trabajo muy difícil, y lo hacen bien.

También doy las gracias a Alexander J. Perkins, de Perkins Law Offices en Miami, quien me asesoró sobre algunas de las cuestiones legales que aparecen en el libro, y a Julius, por sus sugerencias sobre la música, la guerra y el zen.

También estoy agradecido a mi editor, Jason Kaufman, por haberlo puesto todo en marcha.

Y a mi agente y amigo, Nick Ellison, quien hizo que se convirtiera en una realidad. Eres un santo, Nick, y gracias.

1

No entraba en el guión que las cosas fueran a acabar de esta manera. En un destello de acero, sí; en una ensalada de tiros, un coro de gemidos ahogados y suspiros de angustia, mezclándose con el distante ulular de las sirenas, claro que sí. Un final debidamente dramático con un buen montón de cadáveres, una fútil lucha contra el destino aciago e inminente, incluso una pizca de traición, por descontado que sí. Y entonces el golpe fatal, unos breves momentos de desgarro, un último suspiro preñado de arrepentimiento por no haber hecho ciertas cosas, y fundido a negro: el final idóneo para una vida marcada por el placer maligno.

Pero no de esta manera.

No con Dexter Entre Rejas, vejado e injuriado de un modo horroroso, injustamente acusado de hacer unas cosas terribles que no hizo ni por asomo. No *esta* vez, quiero decir. *Esta* vez, esta vez catastrófica y multihomicida, Dexter es tan inocente como la blanca nieve... o quizá la arena de South Beach sería una comparación más afortunada. Aunque, a decir verdad, nada de cuanto hay en South Beach es realmente inocente, no más que Dexter, cuyo historial de fantasiosas, funestas fechorías es, para ser justos, bastante extenso. Pero resulta que su historial no incluye nada de cuanto ha estado sucediendo en los últimos tiempos, ¡y qué pena! No *esta* vez.

Y no de esta manera. No encerrado en una diminuta y hedionda celda del Turner Guilford Knight Correctional Center... y en la última galería, nada menos, en el peculiar purgatorio reservado a los monstruos más inhumanos y contumaces. En un lugar donde te privan de todas las libertades más fundamentales. Donde en todo momento están observándote, ya duermas o estés despierto. El entero mundo de Dexter se ha reducido a esta celda pequeñísima, no mucho más que una gruesa puerta de acero y unos muros de bloques de hormigón todavía más gruesos, tan solo rotos por una delgada hendidura que permite que la luz entre pero no deja salir un suspiro. Un angosto estante metálico con una cosa inconsistente y maltrecha en lo alto, grotescamente descrita como un «colchón». Un lavamanos, un retrete, un estante. El Mundo de Dexter.

Y sanseacabó, sin otra conexión con el exterior que la estrecha ranura en la puerta por la que me llegan las comidas Oficialmente Consideradas Nutritivas. Sin Internet, sin televisión, sin radio, sin nada que pudiera distraerme de la meditación sobre mis numerosos pecados nunca cometidos. Como es natural, puedo pedir material de lectura... pero la amarga experiencia me ha enseñado que los dos títulos casi inevitables de la biblioteca son «No está permitido» y «No lo tenemos».

Deplorable, lamentable y hasta deleznable. Pobre Dexter Patético, arrumbado en el aséptico basurero carcelario.

Pero, claro está, ¿quién podía compadecerse de un monstruo como yo? O, como es de rigor decir en estos tiempos en que los pleitos judiciales dictan la conciencia, un *presunto* monstruo. Y de hecho es lo que presuponen. La bofia, los tribunales, el propio sistema penitenciario y mi querida hermana, Deborah... Hasta yo mismo, si me presionan, convendré en que soy un monstruo. Y es absolutamente cierto, sin presunciones de ninguna clase, que salí por piernas del lugar donde yacía el cuerpo asesinado de Jackie Forrest, la famosa actriz, quien casualmente también era conocida como la amante de un servidor. Y luego me descubrieron *in flagrante sangre* junto a los cadáveres de mi mujer, Rita, y Robert, el famoso actor, por no mencionar a Astor, mi hija de doce años, vivita y coleando, pero en paños menores. Ella fue la que mató a Robert «Actor Famoso» Chase, quien había hecho que se pusiera un salto de cama y luego se había cargado a Rita. Pobrecito torpón que es uno, llegué a trompicones para Arreglar las Cosas y lo que hice fue meter la pata hasta el fondo y provocar un Desarreglo profundo, oscuro, interminable y posiblemente permanente... y me libré por un pelo de convertirme en la siguiente víctima de Robert.

Mi versión de los hechos es sencilla, directa e irrefutable. Me enteré de que Robert era un pedófilo y de que se había hecho con

Astor. Mientras andaba buscándole, acabó con Jackie. Y a modo de irónico colofón de todo este Campeonato Mundial de los Despropósitos, Rita —la infeliz, insensata, imposible Rita, Reina del Monólogo Atolondrado, siempre tan Entrañable y Alocada, incapaz de encontrar las llaves de su coche aunque las tuviera soldadas al puño—, *Rita* encontró a Robert antes de que lo hiciera yo. Robert le sacudió en la cabeza, y el castañazo fue suficiente para matarla, mientras Robert estaba ocupado sacudiéndome a mí y planeando una escapada romántica en compañía de su Verdadero Amor, Astor. Mientras yo estaba maniatado e indefenso, Astor le clavó un cuchillo a Robert. Luego me desató, y así fue como terminó esta descacharrante chaladura de aventura de Dexter el Cenutrio, Torpón sin Parangón. Si de verdad existe un dios, cosa muy dudosa en el mejor de los casos, ese Dios tiene un horroroso sentido del humor. Porque el investigador asignado al descifrado de toda esta carnicería es el inspector Anderson, un hombre que en la vida ha hecho un amigo dotado de inteligencia, ingenio o competencia. Y, posiblemente porque yo voy muy sobrado de los tres, y asimismo porque sabía que era amigo íntimo de la señorita Forrest, circunstancia en la que él tan solo podía soñar mientras se le caía la baba, el inspector Anderson me odia de una forma absoluta y total. El hombre detesta, desprecia, abomina y aborrece el mismo aire que respiro. De modo que mi simple versión de los hechos rápidamente se convirtió en una Autoexculpación, cosa que nunca es buena. De manera todavía más rápida, dejé de ser un Individuo que Investigar para convertirme en Sospechoso, y entonces... El inspector Anderson echó un rápido vistazo a los escenarios de los crímenes y llegó a una sencilla conclusión, sin duda la *única* en el mundo a la que es capaz de llegar. Ajá, aseveró, Dexter les Dio Matarile. Caso cerrado. U otras palabras por el estilo, probablemente mucho más simplonas y menos elegantes, pero en todo caso conducentes a mi ascenso de Sospechoso a Perpetrador.

Y yo, aún conmocionado por la muerte de Jackie, mi billete de acceso a una vida nueva y mejor, y por la desaparición de Rita y toda su colección de deliciosas recetas, y por la imagen de Astor vestida con un blanco salto de cama confeccionado en seda —aún conmocionado, como digo, por la absoluta destrucción de Todo el Orden y la Seguridad inherentes al Mundo de Dexter, pasado, presente y futuro—, de pronto me veo llevado prácticamente en volandas, con las manos esposadas tras la espalda, y encadenado al suelo de un coche de policía, que me transporta al Turner Guilford Knight Correctional Facility, donde permanezco entre rejas.

Sin que nadie me dirija una palabra amable o una mirada de conmiseración, me conducen, todavía atado con frías cadenas de acero, al interior del enorme edificio de hormigón ornado con alambre de espino, hasta llegar a una estancia que parece ser la sala de espera de una estación de autobuses Greyhound en el infierno. La sala está llena a rebosar de individuos desesperados: asesinos y violadores y matones y pandilleros… ¡La gente que a mí me gusta! Pero no me dan tiempo a sentarme y departir con estos otros presuntos monstruos como yo mismo, ninguna oportunidad para intercambiar unas palabras amigables con estos tan simpáticos malhechores. En su lugar me empujan hasta la siguiente sala, donde me hacen fotografías, me toman las huellas dactilares, me desnudan y me hacen entrega de un precioso mono de color naranja. La prenda es de ese estilo holgado que hoy está de moda, y los colores restallantes anuncian: *¡ya es primavera!* No obstante, la fragancia envía un mensaje menos optimista, pues está a mitad de camino entre el insecticida y unos caramelos de limón hechos con pladur tóxico fabricado en China. Como tampoco me dan opción a elegir color ni olor, llevo con orgullo el mono naranja, cuya tonalidad al fin y al cabo es emblemática de la institución por la que me licencié y que tanto significa para mí, la Universidad de Miami.

Y a continuación, todavía festoneado con cadenas, me traen hasta aquí, a mi nuevo hogar, la novena galería, donde me depositan sin mayor ceremonia en mi actual madriguera, tan pulcra y ordenada.

Y aquí estoy sentado en el TGK. En el talego, en el trullo, en la Trena. Una pieza minúscula en la gigantesca rueda penintenciaria, que en sí misma tan solo constituye una pequeña parte de la descomunal y fríamente incompetente máquina que es la Justicia. Dexter ahora está siendo Corregido. Y me pregunto: ¿qué es exactamente lo que esperan Corregir? Yo soy lo que soy, de forma irredimible, irremediable, implacable… al igual que la mayoría de mis facinerosos compañeros de la novena galería. Somos unos monstruos, marcados desde el nacimiento por unas ansias prohibidas, y tales ansias son tan poco Corregibles como la necesidad de respirar. Los pájaros tienen que cantar, los peces tienen que nadar y Dexter tiene que encontrar y despellejar a los depredadores malignos y escurridizos. Por muy In-Correcto que sea, es incuestionablemente Así.

Pero ahora formo parte del Sistema Correccional y estoy sometido a la relojería de sus caprichos y a su dureza reglamentada. No soy más que un error inCorregible a la espera de ser Corregido mientras en otros lugares rellenan, archivan y olvidan los impresos pertinentes, por mucho tiempo que les lleve hacerlo. Entre paréntesis, *sí* que les lleva su tiempo, o eso parece. Hay cierta menudencia de arcanos Detalles Constitucionales que repiquetea por mi pobre cerebro atrofiado y viene a decirme algo sobre un juicio rápido, y eso que a estas alturas ni siquiera me han llamado a comparecer. Lo que parece ser un tanto irregular, ¿no? Pero no me han brindado más compañía que la de mis guardias, y estos no son muy locuaces, de forma que no tengo ocasión de trabar relación con cualquier otra persona capacitada para responder a mis preguntas corteses sobre el procedimiento a seguir. Así que me han dejado en la ridícula situación de tener que fiarlo todo al sistema, un sistema que —lo sé de sobras— está lejos de resultar fiable.

¿Y entre tanto? Espero.

Por lo menos, la vida es simple y predecible. Me despiertan a las cuatro y media de la mañana por medio de un alegre timbrazo. Poco después, la ranura en la puerta de mi celda, sellada por una pestaña de acero mantenida en su sitio por un muelle muy grueso, se abre de mala gana, y la bandeja con mi desayuno aparece en la celda, trasladada al interior por la lengüeta metálica que el carrito lleva para este propósito preciso.¡Ah, cuán deliciosas viandas! Cereales, tostada, café y zumo carcelarios. Casi comestibles, ¡y en cantidad casi suficiente! Puro éxtasis.

El almuerzo lo sirven de forma parecida, a las diez y media. Estamos hablando de un desenfreno gastronómico de nivel incluso superior: un sándwich con una sustancia que lleva a pensar en el queso, cuidadosamente oculta bajo una pequeña cosa verde, mullida y esponjosa, claramente reconocible como lechuga iceberg sintética y reciclada. A su lado en la bandeja, algo de limonada, una manzana y una galletita.

Después del mediodía, bajo la mirada vigilante de mi pastor, Lazlo, me permiten hacer ejercicio en solitario durante una hora en el Patio. El lugar en realidad no tiene nada de patio; no hay árboles, césped, tumbonas ni juguetes. De hecho, se trata de una superficie de hormigón en forma de cuña cuyas únicas cualidades son que está al aire libre y cuenta con un aro de baloncesto sin red. Como es natural, en esta época del año acostumbra a llover por las tardes, de modo que incluso esta pequeña cualidad viene a ser un arma de doble filo. También descubro que tras Salir al Patio, tengo que permanecer en él la hora completa o volver a mi celda. Aprendo a disfrutar de la lluvia. Y chorreante de pies a cabeza, vuelvo a mi celda. La cena es a las cinco. A las diez apagan las luces. Una existencia simple, caracterizada por los pequeños placeres de a diario. Hasta la fecha, las grandes recompensas brindadas por la soledad y la sencillez, las prometidas por Thoreau, se están haciendo esperar, pero quizá vayan apareciendo con el tiempo. Y Tiempo es lo único que tengo en cantidad.

Diez días en la cárcel. Sigo a la espera. Para un hombre de menor valía, la interminable duración de esta inexistencia opresiva podría resultar asfixiante, incluso dañina para el alma. Pero, por supuesto, Dexter no tiene alma, si es que tal cosa existe de verdad. De modo que encuentro mucho que hacer. Cuento los bloques de hormigón que hay en la pared. Sitúo el cepillo de dientes en su lugar preciso, al milímetro. Trato de jugar mentalmente al ajedrez y cuando no recuerdo dónde están las piezas pruebo con las damas y, luego, cuando eso falla, me pongo a jugar a los chinos. Siempre gano.

Paseo por la celda. Es lo bastante grande como para permitirme dar dos pasos casi completos. Cuando me canso de esto, hago flexiones. Hago un poco de taichi, y mis puños se estrellan contra las paredes a casi cada nuevo movimiento.

Y sigo a la espera. A partir de mis amplias lecturas, tengo claro que el principal peligro del confinamiento en solitario es la tentación de sucumbir al espantoso peso del tedio, de hundirte en ese nirvana anulador del estrés que es la locura. Tengo claro que si lo hago, nunca voy a salir de aquí, nunca voy a retornar a mi segura y lúcida vida normal de feliz empleado por cuenta ajena durante el día, ni la todavía más feliz de Caballero del Cuchillo por la noche. Tengo que resistir, mantenerme aferrado a lo que pasa por lucidez en este valle de lágrimas, agarrarme con uñas y dientes a la absurda e infundada creencia de que la inocencia todavía cuenta para algo y a que Soy Inocente de Verdad... hablando en términos relativos. En *este* caso, por lo menos.

Tengo cierto conocimiento, basado en mi prolongada experiencia con la Vieja Puta Justicia, de que la Realidad de mi Inocencia ejerce casi tanta influencia en mi destino como la alineación inicial del equipo de los Marlins. Pero sigo aferrándome a la esperanza, porque todo lo demás es impensable. ¿Cómo puedo afrontar aunque no sea más que una hora de todo esto si no creo que eventualmente todo va a terminar... conmigo en el exterior? La simple idea de un sinfín de sándwiches de algo parecido al queso no me resulta de alivio. Tengo que creer, ciegamente, irracionalmente, incluso estúpidamente, que la Verdad un día resplandecerá, que la Justicia se impondrá y que Dexter por fin será libre de correr riéndose hacia la luz del sol. Y, por supuesto, con una sonrisa de superioridad hacia la luz de la luna, deslizándose sin hacer ruido entre la oscuridad aterciopelada con un cuchillo y una necesidad...

Me estremezco. No tengo que precipitarme. Tengo que evitar los pensamientos de este tipo, las fantasías de libertad que distraen mi concentración del aquí y ahora y de lo que he de hacer al respecto. Tengo que seguir aquí mentalmente, tanto como físicamente, aquí mismito, en mi pequeña celda tan acogedora, y concentrarme en salir de este lugar.

Una vez más, reviso el libro de contabilidad que tengo en la mente y sumo los números borrosos y poco claros. A mi favor: la verdad es que soy inocente, inocente por entero. No fui yo quien lo hizo. Ni siquiera en parte. Yo no fui.

En mi contra: es evidente que parece que sí que lo hice.

Y lo que es peor, todo el cuerpo de policía de Miami estaría encantado de ver a alguien como yo condenado por estos crímenes. La policía se comprometió de forma pública y notoria a proteger a nues-

tros dos Famosos Actores, y fracasó en el empeño de forma aún más
pública y notoria. Y si el asesino resultara ser un plausible individuo
situado entre bambalinas —yo, de nuevo—, la policía quedaría libe-
rada de su responsabilidad. En consecuencia, si el policía asignado a
la investigación está dispuesto a forzar un poquito las cosas, es casi
seguro que lo hará.

Todavía más en mi contra: el policía asignado a la investigación es
el inspector Anderson, quien no va a limitarse a forzar las cosas; lo
que hará será deformarlas, martillearlas hasta darles la forma que
quiere y presentarlas a juicio como declaración bajo juramento. Anderson en realidad ya ha estado haciendo todo esto, y hay que decir
que la legión de Peinados a la Última integrantes de los medios de
comunicación han estado tragándoselo y engulléndolo, por la muy
simple razón de que es *simple*, tan simple como ellos mismos, esto es,
posiblemente todavía más simples que el propio Anderson, idea que
me provoca nuevos escalofríos. Han corrido a agarrarse a mi culpabilidad con ambas manazas ansiosas, y —según explica Lazlo— la foto
de Dexter Detenido a estas alturas lleva más de una semana ornando
las primeras planas y adornando los noticiarios vespertinos. En la
imagen aparezco cargado de cadenas, cabizbajo, con el rostro convertido en una máscara de anonadada indiferencia, y he de decir que
tengo pinta de ser culpable a más no poder, incluso ante mis propios
ojos. Y no hace falta añadir que, al contrario de lo que dicen las mo-
ralinas y las frases hechas, las Apariencias No Engañan, no en nuestra
época de Certidumbres Convincentemente Recitadas ante la Cámara.
Soy culpable porque parezco culpable. Y parezco culpable porque
así lo quiere el inspector Anderson.

Anderson quiere verme muerto, hasta tal punto que estará conten-
tísimo de cometer perjurio para llevarme en esa dirección. Incluso si no
me detestara, lo haría porque en el plano profesional odia a mi hermana, la sargento Deborah, a quien acertadamente considera como una
rival, una rival que con el tiempo puede superarle por un margen
considerable. Pero si su hermano —*c'est moi!*— resulta ser un asesino
convicto, tal circunstancia seguramente llevará al descarrilamiento de
la poderosa locomotora que hasta ahora ha sido la carrera profesional
de Deb, con los consiguientes beneficios para su propia carrera.

Sumo y resto. Por un lado: Anderson, el cuerpo de policía al completo, los medios de comunicación y, casi con toda seguridad, el propio Papa de Roma.

Por otro lado: mi inocencia.

El resultado no resulta muy alentador, que digamos.

Pero seguro que tiene que haber más. Es evidente que este asunto ni por asomo puede terminar así. De un modo u otro, por las razones que sean, ¿acaso no es absolutamente fundamental para los inmutables principios del Equilibrio, la Rectitud y un PNB positivo que exista algún as en la manga pequeño pero influyente? ¿No tendría que ser verdad que alguna fuerza indeterminada pero poderosa apareciese y arreglase las cosas? De un modo u otro, por las razones que sean, ¿no hay *algo*?

Lo hay.

Sin el conocimiento de las fuerzas del mal y la indiferencia que se mueven con tan pesadísima, poderosa lentitud, existe una fuerza igual y opuesta que en este preciso instante tiene que estar haciendo acopio de todo su irresistible poderío para activar una imponente, liberadora onda expansiva de Verdad que echará abajo todo este putrefacto andamiaje y dejará a Dexter En Libertad.

Deborah. Mi hermana.

Deborah vendrá y me salvará. *Tiene* que hacerlo.

Se trata —tengo que confesarlo— de mi único Pensamiento Optimista. Deborah es mi Última Esperanza, el minúsculo rayo de sol que se aventura en la noche oscura y triste que es la Reclusión de Dexter. Deborah tiene que hacerlo y va a hacerlo. Me ayudará, a su único familiar con vida, el último de los Morgan. Juntos encontraremos el modo de demostrar mi inocencia y sacarme de esta, de mi confinamiento tan desolador para el espíritu. Deborah se presentará de forma tan despreocupada como los vientos de abril, y las puertas se abrirán a su roce. Deborah vendrá y pondrá fin a la Ignominiosa Reclusión de Dexter. Hagamos abstracción momentánea del recuerdo de las últimas palabras que Deborah me dirigió. Tales palabras estuvieron lejos de resultar solidarias, y algunos incluso las describirían como más bien Terminantes. Las dijo en el calor de un momento desagradable, y en absoluto hay que tomárselas al pie de la letra de manera permanente. Más bien hay que recordar los profundos, duraderos lazos familiares que nos vinculan estrechamente y para siempre. Deborah vendrá.

El hecho de que todavía no haya venido, de que no se haya comunicado conmigo en forma alguna, no tendría que inquietarme en demasía. Casi con toda seguridad es una jugada estratégica, establecedora de una supuesta indiferencia destinada a conseguir que nuestros enemigos se confíen. Cuando llegue el momento, Deborah vendrá; no puedo dudarlo. Por supuesto que vendrá; es mi hermana. Lo que deja más bien claro que yo soy su hermano, y estas son justo las cosas que uno hace por la Familia. Yo lo haría por ella, de buena gana y hasta con entusiasmo, y por eso sé a ciencia cierta que ella lo hará por mí. Sin el menor asomo de duda, lo sé. Deborah vendrá.

Eventualmente. Más tarde o más temprano. Pero, bueno, ¿y ahora dónde *está*?

Pasan los días, que inevitablemente se tornan semanas —dos de ellas ya—, y todavía no ha venido. No ha llamado; no ha escrito. Ninguna nota secreta escrita con mantequilla y metida en mi emparedado. Nada en absoluto, y aún estoy aquí, en mi celda ultrasegura, mi pequeño reino de la soledad. Leo, reflexiono, hago ejercicio. Y lo que más ejercito es mi saludable sensación de muy justificada amargura. ¿Dónde está Deborah? ¿Dónde está la Justicia? Ambas están resultando ser tan elusivas como el Hombre Honrado de Diógenes. Doy vueltas a la idea de que yo, de entre todas las personas, ahora me veo reducido a albergar la esperanza de que se haga justicia de verdad... Una justicia que, si me excarcela como tendría que hacer, cometerá una clara, escandalosa *In*justicia al dejarme en libertad de volver a dedicarme a mi tan querido pasatiempo. Es irónico, como tantas otras cosas en mi presente situación.

Pero de entre todas las muchas ironías asociadas a mi actual, infeliz contratiempo, quizá la peor de todas sea que Yo, Dexter el Monstruo, Dexter el Definitivo Misántropo, Dexter el Inhumano, yo mismo me veo reducido al extremo de proferir esa tan definitiva lamentación humana:

¿Por qué Yo?

2

Los días se suceden de manera indistinguible. A la rutina tediosa le sigue más rutina tediosa e interminable. Nada, en pocas palabras, Sucede que no haya sucedido ayer y anteayer y que casi con toda seguridad volverá a suceder mañana y pasado, y así *ad infinitum*. No me llegan visitas, cartas o llamadas; no hay el menor indicio de que Dexter siga teniendo alguna forma de existencia ajena a este arrastrarse inmutable, inacabable, desagradable.

Y, sin embargo, tengo esperanza. Esto no puede continuar eternamente, ¿verdad? Algo tiene que pasar algún día. No es posible que vaya a convertirme en un elemento fijo de este lugar, la novena galería del TGK, repitiendo a perpetuidad y de modo mecánico los mismos pequeños rituales carentes de sentido. Alguien se dará cuenta de que conmigo se ha cometido una injusticia monstruosa, y la máquina terminará por escupirme al exterior. O quizá el propio Anderson, abrumado por la vergüenza, entonará un público *mea culpa* y en persona me pondrá en libertad. Por supuesto, es más probable que me las arregle para horadar los bloques de hormigón de las paredes con la ayuda de mi cepillo de dientes…, pero sin duda tiene que haber *algo*. Y si no, más pronto o más tarde, un día para el recuerdo, Deborah vendrá.

Pues claro que vendrá. Me aferro a dicha certeza, que en mi mente ha llegado a adquirir consideración de Inmutable Verdad Eterna, de algo tan incuestionable como la ley de la gravedad. Deborah vendrá. Entre tanto tengo claro que, como mínimo, el TGK no es una prisión de verdad. Es un simple centro de reclusión, establecido para albergar de modo temporal a los provisionalmente aviesos, a la espera de que su ascenso a Enemigos de la Sociedad sea certificado de forma permanente. No pueden mantenerme en este lugar para siempre.

Se lo menciono de pasada a mi pastor, Lazlo, mientras se dirige conmigo al patio para que me siente y disfrute de la lluvia como todos los días. No pueden, le digo, mantenerme encerrado en este lugar para siempre.

Lazlo se ríe, no de forma cruel, hay que reconocérselo, pero sí con cierta sardónica diversión propia de quien tiene mucha mundología carcelaria a sus espaldas.

—El fulano que está en la celda contigua a la tuya... —dice— ¿sabes quién es?

—No tengo el gusto —admito. El hecho es que no he visto a ninguno de los ocupantes de las demás celdas.

—¿Te acuerdas de lo que pasó, creo que fue en 1983? —pregunta Lazlo.

—No muy bien —respondo.

—¿Te acuerdas del fulano aquel que fue en coche al centro comercial y se puso a disparar con un fusil automático? ¿El que se cargó a catorce personas? —precisa.

Sí que me acuerdo. Todos en Miami se acuerdan, tengan la edad que tengan.

—Me acuerdo.

Lazlo señala con la cabeza la celda adyacente a la mía.

—Es él —revela—. Sigue a la espera de juicio.

Parpadeo un segundo.

—Ah —exclamo—. ¿Y a mí me pueden hacer algo parecido?

Se encoge de hombros.

—A mí me parece que está claro.

Pero ¿cómo?

—Todo es cuestión de política —contesta—. Los que tienen amigos hablan con otros que también tienen amigos y... —Hace un gesto con las manos que viene a decir: ¿y qué le vamos a hacer? Estoy seguro de haberlo visto en *Los Soprano*.

—Creo que voy a tener que hablar con un abogado —comento.

Menea la cabeza con tristeza.

—A mí me jubilan dentro de un año y medio —indica. Y con este aparente sinsentido lógico, nuestra conversación llega a su fin, y vuelven a meterme en mi tan segura celda.

Vuelvo a resituar el cepillo de dientes y lo pienso todo mejor: quizá *sí* que pueden mantenerme encerrado en este lugar para siempre. Lo que les evitaría el engorro, trajín y gasto de un juicio, con el riesgo inherente de la Libertad para Dexter. Es evidente que esa sería la solución más práctica para Anderson y el cuerpo de policía. Y después, cuando vuelvo a estar sentado bajo la lluvia de la tarde, reflexiono al respecto. Para siempre parece ser muchísimo tiempo.

Pero todo tiene su final, incluso la Eternidad. Y un bonito, grisáceo día carcelario, indistinguible de todos los demás, mi rutina interminable asimismo se acaba.

Estoy sentado en la celda, disponiendo mi pastilla de jabón en estricto orden alfabético, y oigo los ruidos metálicos de la puerta que se abre. Levanto la mirada; son las once y treinta y cuatro de la mañana, demasiado temprano para mi ducha al aire libre en el Patio. Lo que hace que esto sea un acontecimiento extraordinario, y mi ansioso corazoncito empieza a palpitar con expectación. ¿Qué puede ser? Sin duda se trata de un indulto, pues el gobernador en el último minuto ha decidido suspender mi condena al tedio… O quizá finalmente es Deborah, quien va a aparecer con expresión triunfal y los papeles de la puesta en libertad en la mano.

El tiempo se ralentiza; la puerta se abre hacia dentro a un ritmo imposiblemente perezoso, hasta que finalmente termina de abrirse por completo, se inmoviliza y me permite ver a Lazlo.

—Tu abogado está aquí —me informa.

No sé bien qué decir. No sabía que tuviera un abogado… Y mejor para él, pues de lo contrario le hubiera denunciado por negligencia profesional. Y está claro que tampoco he tenido ocasión de conseguirme uno. ¿Es posible que el pequeño comentario hecho a Lazlo le haya provocado tanta angustia sobre la enorme injusticia de la Justicia como para que *él* haya arreglado todo esto?

Lazlo no me comenta nada al respecto ni tampoco me da la oportunidad de preguntarle.

—Vamos —dice.

No es preciso que me lo repita. Me pongo en pie de un salto y dejo que me conduzca por un largo y maravilloso recorrido de tres metros enteros de extensión. Me parece una expedición casi interminable después de la celda minúscula, y también porque me he convencido de que la Libertad Ha Llegado. De forma que avanzo sin descanso y finalmente llego ante el gran, grueso cristal blindado antibalas que es mi ventana al mundo. Al otro lado está sentado un hombre vestido con un traje gris oscuro de aspecto muy barato. Tiene unos treinta años, está medio calvo, lleva gafas y tiene pinta de sentirse exhausto, agobiado y confundido a más no poder. Su mirada está puesta en un montoncito de papeles de aspecto oficial, que hojea con rapidez, siempre con el ceño fruncido, como si los estuviera viendo por primera vez y no le gustara lo que ve. En pocas palabras, es el vivo retrato de un abogado de oficio sobrecargado de trabajo, un hombre comprometido con unos principios pero que tiene problemas para seguir interesándose por los detalles específicos. Y dado que *yo* soy el principal detalle específico en este caso, su expresión no me inspira confianza.

—Siéntate —me ordena Lazlo, con cierta amabilidad.

Me siento en la silla disponible y me apresuro a coger el auricular telefónico de modelo antiguo que cuelga a un lado de la ventana.

Mi abogado no levanta la vista. Sigue hojeando los papeles hasta que, finalmente, se tropieza con una hoja que parece sorprenderle. Frunce todavía más el ceño, levanta la vista y habla. Como es natural, no oigo lo que dice, pues no ha cogido el teléfono, pero por lo menos veo que mueve los labios.

Levanto mi propio teléfono y enarco las cejas cortésmente. *¿Lo ve? Es un aparato de comunicación por señales eléctricas. ¡Una maravilla! Le aconsejo que pruebe a usarlo un día de estos… ¿Quizá ahora mismo?*

Mi abogado me mira con cierta alarma. Suelta el fajo de papeles y coge el teléfono. Casi al momento oigo su voz.

—Eh, Dieter… —dice.

—Dexter —corrijo—. Con una equis.

—Me llamo Bernie Feldman. Soy su abogado de oficio.

—Encantado de conocerle —respondo.

—Muy bien, escuche —me indica (de forma innecesaria, pues no estoy haciendo otra cosa)—. Voy a explicarle lo que pasará durante su comparecencia preliminar ante el juez.

—¿Y eso cuándo va a ser? —pregunto con profundo interés. Me doy cuenta de que repentinamente me muero de ganas de comparecer ante el juez. Por lo menos me servirá para estar unas horas fuera de la celda.

—La ley establece que dentro de las cuarenta y ocho horas posteriores a su detención —responde él con impaciencia.

—Llevo dos semanas y media en este lugar —le informo.

Frunce el ceño otra vez, se encaja el auricular entre la oreja y el hombro y revisa sus papeles. Hace un gesto de negación con la cabeza.

—Eso no es posible —replica, rebuscando entre los documentos. O supongo por los movimientos de su boca que es lo que acaba de decir. No he oído que lo dijera, pues al hacer el gesto de negación con la cabeza, el auricular se ha deslizado hombro abajo y ahora oscila de su cable y se estrella contra la pared de hormigón de forma estruendosa, dejándome medio sordo de un oído.

Llevo el auricular a mi otra oreja. Mi abogado coge el teléfono.

—Según pone aquí —observa Bernie—, a usted le detuvieron la noche pasada.

—Bernie —digo. El uso de su nombre parece ofenderle, y vuelve a fruncir el ceño, pero pasa una hoja y sigue mirando los papeles—. Bernie, míreme —insisto, y reconozco que me siento complacido por el sonido vagamente siniestro de mis palabras. El abogado finalmente levanta la mirada—. ¿Usted me ha visto la cara antes? —pregunto—. ¿En los periódicos, en la tele?

Me contempla con atención.

—Sí, claro. Pero… eso fue hace un par de semanas, ¿no?

—Dos semanas *y media*. Y no me he movido de aquí desde entonces.

—Pero eso es… no entiendo cómo…

Revisa de nuevo el montón de papeles, y el teléfono vuelve a escurrírsele del hombro y a estrellarse contra la pared. Ahora estoy medio sordo de los dos oídos. Cuando Bernie termina de encajarse el teléfono entre la oreja y el hombro otra vez, el zumbido en mis oídos se ha reducido a niveles algo menos que sinfónicos, lo suficiente para poder oírle otra vez.

—Lo siento —dice—. El expediente está incompleto. Es... ¿Lo sometieron a una evaluación psiquiátrica?

—No —admito.

—Ah —replica. Parece sentirse algo aliviado—. Muy bien, verá... creo que tendríamos que hacer mención a dicha circunstancia, ¿le parece? Porque después de haber matado a todas esas personas así por las buenas...

—Yo no las maté, Bernie —le interrumpo—. Soy inocente.

Descarta mi afirmación con un gesto de la mano.

—Y luego está la cuestión de la pedofilia, ojo. Parece que tienen pensado clasificarla como una enfermedad mental, cosa con la que siempre podemos jugar.

Me dispongo a protestar que también soy inocente de pedofilia, pero a Bernie se le cae el auricular otra vez, por lo que opto por salvar mi sentido del oído, apartando el teléfono de mi oreja. Espero pacientemente, y el abogado lo recoge de nuevo.

—Y bien, la comparecencia preliminar ha de tener lugar en cuestión de cuarenta y ocho horas. Es lo que marca la ley. De modo que tendrían que haber... —Vuelve a fruncir el ceño y echa mano a varios papeles sujetos con una grapa—. Claro que... mierda, esto no lo había visto antes. —Mueve los labios al leer, revisa las tres hojas una tras otra y llega al final con rapidez. Frunce el ceño con gran intensidad—. Esto no lo había visto —repite—. Mierda.

—¿De qué se trata? —pregunto.

Niega con la cabeza pero, milagrosamente, sigue manteniendo el teléfono en su lugar.

—No entiendo nada —murmura—. Esto no tiene el menor... —Bernie hojea todos los papelotes una vez más, sin que al parecer encuentre nada que le guste—. Y bien, pues vaya una mierda, esto lo cambia todo —dice casi atropellándose.

—¿De forma positiva? —pregunto esperanzado.

—Todo esto... Todo este papelamen es... —Vuelve a mover la cabeza en señal de negación.

Esta vez estoy preparado, y con los velocísimos reflejos por los que soy justamente famoso aparto el auricular de mi oreja cuando, una vez más, a Bernie se le cae el teléfono. Incluso a tan segura distancia, oigo el topetazo.

Me llevo el auricular a la oreja y miro a Bernie hacer juegos malabares con el montón de papeles, esforzándose vanamente en ponerlos en algo parecido al orden.

—Muy bien —dice—. Voy a ver qué es lo que pasa con esto. Volveré —promete, sin que su promesa suene ni remotamente amenazadora.

—Gracias —respondo yo, y es que los buenos modales tienen que prevalecer incluso en las peores circunstancias. Pero Bernie ya se ha ido.

Cuelgo el teléfono y me giro. Mi fiel compañero, Lazlo, está ahí mismo y con un gesto de la cabeza indica que me levante.

—Vámonos, Dex —me ordena.

Me levanto, todavía un tanto aturdido, y Lazlo me conduce de vuelta a mi acogedor cuchitril en miniatura. Me siento en el camastro y, sin que sirva de precedente, no me molesta la dureza existente bajo el «colchón» grotescamente delgado. Tengo mucho que considerar: la comparecencia preliminar en las cuarenta y ocho horas posteriores a la detención, para empezar. Me suena de algo, muy vagamente, de algo oído largo tiempo atrás en clase de derecho penal en la Universidad de Miami. Creo recordar que se trata de uno de mis derechos más fundamentales, junto con la Presunción de Inocencia, y el hecho de que Anderson haya logrado eludir ambos resulta muy preocupante. Es evidente que las cosas están mucho peor de lo que incluso yo mismo podía imaginar.

Pienso en mi vecino de la puerta de al lado, quien está aquí desde 1983. Me pregunto si quien lo detuvo fue el padre del inspector Anderson. Me pregunto si una versión de Dexter con barba entrecana estará sentada en este camastro dentro de treinta años, escuchando cómo una futura versión de Lazlo, acaso de tipo robótico, explica a algún nuevo pánfilo sin remedio que el pobre merluzo vejestorio de Dexter lleva todo este tiempo aquí, a la espera de la comparecencia preliminar. Me pregunto si por entonces me quedará algún diente. Tampoco van a hacerme falta para comer esos sándwiches de una sustancia parecida al queso. Pero el hecho es que nunca está de más tener dientes. Siempre mejoran tu sonrisa, por falsa que sea. Y en ausencia de dientes, me habré pasado años y más años tirando el dinero en tubos de dentífrico.

Juro conservar mis dientes. En todo caso, a estas alturas me inquieta más la posibilidad de perder la cabeza. La realidad de mi situación no es alentadora en absoluto. Estoy atrapado en una verdadera pesadilla, confinado en un espacio pequeño e inescapable, sin el menor control sobre cosa alguna, como no sea —posiblemente— mi respiración. Incluso el respirar, y estoy bastante seguro de lo que digo, dejaría de estar bajo mi control si decidiera dejar de hacerlo. Por alguna razón inexplicable, en este lugar se muestran activos a la hora de reprimir el suicidio, por mucho que este sin duda reduciría el hacinamiento, ahorraría dinero y facilitaría el trabajo a Lazlo y sus camaradas.

Sin salida, sin poder sobre mi propio destino, sin que se vea un final a todo esto, y ahora, en un surreal detalle de crueldad burocrática, mi abogado de oficio me informa de que mis documentos no están en orden, sin informarme de lo que eso significa. Naturalmente doy por sentado que las implicaciones son ominosas. Sé muy bien que las cosas siempre pueden ir a peor —en la cocina pueden quedarse sin esa sustancia parecida al queso—, pero, y bien, ¿es que nunca se llega a un punto suficiente para colmar los caprichos de un Dios incluso hipotético? Por mucha tirria que le tenga a Dexter por haber quebrantado ciertas elementales Normas de Comportamiento, ¿es que nunca va a cansarse de cubrirme de materia fecal?

No, o eso parece.

Tan solo un día después, las Cosas de hecho van a peor.

Una vez más, estoy sentado en mi celda, por completo ocupado en una actividad productiva e industriosa: una siesta, para ser sincero. He empezado a sentir la necesidad de hacer siestas, y mi almuerzo me ha animado en ese sentido. Las deliciosas viandas del día incluían un sándwich de Probablemente Pollo, jalea tricolor y un líquido rojizo cuyo sabor posiblemente fue diseñado para evocar una asociación de cierto tipo con una fruta no especificada. La experiencia fue agotadora, y tuve que tumbarme en el camastro casi de inmediato a fin de recuperarme.

Al cabo de un tiempo a todas luces insuficiente, vuelvo a oír los pesados ruidos metálicos de mi puerta al abrirse. Me siento en el camastro; Lazlo está en el umbral. Pero esta vez sujeta unas cadenas con las manos.

—Levántate —ordena.

—¿Mi comparecencia preliminar? —pregunto esperanzado.

Niega con la cabeza.

—La policía, que viene a verte —dice—. Date la vuelta.

Sigo sus enérgicas instrucciones, y al cabo de un momento estoy cargado de cadenas. Una vez más, dejo que el pequeño pájaro blanco de la esperanza levante el vuelo desde su percha y comience a aletear entre la negrísima oscuridad del Cielo Interior de Dexter. «La policía» puede significar muchas cosas... pero una de ellas es Deborah, y no puedo dejar de pensar que mi hermana por fin ha venido.

Lazlo me saca de la celda, si bien esta vez no me lleva a la gruesa ventana donde Bernie estuvo machacándome los tímpanos. Dejamos atrás la ventana y vamos hacia la puerta de salida de la galería carcelaria. Lazlo tiene que hacer una llamada con su radiotransmisor y utilizar su tarjeta de identificación, tras lo cual hace una seña con la mano a la guardia asignada al control de las puertas. La mujer está en una cabina de paredes acristaladas emplazada en el centro de la galería. En torno a las celdas hay una hilera de gruesas ventanas, a la que sigue un gran espacio de dos pisos de altura hasta llegar a la segunda hilera de ventanas que rodean su propia cabina. La cabina es como la torre de control de un aeropuerto, pero situada bajo techo, erguida en el centro de forma aislada, por completo inaccesible desde aquí, a no ser que uno disponga de un bazuca y una buena escalera, y la posesión del uno y la otra acostumbra a estar desaconsejada en este lugar.

La mujer sentada en la cabina levanta la vista hacia Lazlo, mira la pantalla del ordenador y los monitores y, al cabo de un momento, la puerta se abre con un clic metálico. Entramos en una habitación del tamaño de un gran armario ropero, y la puerta se cierra a nuestras espaldas. Damos dos pasos y nos encontramos ante otra puerta. Lazlo hace un gesto de asentimiento en dirección a la cámara enclavada sobre la puerta y, en un instante, esta se abre y nos encontramos en

el pasillo. Damos cinco pasos más y llegamos al ascensor, y tan prolongada caminata resulta mareante después del estrecho confinamiento en mi celda. Pero de un modo u otro me las arreglo para seguir adelante, y en un par de segundos estamos en el ascensor. La
puerta se cierra, y vuelvo a encontrarme encerrado entre cuatro pequeñas paredes, relajado y aliviado al estar en un espacio más parecido al que ahora estoy acostumbrado, de dimensiones similares a las
de mi celda. Respiro hondo, disfrutando de tanto confort.

La puerta se desliza y se abre. Lazlo me conduce al exterior, y me
sorprende ver que estamos en la planta baja. Ante mis ojos se extien-
de lo que parece ser el vestíbulo. Tras un cordón de guardias armados
hay una pequeña multitud. No están encadenados y visten ropas normales, y se nota que están a la espera, ¿de entrar? Me siento como un
privilegiado. No sabía que vivía en unas dependencias tan envidiadas.
Incluso tenemos lista de espera.

Pero no tengo ocasión de hablarles sobre las magníficas instala-
ciones y las comidas de ensueño gastronómico. Lazlo me hace salir
del vestíbulo y me lleva por un corredor, dejando atrás a varios guardias y a unos cuantos reclusos envueltos en monos anaranjados y muy
ocupados en barrer y en fregar. Estos se apresuran a apartarse de
nuestro camino, como si tuvieran miedo de que les contagiara la Fie-
bre del Facineroso.

Estamos hablando de un imponente periplo para el Dexter Ho-
gareño por Definición. Tan largo viaje que realizar, y todo para ver a
un integrante del cuerpo de policía, quien —no tengo dudas al respecto— tiene que ser mi hermana. Mi corazón palpita de esperanza;
no puedo evitarlo. He estado esperando en exceso a que Deborah
llegara para cortar las odiosas cadenas que apresan mis pálidas extremidades. Y aquí está por fin; tan solo puede haber tardado porque ha
estado encargándose de desmentir de forma irrefutable los cargos de
los que se me acusa y de arreglarlo todo. No van a limitarse a conce-
derme la condicional, sino que van a dejarme en libertad de una vez
para siempre.

Esa es la razón por la que lucho para que mis esperanzas no se
desboquen y terminen por descontrolarse, pero no tengo demasiado
éxito. Casi estoy cantando cuando finalmente llegamos a nuestro des-

tino, y este resulta ser un lugar que en absoluto me habla de la libertad. Se trata de una pequeña habitación encajada en lo más profundo de las tripas del edificio, con ventanas en tres de sus paredes. Veo que en el interior hay una mesa y unas sillas; está claro que se trata de una sala para interrogatorios, el lugar indicado para que un policía se reúna con un sospechoso, y en absoluto el lugar donde una Furia Vengadora pudiera liberarme de mis cadenas de una vez por todas.

A través de las ventanas veo una forma más o menos humana que en nada recuerda a una Furia, aunque sí que parece tener cierto aire de cabreo permanente. Menos aún recuerda a Deborah, a la Libertad y, especialmente, a la Esperanza. De hecho, se trata de la misma encarnación de todo lo contrario a las tres.

En pocas palabras, es el inspector Anderson. Levanta la mirada, me ve por el cristal y sonríe. La suya no es una sonrisa que despierte en mí los sentimientos más hermosos. Más bien es una sonrisa que me está diciendo, con bastante claridad, que ha llegado el momento de que muera toda Esperanza.

Muere toda Esperanza.

3

Lazlo me sujeta el brazo mientras abre la puerta, acaso temeroso de que la sola visión de Anderson haga que me flaqueen las rodillas y me resulte imposible mantenerme erguido. Se detiene en el umbral, y otro tanto hago yo, de forma irremediable.

—Espere fuera —ordena Anderson, sin dejar de sonreírme.

Lazlo no se mueve.

—¿Está solo? —pregunta.

—¿Acaso ve a alguien más? —se mofa Anderson.

—Se supone que tienen que ser dos —replica Lazlo, quien insiste en no moverse.

—No le tengo miedo a este tonto del culo —responde Anderson.

—Son las normas —insiste Lazlo—. *Dos* de ustedes.

—Escúcheme, capullo —le espeta Anderson—. Mis normas dicen que soy un policía y que usted es un puto payaso del correccional. Espere fuera.

Lazlo menea la cabeza y me mira.

—Diecisiete meses, y me jubilo —dice.

Mira a Anderson y vuelve a menear la cabeza. Da media vuelta, sale y cierra la puerta a sus espaldas.

—Y bien, tonto del culo —me saluda alegremente el inspector Anderson cuando por fin estamos a solas—. ¿Qué le parece este lugar? ¿Le gusta?

—Está muy bien —contesto—. Le recomiendo que lo pruebe alguna vez.

Su sonrisa se transforma en una mueca desdeñosa, expresión que le resulta mucho más natural.

—Pues va a ser que no.

—Como quiera.

Voy a sentarme en una silla, y Anderson me mira con disgusto.

—No le he dicho que se siente —apunta.

—Es verdad —replico—, cosa rara en usted.

Me siento. Durante un segundo pienso que igual se levanta y me derriba de la silla de un guantazo. Le sonrío con expresión paciente y miro por la ventana a Lazlo, quien está observándonos y hablando por su radiotransmisor. Anderson lo piensa dos veces, no me suelta el guantazo y vuelve a arrellanarse en la silla.

—¿Qué le ha dicho su abogado? —inquiere.

La suya es una pregunta sorprendentemente ilícita, incluso para una excrecencia maligna como Anderson.

—¿Por qué quiere saberlo?

—Limítese a responder, tonto del culo —me suelta con imponente autoridad.

—Pues va a ser que no. Hay una cosa que se llama confidencialidad.

—Eso a mí me la trae floja.

—A usted sobre todo —convengo—. Aunque es posible que no fuera a clase el día que explicaron todo eso en el instituto. —Sonrío—. O, mejor pensado, lo más probable es que no llegara a ingresar en el instituto. Eso explicaría muchas cosas.

—Un tontito del culo —dice.

—Y venga con lo del culo. Le veo un poco obsesionado con el tema.

Por lo menos le he despojado de su irritante sonrisilla, pero su rostro ahora ha cobrado un enrojecimiento bastante alarmante mientras frunce el ceño con rabia. Está claro que la situación no está discurriendo de forma acorde con sus fantasías. Dado que tengo reciente experiencia como actor profesional, me pregunto brevemente si tendría que suplicar y arrastrarme, a fin de ajustarme a su guión, pero me respondo que no; mi personaje sencillamente *no* haría una cosa así.

—Está metido en un lío de mil pares de cojones —me espeta—. Ya que está hecho todo un puto listillo, tendrá que cooperar un poco.

—Inspector, *estoy* cooperando —respondo—. Pero tiene que darme algo con lo que *cooperar*. Y espero que se trate de algo legal y no demasiado estúpido. Por improbable que resulte, viniendo de usted.

Anderson respira hondo y menea la cabeza.

—Un listillo de mierda —comenta—. ¿Sabe por qué estoy aquí?

Sí que lo sabía; estaba allí para regodearse. Pero como seguramente no estaba familiarizado con una palabra con tantas letras, decidí evitarla.

—Está aquí porque sabe que soy inocente —contesto en su lugar—. Y porque tiene la esperanza de que yo haya descubierto al *verdadero* asesino, pues sabe que, por mucho que me encuentre entre rejas, tengo más probabilidades de resolver un crimen que las que tiene usted.

—Ya lo he resuelto. —Levanta un enorme dedo morcillón y apunta con él en mi dirección—. Y el culpable es usted.

Miré a Anderson. Su rostro estaba lleno de ira, saña, antipatía hacia mi persona y, por encima de todo, impenetrable estupidez. Era posible que verdaderamente pensara que yo era inocente o que se hubiera convencido a sí mismo de ello. No me lo parecía.

—Si lo repite las veces suficientes, es posible que hasta termine por creérselo y todo.

—No tengo que creerlo —gruñe—. Lo único que tengo que hacer es conseguir que un juez se lo crea.

—Pues buena suerte —digo, aunque, por lo visto, de momento está teniendo bastante buena suerte sin necesidad de que yo se la desee.

Anderson vuelve a respirar hondo, facilitando que su cara se relaje en su más habitual cejijunta expresión de incomprensión.

—Necesito saber qué es lo que le ha dicho su abogado —insiste.

—Lo mejor es que se lo pregunte a él directamente —respondo, y de inmediato agrego servicial—: Se llama Bernie.

Antes de que Anderson pueda hacer mucho más que tamborilear con los dedos en la mesa, la puerta se abre.

—Se ha acabado el tiempo —anuncia Lazlo—. El preso tiene que volver a la celda.

—Aún no he terminado con él —indica Anderson sin levantar la vista.

—Sí que ha terminado —le contradice Lazlo con firmeza.

—¿Y eso quién lo dice?

—Lo digo yo —contesta una nueva voz, y Anderson ahora levanta la vista.

Una mujer aparece por detrás de Lazlo y se planta ante nosotros. Es alta, afroamericana y muy atractiva aunque de aspecto severo. También viste un uniforme, y su uniforme implica que Anderson va a tener problemas, pues deja a las claras que tiene el rango de capitana, y la mujer está mirando directamente al inspector Anderson con una expresión que no llega a proyectar amistosa cooperación profesional.

—No sé qué es lo que se trae entre manos, inspector —dice—, pero la comedia se ha acabado. Márchese.

Anderson pretende decir algo, y la capitana da un paso hacia él.

—Ahora —agrega sin levantar la voz.

Anderson cierra la boca con tal rapidez que oigo que sus dientes rechinan. Se levanta y me mira; sonrío. Tiene la gran deferencia de volver a enrojecer y, finalmente, se vuelve y se marcha ofendido por la puerta que Lazlo le mantiene abierta con amabilidad.

Estoy a punto de agradecérselo a la capitana, quizá ofreciéndole un cálido apretón de manos —y hasta un abrazo—, pero la mujer clava sus acerados ojos oscuros en mí, y su expresión deja muy claro que ninguna muestra de agradecimiento, por sincera que fuese, sería bien recibida, y que no hay ni que soñar con un abrazo.

La capitana vuelve el rostro hacia Lazlo.

—Esta vez no voy a necesitar papeleos de ninguna clase —indica, y él suspira aliviado—. Pero si ese mamón vuelve por aquí, quiero estar al corriente.

—Muy bien, capitana —contesta Lazlo.

La mujer asiente y sale con paso decidido por la puerta, que Lazlo le mantiene abierta con amabilidad aún mayor.

Una vez que se ha perdido de vista por una curva del pasillo, Lazlo me mira y dice:

—Vámonos, Dex.

Me levanto.

—Me parece que tendría que darte las gracias, ¿no...? —aventuro con inseguridad.

Lazlo menea la cabeza.

—Olvídalo —responde—. No lo hice por ti. Es que no puedo *soportar* a un poli de los chungos. Vamos —concluye al momento, y con su mano en mi codo, voy bamboleándome a su lado: por el corredor, en el ascensor, hasta la nueve, por la sala estanca hasta llegar otra vez al diminuto mundo de mi celda.

La puerta se cierra a mis espaldas, y de nuevo soy Dexter el Crononauta, girando en silencio durante un tiempo interminable y vacío en mi pequeña cápsula de acero y hormigón.

Me tumbo en el camastro, pero esta vez no para pegarme una siesta. Esta vez tengo Cosas que meditar. Y meditar es lo que hago.

Lo primero y más interesante: gracias a la capitana, ahora sabía que Anderson «se traía algo entre manos». Lo que era muy significativo. Yo ya sabía, naturalmente, que Anderson estaba tirando por la vía de en medio, de forma bastante alucinante, en muchos aspectos. Y siempre había tenido claro que estaba oscureciendo la verdad, moldeando los indicios, coloreando los hechos. Todas estas cosas Vienen con la Placa, son parte integral del Trabajo Policial Chapucero, que, al fin y al cabo, era el único que Anderson sabía hacer.

Pero si «se traía algo entre manos» en algún aspecto oficial —y la capitana lo había sugerido—, era posible que existiera algún pequeño resquicio accesible para Dexter, susceptible de eventual ampliación hasta convertirlo en una puerta de acceso a la libertad.

A lo que se sumaba lo que el querido Bernie, mi abogado, había dicho: que los papeles no estaban en regla. En lugar de considerarlo con alarma, como indicación de que podían mantenerme aquí encerrado para siempre, empecé a verlo como munición adicional para mi campaña antiandersoniana. Anderson había estado trampeando con *los papeles*, y si algo del Sistema está impreso en papel, lo que sigue es su transustación en Reliquia Sagrada. El hecho de mancillar cualquier papel oficial y consecuentemente santificado era un Pecado Capital, lo que bien pudiera redundar en el irremediable descrédito profesional de Anderson. *Si* yo pudiera demostrarlo… y hacer que la persona adecuada lo viera. Un «si» descomunal, pero también vital. Porque no era Anderson quien me estaba manteniendo encerrado en ese lugar: era el *papeleo*. ¿Y si dicho papeleo efectivamente había sido mancillado…?

Todos los días leemos que algún vil perpetrador de maldades sin cuento ha sido puesto en libertad, para angustia del mundo entero, por cuestión de Errores de Procedimiento. Aunque solo fuera por esta vez, ¿por qué no podía ser yo el vil perpetrador?

Y si en el Procedimiento se habían dado Errores pero, también, falsificación de documentos, y yo pudiera demostrarlo... Era por lo menos posible que las consecuencias para Anderson fueran más allá de las sanciones administrativas, la suspensión de empleo y sueldo. A Anderson incluso podrían enviarlo a este lugar, quizá a la misma celda de la que en su día me marché. La pura, equilibrada belleza poética de esta posibilidad resultaba euforizante, y estuve pensando en ella largo rato. En cambiar las tornas entre Anderson y yo. ¿Por qué no?

Por supuesto, primero tenía que descubrir unos cuantos detalles relevantes. Y luego encontrar un medio para hacérselos saber a una autoridad competente de algún tipo. ¿Un juez? Quizá el juez de mi comparecencia preliminar, cuando esta por fin tuviera lugar... ¿alguna vez en la vida? Si Anderson me mantenía aquí de forma permanente en ausencia de dicha comparecencia preliminar, como por el momento parecía estar haciendo, yo no podía quedarme de brazos cruzados. La vida entera era un tiempo a todas luces excesivo. Tenía que encontrar a alguien del exterior capacitado para hacer llegar la información a un juez, o incluso al capitán Matthews. Alguien, sí... ¿y quién? Tan solo podía ser Deborah, naturalmente. Nadie más tenía la capacidad, los cojones y la pura fuerza de voluntad para llevar todo esto a su conclusión más deseable. Deborah iba a ser, y por fin iba a tener algo útil que proporcionarle cuando viniera.

...cosa que sin duda Deborah iba a hacer. Pronto. Quiero decir, que con el tiempo tendría que hacerlo.

¿No?

Sí. Lo hizo.

Con el tiempo.

Pasaron dos días seguidos después de mi agradable charla con Anderson, y una vez más oí los pesados ruidos metálicos indicadores de que mi puerta estaba abriéndose. Una vez más, en una hora que no era la normal, las once y siete. Bernie me había visitado muy poco antes, por lo que supuse que era él otra vez, de regreso con el papeleo satisfactoriamente aclarado y hasta con una citación judicial. Me negué a pensar que podía tratarse de algo más, como un indulto del gobernador o el Papa que venía a lavarme los pies. Había dejado demasiada libertad a mi pequeña Paloma de la Esperanza, la suficiente para que se pusiera a volar en círculos por la celda y a hacerse caquita en mi cabeza. No iba a permitirle que remontara el vuelo otra vez.

Con mi rostro reflejando el Hastío del Recluso, expresión en la que estaba especializándome, dejé que Lazlo me condujera a la gruesa ventana a prueba de balas, con su auricular telefónico en cada lado, sus sillas dispuestas la una frente a la otra y Deborah sentada al otro lado del cristal.

Deborah. Por fin.

Me dejé caer en la silla y eché mano al teléfono con patética impaciencia, mientras, al otro lado del cristal, Deborah contemplaba mi lastimoso desempeño con una cara que bien hubiera podido estar tallada en piedra. Finalmente, con calma lenta y deliberada, cogió el teléfono.

—¡Deborah! —exclamé con una sonrisa radiante y esperanzada en el rostro, sonrisa que por una vez era *sincera*.

Ella se contentó con hacer un gesto de asentimiento. Su expresión no cambió un milímetro.

—Pensaba que no ibas a venir —dije, todavía feliz como un perrillo y rebosante de júbilo.

—Lo mismo pensaba yo —repuso, y aunque parecía imposible que su pétreo rostro se endureciera aún más, eso fue lo que pasó.

Noté que unas cuantas pequeñas ideas sombrías empezaban a nublar mi tan luminosa felicidad.

—Pero estás aquí —añadí, con intención de volver a situar las cosas en un terreno optimista—. Has venido.

Deborah no articuló palabra. Sentada donde estaba, me miró, sin que su expresión se suavizara de forma aparente.

—Quiero decir que estás aquí, ¿no? —insistí, sin saber muy bien qué era lo que estaba diciendo o qué quería decir.

Deborah finalmente reaccionó. Asintió con la cabeza, de forma infinitesimal, cosa de un centímetro o poco más.

—Estoy aquí —respondió. No sonaba como que se encontrara eufórica por hallarse donde estaba.

Pero el hecho era que estaba allí, y en el fondo eso era lo único que importaba. De inmediato procedí a contarle mis descubrimientos, suposiciones y conjeturas en relación con el Prioritario Caso del Encarcelamiento de Dexter.

—Creo que he hecho un descubrimiento importante —anuncié—. De cualquier modo, al menos es algo que hay que investigar. Anderson estuvo aquí. Y de lo que dijo y lo que después comentó mi abogado yo diría que es algo que vale...

Fui quedándome sin palabras, hasta callar. Deborah no solo no estaba prestando atención a mi excitada perorata: con el rostro aún fijo en una máscara de granítica indiferencia, de hecho había colgado el auricular y se había girado en el asiento, apartando la mirada de la ventana, para no verme en absoluto, para no ver al tan desagradable hombrecillo que era yo.

—¿Deborah...? —pregunté, de manera bastante estúpida, pues podía ver el teléfono colgado a un metro de su oreja.

Se giró hacia mí, casi como si me hubiera oído, y aguardó un momento, un intervalo tan solo ocupado por la fija mirada de aquel rostro coriáceo que se había tornado tan monótonamente arisco. Volvió a coger el auricular.

—No he venido para escuchar tus mentiras y tus mierdas.

—Pero eso... Pero entonces... Pero ¿por qué? —inquirí, y tengo que añadir en mi defensa que sus palabras me habían vuelto todavía más estúpido de lo que sugerían mis balbuceos. En realidad, el hecho de que siguiera con habla era todo un triunfo de mi agudeza mental.

—Necesito que me firmes unos papeles.

Levantó un mazo de documentos con aspecto oficial y, a pesar de las colosales indicaciones en sentido opuesto, llegué a sentir una leve punzada de alivio. Al fin y al cabo, ¿qué documentos oficiales podía haberse molestado en traer que no tuvieran algo que ver con mi caso? Y dado que el verdadero significado oculto de «mi caso» en realidad era «mi puesta en libertad», un pequeño rayo de sol asomó entre los recién formados nubarrones.

—Por supuesto. Estaré encantado de... Ya sabes que... ¿De qué papeles se trata? —pregunté, otra vez patéticamente ansioso por complacer.

—La custodia —respondió, mascullando la palabra como si una sola sílaba más hubiera podido fracturarle la mandíbula.

Parpadeé con sorpresa, sin poder evitarlo. ¿La custodia? ¿Verdaderamente se proponía llevarme a su casa, asumir el papel de tutor legal de Dexter el Difamado hasta que mi buen nombre fuera limpiado de toda mácula? Aquello iba mucho más allá de lo que esperaba; llevaba a pensar en un perdón absoluto, aunque legalmente no vinculante, concedido por Deborah.

—La custodia —repetí de forma inane—. Bueno, pues claro, eso es... Quiero decir, ¡gracias! No pensaba que fueras a...

—La custodia de tus *hijos* —cortó, casi escupiendo las palabras—. Para que no les envíen a una casa de acogida.

Y me miró como si ese hubiera sido mi plan de siempre, mi propósito fundamental en la vida: enviar a unos niños a un orfanato.

Ya fuera por su mirada o por sus palabras, me sentí tan completamente deshinchado que tuve que preguntarme si mi cuerpo alguna vez volvería a albergar aire en su interior.

—Ah. Sí, claro.

Deborah cambió de expresión, lo que en principio era muy positivo. Por desgracia, la nueva expresión fue una mueca de desprecio.

—No has pensado en esos niños ni una sola puta vez, ¿verdad?

Posiblemente no se trate del mejor elogio posible a mi carácter personal, pero, a decir verdad, no había pensado en los niños. En Cody, Astor y, claro está, Lily Anne, a quienes seguramente se llevaron de casa después de mi detención. Y naturalmente, Deborah, su familiar más cercano, pues está claro que mi hermano Brian ni por asomo era un candidato adecuado... se ofreció a darles un hogar. Lo cierto era que no había dedicado ni una sola de mis neuronas a pensar en los niños, y estoy seguro de que alguien con verdaderos sentimientos en ese momento estaría sufriendo bajo la pesada carga de una vergüenza abrumadora. Pero yo no. Sin embargo, en mi defensa señalaré que tenía otras cosas en las que pensar: por ejemplo, el hecho de que estaba en la cárcel. Por varios asesinatos, ¿recordáis? Y de forma injusta.

—Bueno. Últimamente he estado, eh… en la cárcel.

—Lo que suponía —respondió ella—. No has pensado en ellos ni una sola puta vez.

Durante un segundo me sentí demasiado anonadado para contestar algo. Allí estaba yo, cargado de cadenas casi literalmente, con razones para pensar que esa pronto iba a ser mi condición permanente, y Deborah ahora me culpaba de no estar pensando en los hijos. Quienes, todo hay que decirlo, eran perfectamente libres de hacer de su capa un sayo, sentarse en las mecedoras, comer pizza y todo lo que quisieran. Se trataba de una injusticia monstruosa, cuya inicuidad incluso se acercaba a la de mi reclusión, pero era lo que ella había dicho, y finalmente recobré el habla y con ella expresé mi indignación más profunda.

—Deborah, eso es completamente injusto —aduje—. He estado en este lugar sin poder… —No llegué a terminar la frase, de forma penosa, pues, de nuevo, mi hermana había colgado el teléfono, a la espera de que dejase de hablar de una vez.

Cuando lo hice, dejó pasar medio minuto antes de coger el auricular otra vez.

—Estos documentos me otorgan la custodia completa de los niños. Voy a entregárselos al guardia. —Hizo una seña con los papeles—. Fírmalos.

Hizo amago de levantarse, y el pánico me inundó de los pies a la cabeza. Mi última, mi única esperanza, y se estaba marchando…

—¡Espera, Deborah! —grité.

Se detuvo en una postura antinatural, a mitad de camino entre estar de pie y estar sentada, y mi cerebro enfebrecido pensó que permanecía así durante un momento larguísimo de veras, como si estuviera ansiosa de marcharse pero alguna estúpida obligación la hubiera congelado donde estaba y le impidiera evadirse a algo desagradable. Ambos estábamos pensando que terminaría por irse. Pero, para mi estúpido alivio, se sentó y volvió a coger el teléfono.

—¿Qué? —replicó, con una voz tan muerta que no parecía proceder de un ser humano vivo.

Una vez más, tan solo fui capaz de parpadear como un imbécil. El «qué» de la cuestión resulta tan dolorosamente evidente, tan completamente obvio, que no se me ocurría cómo decirlo de un modo que no fuera insultante para su inteligencia. Pero lo dije:

—Necesito tu ayuda.

Y para demostrar que ella también era muy capaz de insultar a mi inteligencia, al momento preguntó:

—¿Para qué?

—Para salir de aquí. Para encontrar la forma de demostrar que... que...

—¿Que eres inocente? —masculló—. Y una mierda.

—Pero ¡es que *soy* inocente!

—¡Eso no te lo crees ni tú! —exclamó, con aspecto y voz rabiosos por primera vez, aunque por lo menos finalmente estaba empezando a mostrar un poco de emoción—. Dejaste a Jackie *sola*, abandonaste a Rita y permitiste que la *asesinaran*... ¡Y luego entregaste a Astor a un *pedófilo* homicida! —Vi que los nudillos de la mano que agarraba el auricular se tornaban blancos. Respiró muy hondo, y su expresión volvió a ser fría e inexpresiva—. Cuéntame eso de tu inocencia, Dexter. Porque yo no la veo por ninguna parte.

—Pero... pero, Debs —gimoteé—. Yo no he matado a nadie.

—¡*Esta* vez! —zanjó.

—Bueno, ya... pero... pero... —tartajeé—. Pero por eso estoy aquí encerrado. *Esta* vez. Y yo no hice...

—*Esta* vez —repitió con suavidad. Su voz se había dulcificado, pero sus ojos seguían siendo duros y fríos. Acercó la cara a la ventana—. ¿Cuántas otras veces *sí* que mataste a alguien, Dexter?

La pregunta tenía sentido, y saltaba a la vista que la respuesta comprometería mi declaración de inocencia, por lo que astutamente guardé silencio. Deborah prosiguió:

—He estado pensando en todo eso. No puedo evitarlo. Ya sé que *tú* dices que papá lo arregló todo para que pudieras... —Volvió a desviar la mirada—. No puedo seguir haciéndolo. Pensaba que podría arreglármelas, cerrar un ojo y sencillamente... —Me miró otra vez, y agregó, sin el menor rastro de suavidad—: Pero ahora ha pasado todo esto, y ya no tengo la menor idea de quién coño eres en realidad. Es posible que nunca la tuviera, y que siempre estuvieras mintiéndome sobre papá y... Pero a ver, papá era *policía*, ¡y un veterano de los *marines*! ¿Qué hubiera dicho, Dexter? ¿Qué hubiera dicho papá sobre todas estas mierdas que has estado haciendo últimamemente?

Clavó sus ojos furibundos en mí, y comprendí que quería una respuesta de verdad, pero lo único que se me ocurrió mencionar fue el lema de los marines:

—*Semper fi...*

Deborah me miró unos segundos. Se arrellanó en la silla y se despachó a gusto:

—Por las noches me despierto y pienso en todas las personas a las que mataste. Y en las que matarás si vuelves a estar en libertad. Si te ayudo a salir de aquí, será como si yo misma las matara.

—Yo pensaba que no tenías inconveniente en que... A ver, eso de que papá lo arregló todo a su manera es verdad, y...

Una vez más, su expresión fue suficiente para impedirme terminar la frase.

—No puedo seguir haciéndolo. Es una abominación. Va contra todo lo que siempre he... —Estaba levantando la voz; se dio cuenta, se detuvo y continuó con tranquilidad—. Estás en el lugar que mereces —sentenció en tono neutro—. El mundo es un lugar mejor y más seguro mientras estás aquí.

Resultaba difícil rebatir su lógica, pero hubiera sido contraproducente no hacerlo.

—Debs. Estoy aquí por algo que *sabes* que no hice. No puedes dejar que me lo endosen de esa manera... Vales demasiado para permitirlo.

—Ahórrate el discursito —cortó—. No soy un puto abogado defensor. Y si lo fuera, trataría de defender a alguien que *mereciera* ser defendido.

—No tengo a nadie más —protesté, haciendo todo lo posible para no soltar un gallo al decirlo.

—No, claro que no. Porque dejaste que los mataran a todos.

—Eso no es...

—Y tampoco me tienes a mí —añadió—. Vas a tener que arreglártelas solo.

—No puedes estar hablando en serio.

—Ya lo creo que puedo. Si te ayudo a salir, lo que haré será dejar a un cabrón asesino en libertad. Y acabar con mi propia carrera profesional, ya puestos.

—Pues vaya —repuse. Su actitud me estaba desquiciando de tal modo que me rebajé al sarcasmo—. Por supuesto, si de lo que se trata es de tu *carrera profesional*... Naturalmente. ¿Qué importancia tiene mi vida en comparación con tu carrera profesional?

Rechinó los dientes de forma audible, y las fosas nasales se le inflaron y se volvieron blancas. Como sabía desde nuestra niñez, era indicio de que estaba a punto de perder los estribos.

—Si puedo salvar mi carrera profesional, mantener a un asesino entre rejas y ayudar al cuerpo de policía...

—No estás ayudando al cuerpo —objeté, y es que ahora estaba seriamente irritado—. Tan solo estás ayudando a Anderson. ¡Y al hacerlo estás abandonando a tu propio hermano!

—*Adoptivo* —escupió—. No mi verdadero hermano.

Durante un muy largo momento, nuestras palabras permanecieron flotando en el aire entre los dos. Por mi parte, me sentía como si me hubieran propinado un martillazo. Que Deborah lo pensara, y que además lo dijera, estaba tan allá de todo posible decoro que no podía creer que efectivamente lo hubiera dicho. ¿Lo habría imaginado? Deborah nunca en la vida... ¿O sí?

Y por su parte, Deborah pasó un largo tramo de esa eternidad rechinando los dientes en mi dirección. En sus ojos apareció un pequeño, rápido destello de algo: el levísimo reconocimiento casi legible con todas sus letras de que comprendía que no tenía que haberme dicho una cosa así, de que ella misma no podía creer que me hubiera dicho una cosa así. Pero tal reconocimiento quedó atrás al instante, con mayor rapidez que una bala en el aire, y volvió a arrellanarse en el asiento hasta ponerse cómoda, asintiendo ligeramente con la cabeza, como si de hecho estuviera bastante contenta de haberme dicho por fin algo que llevaba tiempo en su mente. Y enton-

ces, para asegurarse de que mi hundimiento era completo y definitivo, volvió a decirlo:

—Adoptivo —repitió de forma ponzoñosa, sin levantar la voz—.
Nunca fuiste mi hermano de verdad.

Me clavó la mirada durante otra eternidad o dos, hasta que se
levantó, recogió sus papeles y se fue.

4

No sé cuánto tiempo seguí allí sentado. Una nueva eternidad, o eso me pareció. Hasta que reparé en que la mano de Lazlo estaba en mi hombro, instándome a levantarme de la silla. Dejé que me condujera de regreso a mi celda y me metiera en ella, aunque sin verdaderamente ver o escuchar nada de cuanto sucedía por el camino. En mi pobre cerebro maltrecho tan solo había espacio para una cosa, repetida una y otra vez hasta el infinito: *Nunca fuiste mi hermano de verdad.*

Lo había dicho. Deborah efectivamente había dicho esas palabras, y luego se había mostrado muy satisfecha de sí misma por haberlas pronunciado. Y después, por si no bastara con tan devastadora secuencia verbal, las había repetido, por si no las había oído bien la primera vez. Pero sí que las había oído. Y había seguido oyéndolas una y otra vez, y en ese momento no podía oír ninguna otra cosa.

Nunca fuiste mi hermano de verdad.

Sé muchas cosas sobre Mí. Por ejemplo, sé que nunca voy a cambiar. Siempre voy a ser Dexter el Monstruo, dotado de apariencia humana pero caminante por la vida con un pie siempre metido en la perpetua Oscuridad. Y también soy incapaz de sentir Verdaderas Emociones Humanas. Es un hecho, que tampoco resulta posible cambiar. No tengo sentimientos. No soy capaz.

En consecuencia, ¿qué eran esas *cosas* terribles que estaban asaeteándome, incrustándose en las paredes lisas y relucientes que me mantenían en una indiferencia tan fría como perfecta? ¿Este pavor que me retorcía el estómago, la sensación de que todo cuanto me rodeaba y anidaba en mi interior estaba enfermo, muerto, putrefacto y vacío? ¿De qué podía tratarse? Desde luego, lo que sentía era que se trataba de Sentimientos.

Nunca fuiste mi hermano de verdad.

Un poco, poquísimo, podía entender la decisión de Deborah de no ayudarme. Su carrera profesional lo era todo para ella y, al fin y al cabo, yo verdaderamente era todo cuanto ella me había espetado y temía que volviera a ser. Lo era y lo sería, de forma innegable, inmutable y entusiástica. Tenía cierto sentido que ella pensara de ese modo, y si bien yo nunca iba a respaldarlo como un plan de acción, por lo menos podía comprender el proceso mental que le había llevado a ese punto.

Pero esto, lo otro, el desmentido absoluto de nuestra vida siempre vivida a medias, la total negación de los lazos familiares, unos lazos que se remontaban a los años de mamá y la casa en el Grove y hasta incluían al Santo Harry y Su Plan... Eso de coger treinta y tantos años de existencia muy real y deshacerse de ella sin contemplaciones como si no tuviera más valor que un animal atropellado en una cuneta...

... Para después espetármelo a la cara, no una vez, sino *dos*, de una forma fría, implacable y, para decirlo todo, *cruel...* Eso no podía entenderlo. Eso iba mucho más allá del simple instinto de supervivencia, hasta adentrarse muy profundamente en el surreal terreno de la Perversión Emocional Humana, un reino que me estaba enteramente vedado —en lo referente a las Emociones, quiero decir—, de tal manera que ni podía empezar a entenderlo. Me resultaba imposible imaginar un conjunto de circunstancias que me pudiera llevar a volverle la espalda a Deborah de un modo tan completo, absoluto e inflexible. Era impensable, por mucho que pensara en ello.

Nunca fuiste mi hermano de verdad.

Una sentencia de muerte que seguía zumbando en mis oídos cuando esa noche apagaron las luces.

Continuaba zumbando a las cuatro y media de la mañana, cuando resonó el timbre estridente, agudo e innecesario. Por mi parte no necesitaba que me despertaran. No había dormido en absoluto. Tampoco había llevado a cabo ninguna otra función vital primordial. En realidad no había hecho más que yacer tumbado en el camastro y escuchar el incesante disco rayado de la voz de Deborah expulsándome para siempre de su vida, condenándome a una eterna oscuridad en solitario.

Trajeron el desayuno, entregado con alegre, invisible competencia a través de la ranura horizontal en la puerta. Estoy casi seguro de que me lo comí, pues la bandeja estaba vacía cuando la devolví por la abertura. Pero no sabría decir qué era lo que había comido. Podía tratarse de cualquier cosa: vómito de rana horneado, fritura de fosas nasales de comadreja, dedos humanos... lo que fuese. No me hubiera fijado.

Pero las cosas cambian. Por mucho que nos empeñemos, nada permanece inmutable. Todas las cosas —quizá os habréis fijado— tienen que cambiar, y hasta terminar. Llegado a cierto punto, incluso el peor sufrimiento empieza a atenuarse. La vida, o lo que pasa por la vida, sigue avanzando dificultosamente, dando pasos fatigados pero interminables, y de un modo u otro avanzamos a su ritmo, si no nos abandona la suerte. Con el tiempo, otros pequeños pensamientos comenzaron a gotear en el interior del Pozo de la Desesperación en el que me encontraba y, todo hay que decirlo, en el que me refocilaba. Fue esa precisa acción de refocilarme, o de empezar a disfrutar de mi sufrimiento un poquito demasiado, la que finalmente me devolvió a algo parecido a la lucidez. Comprendí que había iniciado mi propio rizo repetitivo, en perfecta armonía con las duras palabras de Deborah. Se trataba de una melodía simple, de una briosa versión de la vieja y conocida canción «Qué penita que doy». Y cuando al final me di cuenta de que eso era lo que estaba haciendo, fui consciente de mi estado mental y, a partir de ahí, consciente en general.

Y por fin, justo antes de que me trajeran un delicioso almuerzo formado por un sándwich de Extraña Carne Marronácea, Dexter se levantó de entre los muertos. Me senté en el camastro, me puse en pie e hice unos cuantos ejercicios de estiramiento. A continuación, todavía consciente del profundamente desdichado y solitario infeliz que era yo, me puse a pensar. Mi justamente famoso cerebro era el ultimísimo recurso que me quedaba; utilizarlo para reproducir constantemente una cancioncilla cruel estaba lejos de ser la función óptima para esa rara y valiosa maquinaria.

Así que estuve pensando. *Muy bien,* pensé, *estoy en la cárcel. Anderson ha estado maniobrando para que me tengan aquí encerrado en ausencia del debido proceso judicial. Deborah me ha abandonado. Mi abogado de oficio da la impresión de ser un merluzo desbordado de trabajo y poco atento a mi caso. Pero ¿verdaderamente se trata del fin del mundo? ¡Está claro que no! Todavía cuento conmigo mismo, con Yo, y es posible hacer muchas cosas con un recurso tan sofisticado como este.* Al verlo todo de esa guisa me sentí un poco mejor, y eso que, de hecho, tampoco estaba pensando en las medidas específicas que Yo podía tomar para sacarme a Mí Mismo del TGK. Pero ya pensaría en eso, también, y más tarde o más temprano daría con algún plan de acción diabólicamente inteligente.

Sin embargo, no llegué a trazarlo durante los siguientes días, por mucho que forzara mi poderosa máquina cerebral. Tenía claro que si pudiera acceder a las pruebas forenses relacionadas con los distintos asesinatos de los que se me acusaba, seguramente conseguiría defender mi inocencia de forma convincente. Gran parte de mi trabajo había consistido en prestar declaración en los tribunales, y la dura experiencia me había enseñado cómo hacer que los hechos escuetos cobraran vida ante los ojos de un juez y un jurado. Por lo general era divertido, pues el truco en realidad consistía en dramatizar un poco las cosas. A lo largo de los años me había vuelto bastante ducho en seleccionar un manojo de hechos más bien informes y hacer que cantaran *La Traviata* en un tribunal. Por supuesto, era probable que Anderson hubiera metido sus mugrientos dedazos en las pruebas forenses. Pero resultaba igualmente probable que hubiera descuidado algo importante o que hubiera dejado unas tan descomunales huellas dactilares que yo bien podría conseguir que el tiro le saliera por la culata. Fuera como fuese, estaba completamente seguro de que encontraría algo con lo que trabajar... si pudiera volver a mi laboratorio, claro está.

Si es que mi laboratorio seguía siendo *mío,* naturalmente. Era otra cosa en la que aún no había pensado. ¿Me habían despedido, suspendido de empleo y sueldo, olvidado de forma provisional o qué? No lo sabía, y el detalle podía ser muy importante.

Pero no había que olvidarse de Vince Masuoka, lo más parecido a un amigo que yo tenía en la vida. Vince sin duda seguía trabajando en el laboratorio, y estaba claro que me ayudaría, ¿no? Pensé en lo que sabía sobre él, sorprendentemente poco, teniendo en cuenta que habíamos pasado años seguidos trabajando juntos en perfecta armonía. Sabía dónde vivía, pues me había montado la fiesta de despedida de soltero en su casita. Sabía que se disfrazaba de Carmen Miranda en Halloween. Sabía que gustaba de frecuentar los clubes nocturnos; más de una vez me había invitado a ir con él. Yo siempre me había excusado, alegando obligaciones familiares. Y sabía que su risa era tan completamente falsa como la mía, aunque ni de lejos tan convincente. Era una de las razones por las que me sentía a gusto en compañía de Vince: porque saltaba a la vista que tenía tan poca idea como yo mismo sobre la mejor forma de ajustarse y encajar con el resto de la humanidad.

Pero, dejando aparte todo esto, ¿qué era lo que en realidad sabía sobre Vince Masuoka? No mucho, pensé, tras rememorar unos pocos rasgos superficiales como los arriba mencionados, que bien hubiera podido leer en algún sitio, y eso que Vince *era* mi mejor amigo. Es así como funcionan los seres humanos, ¿no? ¿Es que alguien de verdad *sabe* algo sobre los demás, por mucho que los «conozcan»? Me parecía imposible.

También me parecía una distracción estúpida. No importaba lo mucho o poco que conociera a Vince. Lo único que contaba era que me ayudaría. *Tenía* que ayudarme. Vince era lo único que me quedaba. Era, oficialmente, mi amigo… Y cuando la familia te da la espalda de manera tan dramática, tan solo te quedan los amigos. Mi amigo Vince me ayudaría.

Por tanto, mi siguiente gigantesco proyecto de obras públicas mentales fue el de buscar el medio de hacerle llegar un mensaje. Tenía que dar por sentado que Anderson haría todo lo que estuviera en su mano por abortar todos mis posibles intentos de comunicarme con alguien. De modo que no podía, sencillamente, llamar a Vince y decirle lo que necesitaba que hiciera para mí. Anderson se encargaría de impedírselo. Y si no se lo impedía, en todo caso sabría cuál era mi propósito y pondría punto final al asunto. Entre sus muchas cualidades personales, Anderson era un matón, y sin duda acosaría e intimidaría a Vince, de una forma mucho más dura y expeditiva de lo que el pobrecito, pequeño Vince podía tolerar. Así que tenía que encontrar el modo de indicarle a Vince que necesitaba su ayuda, pero sin que Anderson se lo oliera.

No me gusta fanfarronear en absoluto, pero tengo tan sobradas pruebas al respecto que pecaría de insincero si no reconociera que soy diabólicamente listo. No estoy jactándome, repito; sencillamente nací así. Algo tan trivial como enviar un mensaje que Vince pudiera entender pero Anderson no... tendría que haber sido pan comido para mí. Rebosante de seguridad en mí mismo, me puse a reflexionar, seguro de que mi tan activo cerebro pronto daría con un ardid ingenioso y retorcido. En unos pocos minutos y, sin esforzarme demasiado, encontraría la estratagema precisa.

No obstante, al día siguiente continuaba reflexionando. Era posible que el régimen alimenticio del TGK, si bien sano y nutritivo, no incluyera el pescado necesario para mantener mi funcionamiento mental al más elevado nivel. Pero no se me había ocurrido nada, y seguía sin encontrar la inspiración cuando, una vez más, algo después de la sabrosísima comida del mediodía, oí que se activaba el mecanismo de la puerta. Se abrió de nuevo, y Lazlo apareció en el umbral.

—Tu abogado está aquí —anunció.

Muy posiblemente me lo imaginé, pero tuve la impresión de que en sus palabras había algo más de respeto que en la ocasión anterior.

Salí de la celda y fui a la ventana grande y gruesa para vérmelas otra vez con Bernie y sus fabulosos documentos malabares, pero me detuve en seco a mitad de camino. Porque a Bernie no se le veía por ninguna parte. En su lugar, otro hombre estaba sentado en la silla situada tras el cristal. Un hombre distinto a todos cuantos hubiera visto, como no fuese en el cine. Todo en él parecía exhalar tranquila seguridad en sí mismo, poder y dinero. Estaba bronceado, en oposición al pálido Bernie, se mostraba relajado y confiado en lugar de exhausto, agobiado y confundido, e iba vestido con un traje tan diferente a los mugrientos andrajos de Bernie que resultaba imposible pensar que eran unas prendas de la misma especie.

El traje de ese hombre tiene vida propia. Rezuma vitalidad y buen juicio, y da la impresión de irradiar la misma perfecta salud que su portador. Este traje es del tipo que los sastres ambiciosos sueñan con confeccionar cuando se enteran de que un rey de otro país está de visita en la ciudad.

Noto la mano de Lazlo en mi hombro, me vuelvo y le miro sin comprender. Se limita a asentir con la cabeza y me empuja hacia la ventana.

Y me siento, convencido de que todo responde a un error gigantesco y cómico a la vez, pero dispuesto a seguir el juego, aunque solo sea para romper el tedio. Miro al hombre a través del cristal; asiente de nuevo con la cabeza y me concede una breve sonrisa profesional. En la mano lleva un hermoso portadocumentos de cuero italiano con unos papeles perfectamente alineados. Con la otra mano coge el teléfono, me lo enseña para que lo vea y enarca una ceja en mi dirección.

Cojo el auricular que tengo al lado.

—Señor Morgan —dice en tono dinámico, y sin consultar sus papeles en absoluto (es posible que no quiera ensuciar el cuero del portadocumentos).

—Sí. Quiero decir, que sí, soy yo, ¿pero…?

Vuelve a asentir con la cabeza y me brinda una sonrisa que parece ser amistosa, si bien advierto que es tan fría y falsa como mi propia sonrisa.

—Me llamo Frank Kraunauer.

Parpadeo. El suyo es un nombre que tan solo conozco de los periódicos. Un nombre que raras veces es verbalizado, y únicamente en forma de susurros reverentes. El abogado de los famosos Frank Kraunauer se las arregla para que absuelvan a otro cliente horrorosamente culpable mientras bebe champán francés a sorbitos en la cubierta de su yate. Por supuesto que el muy desalmado era culpable, pero su defensor no era otro que *Frank Kraunauer*. Los asesinos y los jefazos de los cárteles de la droga le tienen en altísima estima, pues basta que Kraunauer abra la boca para que las cadenas que los sujetan cesen de existir por arte de magia. Estamos hablando del Novak Djokovic de los tribunales: un raquetazo suyo, y los criminales vuelan por encima de los muros.

Y ahora está aquí, por la razón que sea… ¿para ver a una insignificancia como yo?

Kraunauer me concede unos cuantos segundos para que me haga cargo del increíble caché vinculado a su nombre, y a continuación explica:

—Me han contratado para que le represente. Como es natural, si prefiere seguir con su actual abogado de oficio, el señor Feldman...

Su sonrisa se ensancha al decirlo, claramente divertido por la idea de que alguien pudiera ser tan incauto para decantarse por Bernie y no por Él.

Personalmente, no lo veo tan divertido. Me siento asombrado, confundido y, todo hay que decirlo, un tanto suspicaz.

—No lo sé —respondo con precaución—. ¿Quién le ha contratado?

Asiente con paciencia, dando la impresión de ser un hombre que aprecia que sus posibles clientes sean del tipo cauteloso.

—El acuerdo es un poco inusual —reconoce, y estamos hablando de un individuo que ha defendido a traficantes de drogas al por mayor, quien probablemente está acostumbrado a que le paguen con maletas llenas de billetotes manchados de sangre—. Pero tengo instrucciones de notificarle que quien me ha contratado es el señor Herman O. Atwater.

Ladeó la cabeza, mostrándose divertido al tiempo que insuperablemente competente y seguro de sí mismo. Por supuesto, el traje ayudaba mucho.

—¿Conoce al señor Atwater? —agregó, levantando una ceja perfectamente recortada.

La suya fue una actuación muy meritoria, digna de aplauso incluso, pero Dexter no se Deja Despistar. El cerebro de Dexter finalmente está girando a su ritmo predilecto de nueve millones de revoluciones por minuto. Para empezar por lo más obvio, no conozco a nadie llamado Herman O. Atwater, y nunca lo he conocido. En segundo lugar, es difícil de creer que un absoluto desconocido haya contratado al abogado más brillante —y en consecuencia el más *caro*— de Miami para que me defienda. Por consiguiente, el nombre tiene que ser falso, por alguna razón que se me escapa.

Pero ¿por qué? La única posible razón para emplear un nombre falso es la de mantener el anonimato, lo que implica que el señor Atwater no quería que nadie supiera que tenía algo que ver conmigo...

Pero, alto: él sin duda querría que *yo* supiese quién era. O, mejor dicho, *ella*. Tan solo una persona cercana asumiría los gastos de contratar a Kraunauer, cuyas minutas son legendarias. Pero el hecho es que *no* tengo una persona cercana, no entre los vivos, cuando menos. No pueden haber sido mis amigos, pues aparte de Vince, en realidad no tengo ninguno. Y sé amargamente bien que Deborah no ha sido. En su momento dejó las cosas clarísimas, y no podía creer que hubiera cambiado de forma tan espectacular.

Si eliminaba a los amigos y a la familia, ¿quién quedaba entonces? En todo el ancho mundo, no había nadie a quien mi muerte pudiera importarle el recto de un roedor, si bien todo apuntaba a que el listado de quienes preferirían verme muerto últimamente estaba disparándose. Así que no se trataba de un desconocido, ni de un amigo ni de un familiar, lo que dejaba a...

Vuelvo a parpadear. Un minúsculo rayo de luz se asoma a la oscura, tempestuosa vorágine que es la mente de Dexter.

Había estado esforzándome al máximo en dar con una solución astuta. Alguien se me había adelantado, de modo completo y evidente. Alguien que de hecho había dado varias vueltas a la pista en torno a mí mientras yo seguía inmovilizado sin atender al pistoletazo de salida. Me sentí invadido por una cálida, maravillosa sensación de alivio y noté que mis poderes mentales por fin me respondían. Supe de quién se trataba. El nombre lo decía con claridad.

Herman O. Atwater.

La «O» no significaba Oscar, ni Oliver ni siquiera Oliphant. De hecho, no significaba nada. Tan solo *conectaba*. Con *Herman*. Herman-O, o sea, *hermano*. En Miami todo el mundo entendía español y sabía lo que quería decir esa palabra.

Lo de *Atwater* no era más que la rúbrica final, la pista definitiva, una pista tan absolutamente privada y personal que nadie más en el mundo podía descifrarla. Tampoco se trataba de un nombre, sino de un emplazamiento: *At the water* —«en el agua»—, en un contenedor de transporte de mercancías, donde me había evadido a una vida normal para siempre y había renacido en la sangre. En el agua, allí donde habían encontrado al pobre, traumatizado Dexter de cuatro años de edad, después de haberse pasado tres días sentado en un charco formado por la sangre de su madre, solo por completo en el mundo, excepto por la cortada cabeza de mamá... y de otra cosa relativamente viva, si bien tan completamente muerta en su interior como yo mismo.

Un pequeño, frío contenedor de transporte *en el agua*, angosto y abandonado, un horror manchado de sangre pegajosa, con tres personas en el interior: mamá, Yo y mi hermano. Mis parientes consanguíneos.

Mi hermano, renacido junto al agua, igual que yo mismo. Mi *hermano* Atwater.

Brian.

Resultaba que no *toda* mi familia había optado por arrojarme al basurero de la historia. Mi Verdadera Familia acababa de llegar en mi ayuda. Mi hermano, Brian, había contratado al mejor abogado de la ciudad para que me representara.

Si hubiera necesitado tanto tiempo para formar esas ideas en mi mente como para expresarlas en el papel, estoy seguro de que Kraunauer hubiera tenido que irse por cuestión de una importante reunión con alguno de sus muchos manicuros y pedicuros. Pero cuando el cerebro de Dexter rinde a todo ritmo, esta anonadante concatenación de conclusiones tiene lugar a la velocidad de la luz, y sin que apenas hubiera transcurrido un momento yo ya estaba sonriendo y asintiendo a Kraunauer con la cabeza.

—Pues claro —confirmé por el auricular—. Mi querido Herman. Qué considerado por su parte.

—¿Sabe quién es el señor Atwater? —repitió.

—Naturalmente.

—¿Y es su intención que sea yo quien le represente en este caso? ¿En lugar del señor Feldman? —preguntó, adornándose con su ligera sonrisilla de superioridad.

Le devolví una sonrisa mucho más amplia y bastante más sincera.

—Por supuesto —respondí.

Hizo un gesto de asentimiento, una y dos veces, y abrió el bonito portadocumentos de cuero, de un modo que estaba diciendo:

por supuesto, qué otra cosa iba a responder, y bueno, entremos en faena de una vez.

Contempló los papeles y meneó la cabeza.

—Me temo que se han dado unas circunstancias un tanto *inusuales...* —Se detuvo y levantó la vista hacia mí—. Ciertas irregularidades.

No estaba seguro de lo que quería decir, pero las últimas experiencias me decían que seguramente no era algo positivo.

—¿Irregulares? ¿En qué sentido? —pregunté, sin estar muy seguro de querer escuchar la respuesta—. Quiero decir, ¿irregulares para *bien*?

—*Bien* —repitió, como si la palabra fuera de mal gusto—. No, si estamos hablando en términos legales. —Hizo un gesto de desaprobación, pero un diente solitario relució, como el de un lobo que tuviera problemas para esconder sus colmillos. Levantó los documentos y continuó—: Me temo que no puedo describir nada de esto como *bueno*.

—Oh —repliqué, sin saber muy bien qué pensar—. Pero, en fin, ¿qué es lo que quiere decir? En lo referente a mi persona...

Kraunauer sonrió, y los colmillos de lobo ahora fueron perfectamente visibles.

—Se lo explicaré de esta manera. Lo que quiero decir es que si mañana a esta hora sigue usted encerrado aquí en el TGK, entonces soy hombre muerto. —Cerró el portadocumentos e hizo que su sonrisa se ensanchara, mucho—. Y no tengo ninguna intención de morir a corto plazo, señor Morgan.

5

Será que en algún lugar del universo verdaderamente existe una dei-
dad malévola que protege y cuida de los Perversos con arrobo. Pues
Kraunauer no murió, y su palabra resultó ser tan valiosa como el oro,
o más incluso, si tenemos en consideración la tremenda inflación que
últimamente se ha dado en el mercado del oro. En cualquier caso, el
oro no hubiera bastado para sacar a Dexter de la cárcel de la noche a
la mañana, pero Kraunauer se bastó y se sobró para hacerlo, de forma
literal. A primera hora de la mañana siguiente, bastante antes de que
tuviera otra ocasión de degustar las epicúreas delicias del almuerzo
en el TGK, estaba pestañeando bajo el sol en el aparcamiento situado
frente al edificio y preguntándome qué iba a hacer a continuación.
Me habían devuelto mis ropas y todo cuanto me habían quitado
a la llegada, así como una gruesa carpeta con papeles, que supuse
con detalles sobre mi puesta en libertad y terribles amenazas sobre
mi más que segura vuelta a la prisión. Hice un bulto con todas las
cosas y tuve el gusto de ponerme mis propias ropas. Para ser completamente sincero, había terminado por aburrirme un poco del
mono de alegre color anaranjado, por lo que me encantó volver a
vestir mis propias prendas, aunque fueran un poco sosas en comparación. Eso sí, mis pantalones seguían luciendo algunas de las manchas de sangre procedentes de la agitada velada de carnicería multi-
víctimas anterior a mi detención, mientras que el mono por lo
menos había estado libre de manchurrones de sangre al cien por
cien. En todo caso, la vida del hombre de éxito es una serie de
acuerdos y transacciones, de forma que no vertí lágrimas por la pérdida del mono naranja. También me habían devuelto la billetera, el
teléfono y hasta el cinturón. El cinturón era lo principal; me sentía
eufórico de veras al saber que ahora era muy libre de ahorcarme, si

me apetecía. No lo hice, por supuesto, pero era posible que empezase a considerar la posibilidad, si no se me ocurría una forma de volver a casa. Me habían llevado a ese lugar en un coche de la policía. Por desgracia, ningún otro coche patrulla estaba esperándome para hacer el trayecto de vuelta. Aunque la verdad era que ya había tenido más que suficiente trato con la policía para un tiempo. Mucho mejor sería ir andando, y el paseo me sentaría bien. Un bonito recorrido de veintitrés kilómetros a paso ligero hasta llegar a casa sin duda mejoraría mi circulación y pondría una sonrisa en mis labios y una canción en mi corazón.

Por otra parte, estaba en Miami o, lo que es lo mismo, hacía calor, cada vez más intenso. Sería toda una vergüenza salir de la cárcel para, sencillamente, morirme de una insolación. Si esperaba el tiempo suficiente, quizá apareciese un taxi. Y si esperaba un poquito más, quizá construyeran una vía férrea que llevara directamente a la puerta. Me parecía igual de probable.

No se me ocurrían muchas más opciones. Aunque me habían devuelto el teléfono, huelga decir que el aparato estaba muerto por entero después de su desdichado encarcelamiento. De modo que estaba de pie dándole la espalda a la puerta principal, mirando estúpidamente mi entorno. La vista era mucho más agradable desde allí: por detrás se erguía la deliciosamente ominosa fachada gris del edificio, y a mi alrededor se extendía, en un prodigio de diseño que estimulaba el intelecto, una alta valla de alambre de espino. Había coches aparcados absolutamente por todas partes, incluso en espacios que no llegaban a ser espacios. Los vehículos aparcados cubrían tres de los lados del edificio y se desparramaban más allá del gran aparcamiento emplazado en la parte posterior. Estaban apretujados en parejas bajo los árboles, estacionados sobre las medianeras y en las plazas reservadas a los bomberos. En cualquier otro punto de la ciudad, tal demencial amontonamiento de vehículos sin duda sería combatido con la grúa y con multas a diestro y siniestro. La ironía daba que pensar: en esa *prisión* de verdad, en la que estaban encarcelados individuos contumaces a la hora de hacer caso omiso del parquímetro o las normas de estacionamiento, nadie parecía molestarse por semejante caos automovilístico.

Lo que daba que pensar en otra ironía: con tantos vehículos detenidos por todas partes, ninguno de ellos iba a servirle al pobre Dexter recién salido de la cárcel para volver a casa. No me parecía que fuese justo. Pero, por supuesto, nada en la vida es justo, como no sean algunos juegos de mesa a la antigua usanza.

En fin. La libertad es una espada de doble filo, pues lleva consigo la tremenda carga de la Independencia. Y ahora sabía, por amarga experiencia, que mi espíritu ansiaba respirar el aire de la libertad, y que tenía que estar dispuesto a pagar el precio.

Y lo estaba. Pero, la verdad, si pagar ese precio significaba andar hasta mi casa, hubiera preferido abonar mi Libertad con una tarjeta de crédito.

Y allí seguía, parpadeando bajo la brillante luz del sol y diciéndome que ojalá tuviera unas gafas de sol. Y mi coche. Y, qué demonios, un bocadillo de jamón asado y queso al estilo cubano y un refresco de la marca Ironbeer. Y llevaba allí más de tres minutos cuando me di cuenta de que una bocina de automóvil estaba sonando cerca, a intervalos regulares. El sonido procedía de mi derecha. Por simple curiosidad y nada más, eché un vistazo en esa dirección.

A unos quince metros de distancia, la calzada con las cunetas atiborradas de coches torcía a la derecha. Justo después, al otro lado del alto vallado de alambre se extendía un gran solar, asimismo atestado de coches.

Medio escondido tras la puerta abierta de uno de los automóviles, con un brazo metido en el interior para hacer sonar la bocina, se encontraba un hombre vestido con ropas de vacaciones veraniegas, tocado con una gorra de béisbol y con unas grandes gafas de sol. Levantó una mano e hizo una seña, hizo sonar la bocina otra vez, y —con un respingo— me di cuenta de que era a mí a quien estaba haciendo señas. También me di cuenta de quién era, a pesar de su estrafalario disfraz de turista. Mi hermano, Brian.

Las leyes de nuestro Universo no son demasiado permisivas en lo tocante a las coincidencias increíbles. La presencia de Brian en ese lugar, tan poco después de haberme enviado un vale para mi Puesta en Libertad por medio del señor Frank Kraunauer, de ningún modo podía ser una coincidencia. Casi al momento deduje que Brian había venido a recogerme, y que valía la pena aprovechar la oportunidad. En consecuencia fui andando a paso rápido hasta el vallado que separaba su coche del centro de detención.

Brian me miró llegar en su dirección, con su característica sonrisa terriblemente falsa, cuyo resplandor resultaba casi insoportable bajo la centelleante luz del sol. Cuando estuve a tres metros de distancia, levantó la mano y señaló a mi derecha.

—Hay un agujero en el vallado —informó. Señaló con el índice y agregó—: Ahí mismo.

Efectivamente, a cosa de medio metro había un boquete en el vallado. Parecía haber sido muy usado y era lo bastante ancho para permitirme pasar por él con comodidad. Al cabo de unos segundos me encontré en el barro, junto al Jeep color verde de mi hermano y mostrándole la mayor parte de mi dentadura.

—Brian —dije.

—El mismo que viste y calza —confirmó. Con un gesto señaló el asiento del copiloto en su automóvil—. ¿Me dejas que te lleve, hermanito?

—Te dejo. Acepto y te doy las gracias.

Brian se sentó frente al volante mientras yo rodeaba el vehículo; cuando entré en él, el motor estaba en marcha y el aire acondicionado en funcionamiento.

—También te doy las gracias por ese fantástico regalo que me has hecho —dije, mientras me abrochaba el cinturón de seguridad—. Lo de Frank Kraunauer ha sido una sorpresa estupenda.

—Bueno, bueno —repuso Brian con modestia—. Tampoco tiene tanta importancia.

—Sí que la tiene, y mucha. Estoy en libertad.

—Sí. Pero no de forma permanente, ¿verdad...?

—Seguramente no. Eso sería pedir demasiado, ¿no crees?

—Eso me temo. Este mundo es un asco.

—Kraunauer hizo que el juez me pusiera en libertad, pues los documentos eran irregulares a más no poder, pero es casi seguro que el fiscal del estado volverá a intentarlo. El hombre se muere de ganas de asumir el caso.

—Y de ir a por ti, ¿no?

—Y de ir a por mí —confirmé—. Pero de momento estoy libre. —Hice una reverencia en su dirección, en la medida de lo posible, pues llevaba el cinturón puesto—. Así que gracias.

—Bueno, al fin y al cabo... —dijo Brian, poniendo la marcha atrás y alejándose del vallado— para eso está la familia, ¿no?

Pensé con melancolía en mi otra familia, en Deborah en particular.

—A veces no sé qué pensar —respondí.

—En cualquier caso —afirmó él, mientras avanzábamos por el fango del baldío en dirección a la calle—, tampoco me ha resultado tan difícil. Tú harías lo mismo por mí, ¿verdad?

—Ya. *Ahora* sí que lo haría, desde luego. Aunque no sé si podría pagar la minuta de Kraunauer.

—Por eso no te preocupes —replicó, haciendo un gesto con la mano—. Últimamente me ha estado yendo bien. Y al fin y al cabo, no es más que dinero.

—Bueno, pero sigo estándote la mar de agradecido. Ese lugar es un poco claustrofóbico.

—¿Verdad?

Salió a la calle lateral y, un momento después, a la avenida 72 NW. Contemplé su perfil, tan parecido al mío, mientras conducía con despreocupación, y me pregunté si él mismo habría estado encerrado alguna vez en el TGK. Había muchas cosas que no sabía sobre Brian, sobre su pasado en particular. Nos habíamos separado siendo todavía muy jóvenes: yo para vivir con Harry y con Doris como un Morgan... o como un Morgan de pega, según me había enterado ahora. Brian no lo había tenido tan fácil; había crecido en una serie de casas de acogida, reformatorios y, posiblemente, cárceles. Nunca me había dado muchos detalles sobre ese período, y yo tampoco le había preguntado. Pero me parecía más que probable que estuviera al cabo de la calle de la vida en el Talego.

Se giró y vio que estaba mirándolo; enarcó una ceja.

—Y bien —dijo con voz alegre—. ¿Y ahora qué?

Quizá iba a quedar como un estúpido —de forma justificada, atendiendo a mis últimos comportamientos—, pero no tenía una respuesta. Había estado tan obsesionado por salir de la cárcel que no había pensado en casi nada más.

—No lo sé —reconocí.

—Tal como yo lo veo —expuso—, quizá lo mejor sea que no des muchas señales de vida durante una temporada. ¿Qué te parece? —Se volvió hacia mí y levantó las cejas—. ¿Sí? Bien, pues me he tomado la libertad de reservarte una habitación en un hotel pequeño y tranquilo.

Parpadeé.

—Me estás ayudando mucho, hermano.

—Nada, nada, no hay problema —dijo en tono jovial—. La he pagado con una bonita tarjeta de crédito anónima.

Lo pensé un momento. Brian tenía toda la razón del mundo al decir que necesitaba estar fuera de la circulación hasta que supiera por dónde iban los tiros. Pero, por extraño que parezca, sin llegar a decir que me moría de ganas de volver a casa, sentía la necesidad de ver algunos lugares y cosas familiares, para borrar del todo el recuerdo de mi celda y sentirme verdaderamente libre otra vez.

—¿Puedes llevarme a mi casa? —pregunté—. Me gustaría ducharme y cambiarme. Y hasta sentarme un rato en un sofá de verdad.

—Pues claro —respondió—. ¿Y después?

—No sé. Hay demasiadas cosas que no sé.

—¿Qué cosas?

Suspiré con fuerza, sintiendo que el entero peso de la libertad se cernía sobre mis hombros. Todo parecía ser muy fácil cuando el mundo se reducía a mi celda y el patio, y a adivinar qué diantres habían metido en el sándwich. Ahora...

—Todas las cosas, o eso me parece. Todo cuanto sé es que el inspector Anderson me odia y que hará lo posible por inculparme de todo esto. Y por lo que entiendo —añadí, mirando por la ventana con remordimiento—, Deborah también me odia, en igual medida.

—Eso tengo entendido —repuso en tono neutro.

Brian evitaba a Deborah a conciencia, lo que simplemente era lo mejor que podía hacer, pues la única vez que ella le había visto fue aquella noche hace ya unos años en que él la sorprendió, la maniató con cinta americana en el interior de un almacén y me instó a matarla. Este tipo de encuentros pueden dificultar un poco el desarrollo de una relación personal. Deborah pensaba que Brian estaba muerto, si es que pensaba en él alguna vez. Monstruo sensato y prudente, Brian por su parte prefería no disipar dicha ilusión.

—Bueno, no estoy seguro de cuál es mi situación en el trabajo, pero necesito hablar con mi amigo Vince y ver qué clase de indicios tienen en mi contra.

—¿Vince es ese fulano asiático? —preguntó él.

Asentí con la cabeza.

—Sí, me has hablado de él antes.

Condujo rampa arriba y entró en la autovía Palmetto, en dirección al este.

—Incluso si me han despedido o suspendido de empleo y sueldo, creo que Vince me ayudará —apunté.

—Ejem —soltó, y la onomatopeya sonó tan falsa como cuando uno la ve impresa en un papel—. Ahora que lo dices, resulta que he ido a visitar al amigo Vince.

Le miré sorprendido. Para Brian, acercarse a un coche patrulla constituía un riesgo. Entrar en la comisaría era una muestra de demencia casi tóxica.

—¿En serio? —pregunté—. ¿Entraste en el edificio? ¿Fuiste al laboratorio?

Volvió a mostrarme los dientes.

—Nada de eso —respondió—. Esperé a que Vince saliera para almorzar. Y le seguí a un pequeño restaurante cerca de la calle 8… Chez Octavio's. ¿Te suena?

Asentí con un gesto. Conocía Octavio's; aunque lo de Chez no tenía el menor sentido. En aquel garito servían la que seguramente era la peor cocina cubana en toda la ciudad. Pero sí que era barato en extremo, y Vince era muy tacaño.

—¿Te has enterado de algo? —le pregunté

—De unas cuantas cosas que tienen su qué —contestó Brian, mientras se despedía con un despreocupado gesto de la mano de un enorme camión cisterna que acababa de adelantarle porque sí—. Para empezar, Vince Masuoka sí que es tu amigo. —Volvió a brindarme aquella sonrisa suya terriblemente falsa—. Hasta cierto punto.

—Siempre hay un cierto punto —observé.

—Muy cierto. Sin embargo, Vince es más amigo tuyo de lo que quizá piensas.

—Se interrumpió para tocar la bocina mientras una camioneta con tres grandes perros de caza en la caja descubierta serpenteaba entre dos carriles, al parecer con el propósito exclusivo de situarse ante nosotros y ralentizar nuestro avance. Brian enfiló el carril derecho y la adelantó. Los canes nos contemplaron con lúgubre apatía cuando pasamos por su lado.

—En todo caso, y para que lo sepas —prosiguió Brian—, el inspector Anderson ha estado apretándole las clavijas a base de bien.

—Apretándole las clavijas… ¿para qué?

Brian volvió a sonreírme.

—Oh, para casi nada en absoluto —contestó en tono jovial—. Para que hiciera unas cuantas insignificancias: para que hiciera desaparecer pruebas, para que falsificara sus informes, para que cometiera perjurio… el tipo de tonterías sin importancia que tú y yo haríamos sin pensarlo dos veces.

—¿Y Vince se negó? —pregunté, un tanto maravillado.

Vince era un alfeñique, y llamarle «apocado» era poco.

—Se negó —corroboró Brian, asintiendo con la cabeza—. Por mucho que esa mala bestia de Anderson fuera a verle, con un mosqueo de importancia. Anderson incluso se lo dijo a vuestro jefe, quien le ofreció apartar a Vince del caso si no aceptaba seguirle el juego. Y entonces —agregó, con entonación acaso un poquito demasiado dramática—, Vince hizo algo verdaderamente inimaginable.

—No me digas. —Traté de pensar en un comportamiento verdaderamente inimaginable en el caso de Vince, pero no se me ocurrió nada—. ¿El qué?

—Fue a la oficina del fiscal del estado y lo contó Todo —declaró Brian con solemnidad—. Con pruebas documentales, informes y demás, todos ellos torpemente amañados por Anderson de su puño y letra.

—Vaya. Eso sí que es inimaginable. —Y lo era. No que Anderson hubiera amañado torpemente los documentos, por supuesto. Eso ya me lo figuraba. Pero, en primer lugar, que un miembro del cuerpo denunciara a otro miembro del cuerpo ante el fiscal del estado era por completo ajeno al Código No Escrito. En segundo lugar, que esa persona hubiera sido Vince, un tan notorio cobardica… la verdad era que aquello desafiaba a la imaginación—. ¿Y qué pasó? ¿Kraunauer por eso me sacó de la cárcel con tanta rapidez?

—Nada de eso, mi querido hermano —refutó Brian—. Olvídate de una explicación tan ingenua. El mundo funciona de una forma bastante más complicada.

—También es complicado sacarte una respuesta —comenté—. ¿Qué hizo el fiscal del estado?

—Pues le dijo que se fuera a tomar viento —contestó Brian con voz pensativa—. Una expresión propia de vejestorios, la verdad.

—¿El fiscal del estado le dijo *eso*?

—O algo muy parecido —fue su respuesta—. Espero no haber hecho añicos tus ilusiones, hermanito.

—Mis ilusiones por lo general no tienen que ver con el fiscal del estado.

—Ya, claro —convino Brian—. Parece poco probable que un simple inspector de policía haya podido manejar al fiscal del estado. Pero cosas más raras se han visto.

—No lo dudo. Pero no creo que las cosas fueran por ahí. —Brian me miró y levantó una ceja—. Ni siquiera un bruto cejijunto y un enano mental como Anderson se atrevería a tratar de intimidar al fiscal del estado —añadí—. Pero…

Lo pensé: un denunciante esforzado y sincero se presenta en la oficina del fiscal del distrito con un informe documentado referente a malas prácticas, negligencia profesional y manipulaciones varias. Y los de la oficina del fiscal del distrito no le dan al informante un varonil apretón de manos y las gracias más profundas —como uno esperaría—, para a continuación lanzarse hechos una furia contra el perpetrador de marras. No, le dicen que se pierda. En principio, una situación de ese tipo no encaja con lo que en general suponemos que tiene que hacer la oficina de un fiscal. Pero, por supuesto, como yo sabía mejor que bien, nada en absoluto de nuestro sistema judicial se ajusta a lo que *se supone* que tiene que ser. Supongo que lo mismo vale para la mayoría de las cosas en la vida. ¿Cuándo fue la última vez que os encontrasteis con un camarero que era *un camarero* de verdad, y no un actor / escritor / bailarín frustrado que se gana la vida como puede a la espera de que suene la flauta. Aunque, claro está, en el caso de la Justicia, en el que hay tantas vidas que se la están jugando a cara o cruz, el envite es mucho más serio, y uno hace lo posible por esperar lo mejor.

Y bueno, la Esperanza es para aquellas personas incapaces de ver la Verdad. Y, mirad por dónde, en ese preciso instante creí estar viendo la Verdad.

—Ajá —exclamé—, si me perdonas la palabreja anticuada.

—No es más anticuada que eso de mandar a alguien a tomar viento —replicó Brian—. Así que dime.

—Para empezar, mi caso se ha convertido en un duro golpe para el cuerpo de policía, a nivel nacional.

—Internacional —corrigió él—. En México también han estado informando sobre tus andanzas largo y tendido.

—En consecuencia, necesitan resolverlo —continué—. Y necesitan hacerlo cargándole las culpas a alguien como yo.

—Bueno, ya. ¿Y quién mejor que tú mismo?

—Nadie. Pero hay más. Supón que eres un abogado.

—Por favor —objetó Brian, estremeciéndose de forma muy real—. Todavía tengo algunos principios.

—Y ahora supón que uno de tus clientes, o muchos de ellos, han sido condenados a partir de unas pruebas proporcionadas por el inspector Anderson.

—Oh.

—Sí. Si te enteras de que Anderson manipuló pruebas una vez…

—Entonces lo tienes fácil para convencer a un juez de que en realidad las ha manipulado *dos veces* —completó Brian.

Asentí con un gesto.

—O más veces. Quizá cada vez, en cada uno de los casos. Y el inspector Anderson ha llevado muchos casos a lo largo de su carrera. Como les sucede a tantos otros inspectores de policía.

—Y de pronto las calles se llenan de criminales recién puestos en libertad —repuso Brian.

—Justamente. Cosa que muchas personas preferirían evitar.

—Vaya, vaya —dijo con jovialidad—. Vivimos en una época muy curiosa.

—En la que también pasan muchas cosas —agregué—. Y de pronto tienen que revocar todas las sentencias de los últimos cinco años. ¿Y?

Ahora era mi turno de efectuar una pausa de tipo dramático.

—Pero, hombre, ¿es que hay *más* todavía? —preguntó Brian con horror fingido.

—Tan solo te diré una cosa. En Florida, el fiscal del estado es elegido *por votación*.

—¡Ah, pues fantástico! —exclamó con alegría sincera—. ¡Una estupidez que nos viene de maravilla!

—¿Verdad? Como decía Shakespeare, la clemencia no es cualidad forzosa... pero el que la otorga es alguien que está en el cargo porque estuvo apelando a los instintos más bajos del populacho.

—Alguien que está obligado a presentar un impresionante historial de sentencias condenatorias para ser reelegido —dedujo Brian.

—Eso mismo.

—Ahora ya lo tenemos todo —concluyó. Torció por la rampa de desvío y entramos en la I-95 en dirección sur.

—Casi.

—Por Dios, ¿es que hay *más*? —inquirió, con horror fingido otra vez.

—Muy posiblemente.

—Cuéntame.

—Verás —dije lentamente—, tan solo estoy especulando, pero ¿y si fuera *yo* el que...?

—Un momento —cortó él, frunciendo el ceño por primera vez—. El pobrecito Vince... ¿sin duda no se atreverían a...?

Me encogí de hombros.

—Como digo, es una simple especulación. Es posible que no estén pensando en *matarlo* directamente.

—Ya —apuntó Brian—. Pero sí que pueden estar pensando en el descrédito, la deshonra, el deshonor, el despido.

—Casi con toda seguridad —manifesté.

—Y eso no podemos permitirlo. Porque Vince es nuestro as en la manga, y le necesitamos vivito y coleando, y creíble a más no poder.

Miré a mi hermano con cierta ternura. Había ido al grano, sin recurrir a la acostumbrada palabrería sobre la amistad, la gratitud o el honor. Era bonito estar con alguien que pensaba de forma tan parecida a la mía.

—Exactamente —respondí.

—Pero si Anderson tuviera un accidente desafortunado... —aventuró.

—Reconozco que es tentador. Pero eso parecería un poquito demasiado conveniente para mí.

—Sin duda tendrías una coartada formidable —consideró, de manera un poquito demasiado seductora, o eso me pareció—. Nadie podría hacerte cargar con el mochuelo.

Negué con la cabeza.

—Deborah lo sabría —aduje—. Ya me ha venido a avisar de que cualquier día se va de la lengua y me vende.

—Mmm... —musitó, y adiviné lo que iba a sugerir antes incluso de que lo dijera—. Quizá podrían darse *dos* accidentes desafortunados...

Quería decirle que se olvidara del asunto, que lo dejara, que se borrara la idea de la mente. No Deborah, nunca mi hermana, sin que importara lo que pudiese pasar. Era inconcebible, por completo descartable, ni remotamente posible... pero me detuve y me puse a pensar. La negación de la simple idea de Accidentar a Deborah había sido un puro reflejo irreflexivo por mi parte, y, como sucede con tantos reflejos irreflexivos, no terminaba de resistir el peso del pensamiento lógico. Antes nunca la hubiera tomado en consideración, ni por un segundo; la lealtad y las obligaciones familiares, inculcadas por Harry en su momento y reforzadas por años de aceptación y de práctica, lo hacían imposible. Deborah era irreflexivamente intocable. Era el Fuego del Hogar, Sangre de mi Sangre, tan parte integral de mí como mi propio brazo.

Pero ¿y ahora?

¿Ahora, después de que ella me hubiera desdeñado, despreciado y desconocido de modo tan absoluto...? ¿De que hubiera renegado así de Mí y de todo cuanto soy? ¿De veras resultaba impensable hacer que Debs se sumiera en el Largo Viaje Oscuro *ahora*, cuando ella misma me había dejado claro que no descartaba en absoluto hacerme exactamente lo mismo a Mí?

Sentí un pequeño, avieso, ronroneo en lo más hondo de mi ser, allí donde descansaba el Pasajero, anidando entre sombras y telarañas, y oí que me susurraba lo que yo ya sabía en el fondo. No era impensable, en absoluto. De hecho, de pronto resultaba muy pensable.

No solo eso: incluso podía ser pintado con una ligera pátina de verdadera justicia, un poco al estilo del Viejo Testamento. Debs quería verme muerto... y lo más conveniente para mí seguramente era verla muerta antes, en perfecto desquite a lo Ojo por Ojo.

Me acordé de sus palabras: *Nunca fuiste mi hermano de verdad.* Continuaban doliéndome, y sentí que la rabia ardía a fuego lento bajo la superficial capa de buenos modales pintada por Harry en su momento. ¿Así que nunca fui su hermano de verdad? Muy bien. Eso significaba que *ella* nunca fue mi hermana de verdad. A partir de ahora nunca más íbamos a ser ni hermanitos ni familia ni nada de nada.

Y *eso* significaba que...

Me di cuenta de que Brian estaba canturreando con felicidad, tan desafinadamente que ni podía reconocer la canción. Se sentiría igual de feliz, y hasta mucho más feliz, si le diera el permiso para cargarse a Debs. Él no entendía mis antiguas objeciones, y estaba claro que por su parte no tenía dudas. Al fin y al cabo, nunca se había considerado familiarmente vinculado a Deborah; esa había sido mi trágica falacia vital. Y aunque era tan incapaz de albergar sentimientos humanos como cualquier otro reptil, Brian era quien había acudido en mi ayuda, después de que Debs me la hubiera denegado haciendo gala de una extraordinaria, desdeñosa aversión hacia mi persona. La Gran Ilusión de mi relación fraternal con Deborah había sido expuesta como el fiasco que era, rechazada para siempre, revelada como una patraña a la que surgieron verdaderos problemas. Y en su lugar, el vínculo de la sangre finalmente había demostrado ser real.

Y sin embargo...

Seguía costándome mucho pensar en un mundo sin Debs.

Brian había dejado de canturrear; le miré. Me miró a su vez, con su horrorosa sonrisa postiza en el rostro.

—¿Y bien, hermanito? —preguntó—. ¿Qué te ha parecido la oferta del día? ¿Dos por el precio de uno?

No pude aguantarle la mirada. Aparté la vista hacia la ventana.

—Aún no —respondí.

—Muy bien. Como quieras —replicó, y noté la decepción en su voz.

Continuó conduciendo; yo seguía con la mirada puesta en la ventanilla. Sumido en sombríos pensamientos, no terminaba de fijarme en el paisaje, ni siquiera cuando estábamos acercándonos a mi casa y todo era cada vez más familiar. Ninguno de los dos volvimos a decir palabra hasta que, unos veinte minutos después, Brian finalmente lo hizo.

—Ya estamos —dijo, aminorando la marcha. Y entonces añadió—: Vaya.

Miré a través del cristal. A poca velocidad, Brian pasó sin detenerse por delante de mi casa, el hogar que había compartido con Rita durante tanto tiempo. Y frente a la casa estaba aparcado otro coche.

Un coche patrulla.

6

Como posiblemente he mencionado, Brian sentía auténtica aversión a la policía en todas sus formas, y no tenía intención de detenerse a charlar con los dos agentes que veíamos en el interior del coche. Nos miraron, haciendo su trabajo de vigilar el tráfico, con aspecto de estar aburridos pero siempre preparados para salir volando del auto y abrir fuego si de pronto sacábamos a relucir un obús o tratábamos de venderles drogas. Pero, la mar de tranquilo, Brian les sonrió y saludó con una ligera inclinación de la cabeza y siguió avanzando con lentitud hasta dejar atrás la casa, momento en que señaló un edificio adyacente, en una excelente imitación del Paseo de los que Examinan Residencias, costumbre del sur de Florida que implica conducir a una velocidad enloquecedoramente lenta mientras contemplas las viviendas que quizá un día estén en venta. Era el camuflaje idóneo, y los dos polis apenas nos miraron un segundo, antes de proseguir con su conversación, sin duda centrada en los deportes o el sexo.

Sin embargo, aquella seguía siendo mi casa, en la que estaban la mayoría de mis pertenencias terrenales. Quería entrar en ella, aunque solo fuera para cambiarme de ropa.

—Da la vuelta a la manzana —indiqué a Brian—. Me dejas en la esquina, y vuelvo andando.

Brian me miró con preocupación.

—¿Te parece que es seguro? —preguntó.

—No lo sé —respondí—. Pero es mi casa.

—Según parece, también es el escenario de un crimen —recordó él.

—Sí que lo es. El inspector Anderson me ha robado la casa.

—Ya —repuso, como si se tratara de una nimiedad—. Como te dije, tienes reservada habitación en un hotel.

Hice un gesto de negación, sintiéndome repentinamente testarudo.

—Es mi casa —repetí—. Tengo que intentarlo.

Brian suspiró de manera teatral.

—Muy bien. Pero me parece que se trata de un riesgo enorme, menos de una hora después de haber salido de la cárcel.

—No va a pasarme nada —aseguré, aunque en realidad ni de lejos me sentía tan optimista. Hasta el momento, Anderson y la poderosa Vorágine de la Justicia habían hecho lo que habían querido conmigo, y no había razón para pensar que las cosas fueran a cambiar por el simple hecho de que Frank Kraunauer ahora me estuviera representando. Pero uno tan solo puede tratar de salir adelante en este Valle de Lágrimas, razón por la que me bajé del coche de Brian rebosante de esperanza sintética, con una alegre falsa sonrisa pintada en el rostro. Metí la cabeza en el interior del coche y dije—: Ve al centro comercial que hay en la esquina. Volveré andando a la que haya terminado.

Brian se encogió en el asiento y me miró con detenimiento, como si temiera no volverme a ver nunca más.

—Si en media hora no estás allí, llamo a Kraunauer —advirtió.

—Cuarenta y cinco minutos —dije—. Si entro, quiero pegarme una ducha.

Me miró otra vez y meneó la cabeza.

—No me parece buena idea en absoluto —declaró.

Cerré la portezuela, y se marchó con lentitud en dirección a la autovía Dixie.

Entendía la inquietud de Brian. La suya era una cautela perfectamente natural en alguien que tenía un concepto muy particular de la diversión. Siempre había considerado que los policías eran el Enemigo, unos depredadores rivales en la cadena alimentaria, a los que convenía evitar por todos los medios. No obstante, por mucho que compartiese unos gustos parecidos a los suyos, yo no tenía esa innata aversión a los uniformes azules. Mi peculiar educación y carrera profesional me habían familiarizado con los polizontes, a quienes entendía tan bien como a cualquier otro ser humano.

Así que fui andando hacia el coche patrulla, con la sonrisa de pega todavía fija en el rostro, y di un golpecito en el cristal de la ventanilla.

Dos cabezas se volvieron hacia mí en perfecta sincronía, y dos pares de ojos fríos, uno azul y otro marrón, me contemplaron dispuestos y sin pestañear. Valiéndome de la mímica, pedí que bajaran la ventanilla. El propietario de los ojos oscuros, el más cercano a mí, me miró un momento más y, finalmente, bajó la ventanilla.

—¿Puedo ayudarle en algo, señor? —preguntó el agente, arreglándoselas para que la palabra *ayudarle* sonara lo más amenazadora posible.

Hice que mi sonrisa se ensanchara un poco, pero el agente no pareció conmoverse. Era delgado, de unos cuarenta años de edad, con la piel olivácea y el pelo negro y corto. Su compañero, un hombre mucho más joven y muy pálido, con el cabello rubio cortado al estilo de los marines, se inclinó para mirarme.

—Sí, eso espero —respondí—. Verá, esa casa de ahí es mi casa. Y, eh, estaba preguntándome si podría entrar y recoger unas cuantas cosas.

Ninguno de los dos se mostró comprensivo; siguieron sin pestañear.

—¿Qué tipo de cosas? —preguntó Ojos Oscuros.

Más que una pregunta, parecía una acusación.

—Una muda de ropa, quizá —contesté en tono esperanzado—. Y posiblemente un cepillo de dientes.

Ojos Oscuros terminó por pestañear, pero su expresión no se suavizó de forma visible.

—La casa está sellada con precinto. Nadie puede entrar ni salir.

—No sería más que un minuto —supliqué—. Pueden acompañarme y vigilarme, si quieren.

—He dicho que *no* —replicó Ojos Oscuros, y su tono ahora estaba degenerando de la frialdad a la hostilidad activa.

Aunque no tenía la menor esperanza de hacerles cambiar de opinión, no pude evitarlo e insistí con una especie de patético gemido:

—Pero es mi casa.

—Era su casa —respondió Ojos Azules—. Ahora es un elemento material probatorio.

—Ya sabemos quién es —me espetó Ojos Oscuros, abiertamente rabioso a esas alturas—. Usted es el puto psicópata que asesinó a Jackie Forrest.

—Y a Robert Chase —terció Ojos Azules.

—Nos ha hecho quedar como unos gilipollas —agregó Ojos Oscuros—. A todos los del puto cuerpo. ¿Se da cuenta?

Por mi mente pasó un sinnúmero de respuestas ingeniosas, como: *No, nada de eso, se bastaron y se arreglaron solitos* o *Es posible, pero está claro que ustedes mismos contribuyeron al asunto* o hasta *Tampoco me resultó tan difícil.* Y en circunstancias normales, no hubiera vacilado en verbalizarlas una tras otra. Pero mientras miraba a Ojos Oscuros sentado en el asiento, comprendí que era muy posible que el humor de una ocurrente réplica por el estilo no terminara de penetrar en aquellas orejas suyas tan pegadas a las sienes. De hecho, Ojos Oscuros daba la impresión de ser por completo incapaz de encontrar motivo alguno de regocijo en un mundo que incluyera a mi persona, razón por la que me abstuve de pronunciar esos *bon mots*.

—Se supone que tiene que estar en la cárcel —añadió Ojos Oscuros—. ¿Qué carajo anda haciendo por aquí?

—Lo mejor es que llamemos y avisemos —intervino Ojos Azules.

—Me han puesto en libertad esta misma mañana —respondí con rapidez—. De forma perfectamente legal. —Pensé en esbozar una sonrisa tranquilizadora, pero se me ocurrió que era mala idea.

Ojos Azules ya estaba hablando por la radio, mientras su compañero abría la portezuela del coche y salía para encararse conmigo haciendo gala de toda la majestad de la ley y de una furia apenas controlada. El efecto no terminaba de ser convincente, porque Ojos Oscuros no mediría mucho más allá de uno sesenta, pero el hombre hacía lo posible por alzarse sobre su indignación.

—Contra el coche —ordenó, moviendo la cabeza para señalar el automóvil.

Abrí la boca para protestar que no había hecho algo que lo justificara, pero su mano en ese momento se acercó a la pistola. Cerré la bocaza y me puse contra el coche.

Crecí entre policías, y toda mi carrera profesional se había desarrollado entre ellos, razón por la que sé perfectamente cómo hay que ponerse contra el coche. Tengo que decir que lo hice bastante bien. Pero Ojos Oscuros sin embargo me propinó dos patadas a fin de que separase más los pies y me empujó con fuerza contra el auto, con la clara intención de que me golpeara la cabeza. Teniendo en cuenta su estado de ánimo, quizá hubiera hecho mejor en no decepcionarle, pero al fin y al cabo se trataba de mi cara, por lo que corrí el riesgo y amortigüé el topetazo con las manos.

Me registró con rapidez, teniendo buen cuidado de hacerme daño «accidentalmente» siempre que era posible. A continuación llevó mis manos a mi espalda y me puso las esposas. Como es natural, las apretó de forma realmente excesiva. Cosa previsible después de su anterior actuación, pero no era mucho lo que yo podía hacer al respecto. Y luego, siempre agarrándome con una mano, abrió la portezuela trasera del coche patrulla.

Por supuesto, sabía lo que se disponía a hacer. Meterme en el asiento trasero de un empujón, de tal forma que mi frente se la pegara «accidentalmente» contra el techo del vehículo. Me preparé, con la idea de evitar el golpetazo en la medida de lo posible. Pero, por suerte para mí, antes de que pudiera empujarme, su compañero intervino:

—Ramírez, un segundo.

Ramírez se detuvo, pero casi al momento me agarró por la muñeca y estiró mis brazos hacia arriba con fuerza. Me hizo daño.

—Tú deja que lo meta en el coche —replicó.

—¡Ramírez! —insistió Ojos Azules—. En comisaría dicen que le dejemos marchar.

Ramírez me agarró con más fuerza todavía.

—Este individuo está oponiendo resistencia a una detención —masculló.

—No, no lo estoy haciendo —dije.

Y era verdad. Si acaso, estaba oponiendo resistencia a la circulación de la sangre. Mis manos estaban tornándose amoratadas por efecto de las prietas esposas.

Pero Ramírez seguía metido en su papel de Matón con Placa, y estaba claro que todo lo demás le daba igual. Me empujó contra la carrocería.

—Es su palabra contra la mía —rechinó.

—Suéltalo, Julio, que no está detenido —intervino Ojos Azules—. Haz lo que te digo; tienes que soltarlo. Julio, me cago en la mar, suéltalo de una vez.

Se produjo una pausa que encontré bastante larga, y a continuación oí un ruido similar al del vapor escapándose de un radiador, esperé que emitido por Ramírez al decidir que realmente tenía que dejarme en libertad.

Así fue. Me soltó los brazos de forma abrupta y, al cabo de un segundo, abrió las esposas. Me volví y le miré. Saltaba a la vista que estaba esperando que me escabullera acobardado, pensando en alguna amenazadora frase de despedida que me encogiera el corazón y, probablemente, confiando en que podría asomar el pie y hacerme la zancadilla cuando por fin retrocediera. Ramírez también estaba mucho más cerca de lo necesario, en clásica añagaza de matón. Quizá pensaba que así no me daría cuenta de lo bajito que era. Pero sí que me daba cuenta, como me había percatado de todos sus estúpidos, mezquinos intentos de intimidarme, causarme dolor y, en términos generales, ponerle fin al canto de mi corazón. Su acoso había terminado por irritarme. De modo que en lugar de escabullirme, di un paso hacia él, sin acercarme lo suficiente para darle una razón para abrir fuego, pero sí para recordarle que yo era mucho más alto y obligarlo a erguir el cuello un poco más si quería seguir mirándome.

—Julio Ramírez —dije, asintiendo ligeramente con la cabeza para indicarle que iba a acordarme—. Pronto recibirá noticias de mi abogado. —Me detuve lo justo para que pudiera empezar a esbozar una sonrisa despectiva y agregué—: Mi abogado se llama Frank Kraunauer.

Naturalmente, yo sabía bien que el nombre de Kraunauer resultaba realmente mágico; a su mera mención, los jueces hacían reverencias y los jurados se desmayaban de gusto. Mi esperanza era la de que asimismo ejerciese cierto efecto en Ramírez, y al instante me vi recompensado por una reacción que superó mis expectativas y cuya contemplación fue muy gratificante. El policía de hecho se puso blanco y dio un paso atrás.

—Yo no he hecho nada —protestó.

—Es su palabra contra la mía —respondí. Le di un momento para que captara el mensaje, esbocé una ancha sonrisa y añadí—: Y la de Frank Kraunauer.

Parpadeó con rapidez, y su mano empezó a aventurarse hacia la funda de la pistola.

—Mierda, Julio, ¿vas a entrar en el coche de una vez? —preguntó Ojos Azules.

Ramírez sacudió la cabeza.

—Puto psicópata de mierda —me espetó.

Se subió al coche y cerró la portezuela de un portazuelazo.

Era un pequeño triunfo, poco considerable en comparación con la incapacidad de ducharme y ponerme una ropa sin sangre reseca en la tela. Pero no dejaba de ser un triunfo, y la victoria últimamente me había sido esquiva. En cualquier caso, resultaba mucho mejor que hacerme con unos cuantos moratones faciales y ser conducido a comisaría con las manos esposadas. De forma que adopté una expresión de seguridad en mí mismo, me di media vuelta y volví sobre mis pasos calle arriba, en dirección al centro comercial donde Brian estaba esperándome.

Fui andando con rapidez, en parte porque era lo que más se ajustaba a mi expresión de seguridad, en parte porque quería poner cierta distancia entre mi persona y el coche patrulla, por si Ramírez cambiaba de idea y decidía perder los estribos por completo y darme para el pelo de una vez por todas. Incluso así, necesité algo más de diez minutos para doblar la esquina y caminar la media manzana de distancia hasta el aparcamiento del pequeño centro comercial. El día ahora era mucho más caluroso, por lo que estaba sudando tinta, y echaba más en falta que nunca la posibilidad de ducharme y ponerme ropa limpia. Pero, por lo menos, Brian estaba allí, estacionado frente a la tienda de colchones, con el motor en punto muerto. Me vio llegar, reparó en mi rostro sudoroso y en mi ropa no cambiada, y asintió con la cabeza, con una sonrisa postiza de simpatía en la cara.

Rodeé el automóvil y me subí al asiento del copiloto.

—Y bien —dijo a modo de saludo—. ¿Tengo que entender que las cosas no han salido exactamente como esperabas?

—No andas desencaminado. —Levanté las muñecas visiblemente magulladas y enrojecidas por las esposas—. Surgió un pequeño contratiempo.

—Por lo menos tienes que agradecer el hecho de que no soy de esos que siempre andan diciendo: *Ya te lo dije.*

—¿Acaso no acabas de decirlo?

—Nadie es perfecto —sentenció mientras ponía el auto en marcha—. Y ahora ¿qué?

Suspiré, sintiéndome repentinamente harto de todo. La euforia de mi recién conseguida libertad y la adrenalina de mi encuentro con Ramírez estaban disipándose. Me sentía entumecido, cansado, abrumado por la monstruosa injusticia que estaban cometiendo conmigo… y también fastidiado por el hecho de que no me dejaran entrar en mi propia casa. No tenía ni idea de lo que iba a hacer a continuación. Lo único que había proyectado era pegarme una ducha en mi pequeño, acogedor plato de ducha y ponerme ropa limpia y que oliera bien. Pero ¿ahora?

—No lo sé —dije, y la fatiga asomó a mi voz—. Supongo que lo mejor es que vaya al hotel. Pero no tengo ropa limpia ni… —Suspiré otra vez—. No lo sé.

—Ya veo —repuso Brian, asumiendo una repentina voz de mando—. Puedes registrarte en el hotel en cualquier momento; en ese sentido no hay problema. Pero primero tienes que estar presentable. —Miró las rodillas de mis pantalones y señaló con el mentón. La sangre reseca seguía allí, de forma bastante visible—. No puede ser que andes así por la vida. —Meneó la cabeza con expresión de disgusto—. Unas manchas muy feas, que no puedes ir enseñando por ahí. Darían mucho que hablar.

—Supongo que tienes razón —apunté—. Entonces, ¿qué hacemos?

Brian sonrió.

—En nuestro país hay una máxima muy sabia y venerable. En caso de duda, lo mejor es ir de compras.

Tampoco me parecía tan sabia. Si la seguía al pie de la letra, estaría condenado a pasar el resto de mis días vagando por el centro comercial. Pero pensé que, en ese preciso instante, posiblemente tenía razón. De forma que levanté un dedo fatigado en un encomiable intento de mostrar entusiasmo y respondí:

—A por ello. Y pagamos con tarjeta.

Brian estuvo de acuerdo.

—Siempre es más práctico que el efectivo.

7

Brian condujo unas cuantos kilómetros por el tráfico relativamente fluido de la mañana y entró en el aparcamiento de un Walmart Supercenter. Le miré con extrañeza al comprender adónde nos estaba llevando. Me brindó su sonrisa horrorosamente falsa y comentó:

—Te mereces solo lo mejor, mi querido hermanito.

Aparcó lo más cerca posible, y me quité el cinturón y abrí la portezuela, pero me detuve al ver que Brian no hacía movimiento alguno para salir y acompañarme.

—Si no te importa —se disculpó—, prefiero esperar aquí. —Se encogió de hombros—. No me gustan las multitudes.

—No hay problema.

—¡Ah! —exclamó de repente—. ¿Tienes dinero?

Me lo quedé mirando un instante. Hasta el momento, había estado dando más o menos por sentada su tan poco característica generosidad, y se me acababa de ocurrir que quizá estaba haciendo mal. Era mi hermano, y era lo más parecido a mí que había en el mundo... y por esa precisa razón, de pronto no tenía sentido que se mostrara tan atento y servicial. Pero, por mucho que le diera vueltas al asunto, no se me ocurría ningún posible motivo oculto. Quizá sencillamente estaba tratando de ser el perfecto hermano mayor. Resultaba difícil de creer, pero ¿de qué otra cosa podía tratarse? Así que le mostré lo que era una sonrisa postiza *de las buenas*.

—Llevo dinero encima. Muchas gracias.

Entré en los almacenes sin poder evitar seguir haciéndome preguntas. ¿Cómo se explicaba que Brian dedicara tanto tiempo, dinero y esfuerzo a otra persona, aunque esa fuera yo? Dudaba mucho que yo hubiera hecho otro tanto en su lugar. Y, sin embargo, era lo que estaba haciendo, y la única explicación momentánea era la más obvia de todas: que éramos hermanos, lo que no justificaba en absoluto todas sus buenas obras.

Es posible que me equivoque al asumir constantemente lo peor, al dejarme siempre llevar por una paranoia propia del cerebro de un lagarto, pero era lo que había. Así era mi mundo, y mi amplia experiencia y el largo estudio de los seres humanos nada han hecho para convencerme de que las demás personas son muy distintas. La gente hace cosas por razones egoístas. Ayudan a otros porque esperan conseguir algo a cambio: sexo, dinero, progreso personal o una mayor ración de postre, eso da lo mismo. Siempre hay algo, sin excepciones. En vista de los cuidados a lo Mary Poppins que estaba dispensándome, Brian tenía que estar esperando una recompensa sustancial. Y no se me ocurría una sola cosa que pudiera darle a mi hermano y que él no pudiera obtener por su cuenta de forma más fácil y barata.

¿Qué quería Brian?

Por supuesto, si obligaba a esta pregunta a combatir en un circo romano con las cuestiones más escabrosas y de mayor calado que me amargaban la existencia, sería destrozada y devorada en un santiamén. Los motivos de Brian casi con toda seguridad estaban lejos de ser puros, pero el hecho de que me estuviera ayudando resultaba mucho menos peligroso para mi existencia que el inspector Anderson, el fiscal del estado y mi probable regreso a una celda. Estaba convencido de que Brian no representaba un verdadero peligro para mí, y lo que yo tenía que hacer era concentrarme en los muy reales y grandes peligros para mi vida, en la libertad y en la dedicación a la vivisección. Y no solo eso; también tenía que comprarme ropa interior.

De modo que me relajé, entré en los almacenes y me abrí paso entre la multitud enloquecida, evitando cuidadosamente casi todos los intentos de atropellarme con los carros de la compra. En realidad era muy agradable dejarse llevar un poco por aquella atmósfera de mezquino egoísmo homicida. Una sensación balsámica, a decir verdad. Me sentía como en casa, la mar de cómodo entre Mi Gente, hasta tal punto que durante un rato me olvidé de mis problemas y dejé que las sanadoras ondas de malevolencia psicótica y tacaña se hicieran con mi ser.

Encontré ropa interior formidable, exactamente igual a la que siempre llevaba, así como un nuevo cepillo de dientes, unas cuantas camisas, pantalones... y hasta una maleta azul brillante para meterlo todo en el interior. Y compré un cargador para mi teléfono y una o dos cosas más que me hacían falta. Fui con el carro a la caja e hice cola pacientemente, sonriendo mientras embestía con el carro a cuantas personas trataban de colarse recurriendo a distintas artimañas. Era divertido, y la cosa se me daba bien; al fin y al cabo, yo también había crecido allí. En mi interior anidaba ese magnífico Espíritu de Miami que puede resumirse en las frases: «¡Jódete! ¡Porque yo me lo merezco!» Y empecé a ponerme otra vez en la piel del viejo Dexter, quien en efecto creía merecérselo todo.

Brian estaba esperando con paciencia allí donde lo había dejado, escuchando la radio. Tiré las bolsas con mis compras en el asiento trasero, abrí la portezuela del copiloto y me metí en el coche. Para mi pequeña sorpresa, en la radio estaba sonando un programa con llamadas de los oyentes, del tipo en que unos imbéciles sin remisión cotorrean sus secretos más íntimos ante un público de alcance nacional, con la vana esperanza de que un psicólogo pueda convencerlos de que son personas reales, importantes y más valiosas que los elementos químicos que forman sus cuerpos. Por supuesto, la presentadora del programa nunca es una psicóloga; lo normal es que tenga un diploma de jugadora de voleibol expedido por algún centro municipal. Pero *sí* que es una persona que habla con voz reconfortante y vende toneladas de cereales para el desayuno en beneficio de la cadena.

Este tipo de programas siempre me había parecido apenas un poco más divertido que una operación quirúrgica menor efectuada sin anestesia. Pero Brian tenía el ceño fruncido, la cabeza ladeada y daba la impresión de estar escuchando con interés mientras la presentadora explicaba que orinarse en la cama era perfectamente normal, incluso a tu edad, y que lo principal era no permitir que influyese en tu autoestima. Levantó la mirada cuando cerré la puerta y me miró con cierta vergüenza, como si le hubiera pillado haciendo alguna trastada.

—Es una de mis pequeñas aficiones secretas —dijo a modo de disculpa. Apagó la radio—. Cuesta mucho creer que exista gente así.

—Existe —aseguré—. Y su número nos sobrepasa en cantidad.

—Tú lo has dicho —observó, poniendo el coche en marcha—. Pero todavía cuesta creerlo.

Me condujo a un hotel situado cerca de la universidad. Además de encontrarse cerca de mi antiguo hogar y del lugar donde estudié, era limpio y barato, y yo conocía todos los restaurantes del vecindario. Una vez más, se quedó a la espera en el exterior mientras yo me registraba en el vestíbulo. Una vez que tuve la llave de mi habitación en la mano, salí y fui hacia el coche. Bajó la ventanilla. Me apoyé en la puerta del auto y dije:

—Todo en orden.

—¿No ha habido problemas? —preguntó... de forma un poquito demasiado inocente, o eso me pareció.

—Ninguno en absoluto —respondí—. ¿Es que tendría que haberlos?

—Uno nunca sabe —sentenció con desenvoltura.

Le mostré el sobrecito con la llave de plástico.

—Estoy en la 324.

Asintió con la cabeza.

—Todo en orden, pues.

Nos miramos un segundo el uno al otro, y una vez más me vino a la mente la idea maligna y despreciable de que posiblemente Brian esperaba conseguir algo a cambio, y que la cuestión de los pagos por los servicios prestados en mi familia *siempre* había sido una cabronada. Pero aparté de mi mente tan deleznable idea.

—Gracias, Brian. Que sepas que aprecio todo lo que has hecho por mí.

Esbozó su tan horrísona sonrisa.

—Olvídalo. Siempre estoy para echar una mano. —Me incorporé, y grité—: ¡Seguiremos en contacto!

Subió la ventanilla y se fue.

La habitación 324, como quizá hayáis adivinado, se encontraba en el tercer piso del hotel. Estratégicamente encajada entre la máquina de hielo y el ascensor, ofrecía unas incomparables vistas del edificio de enfrente. Pero estaba limpia, era cómoda y resultaba completamente anónima, lo que ya me iba bien en ese momento.

Conecté el teléfono al cargador y desempaqueté mi vestuario exiguo pero funcional. Y me encontré con que ya había hecho todas las tareas importantes del día, si bien me sentía sorprendentemente exhausto. Me dejé caer en la cama y contemplé mis nuevos dominios. La habitación era muy pequeña, pero daba la impresión de resultar enorme en comparación con mi minicelda en el TGK. Tanto espacio libre me ponía nervioso. Con el tiempo me acostumbraría, naturalmente... lo más probable es que fuera justo antes de que me arrastraran de vuelta al TGK, una vez tomada la decisión de volver a detenerme.

Cosa que harían con casi completa seguridad, y más pronto que tarde. En consecuencia, lo que ahora necesitaba era sumirme en la acción vigorosa y positiva. Era mi única esperanza: la de encontrar una forma de descarrilar su tren incluso antes de que partiera de la estación. Ahí estaba la clave. En pasar a la ofensiva. En ir a por ello. En hacer algo.

Y, sin embargo, por las razones que fueran, me sentía sencillamente incapaz. De pronto, todo me parecía fútil, imposible, una completa pérdida de tiempo y energía. Yo no era más que un pequeño insecto en el parabrisas, y las escobillas del limpiaparabrisas, prestas a sacarme sin contemplaciones del cristal, eran múltiples, enormes y poderosas. Daba igual lo que yo tratara de hacer; simplemente eran demasiado fuertes y descomunales. Y estaba lo que se dice irremediablemente solo, incluso con mi abogado tan postinero. Yo era David, pero Goliat esta vez iba armado con un bazuca.

Sentía que la vitalidad me abandonaba de forma tan rápida y completa como si alguien hubiera desconectado un enchufe, y una neblina oscura y lúgubre estuviera envolviéndome. Me había permitido albergar esperanzas, en contra de mi buen sentido. Las esperanzas tan solo sirven para que la eventual decepción inevitable resulte aún más dolorosa. Era una lección que tendría que haber aprendido a esas alturas... desde el mismo momento en que Deborah finalmente se presentó y me soltó un tremendo guantazo porque había tenido la osadía de albergar esperanzas. Estaba solo por completo en un mundo que nada quería de mí, como no fuera quitarme la vida, y eran ellos los que iban a ganar la partida. Tenían todas las armas, establecían las reglas del juego y siempre ganaban. Yo iba en cuesta abajo, y pensar lo contrario era puro autoengaño y fantasía. Más valía que me fuera acostumbrando a la idea de que, con mucha suerte, iba a pasar el resto de mis días encerrado en una celda. Era lo que iba a pasar, de forma irremediable. No tenía sentido fingir otra cosa, tratar de evitarlo... nada tenía sentido. Todos cuantos me querían habían muerto o habían cambiado de idea, y lo peor de todo era que tampoco podía reprochárselo. Merecía ser así excluido y encerrado en compañía de todos los demás monstruos. Yo no era distinto; sencillamente había tenido más suerte. Había disfrutado de una racha estupenda, más larga de lo habitual, que ahora se había terminado. Era preciso aceptarlo, acostumbrarse, tirar la toalla y olvidarse del asunto.

Tumbado en la cama, pensé que ese colchón por lo menos era más grueso que el de la celda. Tendido boca arriba, hice lo posible por disfrutar del lujo de la cama enorme y mullida. Por desgracia, el diseño de ese colchón en particular respondía a un nuevo concepto ergonómico; tenía forma de sopera, con una gran depresión en el centro, sobre la que caí rodando tan pronto como bostecé y abrí los brazos. Incluso así, era un poquitín superior al de mi celda, de forma que me retorcí un poco hasta que me encontré cómodo. Lo conseguí: se estaba muy bien, por mucho que la cosa llevara a pensar en un hula-hoop extrañamente esponjoso. Qué pena dejar todo eso atrás.

Hice todo lo posible por reunir cierto entusiasmo para defenderme y seguir fuera de la cárcel, por seguir disfrutando de esa lujosa libertad cada vez que quisiera. ¿O es que la libertad no merece cierto esfuerzo? Por supuesto, la libertad va más allá de los colchones suaves y cóncavos. Hay otras cosas en el mundo que están mucho más cercanas al corazón de Dexter... ¡como la comida! Por eso sí que valía la pena luchar, ¿verdad? ¡Comida de la buena, maravillosamente variada, en cualquier momento que me apeteciera, durante el día o la noche!

Por desgracia, me vino a la mente la imagen de un Dexter Espadachín con capa y espada, batiéndose de forma bravía por el honor de una pizza, lo que no era fácil tomar en serio como motivo para levantarse de la cama. Por lo demás, la comida nunca más iba a ser tan buena como la que cada noche compartía con Rita. Y Rita estaba muerta, asesinada por culpa de mi personalísima forma de estúpida ineptitud.

La comida todavía había sido mejor con Jackie Forrest, mi querida estrella de la gran pantalla, el billete de ida a una existencia nueva y más brillante... pero la misma estupidez ciega y absoluta había brotado de mis poros y terminado con ella también. Las dos muertas, con los cadáveres ante mis pies, porque mi incompetencia monstruosa e ignorante, petulante y demencial las había matado, de manera tan segura como si yo mismo las hubiera acribillado a tiros. Toda la culpa era mía y de mi imbecilidad, inutilidad y torpeza congénitas.

¿Y ese era el imponente conjunto de conocimientos y pericias que quería utilizar contra el monumental edificio del sistema judicial? *¿Cuáles son tus probabilidades, Dexter? Estamos hablando de un payaso patético y penoso que ha demostrado que no sabe dónde está el suelo ni cuándo se la pega de bruces contra él. En su contra tenemos a la policía, los tribunales, el sistema penitenciario, los agentes federales, la infantería de marina y posiblemente los talibanes... ¿De veras creías que esta vez ibas a hacerlo mejor, Dexter Mentecato? ¿Por qué no asumes la realidad y reconoces que simplemente tuviste suerte? Una suerte que se acabó para siempre cuando dejaste que Jackie Forrest muriera. La única buena noticia es que ya no hay más personas que vayan a ser asesinadas por culpa de tu incompetencia.*

Cerré los ojos y dejé que la tristeza flotara a mi alrededor. Estaba muy contento de mi incapacidad para sentir emociones humanas. Si pudiera, seguramente me hubiera puesto a llorar.

Pero, una vez más, esa pequeña chispa de conciencia, ese diminuto demonio que me contempla, se echó a reír y me envió una imagen: Dexter el Amargao, tumbado en un colchón informe en un hotel de medio pelo, presto a lloriquear por los errores del ayer. ¡La vida no merece ser vivida! ¡Sumido en la más honda tristeza! ¡Y así sucesivamente!

Y, una vez más, la imagen era lo bastante grotesca como para despertarme de mi abúlico letargo. Sí, vale, de acuerdo, todo era oscuro, negro, sombrío, irremediable, absurdo, carente de sentido, desprovisto de propósito. ¿Qué había cambiado? Nada en absoluto. Sencillamente había olvidado, de un modo u otro, que la vida era lucha, y que la única recompensa era que te dejaran vivir un poco más y porfiar más todavía. La vida en familia me había aplatanado y, después, la deslumbrante ilusión de la vida que bien podía llevar junto a Jackie me había demolido. Pero todo eso era historia, y ahora tocaba volver a empezar por el principio. Y si lo pensaba bien, el único propósito vital que he sido capaz de encontrar en toda mi existencia es el de no morirme. No podías dejar que te empujaran por la puerta para que salieras modosamente a esa bonita noche oscura. Lo que tenías que hacer era rebelarte, pelear y cerrar la puerta de un portazo, pillándoles los dedos a todos esos cabrones. Ese era el desafío: retrasar el final de tu lucha personal durante tanto tiempo como pudieras. La cuestión no era ganar; eso nunca lo conseguías. Nadie puede ganar en un juego cuyo final es la muerte de todos, siempre, sin excepción. No, la verdadera cuestión era resistirte, pelear y disfrutar del combate. Y por los clavos de Cristo que iba a hacerlo.

Abrí los ojos.

—Vamos, vamos —repuse con suavidad—. Eres la bomba, Dexter.

Muy bien, había aceptado el desafío. Dexter iba a batirse en duelo.

Era posible que no saliera vencedor; casi seguramente no iba a ganarlo. Pero todos se enterarían de que había plantado cara y batallado.

Tomada esa decisión, al momento me sentí mejor. *Bien hecho, Dexter. Muéstrales lo que vales. A ti no te tose ni Dios, van a enterarse de lo que vale un peine, etcétera.*

Aunque hay un pequeño detalle: ¿cómo vas a hacerlo?

Era estupendo tomar la determinación de Hacer Algo, claro está, pero ahora tenía que definir «Algo», darle vueltas al asunto, escoger ciertos gusanos específicos y decidir dónde iba a morderlos el pez. Lo que implicaba que tenía que Pensarlo todo Muy Bien, cosa que, bien mirada, tampoco resultaba tremendamente alentadora.

Mi antaño poderosa mente no se había lucido mucho en los últimos tiempos, y yo ya no sentía esa absoluta seguridad de machote rebosante de testosterona a la hora de meterme en una pelea. Pero era lo único que tenía y, la verdad, ¿mi mente acaso no merecía una última oportunidad para redimir su honor? Más todavía cuando esa muy probablemente iba a ser la última oportunidad de todas.

Por supuesto que la merecía; mi mente tan solo estaba haciendo lo que podía, la pobrecilla. De modo que, con una palmadita en la espalda, la animé a resolver el problema. *Ánimo, sé que puedes hacerlo...*

Con timidez al principio, con creciente confianza después, mis pensamientos empezaron a cobrar forma. Para empezar, existían dos puntos de ataque evidentes a primera vista. El primero consistía en encontrar las pruebas de que era otro quien había hecho todo aquello. Lo que tendría que ser simple, incluso elemental, palabra que mi mente sugirió para dejar claro que estaba recobrando algo de su antiguo salero. Al fin y al cabo, era otro quien lo había hecho *en realidad*. Robert Chase. Pero él era universalmente querido, sobre todo por los policías, de los que había sido tan amigo. Iba a tener que encontrar pruebas muy sólidas de su culpabilidad, lo que resultaría complicado. Anderson sin duda tendría el control de todas las pruebas forenses y pondría sordina a cualquier cosa que apuntara a alguien cuyo nombre no fuese Dexter.

Lo que me llevaba al segundo punto: el propio Anderson. Si conseguía desacreditarle, todo lo demás sería mucho más fácil. Y si no podía desacreditarle, ¿quizá valdría la pena recurrir a una solución más, eh, permanente? ¿Más entretenida, también? Brian tenía bastante razón al sugerir que un pequeño accidente podía arreglar muchas cosas. Y Anderson se lo tenía merecido varias veces. La cosa incluso podía resultar divertida. Pero seguramente no sería suficiente; alguna otra persona casi con seguridad tomaría el testigo y seguiría con la carrera cuya meta era la Destrucción de Dexter. Por desgracia, esa persona probablemente sería Deborah. Y por desgracia todavía mayor, Deborah casi con toda seguridad estaba más que dispuesta a asumir la labor. Era mucho más lista que Anderson, y no cometería los mismos errores de imbécil. Seguiría adelante con obstinación hasta que tuviera la cuerda suficiente para colgarme, y, a continuación, si nuestro reciente *tête-à-tête* era un indicio, incluso se ofrecería a anudar la soga ella misma.

No, si Deborah de pronto asumía la investigación de la culpabilidad de Dexter, las cosas serían mucho peores que ahora. Hasta era posible que encontrara pruebas de algunas de las cosas que yo sí que había hecho. Lo que probablemente me obligaría a volver a la Opción Uno: un infortunado accidente para Deborah. No estaba seguro de encontrarme por completo dispuesto a tomar una medida semejante, no a esas alturas por lo menos. Con todo, la posibilidad ya no era impensable, lo que constituía un gran cambio. Me acordé de aquella noche, hace no tantos años, en la que estuve cuchillo en mano sobre su cuerpo envuelto en cinta americana e indefenso, mientras cada célula de mi ser se debatía entre sajar o no sajar, al tiempo que Brian me instaba a hacerlo y la tranquila vocecilla de Harry Muerto y tan Querido me repetía que eso estaba prohibido.

Últimamente no estaba oyendo mucho esa vocecilla. Me pregunté por qué. Quizá porque me había dado cuenta de que el Plan de Harry tenía algunos fallos; no se trataba de un plan perfecto. Su plan me había fallado. Y quizá porque Deborah había desmentido de forma terminante la existencia de lazos de sangre entre nosotros; yo había dejado de ser un Morgan, y en consecuencia ya no estaba sujeto a las póstumas manipulaciones de Harry. Ahora estaba irremediablemente solo y, al fin y al cabo, en realidad *nunca* había sido su hermano. Si de pronto me entraban ansias de eliminar a Deborah, ¿por qué no tenía que hacerlo? Lo haría, la verdad... si me entraban dichas ansias. Que todavía no me habían entrado, no de forma seria, no del todo, no aún.

Así que, dejando aparte los asesinatos improvisados, ¿cuáles eran mis opciones en ese momento? Parecían ser bastante limitadas: confiar en Kraunauer, confiar en Brian o hacer alguna que otra cosa por mi cuenta.

Eso de confiar en otros nunca me había resultado muy fácil. Quizá sea un problema de carácter. Pero poner mi vida en las manos de otras personas me parecía un poco temerario. De hecho, a mi modo de ver, incluso dejar mi *almuerzo* en manos de otros me parecía una irresponsabilidad rayana en la locura. Por consiguiente, aunque tenía todas las razones para pensar que Kraunauer podría obrar otro milagro, y aunque no las tenía para creer que Brian de pronto fuera a apuñalarme por la espalda, justo lo que Deborah había hecho, decidí que la Opción Tres, la acción independiente, era mi mejor alternativa.

Se trataba de encontrar pruebas de que Robert era culpable o de revelar al mundo entero que Anderson estaba jugando sucio. Muy bien. Empezaría por los dos y vería quién caía primero.

Miré el reloj en la mesilla de noche; por increíble que pareciera, no eran más que las diez y pico. Tenía una reunión con Kraunauer a las dos. Y luego pondría manos a la obra.

Me sentí mucho mejor después de haber tomado mi decisión. Hasta tal punto que me quedé dormido casi al instante.

Cuando me desperté, no tenía ni idea de dónde estaba o de cuánto tiempo había transcurrido, y me pasé varios minutos tumbado boca arriba, parpadeando estúpidamente mientras miraba el techo. Ese techo me chocaba, no me resultaba familiar; estaba seguro de que nunca antes lo había visto. También me dolía la espalda, que tenía doblada en un extraño semicírculo, como si me hubiera quedado dormido dentro de un enorme balón de playa.

Poco a poco fui recobrando la memoria: estaba metido en una sopera en una habitación de hotel porque había salido de la cárcel y Anderson había precintado mi casa como prueba material. Pero estaba libre; no tenía que quedarme en una celda diminuta y esperar a que me trajeran unos sándwiches de aspecto sospechoso. El día era soleado en el exterior, y podía salir y disfrutar de él si me apetecía, ir andando al restaurante italiano situado a tres manzanas y comer algo bueno de verdad. Podía hacer lo que quisiera; por el momento. Pero mi primera labor era la de convertir esa mareante libertad en algo de carácter más permanente. Pensé en Kraunauer y me entró un pequeño pánico. Se suponía que tenía que verme con él a las dos. ¿Había dormido en exceso? ¿Qué hora era? Rodé sobre mi propio cuerpo, emergí con cierta dificultad del cráter enclavado en el centro del lecho y miré el reloj: las once y doce. Tenía tiempo de sobra.

Ya que no tenía prisa, me tomé mi tiempo antes de levantarme de la cama. Me senté a un lado y durante un minuto o dos traté de organizar mis pensamientos.

Es perfectamente correcto decidirse por la acción independiente. El problema aparece cuando te das cuenta de que ese tipo de acción es, por definición, independiente. Lo que significa que no cuentas con alguien que te diga qué hacer o cómo hacerlo, lo que a su vez generalmente implica que necesitas considerarlo todo muy bien antes de llegar al capítulo efectivo de la Acción. Me enorgullezco de mi amplio talento para las deliberaciones, pero, por la razón que fuese, ese día todos mis circuitos parecían encontrarse un tanto oxidados. Quizá porque me habían estado condenando a la pasividad durante demasiado tiempo. Es posible que el encierro en una celda minúscula y el hecho de que sean otros los que tomen las decisiones por ti acostumbren a dirigir tus procesos mentales hacia una jubilación anticipada. En todo caso, resultaba sorprendentemente difícil poner en marcha las impresionantes turbinas del Gigantesco Cerebro de Dexter, y pasaron otros cinco minutos largos de estúpido parpadear antes de que empezase a albergar pensamientos mínimamente potables.

Finalmente me levanté y fui trastabillando al pequeño cuarto de baño. Me mojé la cara con agua fría y me miré en el espejo mientras el agua goteaba de mi mentón y las ideas comenzaban a fluir poco a poco por mi mente. «Acción independiente», me estaba diciendo, cuando en ese momento ni siquiera yo era independiente. De hecho, ahora me daba cuenta de que estaba tan inmovilizado en ese lugar como lo había estado en el TGK, pues Miami no es precisamente famosa por la eficiencia y amplitud de su transporte público. Y a pesar de que me encontraba a unas pocas manzanas de una estación del tren ligero Metromover, en realidad no podía hacer nada ni ir a sitio alguno si no tenía un coche. Por poner un ejemplo, el bufete de Kraunauer estaba a kilómetros de distancia de la estación del Metromover más próxima. Necesitaba un coche.

Y tenía uno... en algún lugar. Con un poco de suerte todavía seguía siendo mío y estaba en algún punto de la conurbación Metro Dade.

De modo que mi primer paso era recuperar mi auto. Miré mi reflejo y asentí con la cabeza: *Bien, Dexter. Eso se llama pensar.*

La última vez que lo vi, mi desvencijado pero fiable cochecito estaba aparcado en la calle cercana a la casa que se suponía iba a ser

Nuestra Nueva Casa, el Hogar de Ensueño con una piscina y habitaciones separadas para los niños y casi cualquier equipamiento moderno. En su lugar, ahora era la casa donde habían muerto Robert Chase y Rita, la vivienda en la que me habían detenido, y no por casualidad. Tenía que dar por sentado que a esas alturas también era un elemento material probatorio. También podía estar bastante seguro de que alguien había encontrado mi coche en las cercanías, probablemente no el propio Anderson, sino alguien situado un poco por debajo en la cadena alimentaria, obligado a efectuar labores de patrulla.

Asimismo era posible que mi coche ahora fuese otro elemento material probatorio, pero por lo menos sabía cómo averiguarlo. Desenchufé el teléfono de la clavija del cargador y me puse a hacer llamadas.

Media hora después estaba al corriente de que mi coche había sido efectivamente incautado... pero que no se encontraba en el aparcamiento reservado a los vehículos incautados. De hecho, nadie parecía tener ni idea de dónde estaba, y no tuve éxito a la hora de hacer que alguien se ocupara del asunto. Como la desaparición de un vehículo confiscado constituía una grave irregularidad, era inevitable pensar que Anderson había estado efectuando otro de sus tan finos trabajitos. Probablemente había donado el vehículo a un organismo especializado en instalar arrecifes artificiales y se había embolsado la deducción fiscal.

A decir verdad, la meticulosidad de Anderson me dejaba admirado. El hombre parecía haber pensado en casi todo. No se trataba de su habitual forma atolondrada y chapucera de hacer las cosas; mejor dicho, su forma de No Hacer las cosas. Saltaba a la vista que estaba profundamente interesado en fastidiarme la existencia al máximo.

En todo caso, yo no tenía un coche, pero seguía necesitándolo. Y dado que mi Magnífica Mente por fin estaba funcionando de nuevo, me bastaron unos segundos para encontrar una solución a tan enojoso problema. Llamé a una agencia de alquiler de automóviles situada en las cercanías. Tuve que hacer dos llamadas más, pero finalmente encontré una en la que accedieron a traerme el coche al hotel, y al cabo de un rato sorprendentemente corto, un servicial empleado de la agencia me llamó desde el vestíbulo. Colgué el cartel de No Molestar del pomo y bajé, y en un periquete me encontré sentado otra vez al volante de mi propio vehículo, disfrutando del olor a coche nuevo y confiado al saber que había pagado la póliza especial del seguro que me permitía estrellarlo contra algo si ese era mi capricho. Ah, si tan solo pudiera encontrar al inspector Anderson cruzando por un paso de cebra...

Dejé al empleado en la agencia y enfilé la autovía Dixie. Estaba en libertad, tenía movilidad y por fin era independiente de verdad.

¿Y qué iba a hacer con tan embriagadora libertad? ¿Al final sería verdad eso de que la libertad en el fondo significa no tener nada que perder? Yo ya había perdido a mi familia, mi casa, toda mi ropa, mi coche, por lo que en teoría tendría que sentirme *libre* de veras. No era el caso. Me sentía estafado, robado y humillado. Pero por lo menos me habían dejado seguir contando con los brazos y las piernas, y hasta con mi cerebro de nuevo en plena forma. Lo que seguramente me daba una ventaja considerable sobre Anderson. Aunque era probable que él dispusiera de más pares de calcetines limpios.

Con todo, la idea provocaba que me sintiera un poco mejor todavía, lo suficiente para darme cuenta de que tenía hambre. Miré el reloj del salpicadero; faltaba menos de una hora para mi encuentro con Kraunauer. No era mucho tiempo. Repasé mentalmente el listado de establecimientos de nivel situados en Miami que pudieran ajustarse a mis un tanto exigentes necesidades: un sándwich, sabroso, quince minutos... La lista era sorprendentemente reducida. De hecho, en ella no había nada. No había ningún local que estuviera cerca, fuera rápido y ofreciera algo para comer bueno de verdad. Tendría que abstenerme. Oí que mi estómago emitía un pequeño gruñido de protesta, como diciendo: *¿De verdad vas a hacerme esto...?* Y sus quejas tenían sentido. ¿Tal vez podía eliminar uno de los tres requisitos mencionados? El local tenía que ser de comida rápida, pues el tiempo es oro, y si no, que se lo preguntaran a Frank Kraunauer. Lo que significaba que también tenía que estar cerca. Solo quedaba lo de «bueno», y eliminar dicho requisito equivalía a infringir con descaro las normas por las que regía mi propia existencia.

Por otro lado, a media manzana de distancia apareció el famoso logotipo de unas hamburgueserías. Mi estómago de inmediato reaccionó a la imagen con el grito de: *¡A por ello! No*, contesté firmemente. *Me niego. No voy a caer tan bajo.*

Mi estómago rugió amenazadoramente. *Te arrepentirás...*

Expliqué a mi estómago que yo soy más que mi hambre. Estoy por encima de toda ansia meramente física. ¡Y tenemos unos principios, maldita sea! ¿De veras estaba dispuesto a aceptar algo que no fuera excelente, por mera conveniencia?

Al parecer era el caso. Siete minutos después, estaba limpiándome los últimos churretes de grasa del mentón y tirando a una papelera el exiguo detrito de mi vergonzosa caída. Cuán bajo ha caído el orgulloso Dexter, pensé, y entonces oí el burbujeante eco de mi estómago que respondía: *Uno se queda muy a gusto.*

8

El bufete de Frank Kraunauer estaba en un rascacielos de South Beach. La mayoría de los absurdamente caros abogados de Miami lo tienen en la avenida Brickell, pero como creo haber mencionado, Frank Kraunauer era un caso aparte. Podría haber tenido su despacho en el centro del estadio American Airlines Arena, y los Miami Heat hubieran estado encantados de modificar el calendario de la temporada entera para ajustarse a sus horarios de trabajo.

Pero a Frank *le gustaba* South Beach, o eso parecía, por lo que se había quedado con todo el último piso de un edificio nuevo y centelleante en el extremo meridional de Ocean Drive. Por supuesto, la vista era espectacular: el océano a un lado, el canal Government Cut al otro, y extendiéndose casi directamente bajo sus pies, la playa y el bulevar, con sus hormigueantes multitudes de modelos brasileñas apenas vestidas, *contessas* italianas y chavalas del Medio Oeste aficionadas al monopatín.

Tras superar a tres guardias de seguridad y dejar atrás una antesala tan llena de gente como elegante, finalmente me pusieron en manos de una mujer con el cabello gris sentada tras un gigantesco escritorio en acero y madera de nogal. Daba la impresión de tener un sobrehumano cociente intelectual y de haber sido una supermodelo en su juventud, antes de ejercer como instructora militar en el cuerpo de infantería de marina. Me clavó una mirada acerada, asintió con la cabeza, se levantó y me condujo hasta el final del pasillo, donde estaba abierta una puerta colosal. Con un gesto me indicó que tenía el enorme privilegio de atravesar el umbral y situarme ante la Presencia. Hice una pequeña reverencia y entré en un gran despacho, donde Frank Kraunauer estaba de pie frente a la ventana, contemplando la playa. La ventana en realidad era una pared de grueso cristal ahumado que iba del suelo al techo. A pesar del impresionante ventanal, no me pareció que pudiera ver muchos detalles desde esa altura. En todo caso, la luz de la ventana le iluminaba con lo que parecía ser un halo de cuerpo entero, el efecto idóneo para el Mesías de la Abogacía. Me pregunté si lo hacía a propósito.

Su traje evidentemente era primo carnal del que llevaba puesto cuando fue a verme al TGK, de una tonalidad más clara, pero con la misma tela extraordinaria: ligera, dúctil y prácticamente dotada de conciencia propia. Kraunauer se giró para mirarme, me brindó su cortés sonrisa de escualo e hizo un gesto señalando un sillón que casi con toda seguridad costaba más que un Cadillac Escalade. Me senté en él, haciendo todo lo posible por no arrugarlo, con la idea de disfrutar de semejante lujo estratosférico. Tampoco disfruté tanto. La sensación no era muy distinta a la producida por el sillón que tenía en casa y me había costado veintinueve dólares en una tienda de segunda mano.

—Señor Morgan —dijo Frank. Tomó asiento con gracilidad en su sillón de respaldo alto tras un delgado escritorio acristalado—. ¿Cómo le está sentando la libertad?

—La mar de bien —respondí—. Ni siquiera echo en falta el servicio de habitaciones.

—Me lo imagino. —Abrió una carpeta, miró un papel y frunció el ceño—. Pero me temo que tenemos que considerar que todo esto es temporal.

Como es natural, ya esperaba oír algo así, pero mi corazón se vino abajo unos cuantos centímetros.

—Ah. Eh, ¿cuánto tiempo voy a seguir libre?

Kraunauer frunció el ceño aún más y tamborileó con los dedos en el cristal.

—Ahora mismo no sabría decirle —contestó con lentitud, como si verdaderamente detestara reconocer que había algo que no sabía—. Eso va a depender de muchas cosas. Pero la oficina del fiscal del estado tiene tres años para presentar una denuncia formal. —Alzó la vista—. Me sorprendería mucho que se tomaran tanto tiempo. Hay alguien que está empeñado en verle de rodillas por lo sucedido —explicó.

—Unos cuantos alguienes —comenté.

Asintió con un gesto.

—Estamos hablando del tipo de crimen que causa una indignación mayor de lo normal.

—También me la causa a mí —repliqué—. Yo no lo hice.

Kraunauer hizo un gesto con la mano y sonrió levísimamente, para mostrar que, si bien no me creía, aquello era una insignificancia.

—Lo importante es que no han terminado de ajustarse al proceso legal. Saltándoselo a la torera, en algunos casos. Razón por la que conseguí su puesta en libertad. ¡Pero...! —Meneó la cabeza—. Estamos hablando de un arma de doble filo.

—¿Qué quiere decir?

—Que no sé qué otras sorpresas procedimentales pueden estar esperándonos. Y ahora que saben que no los pierdo de vista, es mucho más probable que lo hagan todo como está mandado. La próxima vez que le detengan... —Se encogió de hombros—. En fin, considérese avisado. La parte fácil se ha terminado.

No acababa de entender qué pintaba eso de «fácil» en relación con lo sucedido hasta la fecha, pero era posible que quisiera decir que era fácil para *él*. En todo caso, me consideré avisado.

—¿Qué puedo hacer al respecto?

—Ya, bueno. —Se las arregló para mirarme de un modo entre divertido y severo a la vez—. Lo mejor es que no trate de hablar con testigos potenciales ni nada por el estilo. Y no quiero que se ponga a investigar como un aficionado.

—En realidad no tengo nada de aficionado —repuse—. Soy un investigador forense titulado y...

—Sí, claro —convino cortésmente—. Lo que quiero decir es que no nos interesa marear la perdiz o darles más munición de la que ya tienen. —Meneó la cabeza de forma tan leve como elegante—. No quiero que se haga falsas ilusiones. El fiscal del estado se está tomando todo esto como algo personal, y el hombre es muy bueno en lo suyo. —Abrió las manos en el aire unos quince centímetros y volvió a dejarlas sobre el cristal del escritorio—. Eso sí, me considero mejor que él. Pero tengo claro que sus alegaciones van a ser sólidas. Está usted en peligro, de eso no hay duda. —Esperó a que terminara de hacerme cargo y a continuación me mostró tres dientes relucientes—.

Por otra parte —añadió—, ellos *no* saben qué es lo que estoy hacien-do... o lo que sé. A usted puedo decírselo. He visto la documentación que han recopilado, y creo saber qué es lo que se proponen. En gran parte tiene que ver con su hija, con su *hijastra*, quiero decir. —Con la expresión ausente, meneó un dedo en mi dirección—. Van a hacer que todo gire alrededor de la cuestión de la pedofilia.

—Yo no soy un pedófilo —protesté.

Hizo un gesto desdeñoso con la mano.

—Harán que lo parezca. Y darán por sentado que amenazó a su hija y que por eso está diciendo lo que a usted le conviene. Es el guión nuestro de cada día, que los tribunales se tragan sin masticar. De for-ma que da igual lo que usted pueda hacer en lo tocante a las pruebas forenses. —Asintió, como dando su aprobación a las tácticas de la fiscalía—. Creo que ese es su plan.

—Ya veo —repliqué, y para ser sincero, era casi cierto—. ¿Y *no-sotros* tenemos un, eh, plan de contraataque?

—Lo tenemos —respondió, con el tipo de entonación firme y de-cisiva que añadía por lo menos un cero más a su minuta—. Pero no es seguro que vaya a funcionar. Nunca lo es. —Esa vez me regaló la vista con cuatro dientes—. Tengo un historial bastante bueno —agregó con modestia—. Y creo que tenemos ciertas posibilidades de ganarles la partida. Pero por el momento quiero que mantenga un perfil bajo. Por supuesto, no puede irse de la ciudad. Pero manténgase apartado de todos; no cree problemas. —Asintió, complacido por su propia sabi-duría, y remató—: Y guarde todos los recibos, naturalmente. Vamos a vincular todos sus gastos personales a la contrademanda.

—Ah —dije, con cierta sorpresa—. ¿Es que vamos a presentar una contrademanda?

Kraunauer soltó sendos manotazos en el cristal; por primera vez, su expresión fue de verdadera felicidad.

—¡Pues claro que sí! —contestó—. Es lo que se merecen, des-pués de haberle hecho pasar por toda esa mierda. Van a pagarlo caro, y hablo en serio. *Carísimo.* —Durante unos segundos pensé que iba a frotarse las manos y soltar una risotada digna de todo un Genio del Mal—. Estamos hablando de siete cifras, como mínimo. Ocho, si el juez es el adecuado.

—Ocho cifras… ¿Más de diez millones, me está diciendo? —pregunté, casi seguro de no haber oído bien.

—Siete, como muy poco. Lo que no está nada mal.

—Eh… ¿En *dólares*, quiere decir? —pregunté, de forma un poco estúpida, pero es que no conseguía imaginarme una suma así… en abstracto sí, pero ¿en mi cuenta corriente? El dinero suficiente para comprarme tres Ferraris, para volar en primera clase a París con el exclusivo propósito de pegarme un buen desayuno… *pour moi*?

—En dólares —confirmó, asintiendo con la cabeza muy seriamente.

Y creo que me dijo unas cuantas cosas más, pero no estoy muy seguro de acordarme. Diez minutos después, con la cabeza todavía dándome vueltas, me senté al volante de mi coche de alquiler. Estaba claro que Kraunauer había tratado de inspirarme ánimos, con la inevitable idea de que yo no matara a nadie más, lo que resultaba un poco más problemático. Por lo demás, mi reunión con él me parecía una pérdida de tiempo. Me había embelesado un poco con la perspectiva de un Dexter Fabulosamente Rico, pero no me había dicho nada más de interés, como no fuera que tenía prohibido salir de la ciudad. Y cuanto más me alejaba físicamente de Kraunauer, más irreales me parecían sus promesas dinerarias. Eso sí, por lo menos, todos los gastos eran deducibles, si conservaba los recibos. El hotel, el alquiler del coche, incluso la comida.

Volví a repasarlo todo mentalmente. Estaba claro que la deslumbrante sugerencia de un pastón ridículamente descomunal era pura palabrería, destinada a que me comportara como un niñito bueno. Incluso si el tribunal nos concedía esa mítica, enorme indemnización, el proceso de apelaciones duraría años, y si finalmente apoquinaban el dinero, en su mayoría iría a parar al bolsillo de Kraunauer. En consecuencia, además de fantasías sin fundamento, la reunión tan solo me había aportado una cosa de importancia: mi libertad era temporal, y en absoluto era seguro que pudiera evitar un alojamiento en la prisión a perpetuidad. Yo sabía algunas cosas sobre la penitenciaría del estado. En comparación, el TGK era un destino vacacional de lujo. En un lugar como aquel, seguramente añoraría mi vieja celda y hasta el Sándwich de Carne Marronácea.

Mientras la palabra *sándwich* cruzaba por mi mente, mi estómago gruñó con infelicidad. La hamburguesa estaba formando una pelota en su interior, y mi tan mimado sistema digestivo lo estaba pasando claramente mal. *¿Te lo dije o no?*, le espeté. Mi estómago respondió con un rugido. Incluso el sabor en mi boca era malo: grasa rancia, salsa con sabor químico y algo que llevaba vagamente a pensar en carne ajada y maltratada a conciencia. Y hasta eso resultaba un lujo en comparación con lo que bien podía estar comiendo pronto y durante el resto de mi vida. De repente me sentí desolado. Me acordé de una vieja expresión predilecta de Harry: *comemierda*. Considerando el sabor en mi boca, no podía ser más apropiada.

¿Y qué podía hacer Dexter para espantar sus demonios interiores? La respuesta se me ocurrió al instante, mientras aceleraba al salir de South Beach por la autovía elevada y enfilar una tarde ligeramente más luminosa.

Cuando me encontraba a la altura del aeropuerto, ya estaba prácticamente babeando. En realidad tan solo existía una forma válida de animar a Dexter. Pero dado que dicha forma en ese momento estaba fuera de mi alcance, la comida era un segundo premio satisfactorio (si bien a cierta distancia del primero). La comida que mejor me sirve para este propósito siempre ha sido la cubana, y en lo tocante a la comida cubana tan solo hay un destino para mí. Por consiguiente, a pesar de la reciente Hamburguesa Horrorosa, me moría de ganas de llegar allí y desembarcar en el País del Ponerse Morado.

Los Morgan llevaban dos generaciones frecuentando el Café Relámpago para degustar comidas cubanas, tres, si contábamos a mi niñita Lily Anne. A Lily Anne le encantaban las rodajas de plátano maduro fritas, y a mí también. Así como las medianoches y la ropa vieja, la palomilla y los batidos de mamey y, por supuesto, los frijoles negros. En Miami había centenares de establecimientos que preparaban estas cosas, pero mi paladar pródigo en prejuicios insistía en que ninguno se comparaba con el Relámpago. Y cuando me di cuenta de que quería, *necesitaba*, un bocadillo cubano, hice lo natural y me dirigí al pequeño centro comercial cercano al aeropuerto, que los Morgan siempre visitaban para esas cosas.

Pero, al entrar en el aparcamiento, me pregunté si todavía sería bienvenido en el Relámpago. Técnicamente, yo ya no era un Morgan, o por lo menos eso decía Deborah. ¿Y si ella misma estuviera almorzando en el interior? La situación podía ser desagradable, violenta incluso. Todo era posible, que incluso mi simple aparición le provocase un corte de digestión. Pero, teniendo en cuenta nuestra reciente conversación, decidí que tampoco me importaba mucho, por lo que aparqué el coche que olía a nuevo y entré.

La decoración del Café Relámpago no había cambiado mucho en veinte años. Era un local de tipo bastante sencillo, con mantelitos de papel en lugar de verdaderos manteles de tela, y platos gruesos y gastados, incluso con los bordes un poco desportillados. Los camareros eran, para ser diplomático, mediocres, y a veces hasta un punto inquietantes. Pero nada más entrar y oler los aromas procedentes de la cocina, me sentí como si estuviera volviendo a casa. Para asegurarme de que lo del regreso al hogar no era demasiado literal, miré cuidadosamente a mi alrededor; ni señales de Deborah. Me quedé de pie un momento, olisqueando, antes de dirigirme a mi reservado habitual, situado hacia el fondo. Entré en él y me senté mirando hacia la puerta.

La sensación de vuelta a casa se prolongó durante la larga y extraña ceremonia destinada a atraer la atención de una camarera, hacer el pedido y, finalmente, comerme un bocadillo con una guarnición de plátano maduro frito. Todo parecía tener el aire de un ritual, y cuando por fin mi plato estuvo vacío y la comida en mi interior, allí donde pertenecía, me sentí satisfecho de un modo que iba mucho más allá del apetito saciado. Estaba muy próximo a lo que supongo que debe de ser el éxtasis religioso, para aquellos que tienen almas y son capaces de mantener una expresión de seriedad cuando escuchan esa especie de cuentos de hadas.

En cualquier caso, el resultado fue una misteriosa sensación de optimismo desbocado. El bocadillo era bueno, y ahora había desaparecido, en las profundidades de Dexter; el milagro de la transustanciación se había producido de nuevo, y a partir de ahora todo iba a ir sobre ruedas. Me daba cuenta de lo estúpido de dicha sensación, pero no por ello dejaba de disfrutarla. Me arrellané en el asiento, pedí un café con leche y pensé en lo que Kraunauer me había dicho: «investigaciones de aficionado». Me fastidiaba un poco, pero entendía por qué me lo había dicho. Con todo, yo ya había decidido que mi única esperanza de verdad eran precisamente esas investigaciones, y ninguna de sus palabras iba a cambiar tal hecho. Kraunauer no tenía ni idea de lo que yo era capaz de hacer, lo que seguramente resultaba positivo. Pasé a considerar por dónde podía empezar mi Proyecto de Acción Independiente. Como siempre, mi mente reaccionó a una buena comida revolucionándose a toda velocidad y produciendo un análisis de primera categoría.

Lo primero: la acusación contra mi persona dependía del motivo. Kraunauer me había confirmado que tratarían de hacer creer a todos que asesiné a Robert, a Jackie y a Rita porque habían descubierto mi pedófilo interés en Astor. Anderson seguramente había decidido seguir ese camino porque mi categorización como pedófilo despertaría las más extremas reacciones de repugnancia. Yo ya era culpable, simplemente porque me estaban acusando del más repulsivo de los crímenes. Y, no menos importante, dado que Astor era una menor y —como Kraunauer había observado— yo, su despiadado padrastro ansioso de esclavizarla, casi con toda seguridad la había intimidado para que diese una falsa versión de lo sucedido, su testimonio sería desestimado, si es que llegaba a prestar declaración en un juzgado. Lo que reducía el caso a la simple cuestión de mi palabra contra un enorme despliegue de pruebas circunstanciales... y aunque posiblemente creáis lo contrario por haber visto demasiadas reposiciones de *Perry Mason*, las pruebas circunstanciales son muy convincentes. Si un fiscal lleva a un jurado —o incluso a un juez— a través de una secuencia lógica de acontecimientos, apenas creíble pero respaldada por una o dos pequeñas casualidades, el resultado es una condena nueve de cada diez veces. Si sumábamos la obsesión que Anderson —y el grueso del cuerpo de policía— tenía por verme entre rejas, el porcentaje ascendía a nueve y medio.

Lo que implicaba que si el fiscal del estado se las arreglaba para presentarme como un pedófilo, ello *ipso facto* indicaría que también era un asesino. Y, por supuesto, una vez percibido como un asesino, el sentido común llevaría a creer que también era un pedófilo. La mayoría de las personas se sienten extrañamente atraídas y hasta reconfortadas por la lógica circular. Había prestado declaración en suficientes juzgados; me daba cuenta con claridad de cómo iban a desarrollarse las cosas.

Muy bien. En tal caso, tomando el *ipso facto* como *prima facie*, lo lógico era suponer que si *no* era un pedófilo, tampoco era un asesino. *Quad erat demonstrandum.*

Lo que significaba que si podía proporcionar una duda razonable —si pudiera demostrar, por ejemplo, que el verdadero pedófilo era Robert Chase—, entonces desmontaría la acusación. Robert de hecho *era* el pedófilo en este caso. Pero al pensar en esas cosas en la forma en que lo estaba haciendo, considerando los procedimientos y precedentes legales, estaba llevando a mi cerebro a un estado de paranoia retorcida y polifacética en el que nada era lo que parecía. Razón por la que tuve que detenerme y reflexionar un momento, pues el hecho de que Robert efectivamente fuese un pedófilo llevaba a que presentarlo como tal pareciera una desventaja. El roce constante con nuestro sistema legal te produce esas cosas. Empiezas a dudar de tu propia existencia, a no ser que tengas instrucciones muy específicas del juez.

Por suerte para mí, pronto me quité de la cabeza ese ánimo cenizo. Dado que sabía que Robert era culpable, también sabía que podría encontrar una forma de demostrarlo. No soy un engreído, pero es un hecho que soy muy bueno a la hora de averiguar cosas, sobre todo cuando está en juego mi preciosa piel irreemplazable. Si existían pruebas, las encontraría. Traté de rubricar esa idea con otro dicho en latín, pero al parecer mis profesores se limitaron a inculcarme solo los recién utilizados. Pero bueno, tampoco era cuestión de indignarme con ellos por tan importante olvido. *Illegitimi non carborundum*, supongo.

Me habían infligido a la fuerza la compañía de Robert durante bastantes semanas, mientras aprendía «a ser yo» para el papel que iba a interpretar en el piloto, en el condenado programa de televisión que había provocado esa lluvia de materia fecal sobre mi inocente cabeza. A lo largo de esas semanas, era casi seguro que había dicho unas cuantas cosas que bien pudieran darme una pista por la que empezar.

Pensé en todo cuanto recordaba haberle oído decir; por desgracia, se trataba de un conjunto bastante exiguo. No el formado por lo que había dicho, pues el hombre siempre estaba parloteando como un loro. El problema era lo que yo *recordaba* que hubiera dicho. Eran tantas las tonterías, y tan irritantes, que me había esforzado al máximo en apartar su palique de mi mente, en *no* escuchar lo que decía, pues en su mayor parte era fatuo, vacuo y hasta flatulento.

Para cuando terminé mi café con leche, había llegado a un magnífico resultado de casi cero comentarios de interés. De hecho, lo único que tenía era una cosa: Robert un fin de semana se había marchado a un «centro turístico privado» en México. Sabiendo lo que ahora sabía sobre él, juraría que se trataba de un centro turístico especialmente diseñado para alguien con sus mismos gustos caprichosos en lo referente a la compañía romántica.

...Aunque, un momento. Robert había viajado a México en avión. Lo que significaba que tenía que haber unos registros en papel y, mejor aún, unos registros *informáticos*. La línea aérea habría conservado los datos, al igual que las aduanas estadounidense y mexicana y el emisor de la tarjeta de crédito. Para no caer en la falsa modestia, tengo que reconocer que soy muy bueno a la hora de acceder sin permiso a una base de datos. Con tantas opciones a mi alcance, casi seguramente podría encontrar unas cuantas pistas valiosas sobre la situación del Paraíso Pedófilo de Robert.

Pero entonces tendría que bajar al otro lado del Río Grande para encontrar pruebas verdaderamente determinantes, lo que resultaba arriesgado en extremo. Para empezar, en los lugares de este tipo acostumbran a tener marcada ojeriza a los intrusos, y también suelen expresar dicha marcada ojeriza de formas vigorosas y por lo general fatales.

Y en segundo y más importante lugar, México era un país extranjero con un idioma distinto y costumbres muy diferentes a las nuestras. No podía limitarme a ir allí y vagabundear sin rumbo hasta que viera un grupo de chavalitos de diez años maquillados a base de bien y que se dirigieran a un recinto fortificado y estrechamente vigilado. Lo que planteaba otro problema en lo tocante a la Aventura Mexicana: ¿qué clase de pruebas esperaba encontrar? La idea

Check Out Receipt

West Lawn

Saturday, October 19, 2019 9:11:38 AM

Item: R0446871134
Title: La muerte de Dexter
Due: 11/09/2019

Total items: 1

Thank You!

890

entera me resultaba crecientemente insustancial a medida que iba pensando en ella.

Tenía que haber alguna otra cosa, ¿no? Por puro reflejo, levanté la pequeña taza de porcelana, aunque la había vaciado bastantes minutos atrás. Era posible que en la taza quedaran algunos vahos, o que el café con leche ese día fuese particularmente fuerte. En todo caso, mientras me la llevaba a los labios distraídamente, un recuerdo me vino a la memoria de forma repentina. Recordé que el desventurado director del programa televisivo —¿Vic Algo?— había comentado que había oído todos aquellos rumores sobre Robert, unos rumores que prefería ignorar. Si Vic había oído rumores, otros los habrían oído también. Durante mi tan breve estancia en el centelleante, chispeante mundo del espectáculo, había aprendido que lo que los ignorantes llamamos «Hollywood» en realidad es una población pequeña y en la que todo termina por saberse. El eco de un comentario efectuado tras unas copas de más puede reverberar por todo aquel poblachón desagradable durante años seguidos, y estaba bastante seguro de que alguien más estaría en disposición de contarme algo interesante sobre Robert y sus fechorías.

Por supuesto, las cosas son como son, y Hollywood era casi tan inescrutable como México. Pero por lo menos conocía a uno o dos vecinos de aquel mundo tan brillante como frágil y esperaba que me recordaran como «el pobrecito novio de Jackie», y no como «el pedófilo y asesino». Y si conseguía verlos cara a cara, siempre podría ofrecerles una de mis justamente célebres interpretaciones; la de Novio Doliente estaría chupada. La había visto interpretada lo suficiente, en los dramas vespertinos que acostumbraba estudiar.

Quizá el café en realidad no era tan bueno como pensara un minuto atrás, pues mientras seguía sintiéndome muy contento de mí mismo por el interesante papel que pronto iba a interpretar, de repente recordé que tenía prohibido abandonar la ciudad, lo que dificultaba un tanto mi encuentro personal con residentes en la Costa Oeste. Una vez más volvía al ya legendario Punto de Partida.

De forma que seguí allí sentado unos minutos, tratando de pensar, hasta que me di cuenta de que yo, sencillamente, continuaba sin ser tan brillante como antes. Era posible que nunca lo hubiera sido.

Probablemente me había limitado a tirar hacia delante de cualquier modo, envuelto en una neblina de ignorante buena suerte, sin entender que a la vuelta de la esquina me esperaba un Castigo de aquí te espero. Este había llegado por fin, y el hecho de pensar no iba a librarme de él.

Por suerte para mi harapienta autoestima, cuando estaba a punto de enumerar unos estupendos sinónimos para Imbécil sin Remedio, me obligué a salir del sombrío paisaje que tanto estaba incomodándome. *La autoconmiseración es una debilidad*, me dije severamente, *y en este momento no te la puedes permitir*. Había cosas que hacer, gente a la que ver, y ningún tiempo para la inacción y los lloriqueos. Miré mi reloj; casi las cuatro. Aún tenía tiempo de volver al hotel antes de que el tráfico de la hora punta convirtiera las calles en un avance tortuguil con ánimo homicida.

Pagué la cuenta y fui hacia la puerta.

9

La hora punta se inició cuando todavía estaba a mitad del camino de vuelta a casa. Pensaba en el hotel como en «casa» por una suerte de extraño reflejo mental. Claro está, la primera parte del trayecto era la misma que recorría al volver a casa del trabajo, en mi antigua Época Dorada, cuando aún tenía una casa. De un modo u otro, un día volvería a tener un hogar, ya fuera en una linda casita o en el Feísimo Talego. Por lo demás, la perspectiva de volver a trabajar me parecía cada vez más rara... en especial, la de trabajar junto con quienes ahora estaban tratando de enchironarme. Me pregunté si algún día volvería a recuperar mi empleo.

En cualquier caso, el tráfico se había ralentizado hasta convertirse en una lentísima, malhumorada procesión mucho antes de salir de la autovía Palmetto y llegar a South Dixie. Lo intenté, pero no conseguí meterme en faena y hacer lo que todos: atronar con la bocina y dedicar gestos obscenos a los demás conductores. Era algo que en el pasado encontraba divertido, pero que ahora... Últimamente no disfrutaba de nada. Ni de salir de la cárcel, ni de la visión de los trajes de Kraunauer, de nada en absoluto. Era muy inquietante, pero en el listado de los Grandes Problemas de Dexter —Supervivencia, Libertad, la Propia Vida— tampoco constituía una gran prioridad.

Y bien, en estas cosas estaba pensando cuando finalmente llegué al hotel: ¿por qué ya nada me proporcionaba placer? ¿Tanto hacía desde la última vez que tuve la oportunidad de divertirme un poco y disfrutar de una tranquila velada en compañía de un Amigo Especial y un rollo de cinta americana? Intenté acordarme de la última vez, pero no lo conseguí. Patrick Bergmann, el estúpido palurdo que había estado siguiéndole los pasos a Jackie Forrest, no contaba demasiado. Darle lo suyo a alguien con un bichero de barco a plena luz del día sencillamente no era lo mismo que tomarte tu tiempo para llegar a *conocer* a una persona, que *expresarme* tal como era, haciendo un Nuevo Amigo al que Abrir en Canal y compartir sus sentimientos, ahogados por una mordaza, claro está. Algunos de esos sentimientos eran un tanto fuertes y estridentes, y no era cuestión de molestar a los vecinos.

Pero ¿cuánto tiempo podía haber pasado? Parecía como si fuera muchísimo. De hecho, ni siquiera podía acordarme de la última vez. Lo que resultaba todavía más angustioso. Lo pensé bien, pero mi memoria se negaba a cooperar, por mucho que yo frunciera el entrecejo. Al final tan solo podía concentrarme en el intento de recordar, y al virar para entrar en el aparcamiento del hotel estaba tan absorto en exprimir la memoria que casi ni reparé en el coche patrulla aparcado frente al acceso al vestíbulo.

Casi. Pues en el último segundo de hecho vi el coche patrulla y tuve clarísimo que su presencia ante el hotel no era casualidad. Estaban allí porque habían descubierto que ese era el Escondrijo Secreto de Dexter. No sabía si habían venido para observarme, para intimidarme o para volver a detenerme, pero ninguna de esas posibilidades me atraía mucho, por lo que conduje con tranquilidad en torno al edificio y encontré aparcamiento junto a los contenedores de basura, allí donde no podían verme salir del auto.

Desconecté el motor y me quedé sentado un momento. Era poco probable que hubieran venido para detenerme, pues tan solo había visto un coche, sin duda ocupado por dos agentes. Si venían a por mí —*cuando* vinieran a por mí—, los coches patrulla serían legión, acompañados por vehículos sin distintivos ocupados por inspectores y —probablemente— por un par de camiones de las cadenas televisivas. De forma que seguramente estaban allí para mirar o para chincharme un poco. Pero lo mejor que podía hacer era evitar a la policía por completo; mi charla matinal con los dos gendarmes plantados ante mi casa me lo había dejado más que claro. Salí del coche de alquiler, lo cerré bien —sabía que Anderson no le haría ascos a meter algo incriminatorio en el interior— y utilicé la llave de mi habitación para entrar por la puerta trasera del hotel.

Subí al tercer piso por las escaleras, lo que tampoco me supuso una experiencia traumática, aunque estaba respirando un poco pesa-

damente al dejar atrás el segundo. Caí en la cuenta de que había pasado demasiado tiempo encerrado en una celda sin salir a correr por
las tardes. Tendría que volver a hacerlo pronto, o me arriesgaba a
perder mi tan duramente conseguida buena forma física.

En todo caso, me las arreglé para llegar al tercer piso sin desma-
yarme. Miré por la puerta de incendios para asegurarme de que ningún uniformado de azul estaba vigilando. Nadie. Entré y fui por el
pasillo hacia mi habitación, pensando que lo que verdaderamente
tenía que hacer era coger mis cosas, volver sobre mis pasos y encontrar un nuevo hotel. En realidad no tenía nada que ocultar, por supuesto. Pero si Ellos sabían dónde estaba, me harían la Vida Imposible. El hecho de que Ellos estuvieran allí así lo demostraba. No quería
una repetición del encuentro con la pareja apostada frente a mi casa,
ni me apetecía que un policía me estuviera mirando con sonrisa desagradable cada vez que salía de la ducha. Mucho más sencillo resultaba salir por piernas. Tan solo necesitaba un minuto para hacer
la maleta, y es que no tener casi nada en este caso era una ventaja. Lo
siguiente sería poner algo de tierra de por medio, encontrar otro hotel barato y anónimo y llamar a Brian para contarle lo sucedido.

Estupendo; tenía un plan. Metí la llave de plástico en la abertura
de la habitación 324 y esperé a que la lucecilla se tornara verde. No lo
hizo. Probé otra vez, agarrando el picaporte y jugando con la llave.
Nada. Por pura rabia y frustración, solté una patada a la puerta. Se
encendió la lucecilla verde. Colgué el cartelito de No Molestar y entré
tranquilamente en mis pequeños pero libres dominios. Me las arreglé
para dar dos zancadas antes de echar una mirada a la cama, cuando
me detuve tan abruptamente como si estuvieran tirando de mí por
medio de una cuerda situada a mis espaldas. No porque ya no tuviera
fuerzas para dar más zancadas, ni tampoco porque en la cama hubiera un policía.

En la cama había *alguien*, pero no parecía ser un policía. Alguien
bajito y fornido, vestido con sucias ropas de trabajo. Tenía la piel y
el pelo oscuros, y la cara surcada de cicatrices y marcas de viruela,
como si en algún momento hubiera empezado a arder y le hubieran
apagado el fuego con un zapato de golf. Su aspecto era el de un peón
ansioso de lograr un permiso de residencia, no el de un policía. Y yo

esperaba con todas mis fuerzas, con toda mi alma, que *no* fuera un policía de paisano.

Porque también estaba muerto.

Se encontraba en el lado derecho de la cama, con un brazo plácidamente cruzado sobre el pecho y el otro colgando sobre el suelo. Su aspecto era el de quien está sentado en el lado de la cama, le entra un sueño repentino y se queda tendido de medio lado. En el suelo, justo debajo de su mano, había un cuchillo plegable de aspecto siniestro, del tipo conocido como cuchillo táctico. La hoja tenía casi veinte centímetros y había sido usada recientemente, a juzgar por el color de la sangre que la decoraba.

Durante lo que me pareció una eternidad, me quedé allí de pie, contemplándolo todo, idiotizado por la conmoción. Es evidente que estoy familiarizado con las muertes violentas. He estado junto a cadáveres tanto en mi vida personal como a lo largo de mi carrera profesional, y no me siento estremecido, horrorizado, repelido, asustado o abrumado por la imagen de una víctima de un asesinato. En otras circunstancias, de vez en cuando incluso disfrutaría con el espectáculo. Pero encontrar uno, en mi habitación y en mi situación, era tan calamitoso, horripilante y peligroso que no podía ni pensar.

Advertí que mi boca estaba reseca... y es que la tenía abierta como un pasmarote. La cerré con tanta fuerza que mis dientes hicieron un clic audible. Respiré hondo y traté de concentrarme; no era el momento de titubear o quedarse embobado. Yo era un sospechoso de asesinato, y en el vestíbulo de abajo había varios policías que me tenían en el punto de mira. Y allí estaba yo, al ladito de un cadáver en una habitación registrada a mi nombre. De esa no me libraba ninguna explicación que pudiera fabular, ni aunque la presentara el mismísimo Frank Kraunauer.

Era preciso actuar, actuar de forma decisiva, efectiva e inmediata. El primer paso: determinar quién tenía el descaro de estar muerto en mi cama. Hice acopio de todos los añicos de mi fría capacidad de análisis y miré a mi nuevo compañero de cuarto con atención.

La cama seguía estando relativamente limpia y libre de sangre, lo que era una excelente noticia. Pero la parte delantera de su camisa estaba empapada por completo, y la sangre parecía manar de una herida en el pecho, un poquito a la izquierda, justo donde está el corazón.

Durante un segundo, una vocecilla estuvo diciéndome que allí había algo que no encajaba, sin que yo terminara de captarlo. Hasta que de repente lo capté. Lo que estaba viendo no tenía sentido, y no tan solo porque estuviera en mi habitación. De la herida sin duda mortal de necesidad tendría que haber salido sangre a chorros, como para teñir el cuarto entero; no era el caso. Lo que significaba que había muerto de forma bastante rápida. De lo contrario, la herida hubiera escupido un gran géiser desagradable, suficiente para empapar el colchón y echar a perder la moqueta. El corazón deja de expulsar sangre a borbotones tan pronto como cesa de latir. De manera que al amigo le habían causado la herida, y tan solo había transcurrido el tiempo suficiente para que la sangre calara su camisa. ¿Diez segundos? Quizá un poco más, pero no mucho más. El hombre entonces se había sentado en la cama y se había desplomado hacia un lado, muerto, con el corazón detenido antes de que pudiera seguir bombeando. Lo que me dejaba con una pregunta muy interesante:

¿Cómo había muerto?

Sí, claro, por una herida en el pecho, obviamente. Pero ¿tenía que creerme que se había acuchillado a sí mismo? Porque no me lo creía. Lo que implicaba que era otro el que lo había hecho.

Miré a mi alrededor, con la esperanza de encontrar alguna pista: una caja de cerillas de un club nocturno, quizá, o un guante con un monograma. No tuve suerte. Pero sí que reparé en otra cosa: la puerta del armario estaba entreabierta.

Reconozco que tengo mis manías. Casi todas son inofensivas, casi siempre. Una de ellas es que, cuando me alojo por primera vez en una habitación de hotel, siempre miro en el cuarto de baño, y en el armario después, y más tarde cierro bien sus puertas respectivas. No lo hago por simple paranoia, sino para que mi niño interior se tranquilice y sepa que en el cuarto no hay nadie más. Siempre lo hago.

Pero la puerta del armario ahora estaba entreabierta, lo que significaba que alguien la había abierto. No había sido el servicio de limpieza, pues el cartel de No Molestar sin duda les había mantenido a raya. De forma que, casi con toda seguridad, había sido mi nuevo y silencioso amigo. Era posible que hubiera registrado la habitación. No era posible que la hubiera registrado y que luego se hubiera acuchillado a sí mismo.

Lo que significaba que en la habitación habían estado *dos* personas.

Y que una de ellas estaba dentro del armario.

Sentí que el corazón se me revolucionaba y miré a mi alrededor, buscando un arma de algún tipo. Nada. Quizá la silla... pero, un momento. *Cálmate, querido Dexter, y piénsalo todo un momentito más.*

Así lo hice. Respiré hondo de nuevo —sin apartar los ojos de la puerta del armario, por si las moscas— y pensé.

Si alguien estaba agazapado en el armario, a la espera de abalanzarse sobre mí y causarme graves lesiones, acaso conducentes a la muerte, no tenía sentido que siguiera esperando tanto. Lo lógico era que lo hubiese hecho casi inmediatamente después de que yo entrara por la puerta, antes de que reparase en el cadáver y empuñase mi propia arma (que en realidad no tenía). Pero el principio siempre es el mismo: vas a por el otro antes de que sepa que estás ahí y tome medidas para defenderse. No era lo que había pasado, y en consecuencia...

O bien no había un segundo desconocido en el cuarto —lo que indicaba que el Desconocido Número Uno efectivamente se había acuchillado a sí mismo— o el Desconocido Número Dos seguía dentro del armario. Y si seguía dentro del armario, o bien no se proponía hacerme daño o bien ya no era capaz de hacer daño.

Lentamente, con toda la precaución posible, me fui acercando al armario. Me quedé unos segundos a la escucha; no oí nada. Fui hacia un lado, llevé la mano al pomo, abrí la puerta deslizante y me quedé a la espera. Pasaron diez, veinte, treinta segundos. Ningún disparo sonó, ningún mastín se lanzó sobre mí, ninguna hoja centelleó al grito de *¡Kali!* Nada.

Con la misma lentitud, asomé la cabeza y miré al interior. Y sí, ahí estaba el Número Dos.

Estaba tumbado de lado en una postura imposiblemente incómoda, con la espalda pegada a la pared posterior del armario, un brazo situado de forma extraña bajo su propio cuerpo y el otro aprisionado tras la espalda. Su cuenca ocular izquierda estaba hecha un desagradable desastre; le habían clavado algo muy afilado en ella, con suficiente fuerza y de manera tan profunda como para provocar su actual aparente carencia de vida. Me acuclillé junto a él y lo miré con detenimiento.

El Número Dos parecía compartir el mismo origen genético aproximado que el Número Uno. Era más joven, y quizá tres o cuatro centímetros más alto, pero tenía la misma tez olivácea, complexión robusta y pelo negro... incluso los mismos problemas dermatológicos. No me hizo falta comprobarle el pulso. La verdad era que estaba muerto y bien muerto.

Me enderecé, dándome con la cabeza en una de las perchas. Di un paso atrás y traté de encontrarle sentido a lo que estaba viendo. El armario estaba junto a la puerta de la habitación, a la izquierda según uno entraba. Era el lugar perfecto para esconderse a la espera; quien entrara en el cuarto casi al momento estaría dándole la espalda sin haberse apercibido de su presencia.

Desde el armario había tres largos pasos hasta el borde de la cama, donde el Número Uno había decidido morir de forma tan desconsiderada. Entonces: Uno entra en el cuarto. Dos sale del armario y le apuñala... Pero no. La herida mortal entonces estaría en la espalda, no en el pecho. Y Uno no hubiera tenido tiempo de reaccionar y sacar su cuchillo.

De esta manera, entonces: Uno en realidad ya lleva el cuchillo en la mano. De hecho, ya lo ha usado para hacer palanca y forzar la puerta, lo que explica por qué tuve problemas para abrirla con la llave. Entra en la habitación, empuñando el cuchillo, con todos los sentidos alerta y en tensión... y entonces ve u oye algo en el armario. Se detiene, sabedor de que tiene un problema.

A todo esto, Dos está a la espera en el armario. Da por sentado que quien entre pasará de largo, de modo que podrá abalanzarse sobre él y cargárselo con rapidez. Pero Uno se ha detenido nada más cruzar el umbral; Dos no puede ver quién es o qué está haciendo. La acción queda congelada; nadie se mueve. La tensión va en aumento. Por fin, incapaz de resistirla más tiempo —y quizá confiando en su destreza con el cuchillo—, Uno abre la puerta del armario de golpe.

Pero Dos está esperándolo, con *su* cuchillo asimismo preparado. Uno se da cuenta y levanta el brazo por instinto, dejando un claro blanco para el cuchillo de Dos, que se hunde en el pecho de Uno. Casi en el mismo instante, Uno devuelve el tajo. Con el brazo en alto, lo lanza desde arriba, directamente en el ojo de Dos, y el filo se clava en el cerebro de Dos y lo mata casi en el acto.

Mientras Dos se desploma sobre el suelo del armario, Uno trastabillea tres pasos hacia la cama, quizá sin darse cuenta de que la herida que acaba de recibir asimismo es fatal. Se sienta y un momento después se reúne con su adversario en el oscuro y cálido más allá. Ha muerto tan rápidamente que la sangre apenas ha tenido tiempo de manar.

Problema resuelto. *Muy buen trabajo, Dexter.* Ahora tenía una idea clara de lo sucedido. Lo que otra vez demostraba que mi cerebro estaba volviendo a su natural estado esplendoroso. Pero, por satisfactorio que esto fuera, quedaba una pregunta por responder:

¿Y?

¿Qué importaba la forma precisa en que todo había sucedido? La única pregunta verdaderamente vital era *por qué* me había pasado *a mí*, y ese dato crucial me resultaba tan desconocido como si estuviera escrito en arameo y metido en una cueva sellada. Tan solo contaba con esos dos cadáveres, que me resultaban insuficientes para saber por qué habían venido a *mi* cuarto a morir. Continuaba ignorando por completo si tenían amigos vivitos y coleando, acaso en camino hacia mi habitación en ese preciso momento, preguntándose por qué los otros tardaban tanto en volver.

Tan solo podía deducir una pequeña parte de tan importante pregunta, pues en términos generales había dos posibles explicaciones al hecho de que todo hubiera pasado allí, en mi cuarto. La primera, todo era pura coincidencia. Estábamos en Miami, al fin y al cabo. Constantemente ocurren asesinatos de forma aleatoria, y en algún lugar tienen que ocurrir. Los asesinos simplemente habían escogido la habitación que tenían más a mano, y resultaba que era la mía. Pensé en ello durante casi un segundo entero hasta concluir que era tan probable como que el sol saliera por el oeste y se quedara en ese punto cardinal unas cuantas semanitas.

Muy bien, la posibilidad de una coincidencia era risible, lo que inevitablemente me llevaba a la segunda hipótesis: los dos desconocidos habían entrado deliberadamente en mi cuarto, *sabedores* de que era mi cuarto, para a) husmear, b) matarme o c) otra cosa. No tenía los suficientes datos para adivinarlo. Eso era más probable, pero también indicaba que en esa lucha había dos facciones y, por lo visto, que ninguna de ellas contemplaba al pobre, maltratado Dexter con algo parecido al Amor y la Compasión.

Estoy hecho a la idea de que es posible que algún día, en algún lugar, me encuentre con un individuo inculto y corto de luces que decida que no le caigo bien. Sobre gustos no hay nada escrito, etcétera.

Si llevo esta premisa a su conclusión lógica, incluso puedo aceptar que, en algún lugar y momento distantes, una persona así puede decirse que la ojeriza que me tiene justifica el asesinato.

Pero ¿*dos* equipos a la vez? ¿En el mismo momento y lugar? ¿Ambos tan hartos de mi existencia como para colarse en mi cuarto armados con objetos afilados?

¿Quién podía tener tales ansias de matarme? ¿Y yo qué había hecho para merecer la inquina de dos equipos a la vez?

Por supuesto, Anderson, o alguno de sus acólitos, era el sospechoso más evidente. Pero dudaba de que diera su aprobación a algo que era un crimen gravísimo. Sus defectos eran tantos que casi no dejaban espacio para cualidades, y estaba claro que no haría ascos a las faltas y los delitos menores, si con ellos conseguía su propósito de meter en chirona a Dexter. Pero el asesinato era un tanto excesivo, hasta para él. Incluso si su víctima era alguien que merecía la muerte de sobras, ¿qué tipo de agente de la ley podía consentir el asesinato, aunque fuera el de otro asesino? Resultaba inimaginable. Y, además, Anderson en ese momento estaba divirtiéndose demasiado conmigo, manteniéndome con vida pero hostigándome a cada paso.

¿Quién quedaba entonces? ¿Quién más me detestaba lo bastante para tratar de matarme? ¿Podía ser algún tipo de justiciero que iba por libre? ¿Alguien tan rabioso por mi puesta en libertad que había decidido tomarse la justicia por su mano? Era posible, pero me parecía un tanto inverosímil. Y que de hecho hubiera dos compitiendo entre sí para ser el primero en hacerse con mi cabellera… No, eso no podía ser.

Pero no había nadie más que me odiase hasta ese punto… entre los vivos, por lo menos. Si pudierais escoger entre aquellos a quienes ayudé a dejar este Valle de Lágrimas, os sería fácil formar dos equipos… y hasta una liga deportiva al completo. Pero todo lo demás parecía ser imposible. De hecho, haciendo abstracción de mi reciente, no buscado momento de publicidad, la gente ni siquiera sabía de mi existencia. Durante toda la vida, me había esforzado mucho en mantener un perfil bajo. Me había esforzado más todavía en asegurarme de que ninguno de los amigos, familiares o asociados comerciales vivos de mis Presas supieran quién y qué era yo. ¿Quién quedaba entonces?

Sin pensar, me senté en el borde de la cama para considerarlo todo mejor. Mi peso provocó que el finado fuera rodando hacia el cráter en el centro del colchón; uno de sus brazos inertes cayó sobre mi regazo. Lo que confirmaba que su muerte era muy reciente. También confirmaba que yo era tonto. Me levanté de inmediato, fui hacia el escritorio y saqué la silla.

Me senté y, de forma inconsciente, asumí una postura erguida. Mi profesora en la escuela, la señora Parker, siempre insistía en que nos sentáramos con la espalda erguida. Según decía, esa postura favorecía el buen flujo de la sangre columna vertebral arriba y hasta el cerebro, lo que nos ayudaría a pensar mejor y a aprender más. Siempre estábamos riéndonos de ella por esa idea tan lunática, a sus espaldas, naturalmente, pues la señora Parker tenía malas pulgas. Sin embargo, después de todos estos años, me parecía que la pobre había tenido razón. Pues al cabo de llevar unos minutos sentado con la espalda tiesa en la silla de madera, de pronto tuve una Idea de Verdad.

Me resultaba imposible saber quiénes eran esos desconocidos, pues sus caras nada me decían. Y si no sabía el *quién*, tampoco podía saber el *porqué*. Dejando aparte el hecho de que siempre es interesante saber quién te odia lo bastante para matarte, necesitaba saber el *quién* antes de decidir qué iba a hacer al respecto. Y entonces fue cuando la Idea de Verdad me habló al oído.

Muy bien, Dexter, me susurró. *Será cuestión de que averigües quién sabía que esta era tu habitación.*

El listado de personas al corriente de que me había registrado allí era mucho menor. Tenía que dar por sentado que Anderson y otros policías interesados en mi caso probablemente lo sabían. Y cualquiera que pudiera colarse por la puerta trasera de una base de datos podía descubrirlo, si de veras ansiaba tanto saberlo. Yo mismo hubiera podido hacerlo en menos de diez minutos, simplemente buscando un número de tarjeta de crédito. En cuanto usara una tarjeta a mi nombre, mi paradero sería de dominio público. Y en la entrada aparecería el nombre y la dirección del hotel con todas sus letras, y entonces...

Parpadeé. Se me ocurrió *otra* cosa, un detalle de cuya importancia estaba bastante seguro. No sabía qué era exactamente, pero sabía que estaba ahí. Rebobiné mis pensamientos y los hice girar otra vez, a menor velocidad. Me senté todavía más tieso en la silla... y lo encontré. No sabía si lo había encontrado a causa de mi tan idónea postura física, pero, por si acaso, envié una pequeña nota mental de agradecimiento a la señora Parker a través de los tiempos.

Era verdad que cualquier persona equipada con un ordenador y medio cerebro podía mantenerme vigilado siguiendo los movimientos de mi tarjeta de crédito. Pero había un detalle minúsculo que era aún más cierto.

Yo no había usado mi tarjeta de crédito.

Brian había usado *su* tarjeta de crédito.

¿Cómo la había descrito? Como una «bonita tarjeta anónima». En su momento no había prestado atención, por lo que intenté recuperar el tiempo perdido. Brian de ninguna de las maneras podía tener una tarjeta a su nombre; para empezar, ni siquiera contaba con un domicilio fijo... y ya puestos, ni siquiera sabía si tenía una identidad fija. Lo que evidentemente significaba que la tarjeta o era falsa o era robada. La mayoría de las entidades financieras sin duda lo contemplarían con profunda desaprobación. Pero por malignas y mercenarias que sean, la mayoría de las compañías expendedoras de tarjetas de crédito todavía no han llegado al punto de ejecutar a las personas que abusan de ellas, aunque no por falta de ganas.

¿Podía tratarse de la persona hipotética a la que Brian hubiera afanado la tarjeta? Era un poco más probable, pero ¿cómo se explicaba que los asaltantes hubieran sido dos?

Reflexioné. Dejando aparte su tarjeta de pega, Brian de pronto estaba forrado de dinero, lo suficiente para contratar a Kraunauer. ¿De dónde procedían esos pastones inesperados y qué conexión podían tener con los cadáveres en mi habitación? Me levanté y los miré otra vez, en la cama primero, y en el armario después. A continuación volví y me situé sobre Uno, que descansaba tan plácidamente en mi lecho.

A todos quienes trabajamos como garantes de la ley nos enseñan a evitar los estereotipos raciales, por lo que traté de no llegar a conclusiones apresuradas que pudieran ofender a alguien, con independencia de su origen étnico. Pero era inevitable observar que los dos muertos daban la fuerte impresión de proceder de México o de Centroamérica. Dicho esto, uno no podía dejar de considerar, del modo más políticamente correcto posible, que si efectivamente *eran* mexicanos o centroamericanos, y dado que habían muerto de forma violenta, cosa que había sucedido allí mismo, en Miami, y si además resultaba que en el trasfondo había mucho dinero de por medio, siempre era posible, *posible*, estoy diciendo, ojo, sin apuntar de manera directa a la procedencia étnica de los fallecidos, como digo era *posible* que las drogas tuvieran algo que ver con todo cuanto había sucedido hasta el momento.

Brian desde luego no tendría el menor escrúpulo en involucrarse en el tráfico de drogas. En realidad no tenía escrúpulos de ninguna clase. Brian disfrutaba de todas las ventajas, que yo asimismo tanto apreciaba, de ser un desalmado sin entrañas y carente de sentimientos… y además no tenía ninguna de las desventajas de mis principios injertados de modo artificial. El negocio de la compraventa de drogas le parecería la perfecta oportunidad para enriquecerse, y hasta para expresarse personalmente, teniendo en cuenta la naturaleza de la competencia. Era muy posible que se hubiera involucrado de alguna forma. Y conociendo a Brian, era igualmente posible que hubiera mosqueado un poquitín a alguno de los situados en ese mundo ultraviolento.

Lo que tampoco explicaba quiénes eran mis nuevos amigos. Pero sí ofrecía la primera explicación clara sobre el cómo y el porqué, con la ventaja adicional de que resultaba muy fácil comprobarlo.

Cogí mi teléfono y llamé.

Al cabo de tan solo tres timbrazos, Brian respondió:

—Hermanito —saludó, con artificial bonhomía de baja estofa—. ¿Cómo estamos?

—No me quejo —respondí—. Bastante mejor que mis acompañantes no invitados.

—¿Acompañantes? —repitió—. ¿Te parece prudente en vista de las circunstancias?

—Muy *imprudente*. Sobre todo si tenemos en cuenta que los dos están más que muertos.

Brian calló un largo lapso de tiempo.

—¿He de decirte que no tengo ni idea de quiénes son? —agregué finalmente—. ¿Y que no he sido yo quien se los ha cargado?

—Así está mejor —repuso Brian con suavidad, y en su voz apareció un deje amenazador que no había oído hasta entonces—. Descríbemelos.

—Los dos son fornidos pero bajitos, de uno sesenta y pico de altura —describí—. El que está más cerca tiene unos treinta y cinco años, el pelo negro, la piel olivácea y marcas de viruela en la cara.

Brian soltó un bufido.

—La muñeca izquierda —dijo—. Por favor, examínala.

Me acerqué a la cama y aparté el brazo izquierdo del pecho. Llevaba un tatuaje, de unos doce centímetros de largo. Un Jesucristo sangrante envuelto por una cobra.

—Un tatuaje interesante —comenté al teléfono.

—¿Jesucristo y una serpiente? —preguntó él.

—Sí —respondí—. ¿Conoces a este fulano?

—No te muevas del cuarto. Ahora mismo voy a buscarte.

—Brian, en el vestíbulo hay unos policías —le advertí. Pero ya había colgado.

Miré el teléfono y me pregunté si tendría que volver a llamar a Brian. Decidí que no. Probablemente no respondería, y, por lo demás, tenía la sensación de que el teléfono me había defraudado en su labor. Ya no me fiaba de él.

Pero algo tenía que hacer. «Ahora mismo voy a buscarte» podía suponer unos pocos minutos, pero también podía significar media hora o más. Seguía sin tener ni idea de qué era lo que estaba pasando, pero, fuera lo que fuese, no me parecía buena idea quedarme en la habitación y esperar a que la siguiente pieza del rompecabezas encajara por sí sola. La apuesta era muy alta en esa partida, y la próxima pieza bien podía caer sobre mi cabeza. Estaba claro que necesitaba salir de ese cuarto lo antes posible.

Por otra parte, también necesitaba encontrarme con Brian, quien estaba de camino. Una vez más, mi mente recién revivida estuvo a la altura del desafío, y eso que en esta ocasión ni siquiera estaba sentado muy tieso en la silla. Brian llegaría y, lo mismo que yo, vería el coche patrulla aparcado frente al hotel y se dirigiría a la puerta posterior.

Salí del cuarto, asegurándome por completo de cerrar bien la puerta y de dejar el cartel de No Molestar. Fui hacia la escalera. Bajé a la primera planta y me quedé a un lado de la puerta, de tal forma que podía ver el aparcamiento sin que yo mismo resultara demasiado visible.

Pasaron diez minutos. Una mujer vestida con un traje formal pasó andando por el exterior y se subió a su coche... o, por lo menos, el que supuse era su coche. De lo contrario, estábamos hablando de una muy habilidosa ladrona de automóviles.

Pasaron cinco minutos más. Dos adolescentes bajaron tumultuosamente por las escaleras y fueron al vestíbulo, donde entraron pegando un portazo, sin prestarme la menor atención.

Miré por el ventanuco de la puerta posterior. No se podía ver mucho, pero nada de lo que veía estaba en movimiento. Me pregunté si Brian habría tenido un accidente de algún tipo... acaso premeditado, en vista de cómo estaban las cosas. ¿Cuánto tiempo tenía que seguir esperándolo? Casi seguro, más tarde o más temprano, iba a suceder algo desagradable. Los polis decidirían subir a mi habitación para hacerme la vida imposible un rato o una de las camareras entraría a cambiar las sábanas. También era posible que quien hubiera enviado a los dos Desconocidos enviara a un tercero. O que incluso se presentara en persona para darle matarile a quien anduviera por mi cuarto, o por las escaleras, ya puestos. ¿Dónde demonios estaba Brian?

Volví a mirar por la ventana. No se veía ni rastro de él; lo único que había era una furgoneta color blanco. Fue acercándose a poca velocidad, hasta que pude ver el costado del vehículo. Una leyenda en grandes letras negras proclamaba: LAVANDERÍA HERMANOS ATWATER.

Parpadeé. ¿Atwater, otra vez? ¿Era posible?

La furgoneta dio marcha atrás y terminó por bloquear la puerta junto a la que me encontraba. Brian apareció un momento después. Iba vestido con un andrajoso mono gris y cargaba con una pesada bolsa de lona para herramientas. Llevó la mano a la puerta, me vio y saludó con un gesto de la cabeza.

Le abrí la puerta, y entró.

—Hermanito. Creo que no tenemos mucho tiempo.

—Estaba pensando lo mismo —respondí—. También estaba pensando otras cosas de tipo más personal.

Me mostró los dientes y me agarró por el codo.

—Más tarde habrá tiempo para recriminaciones. Ahora mismo tenemos cosas que hacer.

Asentí con un gesto y dejé que me llevara a toda prisa escaleras arriba y por el pasillo hasta la habitación 324. Abrí la puerta, y entramos. Brian de inmediato fue a ver el cuerpo tendido en la cama.

—Octavio —dijo—. Justo lo que me temía.

—¿Le conoces? —pregunté.

Asintió con la cabeza.

—Era un aliado. Y hasta es posible que un amigo.

—La amistad es algo tan frágil… —observé.

—Al igual que la misma vida —sentenció Brian, contemplando a Octavio con una expresión que casi hubiera podido denotar arrepentimiento, si yo no le conociera tan bien.

—No quiero molestarte en tu duelo —dije—, pero ¿qué…?

Levantó la cabeza con brusquedad y me miró, y en su rostro ahora no había el menor atisbo de expresión.

—Sí —cortó—. ¿Me has dicho que eran dos?

—Eso mismo —respondí.

Señalé el armario. Abrió la puerta y se arrodilló frente al Desconocido Número Dos. Al cabo de un par de segundos se enderezó y comentó:

—A este no lo conozco.

—Ya. Pero...

—Y bien. Saquémoslos de aquí. —Metió la mano en la bolsa de lona y extrajo una prenda gris enrrollada y me la tiró—. Póntelo.

La desenrollé. Era un mono idéntico al suyo, y me lo puse sobre mis propias ropas. Cuando terminé de enfundármelo, Brian ya había cogido la colcha de la cama y envuelto a Octavio con ella.

—¿Me echas una mano, hermanito? —preguntó cortésmente—. Cógelo por ese lado, por favor.

Cogí el extremo del bulto situado más cerca. Parecían ser los pies. Brian agarró el otro extremo, señaló la puerta con un gesto de la cabeza, y entre los dos sacamos a Octavio al corredor y lo llevamos por las escaleras. Por la razón que sea, los muertos siempre parecen pesar más que los vivos, y Octavio no era una excepción. Era sorprendentemente pesado para ser tan pequeño, y para cuando dejamos atrás las escaleras y llegamos a la puerta trasera, yo estaba verdaderamente exhausto y sentía un novedoso calambre en los músculos de la espalda.

Brian abrió la puerta con el trasero, y llevamos a Octavio a la cercana furgoneta. Con fuerza sorprendente, mantuvo el bulto en vilo con una mano mientras abría las puertas traseras del vehículo, tras lo cual levantó el cadáver mientras yo empujaba desde mi extremo. Miré en derredor con expresión distraída mientras Brian sacaba la colcha del interior y cerraba las puertas de golpe. Tan solo vi unas decenas de coches aparcados.

—Muy bien —me dijo entonces—. ¿Vamos a por el otro?

Subimos por las escaleras y repetimos el proceso con el Desconocido Número Dos. La suerte estaba con nosotros, pues no vimos a nadie y, con un poco de suerte, nadie nos vio. Unos pocos minutos después, el segundo cadáver estaba dentro de la furgoneta. Estiré los brazos y me pregunté si la espalda alguna vez dejaría de dolerme.

Brian cerró las puertas traseras de la furgoneta, echó la llave, me miró e hizo un gesto con la cabeza.

—Un último viaje.

—¿Hablas en serio? Yo solo he visto dos muertos.

—Tus cosas —aclaró, echando a andar hacia la puerta del hotel—. ¿No te parece mejor marcharte del hotel con tus cosas? —Me dedicó una pequeña sonrisa astuta—. Siempre vas a tener tiempo para notificarlo por teléfono.

—Igual tienes razón.

Asintió con la cabeza.

—Algún día ibas a tener que irte.

Subimos juntos, deteniéndonos con precaución en el rellano del tercer piso y, otra vez, ante la puerta de mi habitación, o antigua habitación, para ser más preciso. No se veía nada ni a nadie, así que entramos. En menos de un minuto recogí mis escasas pertenencias, y de nuevo bajamos los dos por las escaleras y salimos al aparcamiento. Pasé junto a la furgoneta y metí la maleta en el maletero de mi coche de alquiler mientras Brian se subía a la furgoneta.

—Sígueme —dijo, añadiendo—: No vamos muy lejos.

—De acuerdo —respondí. Me subí al coche de alquiler y seguí a Brian mientras salía tranquilamente del aparcamiento.

El coche patrulla continuaba aparcado frente a la puerta principal, sin que sus ocupantes estuvieran a la vista. Continuamos adelante y entramos en la U.S. 1; después de unas cuantas manzanas, Brian dio un giro de ciento ochenta grados y se dirigió al sur. Le seguí, preguntándome en qué se habría metido y por qué tenía que encontrarme inmerso en ese lío.

Al cabo de unos minutos, Brian se detuvo frente a un pequeño centro comercial que entre otras cosas tenía una cafetería especializada en donuts abierta toda la noche. Asentí con la cabeza. Nadie repararía en mi coche de alquiler en un lugar como ese. Aparqué en una plaza lo bastante cercana a la cafetería como para que algunas de sus brillantes luces fluorescentes iluminaran el coche y fui andando al lado opuesto del aparcamiento, donde Brian estaba sentado en la furgoneta, con el motor en punto muerto. Me subí al asiento del pasajero, y Brian entró otra vez en la U.S. 1, en dirección sur también.

Guardamos silencio durante varios minutos, hasta que, una vez dejado atrás Sunset Drive, ya no pude más.

—Siento mucho lo de tu amigo.

Brian suspiró.

—Sí.

Me lo quedé mirando a la expectativa, pero no dijo más, y yo estaba lo bastante disgustado para decirme que no tenía por qué insistir, de forma que también me sumí en el silencio. Seguimos en dirección sur, hasta casi llegar a Homestead. Brian entonces salió de la U.S. 1 y puso rumbo al oeste, en dirección al interior, girando numerosas veces. Finalmente enfilamos un largo tramo con la calzada en mal estado que llevaba directamente al oeste. El sol estaba poniéndose, brillando directamente sobre mis ojos, por lo que me giré y miré por la ventana. No había mucho que ver en esa vieja zona residencial. Las casas cada vez eran más antiguas y de menor tamaño, hasta que terminaron por desaparecer enteramente, y nos encontramos conduciendo por un camino de tierra que recorría un paisaje de arbustos, canales y juncales. Habíamos llegado al mismo extremo de las Everglades. Miré a Brian, con la esperanza de que por fin se explicara, pero él seguía mirando al frente, a la carretera y el sol poniente.

Tras diez minutos más de incómodo silencio, finalmente salió del camino polvoriento y pasó por la entrada de un vetusto, combado vallado de alambre. La puerta colgaba de mala manera de un gozne oxidado. En ella había un viejo letrero desvaído, que me fue imposible leer.

Un centenar de metros más allá de la entrada, llegamos al borde de una cantera vieja y grande llena de lechosa agua de lluvia. Brian estacionó la furgoneta y apagó el motor. Seguimos en silencio un momento. El motor emitió unos ligeros sonidos metálicos al enfriarse, mientras un completo coro sinfónico de insectos iniciaba su concierto vespertino en las inmediaciones.

Brian meneó la cabeza, respiró hondo y se giró hacia mí.

—Y ahora, hermanito —dijo, con voz muerta y muy seria—, siento tener que decirte que nos has puesto a los dos en grave peligro. —Se acercó—. Necesito saber a quién le dijiste que estabas en esa habitación del hotel.

10

Durante un momento tan solo pude mirar a Brian parpadeando de forma ostensible. Algo que últimamente estaba haciendo mucho. ¿Era indicio de que verdaderamente estaba perdiendo mi acerada inteligencia, acercándome al abismo de la estupidez permanente? ¿O era una simple indicación de que en realidad nunca había sido tan listo como me creía?

En todo caso, seguí mirando y parpadeando. La pregunta de Brian me había pillado del todo desprevenido; *¿A quién se lo había dicho?* La pregunta era absurda a tantos niveles que ni sabía por dónde empezar. Yo ya había llegado a la conclusión de que alguien había seguido el rastro de Brian —que no el mío— por culpa de su tarjeta de crédito. Cosa que me parecía tan evidente que ni siquiera valía la pena mencionarla. ¿Cómo era posible que no se diera cuenta? No solo eso, sino que Octavio además era *su* amigo, no el mío, de modo que su muerte nada significaba para mí. Estaba claro que dicha muerte tenía que ver con el propio Brian.

Y, lo más importante de todo, no tenía absolutamente a nadie en el mundo con quien hablar, ni de habitaciones de hotel ni de ninguna otra cosa. Dejando aparte al propio Brian, nadie iba a hablar conmigo.

Tras una larga pausa, efectiva para proyectar dramáticamente mi sensación de absoluto asombro por su pregunta, al fin conseguí sacar de la cuneta mi capacidad para el habla y volver a situarla en la carretera de la conversación.

—Brian —dije—. ¿De verdad piensas que alguien mató a Octavio para vengarse de mí?

Como si estuviera empeñado en complacerme como fuese, Brian respondió con una gratificante, boquiabierta mirada estupefacta, muy parecida a la mía. Me pareció que se prolongaba mucho más que la mía, pero puede ser que estas cosas resulten más largas para el espectador que para el actor. Le di todo el tiempo necesario, y finalmente cerró la bocaza y agachó un poco la cabeza.

—La verdad es que sí que lo he pensado. Menuda estupidez. —Me miró y meneó la cabeza—. Últimamente no hago más que tonterías, o eso parece.

—No eres el único —apunté.

—Pero, entonces, ¿cómo se explica que me encontraran tan rápidamente? —preguntó, con asombro y desaliento verdaderos.

Empecé a pensar que, a pesar de todas sus estupendas cualidades, Brian quizá no estaba tan versado como yo en lo tocante a la vida en el ciberespacio.

—Es una suposición. Pero creo que estuvieron siguiendo los movimientos de tu tarjeta de crédito.

Me miró con tan vacío anonadamiento que tuve que revisar mi opinión: Brian no tenía *ni idea* sobre la vida en el ciberespacio.

—¿Estás diciéndome que pueden hacer eso? —preguntó—. Esa tarjeta estaba limpia, y hace pocas semanas que la tengo.

—Tírala —propuse—. Déjala aquí en la cantera, junto con Octavio y... Oh. ¿Vamos a dejarlos en la cantera? Suponía que...

—Es lo que vamos a hacer —dijo él—. El agua de por aquí tiene mucha cal. En dos meses no quedará ni rastro. —No le pregunté cómo lo sabía, pero me quedé con el dato como futura referencia. Suponiendo que aún me quedara un futuro, cosa que de momento no estaba nada clara. Brian frunció el ceño y me miró muy confuso—. Pero, ahora en serio, yo pensaba que una tarjeta de crédito no... bueno, ya me entiendes. ¿Acaso los bancos no protegen los datos de forma segura?

—Segurísima —repuse—. Por mi parte necesitaría hasta diez minutos para entrar y hacerle el seguimiento a alguien.

—Oh, no —exclamó, y volvió a menear la cabeza, muy lentamente—. Veo que me quedan muchas cosas por aprender. —Se arrellanó en el asiento y frunció el ceño, como tratando de recordar si había hecho alguna otra cosa más que pudiera plantearle problemas—. Quizá he dedicado demasiado tiempo a aprender a librarme de un cadáver, sin prestar atención a otros factores más prosaicos.

—Eso parece. Te sugiero una cosa: por el momento, lo mejor es que lo pagues todo en efectivo. Eh... tienes bastante efectivo, ¿no es así?

—Sí, por eso no hay problema —respondió con voz ausente, todavía ocupado en catalogar los pecados del pasado reciente.

—Quizá sea esta una buena ocasión para que me digas de dónde procede ese dinero. Y quién está tratando de matarte para recuperarlo. ¿También te quedaste con sus drogas? ¿O tan solo con el dinero?

Brian dio un respingo, me miró y asintió con la cabeza.

—A veces me olvido de que eres un investigador profesional —confesó—. Es natural que hayas terminado por deducirlo.

—Elemental, mi querido hermanito.

—No estoy seguro de qué puedo y qué no puedo contarte —manifestó con parsimonia y clara intención de ganar tiempo mientras lo pensaba.

—Dime lo suficiente para que pueda seguir con vida —sugerí.

—Sí. Hasta ahí sí que te puedo contar. —Respiró hondo y soltó el aire ruidosamente—. Como has adivinado, en su día me dio por probar con el narcotráfico, un poquito. Sin meterme demasiado en el asunto, sencillamente por probar otra forma de llevar a la práctica mi talento y mi experiencia. —Sonrió con modestia—. Eso sí, sacándome mucho más dinero por hacerlo.

—Muy bien —dije con tono de admiración.

Brian se encogió de hombros.

—Es una vieja historia, más bien sórdida —prosiguió—. La cosa iba sobre ruedas, en el plano económico, y la verdad era que mi trabajo me gustaba mucho. —Me brindó su horrorosa sonrisa, si bien esa vez creí captar placer verdadero en ella—. Me estaban saliendo muchos pequeños encargos. Un montón de, eh, encuentros personales...

Asentí con un gesto. Brian compartía mi sentido del gusto y coincidía en que explicar en detalle lo que hacíamos no era muy elegante, aunque ambos sabíamos perfectamente qué era lo que estaba diciéndome. Brian había estado eliminando de la faz de la Tierra y de manera permanente a todos aquellos individuos que los que contrataban sus servicios consideraban un obstáculo. Un empleo magnífico, se diría, y al parecer muy lucrativo.

—¿Has estado trabajando por cuenta propia? —me interesé—. ¿O para un grupo en particular?

—Para una sola persona. Para Raúl, sencillamente. —Volvió a sonreír—. Le llaman «El Carnicero». Muy melodramático, ya lo sé.

—Sí. Un tanto pasado de vueltas.

—Es el mundo en el que viven. —Se encogió de hombros—. El histrionismo parece gustarles mucho.

—Y bien, ¿qué pasó? —pregunté—. ¿Hiciste algo que molestó al Carnicero?

—Oh, no, nada de eso —zanjó—. Yo era muy bueno en mi trabajo, cosa que él apreciaba. Pero, por desgracia para todos los implicados, el Carnicero se las arregló para mosquear al Santo Rojo. —Me mostró los dientes—. Más histrionismos, soy consciente.

—Ya lo veo.

—Según parece, Raúl fue más allá del terreno que le correspondía —explicó Brian, esforzándose notablemente en mostrarse pesaroso. Ni por asomo era tan ducho como yo en esa clase de fingimientos—. El Santo se molestó. Y pronto nos vimos metidos en una guerra con todas las de la ley. —Se detuvo y ladeó la cabeza, como si estuviera ponderando cuanto describía—. El Santo era un hombre mucho más poderoso, sin comparación, con muchos más secuaces, más dinero e influencias. Raúl era relativamente poca cosa. En ascenso, pero nada más que eso.

Se encogió de hombros.

—Para resumir, empecé a decirme que estaba en el bando perdedor y que era simple cuestión de tiempo que Raúl y todos los demás miembros de su pequeña familia fuéramos eliminados. Lo hablé con un compañero de trabajo…

—Octavio.

Brian asintió con un gesto.

—El mismo. Porque, lo que son las cosas, Octavio sabía que Raúl había escondido una importante suma de dinero en cierto lugar, por si en algún momento era necesario, eh, cambiar de aires. Y con rapidez. —Frunció la boca en una sonrisa efímera y poco convincente—. Es uno de los riesgos de esta profesión, ya sabes —añadió—. De vez en cuando tienes que largarte de donde estás, y cuanto antes.

—Entiendo. Así que Octavio y tú os hicisteis con el dinero y os disteis el piro.

—Justamente. —Suspiró y agregó—: Un montón de dinero. No tenía ni idea de que fuera a ser tanto. —Me miró con felicidad—. Tantísimo dinero, hermanito... No tienes ni idea.

—Me hago a la idea —respondí—. Pero ¿dónde está el problema? Ahora que Raúl y la mayoría de sus pandilleros están muertos, ¿quién queda para ir a por ti?

—Verás, ese es el problema —respondió Brian con melancolía—. Al final cometimos un pequeño error de cálculo. Lo que pasó fue que Raúl se las compuso para introducir una bomba en el cuartel general del Santo. La jugada le salió bien. El Santo murió, junto con muchos de los suyos, y los demás corrieron a rendir pleitesía a Raúl. La guerra había terminado... pero, por desgracia, era Raúl el que seguía con vida. —Volvió a sonreírme, de forma tan poco convincente como en anteriores ocasiones—. Y entre los desaparecidos se encontraban dos de sus colaboradores más estrechos y un montón de dinero en billetes no rastreables. Raúl es muy posesivo en lo referente al dinero.

—Un defecto muy extendido —observé.

—Y bueno, para terminar —prosiguió Brian—. Raúl y sus secuaces que siguen con vida están empeñados en encontrarme como sea. Y *no* creo que sea para suplicarme que vuelva a trabajar con ellos.

—Casi seguro que no —aventuré. Fruncí el ceño y traté de pensar en voz alta—. Muy bien —añadí—. Digamos que el informático de Raúl sigue los movimientos de tu tarjeta y llega a mi habitación en el hotel. Seguramente piensa que Dexter Morgan eres tú, que se trata de un alias. Y envía a alguien para comunicarte el despido definitivo.

—Por expresarlo delicadamente —murmuró él.

—El hombre se esconde en el armario, pensando que vas a volver de un momento a otro —continué, y me detuve—. Pero ¿qué me dices de Octavio? ¿Qué hacía él en tu cuarto?

Brian suspiró de nuevo, por tercera vez. La cosa estaba volviéndose un tanto irritante, sobre todo porque yo sabía que él no sentía nada en absoluto, y menos aún algo que pudiera llevarlo a suspirar. Tenía que tratarse de una nueva costumbre que estaba probando por alguna razón, quizá para comprobar qué efecto causaba.

—Tan solo puedo hacer suposiciones —contestó finalmente—. Octavio estaba alojado en tu hotel. —Debí de mostrarme sorprendido, pues Brian abrió las manos en el aire a modo de disculpa—. Por pura cuestión de conveniencia —explicó—. Octavio probablemente vio al otro tipo y lo reconoció. Le siguió hasta tu cuarto y... —Chasqueó los dedos—. Lo demás es una trágica historia.

Guardamos silencio un minuto.

—¿Te parece posible que Raúl enviara a un solo hombre para acabar contigo? —pregunté.

—Oh, no, seguro que no —respondió Brian en tono jovial—. Raúl sentía mucho respeto por mi capacidad profesional.

—Entonces, ¿enviaría a dos? ¿A tres?

—A muchos, sin duda. A cinco, a seis, a diez incluso —replicó con el mismo desenfado—. Diría que este asunto era prioritario para él. Y que casi con toda seguridad hubiera ido con ellos.

—¿Por un poco de dinero? —pregunté.

El tono de Brian se tornó todavía más desenfadado.

—No, hombre, no. No es un poco de dinero. Es mucho más. Pero, por supuesto, la cosa va mucho más allá del dinero. Si permite que le pegue el palo y que luego me vaya de rositas, el resultado es que le perderán el respeto. —Levantó una ceja—. Y el respeto lo es todo para esa gente, no sé si lo sabes. No, Raúl enviaría a un montón de fulanos... y seguiría enviando más, hasta terminar de una vez. —Asintió con la cabeza, y en su rostro había una expresión de satisfacción.

Por la razón que fuese, me resultaba imposible compartir su frívola alegría por verse incesantemente perseguido por sucesivos pelotones de asesinos experimentados y a tiempo completo.

—Maravilloso —apostillé.

—Esos tipos son muy buenos en lo suyo —añadió—. Y, como puedes suponer, no sueltan la presa hasta que acaban con ella.

—Claro.

Calló, e hice otro tanto. Aproveché para considerar un poco la situación. Ahora sabía de qué forma estaba financiando Brian sus espectaculares muestras de generosidad. Lo que tampoco me aclaraba *por qué* estaba siendo de tanta ayuda, aunque empezaba a intuir algo que no me gustaba un pelo. Ya sospechaba que Brian necesitaba de mi concurso por alguna razón desagradable. El caso estaba empezando a adquirir unos tintes que iban mucho más allá de lo desagradable... y que llegaban a lo directamente letal. No estaba seguro de si quería ser partícipe del asunto, por muy hermano mío que fuese. Es verdad que normalmente me he sentido dispuesto a —incluso ansioso de— ayudar a un familiar en apuros, pero siempre en cuestiones como efectuar una mudanza o llevarle en coche al dentista. No veía que los vínculos familiares tuvieran que incluir la asistencia a un hermano amenazado de muerte por un capo de la droga rabioso y obsesionado con hacer un escarmiento.

Pero, mientras pensaba en todo eso, me di cuenta de que ya era demasiado tarde como para que hiciera cortés mutis por el foro. Los hombres de Raúl habían sido lo bastante despiertos para seguir con rapidez el rastro dejado por la tarjeta de crédito de Brian. Sin duda sabían que la habitación estaba registrada a mi nombre, y no tardarían en averiguar que no se trataba de una falsa identidad de Brian. Y entonces irían a por mí. Darían por supuesto que estaba vinculado a Brian de algún modo importante, y yo pasaría a convertirme en otro blanco que abatir. De hecho, ya *era* un blanco que abatir, por la simple razón de haber estado ocupando aquel cuarto de hotel. Sé que la mayoría de los seres racionales considerarían que una tan simple conexión imprecisa no era prueba de culpabilidad absoluta, pero también sabía lo bastante sobre el mundo del narcotráfico para tener claro que muy pocos de sus habitantes eran de índole racional. No necesitaban saber una sola cosa más sobre mí para decidir que había llegado la hora de ponerle punto final a mi paso por el planeta Tierra. Ahora estaba en su lista de individuos que eliminar, de forma tan segura como mi presencia junto a Brian en ese momento.

Por mi cabeza pasó otro pensamiento, señal alentadora de que las cosas estaban funcionando como tenía que ser. Ese pensamiento estaba musitándome: si Brian verdaderamente quería que yo le ayudase, muy bien podía haber enviado a Octavio al hotel, mientras yo estaba ausente, sabedor de que se encontraría con el verdugo de los narcos. Con dos cadáveres en mi habitación y la certeza de que me habían identificado, no me quedaría otro remedio que aliarme con él

en su lucha. No solo eso. Con Octavio muerto, todo ese bonito montón de dinero ahora seguramente estaba en manos de Brian, y este
nunca me había dado motivos para pensar que su aprecio por Octavio —o por cualquier otra persona— superaba su aprecio por el dinero.

Miré a mi hermano. Seguía con el ceño fruncido y los ojos entre-
cerrados, mirando los últimos rayos de sol que se hundían en el horizonte. Se dio media vuelta, meneó la cabeza y me lo soltó:

—Me temo que tengo que pedirte un gran favor.

—¿Mataste a Octavio? —pregunté, a modo de respuesta—.
¿O lo arreglaste para que lo mataran?

Hay que quitarse el sombrero ante Brian: ni siquiera fingió sentirse sorprendido u ofendido.

—No, nada de eso —contestó con sencillez—. Como es natural,
se me había ocurrido que quizá más adelante sería cuestión de hacerlo. Pero en este momento necesitaba su ayuda para que no me mataran a mí. Y ahora… —Brian de pronto se mostró tímido y apartó el
rostro—. Como digo, se trata de un favor importantísimo.

—Sí que lo es —repliqué, y reconozco que en mi voz había irritación—. Pero no sé cómo puedo ayudarte. Me están vigilando, por si
no lo sabes. La policía, quiero decir. Y en cualquier momento pueden
volver a meterme en chirona. ¿En qué crees que puedo ayudarte?

—En algo que tampoco es complicado —respondió, en tono
algo apagado—. En algunos trabajitos sencillos y entretenidos. Ya
me entiendes, vigilándome las espaldas mientras yo me ocupo de lo
principal. Y luego me echas una mano cuando llegue la hora de la
diversión.

Me disponía a subrayar que no tan solo teníamos que preocupar-
nos por los cinco o seis lunáticos homicidas armados hasta los dientes
que andaban pisándonos los talones. Incluso si los eliminábamos, detrás de ellos se encontraba una organización tan enorme como des-
piadada. Y de inmediato desistí, pues comprendí que Brian eso ya lo
sabía, y también comprendí adónde estaba yendo a parar. La palabra
soberbia acudió a mi mente, acompañada por el adjetivo *desmedida*, y
es que si lo que sospechaba sobre su plan era verdad, lo de soberbia
desmedida se quedaba muy corto. Más bien se trataba de una gran-

diosa, extravagante muestra de prepotente estupidez en una escala colosal nunca vista en este mundo, y estaba seguro de que eso exactamente era lo que Brian tenía en mente.

A través del parabrisas, contemplé el agua lechosa de la cantera. La superficie relucía con brillantez, por mucho que ya fuera noche cerrada. Me pareció bastante significativo.

—Brian —dije—. No tienes la menor intención de poner tierra de por medio, ¿verdad?

Me mostró muchos de sus dientes. Centellearon de forma extraña en la oscuridad.

—Pues claro que no —respondió con despreocupación—. ¿Para qué? Terminarían por encontrarme de todas maneras.

—Pero ¡esto es de locos! —protesté—. ¡No estarás pensando en serio que puedes acabar con un cártel entero!

—Yo solo, no —replicó sin alterarse. Muy inteligentemente, se abstuvo de añadir más o dedicarme una Mirada Significativa.

—Mierda —exclamé, y hablaba en serio.

—Es muy posible.

—¿Cómo demonios vas a poder eliminar a decenas de narcos armados y enloquecidos?

Brian sonrió con modestia.

—De uno en uno. Raúl es el único al que será verdaderamente difícil cargarse. Y como he dicho, hará acto de presencia en el momento final.

—Mierda —rezongué, aunque era consciente de que estaba repitiéndome. No se me ocurría un mejor resumen de la situación.

—Reconozco que es complicado —confesó Brian—. Pero con un poco de ayuda, esto es, con la ayuda *correcta*… —Suspiró y meneó la cabeza—. Octavio sabía manejarse muy bien en según qué situaciones. Y no se le daba mal eso de tirar de cuchillo…

—Me lo figuro.

—Pero en realidad no era más que un contable. Una cosa así le vendría muy grande.

—Lo mismo que a mí, diría.

—¡Oh, no, nada de eso! —insistió Brian—. ¡Eres la persona idónea! Además de las cualidades que compartimos, sabes cómo funciona la ley y la policía, y sabes cómo suelen reaccionar. Y sabes otras muchas cosas que pueden ser importantes. Como has dejado claro con la cuestión de mi tarjeta de crédito.

Acercó el rostro y bajó la voz, como si temiera que Octavio nos pudiese oír desde su confortable nido en la parte trasera de la furgoneta.

—Y no solo eso, mi querido hermanito —propuso con sugestiva voz sedosa—. Por fin podríamos hacer según qué cosas *juntos*. Más de una vez…

Aparté la mirada. Tenía claro que Brian siempre había querido que aunáramos esfuerzos y trabajáramos juntos en aquello que a ambos nos gustaba y necesitábamos hacer como fuese. Y, a decir verdad, la idea no dejaba de hacerme tilín. No podía esperar algo más parecido a la sensación de compartir una experiencia *humana* con otro ser vivo. Lo que resultaba un punto irónico, claro, teniendo en cuenta lo que dicha experiencia iba a ser. Pero…

Pero no, era una locura pensar en algo así. En mis actuales circunstancias, ni siquiera podía salir de la ciudad. Me estaban vigilando, y hasta era posible que me estuvieran siguiendo ocasionalmente, y Brian quería que me aliara con él para lo que prometía ser un baño de sangre con todas las de la ley. No solo eso, sino que a esas alturas estaba involucrado en el asunto, me gustara o no. De forma que, si quería seguir con vida —cosa que me apetecía—, no me quedaba más remedio que unirme a él. Y si quería seguir fuera de la cárcel —cosa que tenía clara—, tendría que ayudarlo en la creación y eliminación de cadáveres. Como muy poco, eso suponía quebrantar sin miramientos las instrucciones de Kraunauer: mantener un perfil bajo y no meterme en líos. Y la cosa podía ser muchísimo peor, de una forma en la que ni me atrevía a pensar.

—Brian…

—Lo sé —repuso—. Sé bien que estoy pidiéndote un favor enorme. —Me miró, y por primera vez vi genuino entusiasmo, y hasta calidez, en su rostro—. Pero, ¡*piénsalo*, hermanito! ¡Qué empresa tan gloriosa! ¡Tú y yo solos contra el mundo, codo con codo durante la lucha, disparando a matar y con una canción en el corazón! —Sonrió con modestia—. Y si no en el corazón, pues en…

—Sí, sí, ya lo pillo —dije, si bien no terminaba de compartir su entusiasmo. De hecho, todo eso estaba poniéndome de muy mal humor—. Pero, Brian, tienes que entender el problema en el que estoy metido.

—Sí, claro. Pero ¿no te parece que así la cosa resulta más emocionante?

—Pues no —contesté con firmeza—. Más bien estamos hablando de una incertidumbre que puede ser mortal de necesidad. Es muy probable que vuelvan a encarcelarme en cualquier momento.

—Pero seguro que Frank Kraunauer...

—Con Frank Kraunauer no hay nada seguro —objeté—. Él mismo me ha dicho que no sea demasiado optimista.

—Seguro que lo dice para ser cauto —observó.

—La cautela nunca está de más —aduje—. Los perros sabuesos de la justicia andan siguiéndome la pista, están dándome caza sin compasión, sin parar en barras de ningún tipo... ¿y quieres que me embarque contigo por un verdadero río de sangre?

—Siempre contando con que esa sangre no va a ser la nuestra —aseveró, arrugando la nariz.

—Es imposible, Brian. No puedo arriesgarme a una cosa así.

—Lo que no puedes es evitarla —contestó.

Le miré. Ahora estaba hablando muy en serio, sin falsas sonrisas, suspiros de pacotilla o histrionismos baratos del tipo que fuesen.

—Lo digo muy en serio, hermanito —confirmó—. Esa gente ha demostrado tener talento para localizar a las personas, y resulta que tienen tu nombre. —Meneó la cabeza—. Me temo que tu disyuntiva es muy simple: cazar o ser cazado.

Apreté los dientes y miré por el parabrisas. En la pétrea oscuridad de la noche, el agua de la vieja cantera seguía brillando. Pero en la más negra Oscuridad que envolvía a Dexter no se veía un minúsculo atisbo de resplandor. Brian en realidad tenía razón. Con independencia de lo que yo prefiriese, estaba metido en esto con él, y mi única elección era justamente la que acababa de formular: cazar o ser cazado.

—Mierda —exclamé una vez más.

Brian asintió con la cabeza, haciendo gala de una comprensión casi convincente.

—Por ahí van los tiros.

Contemplé el agua de la cantera. No estaba haciendo nada. Ni yo tampoco, en realidad. Estaba metido en un agujero tan profundo como la misma cantera. Tan solo unas horas antes me había sentido más o menos optimista ante la perspectiva de estar otra vez en libertad... en libertad para garantizar mi continua libertad estableciendo las pruebas de mi inocencia junto con las de la culpabilidad de Anderson y de Robert. En ese momento *sí* que estaba haciendo algo, y era algo en lo que yo era *ducho*: encontrar cosas con la ayuda de un ordenador y rastrear fechorías de diverso tipo. Finalmente había logrado ponerme a jugar en campo propio, conocedor de las normas y de las probabilidades, y, estúpidamente, me había permitido divisar una tenue lucecilla titilante al final del túnel largo y sombrío. Y entonces, con esa tan peculiar sonrisa de autosatisfacción, la Vida había venido en vendaval y apagado todas las velas de golpe.

Si Raúl no acababa conmigo, acabaría en la cárcel. La Muerte o la Reclusión... no parecía que hubiese mucha diferencia. Y a fuer de ser sincero, la Muerte ahora me parecía un poco más probable. Ni siquiera podía esconderme como estaba mandado: tenía prohibido abandonar la ciudad, lo que significaba que mi investigación se veía lastrada antes incluso de empezar. No podía ir a México o a Los Ángeles para encontrar pruebas que incriminaran a Robert. Y Brian seguía sentado a mi lado, con aquella estúpida sonrisa en la cara, cuando era *él* quien me había metido en ese embrollo, *él*, quien era muy libre de salir de la ciudad, y hasta del país, si así le apetecía, dejándome tirado en un rincón, a la espera de que el hacha se cerniera sobre mi cuello. *Él* podía ir donde quisiera, y...

Ajá.

—Brian...

Me miró con afable curiosidad.

—¿Sí?

—Ya sabes que tengo que solucionar mis propios problemas.

Asintió con la cabeza.

—Creo habértelo oído decir.

—Si te ayudo con esto —proseguí—, ¿me ayudarás?

—¡Pues claro! —respondió. Frunció el ceño y añadió—: Eh...
¿de qué clase de ayuda estamos hablando, hermanito?

—Necesito tener unas cuantas respuestas que tan solo puedo
conseguir en Los Ángeles. Y posiblemente en México. Pero no puedo salir de la ciudad. Tú sí que puedes.

Brian asintió con un gesto.

—¿Un viajecito a Los Ángeles? Una ciudad magnífica, poblada
por seres maravillosos. Estaré encantado de ir. —Frunció el entrecejo
y agregó titubeante—: Hum, en lo referente a México, igual puede
ser un poco... raro.

Suspiré. Alguien dijo una vez que cada pedrusco que obstaculiza
el camino en realidad no es más que un trampolín para seguir adelante. Si en esos momentos tuviera a ese alguien a mi lado, le daría
con el pedrusco en la cabeza y le metería en la cantera en compañía
de Octavio.

—Haremos lo que podamos.

Brian asintió con gesto alegre, contento de nuevo.

—Y a lo mejor incluso más.

11

Brian tenía dos pesadas anclas de hierro en la parte posterior de la furgoneta. Le atamos una a Octavio y la otra a su nuevo amigo, y los tiramos a los dos al agua de la cantera. Se hundieron con rapidez, sin que ni un remolino delatara el punto por donde se habían sumergido, y me esforcé al máximo en no verlo como una metáfora de mi vida en ese momento. No lo conseguí. Lo único que veía era el asqueroso Detrito de Dexter hundiéndose en el negro abismo, mientras el agua fría y turbia se cerraba sobre mi cabeza, sin dejar el menor rastro de la maravilla que Yo había sido.

Durante el trayecto de regreso a la U.S. 1, Brian se sumió en una torrencial, cortés cháchara sobre naderías. En su mayor parte, estuve respondiéndole con monosílabos. No parecía que pudiese contar con un solo rayo de esperanza en lugar alguno. Si no me detenían en plena calle y me metían en una celda otra vez, los hombres de Raúl se encargarían de trocearme en cachitos. Las probabilidades de salir con bien de ese largo y oscuro túnel eran tan irrisorias que resultaba más verosímil que de pronto me crecieran alas y la capacidad de conceder deseos. Una vez más, y para rematarlo todo, encontré que todos mis amargos pensamientos llevaban al mismo lugar, al trágicamente mundano cliché del *¿Por qué yo?* Lo que eliminaba toda posibilidad de encontrar nobleza en mis sufrimientos. Yo no era más que otro pobre majadero atrapado en algo que no podía controlar. Se trataba del Dilema de Dexter, y lo más patético de todo era que resultaba idéntico a lo que generalmente se conoce como la Condición Humana. Yo, reducido a la simple Humanidad. Aquello ni siquiera merecía una de mis sintéticas risas desdeñosas de alta calidad, ni para dejarle claro a Brian que me salían mucho mejor que a él.

Nos estábamos dirigiendo a la cafetería frente a la que había dejado mi coche, acercándonos a poca velocidad por la U.S. 1 para detectar si había algún indicio de actividad inesperada, Policial o No, en torno a mi automóvil. No se veía nada: ningún coche patrulla o auto sin distintivos, ni tampoco se veía ningún jolgorio de asesinos de tez oscura bailando la conga y armados con ametralladoras.

Para asegurarse bien, Brian rodeó la manzana y entró en el aparcamiento por la parte posterior. Se detuvo en la calle, a la sombra de un gran baniano, y aparcó la furgoneta. Guardamos silencio un momento. No sabía lo que él estaba pensando, pero yo seguía arrastrándome por la accidentada tundra de mi paisaje mental, tratando de dar con una salida a la inenarrable, interminable desesperanza de mi actual situación. Y no encontraba ninguna.

—Bien —dijo Brian finalmente.

—Sí. Eso supongo.

—Anímate un poco, hermanito. Hay que tomarse la vida con una sonrisa.

—¿Para qué demonios?

Sonrió.

—¿Quizá para confundir a la gente?

Suspiré.

—Me temo que eso ahora está fuera de mi alcance —repuse. Abrí la puerta—. Encontraré otro hotel y te diré dónde estoy.

—¿Por teléfono? —inquirió, con voz algo nerviosa—. A ver... Es posible que todo eso de la tarjeta de crédito me esté llevando a ser demasiado precavido, pero...

—Tienes razón —repliqué, soltándome una bofetada mental. Tendría que haberlo pensado—. Encontrémonos aquí mismo, en la cafetería, para desayunar.

—Una idea excelente —aprobó él—. Me encantan los donuts recién hechos.

—¿A las ocho? —propuse. Asintió—. Muy bien, quedamos así.

Me bajé de la furgoneta, y Brian puso el motor en marcha.

—Buenas noches —me deseó, cuando fui a cerrar la puerta.

La intención de sus palabras era maravillosa, pero lo veía poco probable. Asentí con la cabeza y fui hacia mi coche de alquiler.

Encontré un motel pequeño y anónimo un poco al sur de Goulds, al norte de Homestead. Era un establecimiento al viejo estilo, con una sola planta baja, claramente construido en los años cincuenta para acomodar a los fatigados turistas recién llegados del norte por la vieja carretera Dixie con la idea de explorar las maravillas de Florida. A su cargo estaba una pareja de abuelitos que bien hubieran podido jubilarse hacia 1963. Parecieron sorprenderse —y hasta molestarse— un poco por el hecho de que alguien los interrumpiera mientras veían la televisión para pedir un cuarto, pero les mostré dinero en efectivo, y tras rezongar un poco me dieron una llave y señalaron el ala izquierda de la edificación.

Mi habitación estaba hacia la mitad de una hilera de idénticas puertas desvencijadas, con la pintura desgastada y el ocasional número caído. El interior no era mejor: todo llevaba a pensar en moho y naftalina, y era casi tan minúsculo como el de mi antigua celda. Eso sí, esperaba que el motel fuera lo suficientemente pequeño e insignificante como para que casi nadie hubiera reparado en él. Y los propietarios no habían demostrado otras dotes para la tecnología que la capacidad para cambiar de canal en el viejo televisor, de forma que posiblemente se embolsarían mis billetes sin dejar ni rastro en la red de información.

Cerré la puerta con llave y la aseguré con el correspondiente herrumbroso pestillo. Me acerqué a la cama y la contemplé. Gran parte del olor a naftalina parecía proceder de la colcha, y las dos almohadas eran tan poco mullidas que durante un segundo pensé que quizá fueran sendas fundas vacías. Llevé la mano al colchón para comprobar su consistencia. Resultó ser parecida a la de una gran bolsa de gominolas para niños. Pero se trataba de una cama, y yo de pronto estaba muy cansado.

Me eché de espaldas sobre la cama, de manera un poco demasiado enérgica, según comprobé. Al parecer, el lecho tenía unos cuantos años más que mis anfitriones, y no tan solo se combó, sino que llegué a sentir el suelo contra mi espalda. A continuación se desplazó unos cuantos centímetros hacia arriba, situándome en una especie de postura medio doblada que al momento empezó a causarme dolor de espalda. El colchón en la habitación anterior ya había sido bastante malo, pero este era un auténtico horror, hasta el punto de que añoré con nostalgia el camastro escueto y duro que me proporcionaron en la cárcel.

Me giré, me retorcí y finalmente di con una postura que no era propiamente dolorosa, aunque sí distaba mucho de resultar cómoda. Tantas cosas que hacer, y tantas distracciones… ¿Era posible que esa misma mañana me hubiera despertado en una celda de la prisión? Me parecía imposible; habían pasado tantas cosas desde entonces que parecía como si hubiera transcurrido una vida entera. Pero era la verdad; no hacía tantas horas que me había encontrado parpadeando bajo la luz del sol, encantado de reingresar en un mundo con no tantos barrotes de acero. Y había pasado la mayor parte de la jornada convencido de que nada en la vida podía ser peor que volver a la cárcel, hasta que mi hermano —siempre tan atento— me había brindado un par de nuevas alternativas que resultaban incomparablemente peores.

Pero todavía tenía que arreglármelas para seguir en libertad. Obligué a mi cerebro a dejar de pensar en las hordas de salvajes asesinos enloquecidos por las drogas que sin duda estaban siguiéndome los pasos y me forcé a pensar en lo que de verdad me interesaba: mantener a Dexter fuera de la cárcel y, de ser posible, meter en ella a Anderson.

A ver; yo me había decantado por la acción independiente. Necesitaba encontrar alguna prueba de que… ¿cómo era? Me distrajo un enorme bostezo que pareció hacerse con mi cuerpo entero. Una prueba. Necesitaba demostrar que Robert era un pedófilo y que Anderson había estado manipulando las pruebas. Recordé que había decidido empezar por hablar con Vince y pedirle que me ayudara a reunir unas cuantas cosas que… Otro bostezo enorme. Algo sobre que Anderson era un sujeto de cuidado. Eso era. El bueno de Vince. El malo de Anderson.

Sentí que un tercer bostezo estaba al caer, y pensé que ese iba a dejar pequeños a los dos anteriores. Resultó ser tan poderoso, imponente y gigantesco que llegué a tener miedo de que me partiera físicamente en dos, y luché contra él durante unos pocos, valerosos segundos, hasta que…

El sol estaba haciendo todo lo posible por abrirse paso entre las raí-
das cortinas olorosas a moho cuando abrí los ojos. De un modo u
otro, había llegado la mañana, una mañana enojosamente soleada y
alegre, además, para hurgar todavía más en mis lesiones de índole
psíquica. Resulta muy difícil mantener una adecuada perspectiva
malhumorada cuando el sol reluce en lo alto de un cielo sin nubes y
el trino de los pájaros alegra el nuevo día. Pero lo intenté; seguí tumbado inmóvil un rato, preguntándome si valía la pena levantarme de
la cama. Si lo hacía, estaba claro que algún nuevo desastre abominable saldría del interior del armario y se abalanzaría sobre mi persona, derribándome al suelo. Y el suelo no tenía un aspecto muy tentador que digamos: un linóleo amarilleado y despegado en varios
puntos que seguramente había sido instalado cuando la inaugura-
ción de la presidencia de Eisenhower.

Por otro lado, si me contentaba con quedarme tumbado en el
colchón relleno de gominolas, todos los demás malévolos, caprichso-
sos seres que andaban tras de mí terminarían por encontrarme. Lo
que tampoco era una elección muy atrayente.

De forma que continué tumbado en la cama horriblemente blan-
da, evitando tomar la decisión. Era casi cómoda, por mucho que tuviera las rodillas sorprendentemente cerca de la cabeza. En algún momento de la noche, mi cuerpo se había curvado en la forma de la letra
«U», a medida que el lecho cedía bajo mi peso. No era tan malo, casi
igual que estar en una hamaca, y nunca había oído que un marinero se
quejase al respecto. Es verdad que normalmente no suelo alternar con
marineros, pero algo habría oído al respecto en todo caso.

Así tumbado, desarrollé unos pensamientos malhumorados que
tan solo parcialmente tenían que ver con mi tan reciente despertar.
Solté un gruñido, y creo que hasta hice morritos. Pero, al rato, una
voz pequeña pero potente resonó en las profundidades de mi mismo
ser, el pequeño susurro insistente que tantas veces me ha guiado, la
inexorable flecha flameante que siempre me señala el camino, ilumina mis pasos y me lleva por la dirección correcta, con independencia
de las circunstancias. No hay que ignorar esa Voz que me habla, pues
nunca se equivoca ni titubea. En este momento me habló, con suavidad pero de forma insistente, y lo que me dijo fue: *Tengo hambre.*

Y, una vez más, comprendí que la voz decía la verdad. Tenía hambre. Mucha hambre, de hecho. Tengo la suerte de carecer enteramente de conciencia, pero mi aguzada sensación de hambre ocupa su lugar de modo bastante capaz y dirige mis pasos en el sentido oportuno. Y, con ese estremecimiento de culpabilidad que está muy cerca del pánico, me di cuenta de que anoche no había cenado. ¿En qué habría estado pensando? No había excusa para una conducta tan irresponsable y temeraria. Vergüenza para Dexter.

Con ese clarín de llamada al deber vibrando en mis oídos, recordé haber dicho que me encontraría con Brian para desayunar. Miré mi reloj: las siete y cuarto. Tenía tiempo suficiente. Pero, por otra parte, tampoco estaría de más llegar antes y cobrarle ventaja con los donuts.

Me senté, o, mejor dicho, traté de sentarme. La cama había envuelto sus bucles suaves y esponjosos en torno a mí y me había atrapado en una especie de abrazo mortal que no soltaba la presa. Me debatí, luché, rodé hacia un lado... y el borde de la cama se desmoronó por entero bajo mi cuerpo, hasta estrellarme contra el suelo. Aterricé de mala manera, golpeándome con el codo izquierdo y la rodilla derecha. Eso sí, mientras un nuevo dolor irradiaba de mi codo, no dejé de advertir que el suelo era maravillosamente firme. Quizá esa noche podría dormir en él.

Me levanté con cuidado, hasta quedarme sentado. Me dolía más aún. Entre el desacostumbrado ejercicio de la jornada anterior y el ominoso abrazo de la cama, mi espalda se había tornado una extensa área de dolor y entumecimiento. Traté de hacer unos estiramientos, girando de lado a lado, y después de unos pocos minutos me las compuse para ponerme de pie dificultosamente e ir al lavabo trastabillando. Estaba bastante seguro de que si conseguía que un agradable chorro de agua caliente discurriera por mi espalda, mi columna se relajaría y me devolvería a un estado aproximadamente funcional.

Era muy posible que tuviera razón. Por desgracia, nunca vamos a saberlo, pues, en el cuarto de baño, la vetusta alcachofa de la ducha tan solo dejaba discurrir un débil hilo de agua teñida de óxido, a temperatura ambiente además. Con todo, apreté los dientes y me quedé bajo la alcachofa tanto como pude, lo cual al menos me sirvió para despertarme del todo y dotarme del ánimo preciso para afrontar el que sin duda iba a ser un día horroroso de veras.

Salí de la ducha y, chorreando, busqué una toalla con la mirada. Finalmente encontré una —una y nada más—, del tamaño de un paño de cocina tirando a grande. Me esforcé lo mejor que pude en secarme y salpiqué el suelo de agua.

Me vestí con las ropas nuevas: ropa interior y calcetines recién salidos de sus envoltorios, pantalones vaqueros todavía rígidos y que olían a... bueno, a vaqueros nuevos, supongo. Completé mi elegante conjunto con una de las guayaberas más bonitas y modernas que venden en los almacenes Walmart's, y ya estaba listo para lo que fuera.

Para confirmar que las cosas por fin estaban saliendo como yo quería, mi pequeño cochecito rojo de alquiler se encontraba allí donde lo había dejado, en la plaza de aparcamiento más próxima a mi cuarto. No solo eso, sino que la llave todavía encajaba, y el auto se puso en marcha al primer intento. La vida puede ser maravillosa cuando uno se lo trabaja un poquito.

Fui al norte por la U.S. 1, y el tráfico de la mañana resultó ser lo bastante intenso como para que me preguntara si iba a llegar a tiempo a la cita, porque lo de llegar antes ya estaba descartado. En la calle 216, un gran camión cargado con tomates había desparramado su carga por el asfalto. Tras el camión, allí donde los tomates corrían en libertad, un hombre muy corpulento y con el cráneo rasurado estaba enzarzándose a mamporros con un individuo más bajo y con una cola de caballo. Parecía que el bajito llevaba las de ganar. Los tomates les llegaban hasta los tobillos, y no cesaban de intercambiar puñetazos con muy mala idea, mientras el tráfico iba al ralentí y, algo después, ni al ralentí siquiera.

No soy de piedra; entendía bien que el espectáculo merecía ser contemplado, a riesgo de reducir la marcha y hacer que varios millares de personas llegasen tarde al trabajo mientras mirabas y esperabas que ambos púgiles terminaran por caer derribados entre los tomates antes de dejarlos atrás. Pero precisamente porque no soy de piedra, y porque sentía las afiladas garras del hambre hincadas en mi estómago, hice algo que tan solo puede ser denominado la Clásica Jugarreta de Miami. Di un volantazo, invadí la acera por un lado, y con dos de las ruedas sobre ella, recorrí media manzana hasta llegar al siguiente cruce.

Me llegaron numerosos bocinazos rebosantes de furia, pero hice caso omiso. Hubiera sido más elegante, o por lo menos más ajustado a la tradición, levantarles el dedo medio, pero eso hubiera sido rebajarme, por lo que mantuve la compostura y me limité a esbozar una aristocrática sonrisa desdeñosa. Al fin y al cabo, había aprendido a conducir en ese lugar. Conozco mis derechos.

Me abrí paso por las calles laterales a lo largo de casi un kilómetro y volví a entrar en la U.S. 1. El tráfico allí era mucho más fluido, después del cuello de botella producido por el Combate de los Tomates. Entré en el aparcamiento y estacioné frente a la cafetería de los donuts. Aún faltaban trece minutos. A Brian no se le veía por ningún lado, por lo que me agencié un gran vaso con café, un pastel con pasta de almendra y un buñuelo, fui a un reservado emplazado en la parte posterior y me senté mirando a la puerta.

Me había zampado el buñuelo entero y la mitad del pastel cuando Brian se presentó. Echó un vistazo, cuidadosa pero tranquilamente, y se hizo servir un café de los grandes y dos donuts rellenos de crema y ornados en lo alto con brillantes pepitas multicolores. Tomó asiento en el reservado frente a mí y pegó un buen mordisco.

—¡Qué delicia! —exclamó.

—Sí, ya. Pero, Brian, ¿qué son esas pepitas de colorines? ¿Estás viviendo una segunda niñez?

Sonrió, mostrándome la dentadura cubierta de crema y pepitas en todos los colores del arcoíris.

—¿Por qué no? Nunca llegué a tener una primera niñez de verdad.

—Bueno —repuse, mirando con tranquila satisfacción los restos de mi tan adulto pastel con almendras—. Sobre gustos no hay nada escrito.

—Hum —dijo, antes de meterse medio donut en la boca.

Lo regó con café y procedió a atacar el segundo donut, mientras yo terminaba con el pastel y me preguntaba si no sería excesivo rematarlo todo con un par de *bavaroises*. Pensé que nadie podría criticarme si solo me tomaba una, que pedí y fui engullendo para que el café me entrara mejor aún.

Brian asimismo hizo otro viaje al mostrador, del que volvió con unas roscas con glaseado de jarabe de arce, lo que una vez más me llevó a considerar el fascinante debate entre lo hereditario y el entorno.

—Y bien —prosiguió Brian, mientras bebíamos nuestros cafés—. ¿Por dónde empezamos?

—Supongo que por mi nueva dirección —respondí, y le di la dirección de mi pequeño Shangri-La.

Asintió con la cabeza y bebió un nuevo sorbo.

—Y en relación con el nuevo asunto —repuso con despreocupación—. ¿Cómo vamos a montárnoslo para seguir con vida hoy?

—No tengo ni idea —reconocí—. Pero has de recordar que yo también tengo mis propios problemas. No quiero que vuelvan a encerrarme.

Enarcó las cejas y me miró.

—Sí, claro, pero ¿no dirías que lo principal es continuar con vida?

—Dadme la libertad o dadme la muerte —sentencié, emulando al legendario Patrick Henry.

—Me temo que es bastante más fácil arreglar lo de la muerte —repuso, meneando la cabeza.

—Es posible. Pero tengo que hacer todo lo que pueda.

—Ya. Supongo que si estás en la cárcel tampoco vas a poder hacer mucho.

—Justamente.

Me miró y agitó un dedo en el aire.

—Pero, más tarde o más temprano, eso de tener dos propósitos distintos va a ser fuente de problemas.

—Entiendo —dije, con mi acostumbrada ironía imbatible—. Igual se me ocurre alguna forma de fundirlos en uno solo. —Se me ocurrió la brillante idea de enviar a una tropa de narcos en pos de Anderson. Un final feliz para todos, pues Anderson ni siquiera tendría un funeral con honores, inmerecido por completo en su caso—. Pero, Brian, hay un problema. No sé hasta qué punto puedo serte útil, aunque *no* esté en la cárcel. Quiero decir que ni siquiera puedo arriesgarme a llevar un arma del tipo que sea. Y eso… Ahora en serio, ¿cuál es tu plan?

Brian no dijo nada, contentándose con terminar su café. Tenía la impresión de que estaba mostrándose un poco taimado, como si quisiera distraerme con sus ostentosos sorbos de café, para que no me acordara de lo que acababa de preguntarle.

No funcionó. Dejó el vaso en la mesa y miró vagamente por la ventana.

—Brian —insistí, algo irritado—. Tienes un plan de algún tipo, ¿no?

Me miró, titubeó y se encogió de hombros.

—Para ser completamente sincero —confesó—, estaba esperando que se nos ocurriera alguna cosa.

Reparé en el *nos*, que me resultó casi tan enojoso como su idea de ir improvisándolo todo mientras una horda de asesinos andaba tras nuestros pasos.

—¿Es que en todo este tiempo no se te ha ocurrido *nada*?

—Sí que se me ocurrió una cosa —respondió, haciendo esfuerzos por mostrarse herido por mis palabras—. Sacarte de la cárcel.

Los dientes me rechinaron al darme cuenta de que, lo mismo que Deborah, Brian había decidido que, en caso de apuro, lo mejor era recurrir al Bueno de Dexter... y dejarlo todo en sus manos.

—¿Estás diciéndome que este es *mi* problema? —pregunté, algo alterado—. ¿Que se supone que soy yo quien ha de encontrar la forma de que los dos sigamos con vida?

—Bueno. Tú tienes muchos más estudios que yo.

—Sí, pero eres tú el que se ha metido en un lío con ese barón del narcotráfico —repliqué, y de pronto advertí que Brian había logrado sacarme de mis casillas, por lo que ahora estaba hablando en voz demasiado alta—. Yo no sé nada sobre toda esa gente, Brian. No tengo ni idea de lo que seguramente van a hacer o de cómo lo harán o... Nada. ¿Cómo te parece que voy a encontrarlos, por ejemplo?

—Ah, eso no tendría que ser un problema —argumentó en tono amigable—. Estoy bastante seguro de que serán ellos los que nos encontrarán a *nosotros*.

Por la razón que fuese, su respuesta distó de tranquilizarme.

—Estupendo. Y, como es natural, tengo que dar por sentado que esa gente sabe lo que se hace.

—Naturalmente —respondió con desenfado—. Y algunos de ellos incluso son muy buenos en su trabajo. —Sonrió, y aunque era la sonrisa más sincera que nunca le había visto, el efecto se veía un tanto empañado por las relucientes pepitas rosadas, azules y verdes pegadas a los dientes—. Tenemos que confiar en que nosotros somos un poquito mejores que ellos.

Mis propios dientes volvieron a rechinar. Tampoco me servía de mucho, aunque seguramente era mejor que saltar por encima de la mesa, abalanzarme sobre Brian y hundirle los caninos en el cuello.

—Muy bien —dije—. Por lo que entiendo, tu magnífico plan consiste en esperar hasta que vengan a por nosotros y, entonces, ser un poquito mejores que ellos.

—Un tanto simplificado —apuntó—. Pero de eso se trata.

Cerré los ojos, respiré hondo y espiré con lentitud. Cuando los abrí, Brian estaba mirándome con una despreocupada, torcida sonrisa en el rostro.

—¿Cómo van a hacerlo? —pregunté—. Es decir, si tu plan no se echa a perder por que me lo digas.

—No, en absoluto. Sé cómo piensa Raúl, porque yo mismo hice varios trabajitos parecidos para él, y casi siempre fue muy específico en los detalles. —Asintió con la cabeza, lo que al menos sirvió para que la torcida sonrisa se esfumara de su faz—. Aún no me ha encontrado, y no es un hombre paciente. Lo primero que hará será tratar de asustarme, para que yo haga alguna tontería y me vuelva visible.

—Asustarte, ¿cómo? ¿Matando a Octavio y dejando su cadáver en la habitación que alquilaste con esa tarjeta de crédito?

—Mmm, es posible —respondió pensativo—. Por supuesto, él ya se proponía matar a Octavio y… A decir verdad, estaba pensando en algo más llamativo.

—¿Y si sobrevivimos a ese algo más llamativo?

—Entonces tenemos que vigilar la aparición de sus hombres. Hagan lo que hagan, estarán muy cerca, *buscándonos*. Pero los encontraremos antes.

Suspiré otra vez, preguntándome si Brian de veras pensaba que todo sería tan fácil.

—Muy bien, pues, esperaremos —afirmé. Al menos, eso podía hacerlo sin gran esfuerzo. Y entre tanto...—. Un poco de tiempo libre me vendrá bien para intentar que no me devuelvan a la cárcel.

—Sí, naturalmente. Tú haz lo que tengas que hacer. Ya te llamaré en cuanto pase alguna cosa. —Titubeó un instante, con cierta incomodidad, y agregó—: Pero mantén los ojos abiertos, hermanito.

—Es lo que tengo previsto.

Asintió con un gesto.

—¿Qué es lo que vas a hacer? —preguntó.

—Lo que alegan contra mí es un puro cuento chino, un invento de Anderson —expliqué—. Si puedo encontrar algo que demuestre que ha estado manipulando las pruebas...

—Porque las ha estado manipulando, ¿no es así?

—Y si no, se las ha estado inventando directamente. De forma que se me ha ocurrido tener una pequeña charla con Vince Masuoka.

Brian asintió con la cabeza.

—Me parece un buen punto de partida. Vince daba la impresión de estar bastante... indignado.

—Es posible que siga estándolo.

Seguía estándolo. Le llamé desde mi coche, después de que Brian se hubiera marchado con la promesa de contactar conmigo esa noche, y Vince respondió al momento, hablando en una especie de murmullo asombrado y reverente al mismo tiempo.

—Dexter, por Dios —dijo—. No puedo creer que... Quiero decir, hice cuanto pude para que... Mierda. Ahora no puedo hablar. Estoy en el laboratorio, y por aquí anda...

—¿Puedes encontrarte conmigo para comer?

—Creo que sí, si es que... Sí. Quiero decir que haré lo que pueda para... Si puedo, saldré hacia el mediodía y...

—Bien. Nos vemos en el Lunar Sushi.

—Nos vemos —respondió en un susurro angustiado—. Quiero decir, lo intentaré... ¡Ah! ¡Alguien viene...!

—Nos vemos al mediodía, Vince —confirmé, y colgué.

Tenía tres horas libres, y no mucho en que ocuparlas. Pensé en volver a la habitación en el motel, pero rechacé la idea firmemente, por razones humanitarias. Si no iba a descansar, lo natural sería comer. Pero acababa de desayunar, e iba a comer más cuando me reuniera con Vince, y parecía un tanto excesivo matar el tiempo entre una comida y otra comiendo más todavía. Lo pensé bien. Al fin y al cabo, la bollería en realidad no *alimenta*, ¿verdad? En esos pasteles con almendras no hay mucha proteína, se pongan como se pongan. Y dado que no había probado las chillonas pepitas que mi hermano había engullido por toneladas, tampoco había probado ningún alimento de color verde, siempre tan saludable para el organismo.

Me acordé de un mapa que había dibujado en la celda, cuando llevaba días deglutiendo la indescriptible bazofia que en el TGK denominaban «comida». El mapa trazaba una ruta que iba desde South Miami hasta Miami Beach, pasando por el Grove. En cada punto de la ruta donde existía un restaurante que me gustaba había dibujado una ornada estrellita y un pequeño icono para designar el tipo de comida precisa: diminutas pizzas, piezas de sushi, cangrejos y demás. De forma caprichosa, me había jurado que si un día volvía a respirar el aire de la libertad recorrería la ruta entera, deteniéndome en cada estrellita para degustar el icono de marras.

Podía empezar el recorrido en ese preciso momento, visitar los primeros cuatro o cinco establecimientos y llegar al Lunar Sushi justo a tiempo para mi almuerzo con Vince. El proyecto tenía sus atractivos, pero al final pensé que atiborrarme de comida no era la mejor forma de emplear el tiempo cuando tanto la Vida como la Libertad pendían de sendos hilos muy tenues, a la espera de que pronto se les uniera la Búsqueda de la Felicidad. Deseché la idea.

Lo que tenía que hacer era mantener un perfil bajo, evitar toda posibilidad de ser descubierto por los Buenos, con actuación estelar de Anderson, o por los Malos, en referencia a Raúl y su extenso elenco de secundarios. Como también había descartado el regreso a mi triste habitación en el motel, tan peligrosa para los huesos, no me quedaban muchas alternativas. Siempre podía salir con el barco; en el centro de Biscayne Bay estaría relativamente seguro y vería a cualquiera que se acercase. Pero había un cincuenta por ciento de probabilidades de que Anderson, por lo menos, y acaso también la gente de Raúl, estuviera al corriente de la existencia del barco y lo tuviera vigilado. No valía la pena correr el riesgo.

Lo que no me dejaba muchos lugares a los que ir. A decir verdad, mi mente no podía pensar en uno solo. Así que me dirigí al norte, pues era la dirección que llevaba siguiendo desde que me fui de la cafetería. Por lo menos serviría para alejarme del instrumento de tortura grotescamente descrito como cama que estaba esperando a su presa en la habitación del motel.

El tráfico de la mañana empezaba a ser menos intenso en dirección a Le Jeune Road. Sin ningún propósito definido en mente, giré a la izquierda y enfilé el camino a Coconut Grove.

Mientras cruzaba por el centro del Grove, volví a maravillarme por lo mucho que había cambiado desde mi niñez, cuando yo mismo era uno de los vecinos. La mayoría de las tiendas de por entonces habían desaparecido y sido sustituidas por otras tiendas distintas en las que se vendían objetos tan inútiles como carísimos. Por supuesto, quedaban algunos lugares señeros que no habían cambiado desde la noche de los tiempos. El parque continuaba estando más o menos como siempre, y, al otro lado, la biblioteca seguía en su lugar, si bien ahora estaba parcialmente escondida por los nuevos edificios construidos a su alrededor. Había pasado muchas horas felices en la biblioteca, tratando de encontrar un libro que de una vez por todas me explicara cómo actuar como un ser humano… y, ya algo más mayorcito, otro libro que me revelara qué necesidad había de ello.

Al virar por la carretera de McFarlane y descender por la ladera en dirección a la biblioteca, me pregunté si no sería un buen lugar en el que pasar desapercibido unas pocas horas. El lugar era fresquito, tranquilo y tenía abundancia de terminales con Internet y material de lectura. En ese momento vi que había una plaza de aparcamiento libre justo delante del edificio, algo desconocido en todos los anales de la historia, por lo que me lo tomé como una señal de Dios y tracé un giro de ciento ochenta grados. Tras aparcar, pensé que no estaría de más aprovechar un poco el tiempo mientras esperaba en el anonimato de la biblioteca. Cogí la carpeta con documentos legales que me habían entregado en la cárcel cuando me devolvieron mis pertenencias.

Cerré la puerta del coche, puse un montón de dinero en el parquímetro y entré en la biblioteca. Encontré un rincón bonito y tranquilo junto al ventanal posterior y me senté a revisar los papeles de la carpeta. Con tantos cadáveres no había tenido tiempo de echarles un somero vistazo. Me había estado diciendo que seguramente eran fotocopias del ingente papelamen que hoy en día hace falta para cualquier cosa, sobre todo en el infierno burocrático que es el Miami Funcionarial. Sabía por experiencia que el Departamento de Prisiones exigía rellenar papeles y más papeles con trivialidades anonadantes aunque tan solo fuera para solicitar una goma de borrar, y suponía que la puesta en libertad de un recluso inevitablemente generaría resmas enteras de afectada prosa.

Pero cuando abrí la carpeta, el primer papel que vi no llevaba el emblema de Prisiones. En su lugar, el encabezamiento rezaba: *Departamento de Menores y Familias.*

Me lo quedé mirando un momento, y mi primer pensamiento fue un tanto quejumbroso: *Pero ¡si soy un adulto!* Y entonces, por suerte, un par de neuronas asomaron a la superficie y sugirieron que, seguramente, algún burócrata desbordado de trabajo pero un tanto corto de luces había metido los papeles de otro en mi carpeta por error. Se trataba de un error tan simple como ridículo, del que un día me reiría con ganas, en caso de continuar con vida. Cogí los desdeñables papelotes, con intención de tirarlos a la papelera más cercana, y mis ojos repararon en una palabra precisa: *Astor.*

Me detuve, lo suficiente para ver que a esa palabra le seguía otra: *Morgan*, y que después venían dos nombres más: *Cody Morgan* y *Lily Anne Morgan.* Dado que eran los nombres de mis tres hijos, me parecía excesivo descartarlo como una coincidencia. Puse los papeles en la mesa ante mis ojos y los miré.

Tras un rápido examen de muchas páginas de barroco texto legal, concluí que el interfecto, un tal Dexter Morgan, quien había actuado contra *bonos mores*, así como *cum gladiis et fustubus, de facto* y *de iuro* se convertía en persona non grata como tutor legal de los mencionados menores. El documento agregaba que la persona física conocida como Deborah Morgan, en condición de *amicus paterna* en *uberrima fides* juraba y afirmaba solemnemente que a partir de ahora, *ipso facto*, asumía en su completa totalidad la condición de *tutora ad litem, in loco parentis.* En consecuencia, el interfecto reconocía que este acuerdo *ad idem* dejaba sin valor todos los convenios anteriores, como confirmaba con rúbrica de su puño y letra, *quod erat demonstrandum, et pedicabo te*.

O unas palabras por el estilo; había una montaña de ellas, y no todas estaban escritas en tan lúcido latín, pero el meollo era que, en mi condición de único progenitor vivo de Cody, Astor y Lily Anne, traspasaba la entera custodia de mis hijos a Deborah, su nueva mamá, quien en los papeles seguramente aparecía con la denominación de materfamilias.

En mi humilde opinión, hay que quitarse el sombrero ante Dexter porque esta vez ni parpadeó ni se quedó con la boca abierta, como últimamente había estado haciendo en exceso. Al momento recordé que, cuando finalmente vino a verme a la celda, Deborah me pidió que firmara la custodia de los niños. Era la única razón por la que al final había conseguido superar las absolutas, violentas y totalmente comprensibles náuseas que sentía ante la posibilidad de verme la cara otra vez.

Por supuesto, las cosas ahora eran un poco distintas: yo ya no estaba en la cárcel. Aunque era probable que volviese, de no ser que los salvajes asesinos del cártel me hicieran picadillo antes. Incluso así, ¿era esto lo que quería? ¿La renuncia absoluta a mis derechos y privilegios como padre?

Mi primer pensamiento fue un mezquino: *¡Ni hablar!* Estábamos hablando de *mis* hijos, y nadie iba a arrebatármelos, ni Deborah ni ninguna otra persona. Pero al meditarlo unos segundos, me di cuenta de que esa no era una respuesta bien ponderada.

¿Cuáles eran mis verdaderos sentimientos en lo tocante a mis hijos? Era verdad que tan solo Lily Anne era hija *mía*, hablando en términos biológicos. Pero Cody y Astor eran Hijos de la Oscuridad, lo mismo que yo. Yo era su padre espiritual, además de legal, y había prometido transportarlos con seguridad al Lado Oscuro. Hasta la fecha había fracasado ignominiosamente, porque nunca encontraba la ocasión, pues siempre tenía que ocuparme del colegio, los deberes, el dentista, el pediatra o las zapatillas nuevas de deporte. Siempre me estaba diciendo: «Sí, sí, más tarde me ocupo del asunto», y ese más tarde nunca llegaba. ¿Cómo es que nunca hay suficiente tiempo para hacer algo, como no sea tan inmediato que el no hacer-lo tiene instantáneas consecuencias catastróficas?

No era fácil sentirse culpable por no haber logrado adiestrarlos para que el día de mañana fueran unos depredadores exitosos, pero me las arreglé para sentirme un poquitín culpable. Y Lily Anne... ella no había sido acariciada por la Sombra, y seguía siendo un casi perfecto ser de bullente color rosado claro. Era casi imposible creer que llevaba mi ADN, pero resultaba cierto; Lily Anne, sola en el mundo, asumiría la maravillosa carga genética de Dexter y la trasla-daría al futuro, para que mi fabuloso Yo no estuviera ausente del espectro genético, lo que era una idea muy reconfortante.

Pero Lily Anne igualmente lo haría sin mí, y quizá hasta mejor. A decir verdad, ¿no se merecía algo mejor que un padre como yo? Deborah era un modelo positivo que emular, algo que yo ni podía soñar en ser. Y Cody y Astor serían quienes eran, quienes tenían que ser, estuviera yo a su lado o no. En consecuencia, la única pre-gunta era: ¿de veras quería estar ahí? ¿Lo suficiente para pleitear con Deborah en un juzgado? ¿Verdaderamente quería retener mis derechos y privilegios hasta ese punto?

Lo pensé durante por lo menos dos minutos y, para ser completa-mente sincero, tan solo me acordé de uno o dos derechos, pero de ningún privilegio en absoluto. En mi experiencia, la paternidad sobre todo era una cuestión de sufrir lo insufrible, tolerar lo intolerable y cambiar pañales. ¿Dónde estaba la alegría en todas aquellas incesan-tes discusiones, portazos y palabras malsonantes? ¿Era un privilegio sacrificar tiempo, dinero y lucidez en favor de una malencarada hor-da de ingratos flacuchos como un fideo?

Me esforcé mucho en dar con unos momentos agradables que recordara con alegría. No parecían existir. Una vez que llegué tar-de a casa tuve tiempo de evitar que Cody se comiera el último pedazo del pollo a la naranja hecho por Rita. Justo entonces me sentí feliz, o por lo menos aliviado. En otra ocasión, Astor me tiró los zapatos a la cabeza, y uno de ellos no me dio. Eso también tuvo su qué.

Pero ¿alegría? ¿Verdadero éxtasis de progenitor? No lo recorda-ba en absoluto.

Si era completamente sincero conmigo mismo, cosa no tan fácil como suena, tenía que reconocer que la paternidad no me gustaba demasiado. Sencillamente la sobrellevaba, porque formaba parte del disfraz que escondía a Dexter el Lobo en el mundo de corderitos que habitaba. Y, por lo que me parecía, los niños también me sobrellevaban a *mí*, y nada más. Yo no era un buen padre. Lo había intentado, pero como pura formalidad. Nunca había puesto el corazón, y yo sencillamente no era bueno en el asunto.

Entonces, si en realidad no quería ser el Querido Papuchi, y si los niños de hecho estaban mejor sin mí, ¿a qué venían tantas sandeces? Por ninguna razón efectiva. Firmé.

12

Llamé a Deborah para decirle que había firmado los papeles de la custodia. Estaba trabajando, por supuesto, y posiblemente tenía buenas razones para no ponerse al teléfono. Quizá estaba ocupada acribillando a alguien a tiros o paseándose entre vísceras por la escena de un crimen. Pero, en fin, no me respondió, y no pude evitar el pensamiento de que sencillamente no quería contaminar sus augustos oídos con la asquerosa polución de mi boca. Dejé un mensaje, y me marché para almorzar con Vince Masuoka.

El Lunar Sushi era un establecimiento más o menos nuevo situado en North Bay Village. Se encontraba en un pequeño centro comercial, entre una tienda de alimentación y un bar con pantallas para ver los deportes. Lo lógico hubiera sido esperar que el local fuese un poco cutre, teniendo en cuenta su emplazamiento menos que ideal. Pero se habían gastado un dinerito en la decoración, y su aspecto era chic y hasta lujoso, el tipo de lugar en el que esperas ver a una estrella de cine comiendo *kajiki* regado con una cerveza Kirin.

A esa hora del día, a mitad de semana, no tuve problema en encontrar aparcamiento, y estaba sentado a la barra ante un cuenco con té verde muy caliente cuando Vince llegó atropelladamente doce minutos después de las doce. Se quedó un momento en el umbral, pestañeando tras dejar atrás la brillante luz del sol y escudriñando la elegante semioscuridad del interior. Resultaba un tanto gracioso verle allí plantado mirando a uno y otro lado, pero quizá también era un poco cruel (quizá esa era la razón precisa por la que resultaba divertido). Pero, bueno, el hecho era que estaba allí, para echarme una mano, de modo que me apiadé de él y le hice una seña.

—Aquí, Vince —avisé.

Dio un verdadero respingo al oír su nombre, y hasta levantó las manos en gesto apaciguador. Quizá dándose cuenta de que aquello era demasiado, las bajó y vino bamboleándose con rapidez.

—Dexter —saludó, con voz tan baja como la que empleara al hablar por teléfono. Puso las manos en mis hombros y, para mi asombro absoluto, acercó el rostro, anidó la cabeza en mi pecho y me dio un abrazo—. Oh, por Dios, cómo me alegro de que estés bien... —Apartó la cabeza de mi pecho y me miró—. Porque estás bien, ¿no?

—Es demasiado pronto para decirlo —respondí, mientras me preguntaba cómo podría liberarme de ese extraño abrazo tan poco característico.

Vince era tan poco dado a las efusiones de ese tipo como yo mismo. De hecho, una de las razones por las que me caía bien era que adivinaba que asimismo fingía la mayor parte de sus Comportamientos Humanos. Yo sencillamente lo hacía un poco mejor. Pero, que recordara, ni siquiera nos habíamos estrechado la mano alguna vez... y, sin embargo, él ahora estaba pegándome un sofocante, extravagante achuchón.

Pero, por suerte para mí, me brindó un último apretón y dio un paso atrás.

—Y bien, ya estás fuera de la cárcel —comentó—. Eso es lo único que importa.

A tan solo un par de palmos de distancia, me miró con expresión extraña, escrutándome con anhelo, como si tratara de dar con cierto sufrimiento en mi expresión, presto a romper a llorar cuando lo hiciera.

—Estoy fuera —convine—. De momento, por lo menos.

Vince parpadeó.

—¿Hay alguna manera en que yo, eh, pueda... eh...? —apuntó tartajeante, hasta detenerse mientras miraba por encima de mi hombro.

Me giré. El cocinero de sushi había hecho silenciosa aparición al otro lado de la barra y estaba inmóvil de pie, contemplándonos con solemnidad y a la expectativa. Miré a Vince.

—Mejor pedimos la comida y vamos a un reservado —propuse—. Y hablamos.

Vince asintió con un gesto y dio un paso hacia la barra. Y a continuación, para mi pasmo absoluto, pronunció una serie de sonidos ásperos y sibilantes dirigidos al cocinero. De forma todavía más sorprendente, el cocinero se irguió un poco más, sonrió y le correspondió con unos sonidos muy parecidos. Se echaron a reír —y, lo juro, hasta intercambiaron sendas reverencias—, y el cocinero se marchó de nuestro lado, con un cuchillo de estupendo aspecto amenazador erguido en la mano. Empezó a depositar grandes piezas de pescado crudo en la tabla de cortar y a atacarlas con el cuchillo.

Miré a Vince, y volvió a ocurrírseme que en realidad apenas sabía nada sobre él.

—¿Eso era japonés? —pregunté.

Se volvió y me miró como si fuera yo el que hablaba un idioma extranjero.

—¿Eh?

—Esos ruidos que acabas de hacer —aclaré—. ¿Estabas hablando en japonés con el cocinero?

Me miró un tanto confuso.

—Supongo que sabías que Masuoka es un apellido japonés, ¿no? —Se encogió de hombros—. ¿Qué esperabas?

Podría haberle respondido que Morgan es un apellido galés y que no por ello hablo una palabra de dicho idioma, pero me pareció que tal observación en ese momento no era prioritaria.

—Vamos a un reservado —sugerí.

—Sí, vale —replicó, volviendo a mostrar una expresión de asombro y alarma a la vez. Le conduje a un reservado del fondo y me senté mirando a la puerta. Vince tomó asiento al otro lado y lanzó una mirada alderredor con los ojos muy abiertos y relucientes de paranoia. Si efectivamente había alguien interesado en detectar comportamientos sospechosos, al instante tendría claro que era cuestión de empezar por Vince. Pero quizá este tenía una razón de peso que iba más allá de su imaginación enfebrecida.

—Vince. No te han estado siguiendo, ¿verdad?

Echó una rápida mirada a su alrededor y fijó la vista en mí.

—¿Cómo? ¿Por qué iban a…? ¿Es que *tú* has visto a alguien?

—No, no —respondí, tratando de mostrarme seguro y tranquilizador—. Pero estás comportándote como si esperases que fueran a pegarte un tiro en cualquier momento.

Hizo un gesto de negación con la cabeza.

—No tienes ni idea. Quiero decir que no sabes lo que ha estado pasando desde que te... —Acercó la cara y bajó la voz—. Dexter, en la vida he visto una cosa igual. Estamos hablando de... Anderson se ha saltado todas las reglas. Está haciendo lo que quiere, de forma irregular y nadie parece... Se diría que *quieren* que lo haga, ¡porque se mueren de ganas de que te metan en la cárcel!

—¿Qué es lo que Anderson ha estado haciendo?

Vince volvió a mirar a su alderredor. Un reguero de sudor empezó a correr por su frente y rostro abajo.

—Está falseando informes —afirmó en un murmullo estrangulado—. Añadiendo pruebas falsas, falsificando las firmas y... —Agitó las manos en el aire con horror. Me llevaron a pensar en dos pájaros espásticos que se hubieran olvidado de cómo volar—. Dexter, por Dios, todo eso es *ilegal*. Es un delito *grave*, pero lo está haciendo, sin que nadie rechiste. Es como si...

Se detuvo de forma abrupta, pues una muchacha japonesa vestida con ceñidos pantalones negros y una holgada blusa blanca vino sonriendo desde la cocina y depositó dos vasos con agua fría y un recipiente con té en la mesa, tras lo cual se esfumó. Vince la miró alejarse, tragó saliva, cogió su vaso y se bebió la mitad de un trago.

—Anderson me odia —comenté—. Y hará lo que sea para crucificarme.

—Pero ¡de eso se trata! —exclamó Vince. Dejó el vaso en la mesa con tal contundencia que él mismo se asustó. Con los hombros encogidos, puso el vaso a un lado nervioso—. No tan solo se trata de Anderson —explicó, bajando la voz otra vez—. Estamos hablando del *cuerpo* entero de policía, y hasta de... —Meneó la cabeza y suspiró—. Cuando vi el primer atestado firmado por Anderson, me dije que, pues bueno, que el hombre tenía ganas de darte por el culo. —Se quedó anonadado por lo que acababa de pronunciar y tartamudeó—: Eh, bueno, metáforicamente hablando, quiero decir...

—Lo he captado —le tranquilicé.

Asintió con la cabeza, aliviado.

—Bien. En ese momento pensé que ni por asomo iba a salirse con la suya. Así que informé de lo sucedido. —Se acercó todo lo que era posible sin subirse a la mesa—. Me dijeron que me ocupara de mis propios asuntos.

—Pero no lo hiciste.

—¿Qué? ¡No, cómo iba a hacerlo! A ver, es *mi nombre* el que aparece en el informe forense, pero ¡eso no es lo que yo escribí! —Se frotó las manos, con tanta fuerza que oí una especie de sonido rasposo—. No puedo permitirles que hagan eso. No en mi nombre. —Frunció el ceño—. Mmm… y menos todavía para incriminarte *a ti*, ¿no te parece?

—Impensable —dije, pensando para mis adentros que el suyo era un bonito sentimiento, incluso si mi vida y libertad quedaban en segundo plano en comparación con el buen nombre de Vince.

—De forma que seguí insistiendo —continuó—. Es decir, que traté de decírselo a todos los demás, pero todos me contestaron que me ocupara de mis propios asuntos. —Soltó una breve risa sin alegría y abrió las manos—. Que me ocupara de mis propios… Y yo que pensaba que era asunto *de todos* que alguien hiciera esa clase de cosas. —Meneó la cabeza con asombro—. Incluso se lo comenté al capitán, y su respuesta fue idéntica. «No se meta en eso. Ocúpese de sus propios asuntos. No cree problemas, Masuko». —Me miró y pestañeó, como si se hubiera sumido en un nuevo, más profundo nivel de desespero y degradación—. El tipo me llama Ma-su-ko.

—Se necesita ser ignorante…

—Ignorante y… y… —Cogió el vaso de agua y bebió el resto del contenido—. Y bien, fui a hablar con el fiscal del distrito.

—Y *él* te repitió que te ocuparas de tus propios asuntos —completé, con la esperanza de ayudarle a llegar a la línea de meta.

Al fin y al cabo, ya había oído todo eso de labios de Brian y lo que me interesaba era saber más para hacerme una composición de lugar sobre el futuro.

—Me dijo… —empezó Vince. Parecía como si estuviera atragantándose, y a continuación se giró y tosió con violencia durante unos segundos. Volvió a mirarme, respiró hondo y agregó con voz suave y áspera—: Me dijo que mis acusaciones eran muy serias y tenían que ver con un caso sometido a investigación, y me preguntó si me daba cuenta de que estaba acusando a un inspector muy distinguido. Distinguido. Anderson ahora es un inspector distinguido. —Volvió a toser, una sola vez—. Le repliqué que no se trataba de acusaciones sin fundamento, que tenía *pruebas*, y cuando traté de enseñárselas, me espetó que no, que era su obligación inhibirse y que lo que yo tenía que hacer era quedarme al margen y dejar que la justicia siguiera su curso. —Parpadeó y desvió la mirada—. Y la cosa fue a peor. Al día siguiente, en el trabajo, Anderson vino y me agarró por detrás. Me levantó en vilo y me clavó contra la pared con fuerza. Es un hombre muy fuerte —añadió innecesariamente.

—Estoy seguro.

—Me aseguró que si volvía a intentar algo parecido, me rompería el cuello. —Esbozó un lánguido gesto de desesperación, levantando ambas manos y dejándolas caer sobre la mesa otra vez—. Anderson estaba al corriente, Dexter. Alguien de la oficina del fiscal del distrito se lo contó todo.

—El propio fiscal del distrito, posiblemente.

Me miró con la boca abierta, como un mero que se debatiera por respirar. Se dejó caer en el asiento, con expresión de derrota e impotencia.

—Pues vaya una mierda —dijo, con una interesante mezcla de impotencia y derrota—. Si el fiscal del estado está metido en esto... —Meneó la cabeza, y parecía como si su cráneo pesara veinte kilos—. ¿Y qué mierda podemos hacer *nosotros*? —preguntó.

Le miré con cierta sorpresa. No recordaba haberle oído pronunciar palabrotas, como no fueran de tipo sexual, en el contexto de uno de sus chistes malísimos. Acababa de pronunciar dos, en apenas diez segundos. El pobre Vince estaba hecho polvo de veras.

—Es de locos —agregó—. Trato de hacer lo correcto, y la gente que se supondría que tendría que *ayudarme*, que tendría que estar *agradecida*... quiero decir... —Meneó la cabeza—. Dexter, estamos hablando de mi vida entera. Yo no podría...

No llegó a terminarlo, porque nos trajeron la comida. Y si mostré más entusiasmo del de por sí habitual a la hora de atacarla, conviene recordar que había tenido la entereza de abstenerme de mi recorrido gastronómico en un peregrinaje de gula y que, en consecuencia, verdaderamente merecía disfrutar de ese almuerzo, pues resultaba ser el

único del día. Cosa que hice, y en cantidad, pues Vince apenas pico-
teó de sus platos. Eso de desperdiciar alimentos resulta abominable,
por lo que le ayudé a terminar con el plato de sushi. Una de las piezas
estaba de rechupete: picante, con algo crujiente dentro y un estallido
de *umami* al final.

Una vez felizmente lleno, algo cansado de contemplar al abrumado Vince empujar piezas de sushi por el plato con ayuda de los pali-
llos, me arrellané en el asiento y decidí ir al grano.

—Agradezco lo que has hecho, Vince —dije.

Siempre está bien empezar con palabras bonitas, sobre todo
cuando quieres algo del otro.

—Es… Pero yo tampoco he hecho nada. No verdaderamente.
—Los ojos se le humedecieron en cantidad, y la voz incluso le tembló
un poquito—. Tan solo quería ayudarte.

—Todavía puedes hacerlo —repuse con firmeza, y con un optimismo que no sentía.

Por la razón que fuese, su expresión tampoco era muy optimista.

—No tienes ni idea. Ahora me están vigilando, y… y ya sé que es
una idiotez, pero… —Acercó el rostro y bajó la voz—. He estado
empezando a pensar que, pues bueno, que mi vida igual está en peligro. Por obra de *la policía*.

—Es posible.

Me miró con ojos muy abiertos, asintió con un gesto, respiró hondo y volvió a echarse para atrás en el asiento.

—Esto es absolutamente demencial —murmuró—. Vamos a
ver, toda la *estructura* está en nuestra contra, el capitán y el fiscal del
estado y… Bien pueden *matarme*, y yo no puedo hacer nada al respecto.

Sin ser exactamente de tiburón, la sonrisa que le brindé representaba que estaba olfateando el aroma de la carne roja.

—Ahora que lo pienso —expuse—, hay una forma excelente de
garantizar tu seguridad.

Me miró dudoso, como si no pudiera creer en la existencia de una
salida.

—Eso no… a ver, no puedes hacer… porque… ¿el qué? —habló, de forma tan fragmentada que durante un escaso medio segun-

do pensé en Rita, mi querida esposa muerta. Ella también solía expresarse así.

Pero, por supuesto, la nostalgia por una voz femenina que se expresaba a trompicones no era de recibo en ese momento, por lo que aparté su recuerdo de mi mente.

—¿Aún conservas esos informes amañados? —pregunté a Vince.

—Sí. He guardado los originales. Lo que he estado mostrando son las copias.

Le miré con sorpresa. Sus comportamientos normalmente son tan excéntricos y hasta chiflados que a veces me olvido de que en el fondo él también es muy listo.

—Bien hecho —aprobé—. ¿Dónde están?

—A buen recaudo —contestó—. En la taquilla que tengo en el trabajo.

Suspiró. Otra vez estábamos con las chifladuras.

—Vince, eso no es muy seguro que digamos.

—Pero se trata de *mi* taquilla. Y, ya sabes, está cerrada *con llave*.

—Han estado falsificando documentos y te han amenazado de muerte. ¿Te parece que van a detenerse a la hora de usar una ganzúa?

Me miró muy sorprendido.

—Ah. Me parece que... Sí, claro. —Meneó la cabeza—. Pues vaya. ¿Qué tengo que hacer, Dexter?

—Entregármelos —dije—. El expediente completo. Todo.

Me miró ofendido de veras, como si le hubiera hecho una proposición indecente.

—Eso no puedo hacerlo. Sacar unos documentos así del edificio constituye una falta.

Me lo quedé mirando, reconozco que algo atónito por lo profundo de su ingenua, alocada rectitud.

—Vince. Si sacan esos papeles de tu taquilla, lo siguiente que harán será matarte, y tú tendrás la culpa. Y el suicidio es un delito *grave*.

—Pero si acabas de decir que... Ah. Es una broma, ¿no?

—Casi —respondí—. Pero también es la verdad, Vince. Tu única esperanza consiste en hacerles saber que tienes los papeles, y que los has depositado en un lugar seguro. Y entre tanto —añadí, con un mínimo esbozo de mi anterior sonrisa de escualo—, yo voy y se los enseño a mi abogado.

—¿A tu abogado? —repitió—. Pero él entonces puede... quiero decir que... —Se detuvo y agregó—: ¿Es cierto eso de que Frank Kraunauer está representándote?

—Es verdad —afirmé—. Y a él no pueden ignorarlo, ¿verdad?

—No, claro. A Frank Kraunauer tendrían que hacerle caso... Pero él... quiero decir... ¿él qué va a hacer con esos papeles?

—Llevarlos a un juez.

—No —dijo Vince, lo primero que hasta el momento decía sin trabucarse ni titubear—. No, porque sabrían que procederían de mí. Podría perder el empleo.

Me quedé sin habla un segundo. ¿Que perdería el *empleo*? ¿Cuando su vida estaba en juego? Junto con la mía, claro, lo que era mucho más importante.

—Vince, no terminas de entender la situación. Van a matarte. Y entonces vas a quedarte sin empleo para siempre.

Pero él seguía mirándome con obstinación.

—No, Dexter. Eso no estaría bien. No puedo dejar que hagas públicos esos documentos. ¿Qué crees que pensarían?

—¿Qué nos importa lo que piensen si estamos los dos muertos? —apunté—. Y tampoco es seguro que vayan a hacerlos públicos. Una vez que el juez los vea, lo más probable es que desestime las denuncias contra mí y dicte las órdenes de arresto que hagan falta.

—Pero igual no lo hace —objetó Vince, y me entraron ganas de abofetearlo—. Es posible que haya una filtración, y entonces... No, Dexter. Tiene que haber una solución mejor.

—*Esta* es la mejor forma, ¿es que no lo ves? —insistí—. Es perfecta. Para ti y para mí. —Y entonces le brindé mi mejor falsa sonrisa de comprensión—. Es muy simple. Kraunauer se vale de esos papeles para demostrar que me tendieron una trampa. Me ponen en libertad, y a ti te exoneran y, seguramente, hasta te ascienden. —Asentí con la cabeza para dejarle claro que todo eso estaba fuera de duda—. Salgo de la cárcel para siempre, y meten a Anderson en mi antigua celda. Un final feliz para los dos.

Vi que seguía vacilando un poco, por lo que acerqué el rostro para subrayar mis palabras.

—Por supuesto, hay una alternativa. —Me miró con esperanza, y fui a la yugular—. Dejas que te maten, y ellos luego meten todo tipo de indicios incriminadores en tu casa: drogas, pornografía con niños, dinero negro sacado del depósito de pruebas materiales. Así que estás muerto *y* desacreditado. Y yo voy a juicio y me paso veinte años en el corredor de la muerte, preguntándome por qué se me ocurrió tratar de ayudar al pobrecito Vince Masuoka, el yonqui pedófilo y corrupto. —Abrí las manos y me arrellané en el asiento para señalar que había terminado—. Tú eliges, Vince. De ti depende. La vida o la muerte. La vergüenza o el reconocimiento. Todo… o nada.

Volvió a mirarme con los ojos muy abiertos, todavía confundido a pesar de mi magnífica alocución. Me serví una tacita de té y no le miré.

—Puedo ver a Anderson de pie junto a tu cuerpo muerto y frío, con esa estúpida sonrisa suya en la cara… Y entonces, como nadie puede verle: *shhhp*. Se abre la bragueta y se mea sobre tu cuerpo muerto y fr…

—¡Muy bien, muy bien! ¡Por Dios, Dexter! —exclamó, con el rostro retorcido en una máscara de disgusto y angustia.

—Tan solo era una idea. Sabes que es muy capaz.

—Muy bien, de acuerdo —repuso. Soltó un largo, sonoro suspiro. Me recordó el ruido de un radiador al estallar—. ¡Voy a hacerlo!

Daba la impresión de sentirse aliviado… y, todo hay que decirlo, también un poco culpable. Me daba igual. Me lo había tenido que trabajar tanto con él, en aras de algo que para mí era tan sencillo y evidente, que ahora me resultaba difícil pensar en él como en un ser dotado de inteligencia. Me entraron ganas de rascarle detrás de la oreja, decirle «¡Buen chico!» y tirarle una galletita.

En su lugar, me contenté con asentir con la cabeza y decir:

—Sabia decisión. ¿Cuándo puedes pasarme los papeles?

Con expresión aturdida, dijo:

—Por Dios, no puedo creer que esté haciendo todo esto.

—Haciendo ¿el qué, Vince? —pregunté—. ¿Salvar tu propia vida?

—No puedo… yo, eh… —se aturulló. Suspiró—. Puedo llevár-melos a casa esta noche. Al salir del trabajo.

Asentí con un gesto. Pero si hay una idea taimada en el mun-do, es seguro que Dexter la tendrá antes que nadie. Así que no me corté:

—¿Puedo sugerir que hoy salgas del trabajo un poquito antes?

—¿Cómo? No. Tengo un montón de faena. A ver si me explico, en el departamento andamos cortos de personal, por si no lo sabías.

—Me miró como si la culpa fuera mía, y naturalmente que lo era, en cierto modo.

—Sí, ya lo sé —respondí en tono neutro—. Pero si te quedas hasta tarde, estarás dándole a Anderson la oportunidad de ir a por ti. E incluso si te vas a tu hora, es lo que estará esperando y… —Levan-té las palmas de las manos y meneé la cabeza—. No sabemos qué es capaz de hacer. O cuándo.

—Oh… —dijo, muy débilmente. De nuevo parecía estar aturdido.

—Así que lo mejor es hacer lo inesperado, ¿comprendes?

—Sí… ajá, ya veo —contestó, con la vista puesta en la mesa y, claramente, pensándolo todo bien. Levantó la cabeza y me miró, con los ojos fríos y decididos—. Puedo salir a eso de las tres y media, pretextando una cita con el dentista o algo por el estilo.

—Perfecto. ¿Dónde te encuentro?

Parpadeó.

—Eh. ¿En mi casa? ¿Un poco después de las cuatro, por ejemplo?

Traté de pensar en una razón que lo desaconsejara. No encontré niguna. Nadie iba a ir a buscarlo a su casa a las cuatro de la tarde en un día laborable, y así también se sentiría más seguro. Asentí.

—Muy bien. Pasaré a recogerlos poco después de las cuatro.

Apartó la vista y miró por el ventanal frontal del restaurante, como si estuviera viendo su niñez en el aparcamiento del exterior.

—No puedo creer que esté haciendo todo esto —repitió.

13

Vince se las compuso para hacer el camino entero hasta su coche sin convertirse en un informe charco de sustancia viscosa carente de la menor solidez, y yo me subí a mi pequeño auto de alquiler con el estómago lleno y la satisfacción añadida del trabajo bien hecho. Por supuesto, iban a pasar unas cuantas horas antes de que Vince se llevara el expediente a casa, y tras haber visto su desempeño durante la comida estaba seguro de que se pasaría la tarde entera presa de sudores fríos, cambiando de idea, retorciendo las manos en el aire, dando nerviosos saltitos sobre un pie y estremeciéndose cada vez que viera una sombra. Pero al final se daría cuenta de que ese era verdaderamente el único camino que seguir, y estaba plenamente convencido de que lo recorrería y se iría con el expediente. Bueno, lo de «plenamente» mejor lo quitamos.

Puse el motor en marcha para que el aire acondicionado empezara a funcionar y pensé en lo siguiente que iba a hacer. No era ni la una y media, y me quedaba tiempo sobrado para hacer absolutamente todo aquello que necesitara hacer, lo que, bien pensado, tampoco era mucho. Conseguir que Vince me ayudara había sido mi Gran Acontecimiento de la jornada, y todo lo demás resultaba un tanto vago. Importante, sí, pero todavía vago. El elemento restante más imperioso era el de continuar con vida, y aunque no quiero minimizar su importancia, sus parámetros eran, como he dicho, un poco imprecisos. Por ninguna razón en particular, a mi mente acudió un sinónimo de *impreciso*: inconcreto. No sé por qué me ocurría pensar en dicha palabra en ese momento. No necesitaba un sinónimo. Lo que necesitaba era una transformación cataclísmica, un cambio de paradigma, una evolución en el *zeitgeist*, algo que me quitara de encima a todo el mundo, con la idea de que pasaran a hacerle la vida imposible a algún otro.

Pero si eso sucedió mientras estaba sentado en mi coche en el aparcamiento de un centro comercial en North Bay Village, no reparé en el asunto. Ningún jovenzuelo ataviado con uniforme de botones se acercó a la ventanilla portando una bandeja con un telegrama con el indulto del Papa de Roma, no se montó una manifestación improvisada en mi honor, y en el cielo tampoco aparecieron unas misteriosas letras enormes con un mensaje sencillo pero claro, del tipo: *Has ganado la partida, Dexter*. Tan solo estaba el tráfico, el sol y el calor del mediodía, que de un modo u otro se había colado a través del aire acondicionado del coche y estaba pegándome la camisa al respaldo del asiento.

Suspiré. Eso iba a tener que hacerlo a lo bestia. Con el sudor de mi frente iba a ganarme no sé qué y no sé cuántos. No me acordaba del resto, pero estaba bastante seguro de que era algo de la Biblia. Si se hubiera tratado de Shakespeare, me habría acordado mejor. Pero el significado era claro y relevante: Dexter tenía trabajo que hacer, un montón, y, como siempre, nadie iba a hacerlo en su lugar.

Mis ojos fueron al acuerdo de custodia, y pensé: *Muy bien, lo primero es solventar las trivialidades*. Cogí el teléfono y llamé a Deborah. Una vez más, no me respondió. Esa vez dejé un mensaje:

—Haces muy bien al no responder. No creo que pudiera soportar tu voz ahora que estoy en libertad, mi querida hermanita —dije, para dejar claro que yo también sabía jugar a ese juego—. En todo caso, tengo los papeles de la custodia para ti. Me pasaré por tu casa a última hora de la tarde. ¿A las siete y media te parece bien? Si no estás en casa, mañana puedes venir a verme y recogerlos.

Colgué, sintiendo que me había pasado con el sarcasmo al tiempo que lamentaba no haber sido más mordaz todavía. ¿Las relaciones familiares siempre son así de complejas?

A continuación llamé al bufete de Kraunauer. Pasé dos filtros diciendo sencillamente que era un cliente. Me remitieron a una tercera persona, claramente la Diosa del Hielo sentada tras el escritorio gigantesco, guardiana del sanctasanctórum. Expliqué que tenía algo importante para el señor Kraunauer. Con voz preñada de cortés desdén y escepticismo, contestó:

—Voy a ver si está disponible.

Se oyó un clic pequeño y refinado, y una música balsámica llenó mi oído. Al cabo de tan solo unos pocos minutos, la música cesó de forma abrupta, y el propio Kraunauer se puso al teléfono.

—Frank Kraunauer —anunció, de forma bastante innecesaria.

—Dexter Morgan —le anuncié a mi vez, y comprendí que estaba imitando inconscientemente su tono estentóreo. Me aclaré la garganta, para dar a entender que no me daba cuenta de que lo había hecho y añadí—: Tengo una información muy importante que proporcionarle. Eh, sobre mi caso.

—Sí, ya lo había supuesto —convino con sequedad—. ¿Qué clase de información?

—Bueno, en realidad se trata de un expediente con documentos. De unos papeles, no sé si me explico.

—Ya veo. ¿De dónde procede ese expediente?

—Si no le importa, prefiero no decírselo por teléfono.

Kraunauer soltó una risita.

—Puedo asegurarle que la Agencia Nacional de Seguridad no está monitorizando mis llamadas —prometió—. No se atreverían.

—Incluso así. Es un poco, eh… delicado.

Guardó silencio unos segundos, y oí un ruido seco y rítmico, el tamborilear de sus dedos sobre el escritorio, sin duda.

—Señor Morgan —prosiguió—. No habrá estado efectuando investigaciones de aficionado, ¿verdad?

—Oh, no, nada de eso —respondí.

Al fin y al cabo, era Vince quien se lo había currado todo.

—Muy bien —zanjó abruptamente—. ¿Puede traérmelos al bufete? Estoy aquí hasta las seis.

—Supongo que puedo presentarme hacia las cinco.

—Nos vemos a las cinco —sentenció, y colgó. Esta vez no se oyó ninguna música reconfortante, sino el sonido de la línea cortada.

Miré el reloj. En apenas diecisiete minutos más o menos había conseguido todo cuanto de interés me había propuesto. Por un lado estaba rebosante de justo orgullo por mi industriosidad y eficiencia. Por el otro, todavía me quedaban varias horas vacías antes de encontrarme con Vince, sin otro lugar al que ir que una mortífera habitación de motel situada en la otra punta de la ciudad. Suspiré con fuerza y meneé la cabeza. Por primera vez comprendí y aprecié la verdadera alegría de contar con un trabajo: ¡te proporcionaba un lugar al que ir! Y cuando terminabas la jornada podías marcharte a un hogar, por destartalado que fuese. Ahora no tenía ni lo uno ni lo otro, y lo notaba de verdad. Esto de ser un desempleado y un sin techo estaba convirtiéndose en toda una carga.

A la vez, no podía quedarme sentado en el aparcamiento, con el motor en marcha, o acabaría muriendo intoxicado por los gases del tubo de escape o, quizá, de puro aburrimiento. Y, a decir verdad, con la gasolina por las nubes, tampoco podía permitírmelo.

Pensé en volver a la biblioteca, pero eso parecía casi igual de malo. Me pregunté sobre la posibilidad de hacer unas cuantas paradas en mi Peregrinación de Gourmet. Era verdad que acababa de almorzar, pero sushi y nada más. Se suponía que al cabo de media hora había de tener hambre otra vez, ¿no? ¿O eso tan solo valía para la comida china? Podrían ser las dos cosas, si el hambre recurrente estaba provocada por el arroz. Pero probablemente se trataba del glutamato monosódico, y estaba bastante seguro de que la cocina japonesa no lo llevaba. En todo caso, tampoco tenía hambre, y pensé que un atracón porque sí no sería de recibo en los círculos más exquisitos.

Miré por la ventanilla. El escenario no había cambiado. Seguía encontrándome en el aparcamiento de un pequeño centro comercial.

¿Mi elección de verdad estaba entre la biblioteca o nada? Durante el tiempo pasado languideciendo en la cárcel, me había formado una imagen ideal de la libertad como algo que valía la pena tener, y hasta por la que uno tenía que luchar. Como sucede con todos los conceptos de tipo idealista, la realidad estaba resultando ser bastante distinta. Podía elegir entre no hacer nada en un aparcamiento o no hacerlo en una biblioteca. Traté de revivir mi debilitado entusiasmo por la Sagrada Libertad recordándome que también podía volver a mi habitación en el motel o incluso conducir sin rumbo definido por la ciudad. Mi entusiasmo siguió siendo escaso.

Con otro profundo suspiro, destinado a demostrar que estaba obrando bajo coacción, puse el coche en marcha y volví a encaminarme a la biblioteca.

Me llevó unos veinte minutos conducir por la autovía elevada, bajar a la U.S. 1 y regresar al Grove. Nada había cambiado cuando llegué, con la salvedad de que la plaza de aparcamiento ahora estaba ocupada. Al igual que todas las demás plazas. Conduje por los alrededores durante unos minutos hasta que finalmente encontré aparcamiento al pie de la colina, cerca del club de vela. Traté de meter unas monedas en el parquímetro, pero la ranura estaba obturada. Pero aún quedaban cinco minutos de tiempo, y no parecía que el parquímetro estuviera registrando avance alguno. Un parquímetro que indica que te quedan cinco minutos a perpetuidad es una cosa maravillosa, un auténtico golpe de suerte. Quizá la fortuna por fin se había puesto de mi lado.

Subí ladera arriba hasta la biblioteca y entré. La silla junto al ventanal posterior seguía estando libre. Buena suerte por todas partes, literalmente. Vivimos en un mundo maravilloso.

Me senté y hojeé unas revistas que no me importaban en absoluto y cuyos artículos me aburrieron hasta las lágrimas. Cuando finalmente consulté el reloj y vi que tan solo habían pasado quince minutos, me quedé anonadado. Parecía haber sido una eternidad. Dejé las revistas en su sitio y busqué algo de lectura un tanto más consistente.

Encontré algo aún mejor: libros con un montón de fotos. Me decanté por un libro de historia del arte que aseguraba contener más de dos mil quinientas imágenes, desde el hombre de las cavernas hasta la era contemporánea. Incluso en una jornada tan lenta como esa, podría arreglármelas para que dos mil quinientas fotos me durasen un buen rato.

Me senté con el libro delante. Me tomé mi tiempo con las fotografías. Y no tan solo para matar unas pocas horas, pues el arte siempre me ha gustado. En primer lugar, gran parte de él es bastante bonito. E incluso si no siempre entiendes la imagen o la emoción que intenta proyectar, siempre hay algo vistoso que ver en algún punto de la foto. En ese libro había un montón de imágenes religiosas, muchas de ellas interesantemente sangrientas. Sobre todo me gustaron las de los santos con muchos agujeros. La sangre que manaba de las heridas aparecía representada de una forma muy sobria y digna, lo que resulta inusual en el caso de la sangre. Material del fuerte, y también impredecible. Y las expresiones en sus rostros, que tan solo podían ser descritas como de Angustia Justificada, eran maravillosamente entretenidas.

Lo que en su conjunto me llevó a apreciar la religión de una nueva manera. Aunque, a decir verdad, siempre me había hecho preguntas sobre la ciega e inevitable combinación de muerte violenta y viscosa con la idolatría humana. Casi me hizo desear que pudiera unirme a una Iglesia de algún tipo. ¡Qué bien que lo pasaban, con sus santos sobre todo! ¡Ahí me sentiría como en casa! ¡Dexter, el Hacedor de Santos!

Pero, por supuesto, aquello era imposible. Me resultaría imposible asistir a un servicio sin que se me escapara la risa. Ahora en serio, ¿cómo se explica que la gente sea capaz de creer en cosas semejantes? Y, en todo caso, lo más probable sería que el altar estallase en llamas nada más entrar yo en la iglesia.

Pues bueno. Por lo menos, la religión era responsable de unos cuantos cuadros muy bonitos, lo que ya era algo. O, en todo caso, las pinturas me ayudaron a matar el tiempo hasta las cuatro menos cuarto o así, cuando me marché para acudir a mi cita… no con el destino, pero sí con unos papelotes muy interesantes.

Vince Masuoka vivía en una casita en North Miami, al final de una calle sin salida junto a la calle 125. Estaba pintada de color amarillo claro con ribeteados en granate pastel, lo que me llevó a preguntarme sobre mis gustos a la hora de escoger aliados. En el jardín delantero había unos cuantos arbustos bien recortados, así como una hilera de cactus de distintos tipos que flanqueaban el caminillo empedrado que llevaba a la puerta delantera. Cuando llegué, su coche estaba aparcado a un lado del jardín, señal de que por lo menos no había escogido trabajar hasta tarde en lugar de salvar mi vida y la suya.

Llamé al timbre, y me abrió la puerta de inmediato. Estaba tan pálido y sudoroso que por un momento me pregunté si habría sufrido una intoxicación alimentaria, y al instante noté una punzada de angustia, pues ambos habíamos comido los mismos platos durante el almuerzo. Pero me agarró el brazo con mucha fuerza y me llevó al interior de forma tan imperiosa que descarté la posibilidad y lo achaqué todo a una mera crisis de nervios.

Y, efectivamente, las primeras palabras que brotaron de su boca me revelaron que estaba al borde del hundimiento total.

—Dexter, por Dios, no puedes imaginar... Ah, por Dios, ni siquiera sé cómo... Quiero decir, un poco más y... Por los clavos de Cristo, tengo que sentarme.

Se derrumbó sobre una muy estilosa tumbona *art déco* y se secó la frente con un pañuelito de papel.

—Muy bien, gracias —respondí con jovialidad—. ¿Tienes el expediente?

Parpadeó y me miró con reproche, como si no hubiera apreciado sus sufrimientos debidamente.

—Anderson estaba *a mi lado*. ¡Casi me ve! ¡Con el *expediente*!

—Casi pero no, ¿verdad?. No te ha visto, ¿correcto?

Suspiró, larga y dolorosamente.

—No, no me ha visto —reconoció—. Pero ¡por Dios! Anderson estaba en... Me escondí en, ya sabes, el gran armario junto a la habitación de la máquina del café.

—Vince. ¿Tienes el expediente?

Meneó la cabeza.

—Claro que lo tengo. ¿Qué te he estado diciendo?

—No lo sé.

—Bueno, pues aquí lo tengo —dijo, moviendo el brazo sudoroso en dirección a una extraña mesita pintada de color amarillo. Las piernas eran unos cuellos de jirafa, y el asa del pequeño cajón era una trompa de elefante, y el conjunto era tan insólito que tuve que entrecerrar los ojos para ver que, según lo indicado, en lo alto de la mesita había una carpeta color manila. Me las arreglé para mantener una calma impresionante y andar con tranquilidad hacia el expediente, en lugar de tirarme en plancha y agarrarlo con ambas manos, como parecía más apropiado.

Abrí la carpeta y hojeé los papeles con rapidez. Me detuve tras ver unos cuantos: Vince había sido muy meticuloso, de una forma maravillosa. El expediente empezaba con el inicial informe de incidencia y seguía, paso a paso, por el largo y polifacético papeleo exigido por nuestro maravilloso Sistema Judicial. Todo estaba allí, cada paso preciso, y hasta el observador desinteresado se daría cuenta de que la mayoría de las firmas garabateadas habían sido efectuadas por la misma mano chapucera. Y, por curiosa coincidencia, esa ubicua caligrafía incompetente era extrañamente parecida a la del inspector Anderson. Miré a Vince y levanté una ceja.

—¿Cómo carajo han colado todo esto? —pregunté.

Asintió vigorosamente con la cabeza.

—Está claro, ¿no? Quiero decir que todo el mundo puede darse cuenta, ¿verdad? Y, Dexter, ¡eso no es lo peor de todo! —Se levantó de la tumbona y se situó a mi lado de un salto. Me arrebató la carpeta y empezó a pasar páginas hasta llegar a una hoja al final—. Escucha... ¡Mira *esto*! —exclamó, con una especie de sobresalto triunfal.

Miré. La página en cuestión era el informe del laboratorio, presentado por V. Masuoka, quien había firmado su nombre con la misma letra que el policía que había rubricado el inicial atestado de incidencia. Todavía mejor, «Masuoka» aparecía deletreado de forma errónea: M-A-S-S-O-K-A.

—No tienes perdón, Vince —comenté—. A tu edad tendrías que saber deletrear tu propio apellido.

—¡Y aún hay más! —soltó—. Fíjate... Aquí pone que hemos estado empleando luminol. Y hace años que no lo usamos; ahora utilizamos el producto de la casa Bluestar. Y no solo eso —agregó con acento triunfal—. También ha deletreado *mal* el nombre: con una «A» en lugar de una «I».

Era verdad. Con delicadeza, me hice con la carpeta que Vince sostenía en sus manos sudorosas y la examiné con algo más de atención. Comprobé que el expediente entero había sido confeccionado de forma casi igualmente lamentable. De pronto estaba tan anonadado como el propio Vince; una cosa era hacerme la cama, y otra muy distinta efectuar un trabajo tan patético. La verdad, hasta un niño lo hubiera hecho mejor. O Anderson verdaderamente tenía un serio problema de desarrollo mental atrofiado o era un payaso tan arrogante y memo que creía haberlo hecho todo lo bastante bien para salirse con la suya. Lo pensé bien un momento y llegué a la conclusión de que la segunda explicación era la correcta. Anderson tenía tan absoluta carencia de cerebro que ni se daba cuenta de lo estúpido que era.

Cerré la carpeta y di una palmadita a Vince en la espalda.

—Esto es estupendo, Vince —lo elogié—. Con esto nos salvas la vida a los dos.

Y me pregunté si no me habría pasado con los elogios, pues de pronto pareció hincharse varias tallas, y hasta se ruborizó.

—Bueno, yo... ya sabes. Lo que quería era ayudarte y... Bueno, esto es una injusticia, y yo siempre he trabajado con un propósito y...

—Se detuvo y se frotó la comisura del ojo. Vi con horror que estaba al borde de las lágrimas y de quién sabía qué otras aterradoras muestras de exceso emocional. Y sí, al momento resopló y dijo—: ¿Qué otra cosa podía yo...?

—Estupendo de veras —corté, antes de que entonara unas estrofas de *I Pagliacci*, me agarrara por las manos y nos sumiéramos en una lloriqueante versión a medias de *Kumbaya*—. Es justo lo que necesitamos.

—Eso es... es... quiero decir que... —Se detuvo, todavía más rebosante de emoción.

Aproveché la pausa para emprender la fuga. Comencé a dirigirme a la puerta.

—Gracias, Vince. Nos has salvado a los dos. ¡Adiós!

Y salí por la puerta antes de que pudiera agregar dos confusas sílabas más.

Al conectar el motor del coche y dirigirme a la calle, lo vi de pie en la puerta de la casa, mirándome con expresión afligida, y sentí un inmenso alivio por haberme librado de un episodio de crudo sentimentalismo que tan solo hubiera podido ser humillante para ambos. Me pregunté por qué tenía que tomármelo tan a pecho y, dado que llevo mucho tiempo estudiando ese inmensamente fascinante tema que soy Yo, llegué a una sencilla conclusión. Una de las cosas que me gustaba de Vince era que generalmente falseaba todas las expresiones y rituales humanos. Su risa era horrorosamente falsa, y tenía por costumbre hacer unos comentarios de tipo dudoso cuya fabricación era tan claramente sintética que me maravillaba que nadie le llamara la atención. En otras palabras, en lo tocante a la sencilla interacción interpersonal, era mi vivo retrato.

Y verle así, debatiéndose indefenso bajo el peso descomunal de los sentimientos de verdad, resultaba muy inquietante, porque en un recóndito rincón de mi mente estaba diciéndome: *Si le puede pasar a Vince, también me puede pasar a mí*. Y esa idea era casi insoportable.

En todo caso, Vince no me la había dado con queso, sino que se había presentado con toda la manteca. Intenté pensar en otras metáforas culinarias, y me pregunté si eso significaba que otra vez tenía hambre. Miré el reloj del salpicadero; eran casi las cinco, lo que era mala noticia en todos los sentidos. Para empezar significaba que probablemente *sí* que tenía hambre y en segundo lugar implicaba que me iba a encontrar atascado en lo más granado de la hora punta.

No por ello dejé de enfilar la I-95 Sur, encomendándome a Dios y al diablo. Como de costumbre, no me salió bien. El tráfico avanzaba a un ritmo casi imperceptible que un caracol hubiera encontrado hilarante. Mi intención había sido la de ir por la autovía elevada MacArthur hasta el bufete de Kraunauer para entregarle el expediente. Después de diez minutos y menos de un kilómetro bajé a las calles de la superficie y me dirigí al bulevar Biscayne. El tráfico por allí era un poco mejor, de modo que enlacé con el paso elevado y llegué al bufete de Kraunauer en apenas cuarenta minutos.

Eran las seis menos ocho minutos cuando salí del ascensor y me embarqué en el elaborado ritual de atravesar las capas protectoras dispuestas en torno al Gran Hombre. La propia Reina del Hielo me condujo por la puerta hasta la misma Presencia justo cuando el reloj comenzaba a recorrer el último minuto antes de las seis. Kraunauer estaba sentado al escritorio, metiendo sus cosas en el interior de una magnífica cartera de cuero con una mano y hablando por el móvil con la otra. Levantó la vista, me miró y pestañeó, acaso con sorpresa. A continuación asintió con un gesto, metió unos papeles en la cartera y levantó un dedo en mi dirección, como diciendo: *Un minuto*.

—Sí, sí, comprendo —dijo al teléfono en español, lo que de inmediato, y es que soy un investigador muy competetente, me indicó que su interlocutor seguramente era hispanohablante. Me di una mental palmadita en la espalda por mis dotes deductivas; si seguía mostrándome así de despierto, saldría con bien de esta—. Sí, seguro, no hay problema —agregó en el idioma de Cervantes—. ¿Quince? ¿Es suficiente? Bueno, te doy quince —zanjó, y al momento cortó la conexión y dejó el teléfono en el escritorio. Puso ambas manos en torno al aparato y concentró toda su atención en mí—. Bien, señor Morgan —saludó, con una sonrisa de imitación verdaderamente espléndida. Por primera vez en la vida había conocido a una persona capaz de falsearla todavía mejor que yo, y la sensación era un poco mareante, como la de un chaval que de pronto se encontrara con un futbolista muy famoso—. Siéntese. Cuénteme qué es eso que me ha traído.

Tampoco necesitaba sentarme; tenía pensado dejar la carpeta en el escritorio, explicar sucintamente su procedencia y salir por la puerta sin malgastar mucho del valioso —y en consecuencia *carísimo*— tiempo de Kraunauer. Y me pregunté si estaba generando unas horas facturables que añadir a una minuta que sin duda ya era astronómica a esas alturas. Pero me sentía un poco intimidado por su formidable sinceridad de pega, así que pensé que tenía que hacer lo que me decía. A todo esto, Brian era el que corría con los gastos, y, para ser sincero, no me gustaba mucho que me hubiera situado alegremente en el centro de una galería de tiro con una diana en la frente y un enjambre de asesinos mexicanos enloquecidos por la droga al otro lado. Sin pensarlo más, me senté con cuidado en el indudablemente costosísimo sillón sito frente a Kraunauer.

—Y bien —dije—. Le traigo una carpeta con documentos de la policía sobre mi caso. Mmm —añadí—. Todos son originales.

—¿En serio? —apuntó, enarcando una ceja cuidadosamente recortada—. ¿Cómo han llegado a su posesión?

—Gracias a uno de mis amigos en el departamento forense —respondí, consciente de mi pequeña exageración. Vince era el *único* amigo que me quedaba en el departamento, quizá el único que me quedaba en el mundo. Me sentí de veras agradecido por el hecho de que en realidad no necesitaba amigos. Pero no era necesario contarle todo esto a Kraunauer. Además de pintar un retrato de Dexter poco favorecedor, era algo que el abogado tampoco tenía por qué saber. Así que fui al grano y levanté la carpeta—. Todos estos documentos están plagados de falsificaciones deliberadas, de invenciones y de cuentos chinos. Han modificado el informe de mi amigo... Eh, de forma bastante torpe, por cierto —agregué. No pareció conmoverse demasiado por esa última revelación; me encogí de hombros—. Y cuando mi amigo se quejó al respecto, lo que hicieron fue amenazarle.

Kraunauer se arrellanó en el sillón y juntó las puntas de los dedos, en vivo retrato del erudito sumido en profundos pensamientos.

—¿Cómo le amenazaron? —se interesó.

—Primero amenazaron con dejarle sin empleo. Luego con la violencia. Mi amigo ahora dice que incluso tiene miedo de que puedan matarle.

—¿Quién exactamente hizo esas amenazas?

—El inspector Anderson, por lo general.

—Ajá —dijo Kraunauer. Frunció el ceño, como si se hubiera acordado de algo—. Es el nombre del inspector que le detuvo a usted.

—Y no por casualidad —aduje—. Estamos hablando del mismo fulano.

—Mmm —repuso Kraunauer. Juntó las puntas de los dedos rítmicamente, con insuperable expresión pensativa—. Es evidente que Anderson está dispuesto a echar el resto para mantenerle en la cárcel.

—A estas alturas —insistí—, está dispuesto a echar el resto y todo lo demás que haga falta.

Kraunauer lo pensó solo un segundo, se enderezó en el asiento y acercó el rostro al escritorio. Cogió una tarjeta de visita del montoncito que había en un pequeño soporte de plata, echó mano a una estilográfica que había en el escritorio e hizo una anotación en el reverso de la tarjeta.

—Mi móvil. —Me pasó la tarjeta. En ella había un número de teléfono en tinta bermellón todavía húmeda—. Me puede llamar a este número veinticuatro horas al día, siete días a la semana.

—Ah —repliqué, con algo de sorpresa—. Gracias, pero, eh…

Volvió a sonreír, complacido por el golpe de efecto esa vez.

—Por si ese policía trata de intimidarle, detenerle sin razón, ponerle la mano encima, etcétera. Usted llámeme. —Volvió a arrellanarse en el sillón, y su sonrisa ahora era de simple satisfacción—. Lo que nos interesa es que siga en libertad.

—Sí que nos interesa —convine.

Me llevé la tarjeta al bolsillo cuidadosa, reverentemente. Veinticuatro horas al día, siete días a la semana; estaba claro que yo era uno de los Escogidos.

—Volviendo a ese amigo suyo —dijo, con el rostro serio otra vez—. El amigo al que Anderson amenazó. Su amigo ¿qué hizo al respecto?

—Llevar la carpeta al fiscal del estado —contesté.

Kraunauer se enderezó en el asiento.

—¿En serio? —preguntó con suavidad.

—Sí, y de nuevo le dijeron que lo dejara correr, que se ocupara de sus propios asuntos, o de lo contrario perdería el trabajo.

—Vaya, vaya, vaya —comentó Kraunauer. Tamborileó con los dedos de una mano en la mesa y se arrellanó otra vez en el sillón—. Hábleme de su amigo.

Le conté cuanto sabía sobre Vince. Lo que no resultaba tan fácil como podéis suponer, pues, que yo supiera, tampoco había tanto que contar. Traté de describirle como competente, fiable y honesto, aunque no era mucho lo que podía decir. Por lo menos, me las arreglé para no mencionar lo de los disfraces de Carmen Miranda.

Pero Kraunauer parecía estar fascinado. Me hizo bastantes preguntas sobre su carácter, motivaciones e historial profesional. Tras diseccionar a Vince de forma más pormenorizada de lo que me había parecido necesario —y hasta posible—, el abogado asintió con la cabeza y tendió la mano al frente.

—Déjeme echarle un vistazo a ese expediente.

Lo puse en el escritorio ante sus narices y me senté en el borde del sillón, sorprendentemente nervioso. Era todo muy raro, pero quería impresionar a Frank Kraunauer, que pensara que esa carpeta era muy importante y que Dexter era un muchacho excelente por haberla encontrado y habérsela llevado. Eso sí, me contuve y conseguí no ponerme en pie de un salto y empezar a señalar los párrafos más interesantes, contentándome con observarle bastantes minutos mientras fruncía el ceño a cada nueva página, asintiendo con la cabeza de vez en cuando y tomando notas en un cuaderno.

Cuando estaba casi llegando al final, la puerta del despacho se abrió, y Su Graciosa Majestad asomó su altanera, perfecta cabeza.

—Son las seis y veinte, señor Kraunauer —informó con inmensa dignidad.

Él levantó la vista con expresión de sorpresa.

—¿En serio? ¿Ya? Bien.

Cerró la carpeta y la dejó en el escritorio, mirando cómo Su Alteza Real sonreía —tan solo a él— y se retiraba. A continuación me miró y me permitió disfrutar de su pequeña pero encantadora sonrisa de disculpa.

—Me temo que tengo una reunión a la que no puedo faltar. Pero quiero dejarle claro que estos papeles van a ser de mucha ayuda.

Se levantó y rodeó el escritorio. Me levanté también.

—Esto es sencillamente fantástico, Dexter —aseguró, mientras me estrechaba la mano, y no me costó creerle, pues me la estaba estrechando de forma firme, recia y varonil, y también era la primera vez que me trataba por el nombre de pila—. Sensacional de verdad —agregó.

A continuación se soltó de mi mano y la puso en mi hombro, y me condujo hacia la puerta, sin dejar de insistir en que todo estaba yendo sobre ruedas y que la vida era maravillosa en todos los sentidos. Un momento después me encontré en el ascensor, todavía pestañeando por efecto de la mágica experiencia y consultando mi reloj. Las seis y veintidós. Había estado en presencia de Kraunauer nada menos que veintidós minutos. Por lo que sabía sobre los abogados, eso equivalía a por lo menos tres horas facturables. ¿Cuánto dinero me había costado? ¿O le había costado a Brian, quizá? Pero bueno. ¿Cómo se podía poner un precio a ese tipo de insuperablemente competente y lúcida pericia profesional? Se me ocurrió que Kraunauer sabría exactamente qué precio ponerle, cosa que sin duda haría. Pero ¿por qué preocuparse? Estar permanentemente endeudado resultaba preferible a estar permanentemente muerto o en la cárcel.

Me sentí contento por la idea, y de hecho estaba silbando cuando me subí al coche de alquiler. Había dicho a Deborah que pasaría a entregarle los papeles de la custodia hacia las siete. Su casita en Coral Gables estaba a más de veinte kilómetros de distancia, y no había atajos para llegar a ella. Mi experiencia con el tráfico de Miami me decía que no habría manera de llegar a su casa en menos de tres cuartos de hora. Por sorprendente que resulte, esta nueva idea incrementó mi alegría. ¿Y por qué no? Deborah nada había hecho para ganarse mi atenta puntualidad. Ni siquiera había respondido a mis llamadas telefónicas. Y hasta era muy capaz de presentarse tarde ella misma para fastidiarme un poco.

Pues muy bien. Iba a tomarme mi tiempo y disfrutar del trayecto. Incluso detenerme a tomar un café, quizá. Que esperase.

Puse el coche en marcha, me dirigí a Ocean Drive y emprendí mi largo, lento recorrido hasta la casa de Deborah.

14

Sé que puede resultar raro, si consideramos el tono general de los últimos acontecimientos, pero la verdad es que me sentía contento mientras me abría camino a través del cenagal que es el tráfico de Miami. Tuve un breve momento de desazón mientras me alejaba del bufete de Kraunauer en dirección a la autovía elevada MacArthur, un nervioso, angustiado siseo procedente del Pasajero Oscuro, quien estaba diciéndome que había alguna cosa que no terminaba de encajar. Y, efectivamente, un instante después, un coche llegó por detrás, frenó de golpe e hizo sonar la bocina. Pisé el freno por acto reflejo y miré hacia atrás, con todos los sentidos alerta.

Pero no se trataba de una verdadera amenaza, sino de un idiota impaciente que se moría de ganas de volver a casa después de una fatigosa jornada en el trabajo. Contemplé el vehículo por el retrovisor, un todoterreno azul oscuro y tirando a nuevo que se sumó al tráfico y se unió a todos nosotros en la larga, interminable corriente de coches con rumbo a la autovía y el hogar.

Por lo demás, no vi que ningún auto sospechoso me siguiera, y por la acera no se veía a nadie que estuviera apuntándome con un bazuca. Decidí que el Pasajero sencillamente estaba ajustándose con dificultad a nuestra recién conseguida libertad y que sin duda se estaba fijando en detalles minúsculos, en la perfectamente normal hostilidad universal de los conductores atrapados en la hora punta que nos rodeaban por todas partes, por lo que no hice caso y seguí disfrutando de mi extraño contento sin fundamento preciso.

No tenía la menor razón del mundo para no sentir otra cosa que angustia, y sin embargo un incuestionable manantial de alegría estaba fluyendo de un punto en mi interior que me resultaba prácticamente desconocido. No tan solo se trataba de la estupenda perspectiva de hacer que Debs tuviera que esperarme, mientras estaba ocupada con mis hijos y rechinaba los dientes sin cesar. Una parte mucho mayor de este inmerecido y poco habitual alborozo tenía que ver con la sensación general que me producía la salvaje, implacable ferocidad de conducir por Mi Ciudad en la hora punta. En el pasado siempre había experimentado una especie de intenso orgullo nacional al encontrarme metido hasta el cuello en un mar de conductores por completo carentes de empatía y dotados de clarísimos impulsos homicidas. Era estupendo notar que esa magnífica sensación de pertenencia volvía a embargar todo mi ser; significaba que cierta minúscula, muy profunda parte de Dexter había decidido que el mundo había sido devuelto a su estado natural y que las Cosas iban a salir bien.

Y otra razón de mi atolondrada felicidad seguramente procedía de mi sensación de haber conseguido algo de importancia. Acababa de entregar unas pruebas fundamentales a mi abogado poderoso e insuperablemente efectivo, con lo que había clavado el primer clavo en el féretro del inspector Anderson, al tiempo que quitaba uno de mi propio ataúd. Me di cuenta de que otra porción de mi estúpido buen humor tenía origen en el hecho de haber estado junto al propio Kraunauer. Su aura resultaba casi tangible. Había algo en él que me causaba impresión, lo que era impresionante de por sí. Siempre me había considerado el Maestro de la Duplicidad, el Paradigma de los Comportamientos Sintéticos. Nadie se me había acercado ni de lejos… hasta ahora. Kraunauer me daba sopas con honda. Era el farsante más afinado que había conocido en la vida, y yo no podía hacer otra cosa que contemplarle y admirarle cada vez que me regalaba con una de sus sonrisas por completo artificiales. Y no tan solo contaba con *una* sonrisa postiza; yo le había visto por lo menos *siete*, cada una con su aplicación muy específica, cada una tan perfecta que me dejaba mudo de admiración.

Haciendo abstracción de mi aprecio por alguien que era mejor que yo en algo que para mí era importante, de su presencia emanaba una tácita asunción del mando. Y funcionaba. El simple hecho de estar a su lado provocaba que quisiera complacerle. Lo que tendría que haber sido inquietante en extremo, pero que por alguna razón no lo era.

Yo no tengo verdaderos sentimientos. Y está claro que soy incapaz de darme al amor, o incluso a la veneración de otros héroes. En este mundo no había nadie que me importara más que Dexter. Pero durante nuestra breve relación personal, Frank Kraunauer me había impresionado de un modo que nadie había conseguido, con la posible excepción de Harry, mi padre adoptivo. Lo que a primera vista parecía más que absurdo, razón por la que me hice preguntas al respecto. Harry me había salvado, me había creado, me había enseñado a utilizar mis dones y, en consecuencia, había convertido mi existencia en algo que —por lo menos hasta hacía muy poco— yo disfrutaba a mi modo tranquilo y personal. Harry era el Padre Consumado, la Fuente de la Sabiduría, el Creador del único Mapa del Camino Oscuro, y hacía muchos años que le conocía.

Pero a Kraunauer le había conocido recientemente, había pasado menos de una hora en su compañía, y en realidad no le conocía, excepto lo suficiente para saber que, a su manera, estaba tan absolutamente desprovisto de sentimientos como yo mismo. Sí que conocía su reputación, claro. Pero al estar a su lado había notado que en algún lugar situado detrás de los ojos se escondía el tan familiar Oscuro Vacío. Era un depredador, por completo carente de compasión, el tipo de tiburón entusiástico y dedicado que ni siquiera necesitaba oler el aroma de la sangre en el agua para lanzarse contra su presa. Arrancaba la carne a bocados porque para eso había nacido, y porque era lo que le gustaba. Como es natural, este tipo de entusiasmo congénito me tocaba la fibra sensible.

Y, además, Kraunauer estaba de mi lado, y era una verdad universalmente aceptada que él nunca fallaba. Señores de la droga, dictadores brutales, asesinos en serie… siempre les sacaba las castañas del fuego a sus clientes, con independencia de lo horrendo de los crímenes cometidos. Gracias a él, unos cuantos monstruos verdaderamente horribles, malignos y repelentes campaban a sus anchas por el mundo. Y si todo sucedía según lo previsto, yo pronto sería uno de ellos. Había que quitarse el sombrero ante Kraunauer.

De modo que me arrellané en el asiento y me relajé, disfrutando del trayecto. Llegué al final de la autovía elevada en apenas quince minutos, lo que resultaba decepcionante, pues lo que me interesaba era que Deborah tuviera que esperar. Pero una vez que enfilé la I-95 en dirección sur, el tráfico se tornó muy satisfactoriamente intenso. Fui avanzando metro a metro, y me llevaba cinco minutos cubrir una manzana o dos; me complacía viajar tan lentamente que, por lo general, la velocidad no era suficiente para ser registrada por el cuentakilómetros. Con un poco de suerte, Debs tendría que seguir a la espera durante media hora o más.

Por supuesto, no todo el mundo estaba interesado en hacer esperar a una supuesta hermana, y muy pocos de los conductores compartían mi recién aparecido entusiasmo por trasladarme a esa velocidad de caracol reumático. De hecho, en su mayoría parecían estar tomándoselo un poco a mal, y muy pocos vacilaban a la hora de expresar sus sentimientos hacia los otros conductores, claramente empeñados en ralentizar su marcha por el sencillo recurso de ir por delante de ellos. Había mucha propensión a hacer sonar las bocinas, a levantar el dedo medio e, incluso, a agitar el puño en el aire a la antigua usanza. Todo ello bastante consabido, sí, pero ejecutado con verdadero entusiasmo y pasión, y por consiguiente muy placentero de observar. No me sumé; me limité a contemplarlo todo, sumiéndome en un tranquilo orgullo cívico al ver a mis conciudadanos interactuar entre sí de forma tan genuina y significativa.

Justo antes de llegar a la calle 10 NW, la progresión se hizo todavía más lenta, lo que resultaba gratificante en extremo. Tras avanzar palmo a palmo, vi que un Jaguar descapotable había chocado contra una furgoneta llena de pescado y marisco. La cantidad de abolladuras, cristales rotos y parachoques retorcidos era impresionante, si teníamos en cuenta que no podían haber ido muy rápido en el momento de la colisión. Pero el impacto había provocado la súbita apertura de las puertas traseras de la furgoneta, y una maravillosa variedad de suculentos, frescos frutos del mar había salido volando por encima del capó del Jaguar y llenado el precioso interior en cuero del coche. Por suerte para todos los implicados, parecía que la mayor parte del pescado iba a seguir conservándose fresco, pues le había acompañado una enorme cantidad de hielo.

Una mujer con un peinado espectacular estaba sentada en el asiento del pasajero del Jaguar, chillando de forma histérica, cubier-

ta hasta los hombros por el pescado y el hielo. El conductor estaba
nariz con nariz con los dos hombres de la furgoneta, y no parecía
que las palabras que intercambiaban fueran de la clase conducente
al establecimiento de una amistad duradera. Y como al fin y al cabo
estábamos en Miami, tres jóvenes y una mujer, procedentes de tres
coches distintos, habían salido de sus vehículos para recoger el pescado diseminado por la calzada y llevárselo a casa para la cena.

Ese delicioso accidente me retrasó de forma muy agradable, y
eran casi las ocho cuando llegué frente a la casita de Deborah en Coral Gables. El suyo era un hogar modesto, y como mi exhermana no
tenía el interés y la paciencia necesarias para la jardinería, el exterior
era un tanto selvático. Había varios árboles frutales cuya cosecha se
había desplomado sobre el jardín sin que nadie se molestara en reco-
gerla, y un medio desmoronado muro de color coral circundaba el
recinto entero. Su coche estaba estacionado en el corto caminito de
acceso; aparqué detrás de él y salí.

Y extrañamente... titubeé. Me di cuenta de que no tenía muchas
ganas de verle la cara, de que otra vez me fastidiara con su desprecio
y su disgusto por mi persona, que —hay que repetirlo— era por completo inmerecido. Pero que de todos modos me hería. No me gustaba
ver cómo me miraba de la manera en que me había estado mirando
durante su visita a la cárcel. Como si yo fuera una especie de detesta-
ble aflicción contagiosa, algo que le hubiera manchado los zapatos,
quizá un asqueroso pegote de heces de mapache.

Junto a mi coche, contemplé la puerta de entrada. Sabía que no
importaba lo que ella pensara de mí... y, sin embargo, por la razón
que fuese, sí que importaba. Era asombroso, pero yo al parecer continuaba queriendo que Deborah me apreciase. Nunca iba a hacerlo,
nunca más en la vida, si es que alguna vez lo había hecho. Me lo había
dejado muy claro, y unos sentimientos tan fuertes como los que me
había expresado no cambian. Entonces, ¿por qué no me acercaba a la
puerta de una vez y ponía final a todo ese desagradable asunto? ¿Por
qué tenía que vacilar y desanimarme por el mero hecho de que no
quería afrontar su mueca de desdén?

Por ninguna razón en absoluto. Iba a hacerlo, y seguiría con mi
vida... seguiría empeñado en *salvar* mi vida, de hecho, lo que resulta-

ba enormemente más importante que cualquiera de los mezquinos malhumores de Deborah.

De forma que apoyé la espalda en el coche y no hice nada. Un vehículo pasó a poca velocidad, un cuatro por cuatro azul oscuro de algún tipo, un Jeep seguramente. Era difícil decirlo, pues era uno de esos nuevos modelos que recuerdan a las viejas rancheras; todos tienen el mismo aspecto. Tampoco importaba. Miré al cielo. En su mayor parte, parecía estar donde siempre. Lo que tampoco importaba mucho. Miré la puerta de la casa otra vez. Si Debs asomaba la cabeza, me vería allí plantado, titubeante e indeciso, y quizá se diría que estaba vacilando por cuestión de apocamiento. Bien podía decirme que lo que ella pensara a mí me importaba lo que el recto de un roedor, lo que sería una tontería. Porque no me importaba nada. Nada en absoluto. Podía llamar a la puerta en cualquier momento que quisiera.

Una vez más, como tantas veces parecía sucederme, mi estómago finalmente decidió por mí; gruñó, recordándome que la vida sigue, y todavía más después de una buena cena. Así que, en lugar de arriesgarme a irritar a mi aparato digestivo, lo que era mucho más relevante que la ira de mi no hermana, me enderecé, apreté con la mano izquierda los papeles de la custodia y fui andando sin prisa hacia la puerta.

Deborah en persona abrió nada más resonar el primer golpe con mis nudillos. Me miró con una expresión tan dura y pétrea que seguramente llevaba rato mostrándola, para que estuviera fija por completo cuando yo la viese. No dijo nada, dejando que fuera su rostro el que hablara con elocuencia. A sus espaldas se veía un tenue resplandor violáceo procedente de la sala de estar, acompañado por los sonidos propios de un programa de dibujos animados. Reconocí una de las voces, pues se trataba del único programa que gustaba tanto a Cody como a Astor, protagonizado por un ornitorrinco, si me acordaba bien.

Los niños tenían que estar ahí, los cuatro juntos: Nicholas, el hijo de Deb, así como mi propia Lily Anne, acompañados por Cody y Astor. Alargué el cuello un poco para ver si podía atisbarlos, y Deborah de inmediato entrecerró la puerta, de tal modo que tan solo su cuello y su cabeza asomaban, y yo ya no podía ver nada del interior.

Me encogí de hombros. Si tan determinada estaba a mostrarse desagradable, por mí no había problema. Y bien, tampoco tenía sentido perder el tiempo con fórmulas de cortesía.

—Supongo que te ha llegado mi mensaje —dije con sequedad.

Me miró un largo instante en silencio y, sin cambiar en absoluto de expresión, sencillamente me tendió la mano.

Me llevó un momento comprender que no estaba invitándome a estrechársela; finalmente caí en la cuenta y le entregué los papeles de la custodia. Los tomó, me miró fijamente unos segundos más, y a continuación, antes de que pudiera ocurrírseme un adiós adecuadamente hiriente, cerró la puerta con firmeza en mis narices.

Y bien, por lo menos había entregado los papeles. Otra cosa que borrar de mi listado de tareas pendientes. Pensé que seguramente también podía borrarlos a todos y cada uno de ellos de mi listado de próximas felicitaciones navideñas. Dudaba de que alguna vez volviera a desearle seriamente a Debs un feliz algo, y saltaba a la vista de que ella por su parte se aseguraría de que los cuatro niños siguieran sin contaminarse de mi tóxica presencia. Me había fijado en cómo trataba a su hijo, Nicholas, y aunque tampoco la describiría como una madre neurótica y atosigante, era evidente que haría todo lo posible para protegerlos de todas las tan repelentes formas de polución mental y física, como las drogas, la violencia… y Dexter.

Bueno, pues se iba a llevar una pequeña sorpresa, por lo menos en lo tocante a Cody y Astor. Ella los veía como a unos pequeñines desvalidos, unos pobres huérfanos de la tormenta, unos niños dulces e inocentes que habían sufrido una serie de experiencias traumáticas. Muy pronto iba a descubrir que de eso nada: Cody y Astor eran sendos Dexter por desarrollar. Los terribles abusos físicos y psíquicos brindados por su padre biológico les habían dejado tan carentes de empatía y sentimientos humanos como yo mismo. Y ellos no se habían beneficiado del Maravilloso Programa de Harry para canalizar debidamente los impulsos que a esas alturas ya estaban cerniéndose sobre ellos tras haberse levantado del Oscuro Asiento Trasero para, con cuidado pero con firmeza también, tratar de arrebatarles el volante y conducirlos por el Camino Oscuro. Cuando esos impulsos comenzasen a asumir el control, como absolutamente tienen que hacer de vez en cuando, Deborah empezaría a comprender que estaba nutriendo a una víbora en su seno. Casi deseaba estar presente para ver su cara cuando entendiera que en su bonito hogar vivían unos niños que no eran lo que había estado creyendo. Algo me decía que el descubrimiento iba a cambiar sus puntos de vista un poquitín.

La idea me produjo una pequeña sensación reconfortante, aunque me daba cuenta de que Debs me culpabilizaría por entero de lo sucedido, lo que tampoco importaba en lo más mínimo: yo ya estaba muerto para ella, y era inconcebible que pudiera estar un poco más muerto.

Pues bueno. Mi destino nunca había sido el de ser padre. Se había terminado otro capítulo del Gran Libro sobre Dexter. Era hora de cerrar ese libro y pasar a otras cosas. Ni hijos, ni hermana ni remordimientos.

Me di media vuelta y fui hacia el coche de alquiler.

En Miami hay mucha gente que cena más bien tarde por la noche. Forma parte de la herencia cultural de la ciudad, una tradición del Viejo Mundo que llevamos con orgullo, traída a nuestras costas por nuestros hermanos hispanos. No es infrecuente cenar a las diez, y resulta muy común hacerlo a las nueve. Pero ese día, aunque no eran más que las ocho, Dexter sencillamente no estaba de humor para su propia faceta cubana y se sentía un poquito voraz. Me alejé en coche de la medio desmoronada, infestada de niños casita de Deborah y emprendí la búsqueda de algo decente que comer.

Había un montón de posibilidades, incluso en un pequeño radio de cinco o seis kilómetros. Las opciones eran casi abrumadoras: chino o chino moderno; español, clásico o de tapas; tailandés; por lo menos tres variedades de francés; de carne a la parrilla... y eso que tan solo estaba arañando la superficie. Y lo mejor de todo era que podía ir a cualquiera de ellos y comer mi parte de la Gran Munificencia de mi Ciudad, deliciosas viandas procedentes de cada país y cada masa de agua del planeta. Empecé a salivar. La libertad verdaderamente era una cosa magnífica.

Casi me decanté por un tailandés… había un local muy bueno a corta distancia, justo al lado de la Miracle Mile. Pero en el último minuto se me ocurrió la idea —a todas luces Políticamente Incorrecta— de que Tailandia estaba demasiado cerca de Japón, y había comido sushi para almorzar. Giré a la izquierda, en lugar de a la derecha, y puse rumbo a Pepino's, un agradable establecimiento mexicano en Coconut Grove.

Coconut Grove siempre ha avanzado a ritmo más lento que el resto de Miami, por lo que no me sorprendió que la hora punta aparentemente siguiera en activo en la Main Highway. La única diferencia era que la mayor parte del follón allí tenía que ver con encontrar una plaza de aparcamiento. Por desgracia, todas las plazas de estacionamiento legal estaban ocupadas. Pero estaba seguro de encontrar una que fuera *casi* legal. Había crecido allí y sabía algunos trucos que los recientemente afincados en el Grove no conocían.

Enfilé una calle lateral situada a poco menos de un kilómetro del restaurante. Cincuenta metros más allá giré por un oscuro callejón enclavado entre dos boutiques. En el callejón había un gran contenedor rebosante de basura, y justo detrás de él, no iluminado e invisible para los agentes de tránsito con la mirada más curiosa, aparqué el coche.

Eso sí, al parecer había otro nativo del Grove que había salido a disfrutar de la noche, pues al abandonar andando el callejón —más bien satisfecho conmigo mismo— vi que otro vehículo entraba en él, sin duda buscando una plaza de aparcamiento. Era otro de esos cuatro por cuatro al estilo ranchera, azul oscuro. Estaba claro que últimamente se veían muchos por las calles. Me pregunté por qué. Al fin y al cabo, todavía era posible comprar rancheras, que salían más baratas. ¿Para qué comprar algo casi idéntico que cuesta más, simplemente para fardar de tracción en las cuatro ruedas? En Miami no había lodosas carreteras de montaña ni traicioneras autopistas heladas. Entonces, ¿para qué? ¿Es que toda esa gente pasaba los fines de semana recorriendo los embarrados caminos de las Everglades?

Cuando por fin llegué andando al restaurante casi tenía alucinaciones de enchiladas. Las dos últimas manzanas habían sido toda una tortura, pues el aroma del comino, la salsa picante y los tacos parecía

estar por todas partes. Pero me las arreglé para llegar sin mayor problema, sin desplomarme sobre un charco formado por mis propias
babas.

Pepino's era un establecimiento pequeño, pero contaba con una
corta barra con cuatro elegantes taburetes, y el del final resultó estar
vacío. Me senté y de inmediato comprendí por qué estaba desocupado; cada vez que alguien iba o venía de la cocina o de los servicios
tenía que moverme, y cuando alguien pasó con una gran bandeja llena de comida humeante, incluso tuve que levantarme y escabullirme
pegado a la pared como una cucaracha sorprendida por la luz eléctrica. Pero mis platos llegaron con rapidez, y todos estaban buenos, de
modo que al poco rato volví a sentirme saciado y feliz.

El trayecto de regreso a mi coche después de cenar tuvo mucho más de agradable paseo que del rápido avance famélico de la
ida. Y el coche estaba justo donde lo había dejado, además. La
vida puede ser muy fácil cuando el Universo tiene ganas de echar-
te una mano, ¿verdad que sí?

Conduje hacia el sur en dirección a la pequeña cámara de tortu-
ras que era mi habitación en el motel, por un tráfico mucho más
fluido que el sufrido durante la hora punta. Por supuesto, como conductor nacido en Miami sabía muy bien que eso tan solo significaba
que había nuevos peligros que vigilar. Como ahora había mayor espacio para maniobrar, también había más conductores que iban de
un carril al otro superando en dos o tres veces el límite de velocidad.
Las motocicletas ya eran bastante malas de por sí, pero por lo menos
distaban de ser las más numerosas. Coches deportivos, naturalmente, y sedanes, modelos cuatro por cuatro, furgonetas de reparto y
hasta un descomunal camión grúa con un monovolumen en el re-
molque.

Esa noche se veían bastantes Cadillac Escalade. Por lo menos
tres de ellos me adelantaron rugiendo durante los primeros siete u
ocho kilómetros. Quizá toda aquella persona que decide comprarse
un Cadillac tiene cierto ineludible ramalazo psicótico. La idea tenía
su interés; tal vez haría bien en comprarme un Escalade. Tampoco
era que me molestasen aquellos temerarios amantes de la velocidad.
Estaba acostumbrado al asunto. Y tampoco había mayor problema;

todo cuanto tienes que hacer es mantener una velocidad constante y seguir por tu carril, dejándoles libertad para moverse a tu alrededor. Y si su furor se torna un poco excesivo y terminan por estrellarse el uno contra el otro, basta con rodear el destrozo y saludar con la mano, mientras sonríes para tus adentros, satisfecho de que esa vez no hayas sido tú.

Seguí conduciendo hacia el sur, y, al hacerlo, mi festín mexicano empezó a hacer de las suyas. No de forma indescriptiblemente grosera en el plano digestivo, nada de eso; sencillamente comencé a sentirme adormilado, como siempre me pasaba después de una cena considerable. De hecho, me estaba entrando una modorra tan fulminante que incluso estaba ansiando llegar a mi «cama» horriblemente deforme y generadora de toda clase de dolores. Aceleré un poco, aunque, claro está, no lo suficiente para que todos aquellos Escalade pudieran pensar que me proponía competir con ellos. Una sospecha de ese tipo, y seguramente hubieran pisado el acelerador con más ganas todavía, con intención de empujar al listillo a la cuneta de la autovía.

Pero sí que fui lo bastante rápido para reducir el trayecto en unos minutos, y cuando mis ojos amodorrados detectaron el neón vetusto y medio muerto del motel, mi teléfono empezó a sonar. Miré la pantalla, aunque tampoco era necesario. Tan solo una persona podía estar llamándome, y se trataba precisamente de ella.

—Hola, Brian —dije al teléfono.

—Hola, hermanito —respondió a su fraudulento modo jovial—. ¿Por dónde andas?

—Pues estoy entrando en el aparcamiento del motel —informé.

Mientras lo decía, advertí que el estacionamiento estaba casi lleno, lo que me pareció tan absurdo como para lindar con lo surreal.

—¿Podríamos vernos un momento? —preguntó él—. Tengo una o dos cosas importantes que contarte.

Suspiré, mientras buscaba una plaza libre con la mirada. Todas las cercanas a mi habitación estaban ocupadas por un coche.

—Casi no puedo mantener los ojos abiertos —expliqué—. ¿No podríamos quedar por la mañana?

Brian hizo una pausa, lo bastante larga como para que yo me preguntara por qué.

—*Supongo* que sí —contestó por fin, algo titubeante—. Pero... prométeme que hasta entonces vas a andarte con más ojo todavía. ¿Entendido?

—Para eso necesitaría otro ojo más, por lo menos —respondí.

Finalmente vi una plaza desocupada, en la punta del aparcamiento, a más de diez metros de mi habitación.

—Muy bien, hermanito —dijo Brian, volviendo a hacer gala de sintético buen humor—. ¿Nos vemos mañana a las ocho? ¿En el lugar de siempre?

—De acuerdo —convine, mientras ocupaba la última plaza del aparcamiento—. Nos vemos allí.

—¡He aquí un término devotamente apetecible! —exclamó Brian, y colgó.

Sentado frente al volante, me quedé unos segundos atónito. ¿Era posible que mi hermano acabara de citar una frase de *Hamlet*? Quizá tampoco era para sorprenderse, pero el hecho era que nunca antes le había oído algo así... nada en absoluto que diera la menor indicación de que estaba familiarizado con Shakespeare o con cualquier otro autor clásico. Pero Brian siempre estaba lleno de sorpresas, y esa en particular por lo menos no resultaba completamente desagradable.

Hice girar la llave y apagué el motor del coche de alquiler, mientras dedicaba un último momento a reflexionar con fatiga sobre la jornada tan larga y agotadora. Pero no pude ir mucho más allá de decirme *Pues no lo has hecho mal del todo, Dexter*: noté que los ojos empezaban a cerrárseme. Los abrí de golpe; ese no era lugar en el que quedarse dormido, aunque seguramente resultaba más agradable que la cama de mi habitación. Respiré hondo y bajé del coche, me llevé las llaves y el teléfono a los bolsillos como pude, cerré la portezuela con un caderazo y eché a andar pesada y fatigosamente por la acera resquebrajada en dirección a mi cuarto.

Una música estridente salía de dos habitaciones adyacentes situadas unas cuantas puertas más allá de la mía. Seguramente habían dejado abierta la puerta que comunicaba la una y la otra para dotar a la fiesta de mayor espacio. La música era lo bastante fuerte como para que las ventanas se estremecieran, pero no lo bastante para poner sordina a los ebrios cánticos y gritos de júbilo que llegaban del interior. Seguramente se trataba de una despedida de soltero o algo por el estilo. Por una parte estaba bien haber resuelto el misterio del aparcamiento súbitamente atestado de coches. Pero, por otra, el fiestorro iba a complicarme bastante la posibilidad de dormir unas horas.

Suspiré. ¿Cuándo iba a terminar todo aquello? ¿Cuándo cesaría de una vez la mezquina persecución del Pobre Dexter Inocente? Como si no tuviera bastante con la posibilidad de la muerte o el encarcelamiento inminentes, ahora también tendría que escuchar una banda sonora interpretada por borrachos eufóricos, y durante toda la noche. Lo de proteger la Vida y la Libertad estaba saliéndome bien, pero ahora parecía que una panda de juerguistas empeñados en la Búsqueda de la Felicidad finalmente iba a terminar conmigo. Y es que, al fin y a la postre, son los pequeños detalles los que terminan por hundirnos.

¡Sopla, viento! ¡Hincha tus carrillos hasta reventar!, pensé. Brian no era el único capaz de citar a Shakespeare.

Conseguí llegar a mi cuarto sin pensar en otro verso adecuadamente apocalíptico del Rey *Lear*, y estaba demasiado exhausto para empezar con *Otelo*. Me dejé caer en la cama de bruces, y al momento me vi combado en forma de arco, con las suelas de los zapatos situados frente a la nuca.

Me debatí hasta ponerme en pie y me senté en el borde de la cama para descalzarme. Las llaves del coche se escurrieron del bolsillo y cayeron al suelo. En ese instante recordé que al salir del coche me había metido las llaves y el móvil en los bolsillos de cualquier manera; no me acordaba de si había cerrado la portezuela con llave o no. Tampoco importaba. Nada era más fácil que acercarse a la ventana, apuntar bien con el mando a distancia del coche y pulsar el botón de cierre.

Suspiré de nuevo, más profundamente esta vez. Siempre son los pequeños detalles. Más tarde o más temprano tenía que aparecer una última pequeña tortura humillante destinada a mi persona, algo tan insignificante que a nadie podía importarle, y sería ese minúsculo, último desaire el que terminaría por hacerme aullar y babear con los ojos enrojecidos, mientras me precipitaba por el abismo de la locura más absoluta.

Pero por lo menos no iba a ser esta vez precisa, o eso parecía. Me levanté con dificultad y fui a situarme a medio metro de la ventana. Estaba cansado y de mal humor, y no tenía ganas de malgastar mis preciosas, últimas energías abriendo la puerta, saliendo al exterior y alargando el cuello para mirar bien. Pero las vetustas cortinas tenían un aspecto tan ajado y repugnante que tampoco quería tocarlas. A la vez, estaban tan gastadas que probablemente podría ver el reflejo de las titilantes luces del freno, indicadoras de que el truco había funcionado. Apunté con el mando y pulsé el botón de cierre, tratando de ver el centelleo de las luces.

El fogonazo tuvo lugar de inmediato, pero resultó ser demasiado brillante para corresponder a las luces del freno, y el estallido subsiguiente resonó de forma tan fuerte y estrepitosa que —amén de dejarme casi sordo— me hizo saltar hacia atrás alejándome de la ventana, mientras los añicos de los cristales llovían sobre mi cuerpo, enviando a Dexter y a los restos de la ventana a formar un desastrado ovillo en el suelo tras la puerta.

Durante un momento me limité a parpadear, escuchando la repentina cacofonía de las alarmas de los coches aparcados fuera. Noté que en mi rostro empezaban a arder unas pequeñas punzadas de agudo dolor, y unas cuantas más en el pecho. Parpadeé otra vez; por lo menos los ojos los tenía bien. Me miré la mano derecha; la tenía caída sobre el regazo, sangrando por un par de cortes. En ella seguía llevando las llaves del coche. Lo que podía ver del resto de mi persona parecía estar bien, pero tenía la camisa desgarrada y mancillada por una decena de manchitas de sangre. Por si no tuviera bastante con todo lo demás, una camisa nueva a la basura.

Cerré los ojos con fatigada resignación y me dejé caer al suelo por entero, absolutamente indiferente a todo cuanto pudiera suceder a continuación. Que vinieran y me pillaran. Y cuando lo hicieran, me encontrarían envuelto en una camisa desgarrada por completo, lo que suponía la humillante indignidad final.

Siempre son los pequeños detalles.

15

Muy de tarde en tarde hay que quitarse el sombrero ante los policías. Incluso si no te gustan, ni tú les gustas a ellos, incluso si tu relación con ellos se ha visto deteriorada hasta un punto que lleva a pensar en una guerra abierta… incluso en esos casos, a veces están ganándose el sueldo como tiene que ser. Muy de tarde en tarde hay un poli que hace algo que, la verdad sea dicha, te obliga a pensarlo un momento, inclinar la cabeza y decir: «Bien hecho». Está claro que no pasa con todos los polis, quizá ni siquiera con la mayoría. Pero uno o dos de ellos, muy de tarde en tarde, se comportan de un modo que te inspira a darles un cálido apretón de manos y hasta a invitarlos a un donut.

Por raro que parezca, esta fue una de esas veces.

El primer coche patrulla hizo acto de presencia en menos de cinco minutos. Oí la sirena cada vez más próxima, y es casi seguro que un ciudadano responsable hubiera ignorado su fatiga absoluta y la decena larga de pequeñas laceraciones en la parte frontal de su cuerpo para ponerse en pie de un salto y saludar su llegada. No fue lo que hizo Dexter. No esa noche. Había Tenido Suficiente.

De forma que seguí tumbado en el suelo con los ojos cerrados, escuchando los inhumanos aullidos de los juerguistas. Por supuesto, se habían encontrado mucho más cerca del estallido, por lo que posiblemente tenían heridas más serias. Pero también era cierto que habían consumido una ingente cantidad de alcohol, lo que tendría que haber mitigado el dolor. Pero lo que el alcohol había hecho era terminar de despojarles de toda inhibición, en especial de las referentes a la emisión de unos ruidos realmente estúpidos. Ninguna herida que pudiera imaginarme justificaba el repulsivo clamor de los parranderos. Un clamor que llevaba a pensar en un rebaño de borregos lobotomizados y posteriormente golpeados con unos garrotes pesados y festoneados con anzuelos de pesca.

Pero a mí me daba lo mismo; que siguieran balando. La cosa nada tenía que ver conmigo. Ni siquiera me rozaba, ni por asomo. Yo estaba acabado. Había llegado al Final del Camino de una forma tan absoluta que nada podía afectarme. Me había convertido en el gurú de la Nueva Era que había alcanzado el perfecto estado de Basta Ya con todo, y si el mundo quería alguna cosa más de mí, pues que viniera de una maldita vez a cogerlo.

De modo que seguí allí tumbado mientras la sirena se aproximaba lo bastante para ahogar los gemidos y aullidos inarticulados y descerebrados. No me moví ni cuando el coche patrulla se detuvo con un chirrido, y los dos agentes que lo ocupaban se bajaron con rapidez y empezaron a catalogar el caos. Ni siquiera me senté cuando los enfermeros llegaron en la ambulancia y comenzaron a tratar a los parloteantes tontitos de las habitaciones de la fiesta.

Tan solo empecé a moverme, un poco, cuando oí el autoritario aporreo en la puerta de mi cuarto, seguido por una encallecida voz de mujer que decía:

—¿Señor? ¡Señor!

Lo que más me costó fue abrir los ojos. Una vez abiertos, levantarme e ir a abrir la puerta fue un mero fastidio tan engorroso como insoportable.

Una mujer afroamericana vestida con el uniforme azul de la policía de Miami-Dade me pegó un repaso visual tan duro como su propia voz.

—¿Está bien, señor? —preguntó.

Daba la impresión de sentirse preocupada pero de no albergar la menor compasión, lo que me pareció un truco muy bueno, seguramente mucho más difícil de llevar a la práctica de lo que parece.

—Unos cuantos cortes —respondí, levantando las manos y señalándome la camisa—. Por lo demás…

Dejé caer los brazos. El cansancio volvía a abrumarme, alimentado por la comprensión de que, pasara lo que pasase a continuación, casi con toda seguridad iban a llevarme a comisaría tan pronto como descubrieran quién era yo.

—Entendido —dijo la mujer policía—. ¿Por qué no viene conmigo un momento, señor? —preguntó. Puso la mano con firmeza en mi hombro y me hizo cruzar la puerta.

El primer, fatigado vistazo a lo que quedaba del pequeño motel fue suficiente para que mis ojos se abrieran al máximo. Trastabillé, y probablemente me hubiera caído de no haber sido por el firme agarrón de la agente. Por supuesto, ya sabía que había estallado una bomba... Pero saberlo y verlo todo en detalle eran dos cosas completamente distintas.

La devastación era más impresionante en la otra punta del aparcamiento, allí donde había aparcado mi pobre, desventurado cochecito de alquiler. No quedaba nada en absoluto de mi vehículo, como no fuera una columna de humo y algo de chatarra ennegrecida y retorcida. Un trío de bomberos estaba ocupado en apagar los últimos rescoldos del fuego.

Los coches situados a uno y otro lado del mío habían sido destrozados, hasta evaporarse casi tan completamente como mi propio auto. Y la fachada del motel frente a la que habían estado aparcados se encontraba ennegrecida, con la pintura volatilizada por las llamas, las ventanas hechas trizas, las puertas salidas de sus goznes, mientras bastantes bomberos más entraban y salían a toda prisa.

La destrucción se extendía por toda la acera, desde donde estaban los bomberos hasta el lugar en que me encontraba, en forma de paredes y ventanas y puertas reventadas. En el curso de mi trabajo había visto unos cuantos destrozos de origen explosivo, pero eso era muy especial. ¿Y todo para cargarse a un hombrecillo insignificante como yo? Estaba claro que alguien pensaba que yo también era muy especial.

—Vaya —dije.

La agente asintió con la cabeza.

—Acompáñeme —sugirió, y me empujó con delicadeza hacia el otro lado, en dirección a la recepción del motel.

Los enfermeros y médicos habían establecido un puesto de reconocimiento de emergencia frente a la puerta de recepción, allí donde la acera se curvaba bajo el saliente del techo. Como casi siempre, los médicos de urgencias eran joviales, eficientes y rápidos en su trabajo.

Me ahorraron un viaje al contenedor al quitarme la camisa destrozada y tirarla al interior de una gran bolsa de plástico. A continuación, uno de ellos, una mujer pequeña y fibrosa con el pelo negro y corto, examinó todos los cortes de forma veloz y pormenorizada. Me extrajo tres o cuatro pequeñas esquirlas de cristal y pasó a limpiarme todos los cortes con un algodón empapado en líquido antiséptico.

—Esta noche andamos un poco cortos de tiritas, amigo —me comentó—. Por lo que le recomiendo que no se ponga la camisa hasta que los cortes empiecen a cerrarse. —Sonrió—. Por suerte para mí, le sienta bien eso de andar con el pecho al aire. Tiene un torso como el de esos bomberos de por allí. —Me palmeó el hombro, como si me hubiera portado la mar de bien, y me indicó que podía levantarme—. No va a tener problema —dijo, y pasó a ocuparse de la siguiente víctima de la tragedia de aquella noche.

La misma mujer policía estaba esperándome cuando me alejé del puesto de reconocimiento.

—¿Puedo hacerle unas preguntas, señor? —preguntó.

Nada de cuanto había sucedido en los últimos veinte minutos había atenuado mi cansancio, y, a esas alturas, cada una de la veintena larga de pequeñas perforaciones que cubrían la parte frontal de mi cuerpo estaba escociéndome de lo lindo. Pero ninguno de estos factores resultaba excusa aceptable para eludir un interrogatorio policial, como yo bien sabía. De manera que asentí fatigosamente y respondí:

—Sí, claro.

Me hizo una serie de preguntas estándares, que, por tanto, siempre son las mismas. Y que son formuladas con dos propósitos de importancia: uno, que los inspectores eventualmente asignados al caso estén seguros de que se han hecho las preguntas pertinentes. El segundo propósito fundamental es el de dejar claro que los policías llegados en primera instancia al lugar de los hechos —por lo general, agentes en coches patrulla— no son unos imbéciles sin remedio. Lo que tiene su importancia, pues la mayoría de los inspectores parecen considerar que los agentes en coche patrulla en realidad *son* unos imbéciles sin remedio. Y, a decir verdad, a veces lo son… si bien otro tanto puede decirse de los inspectores, como mi experiencia reciente demostraba con elocuencia.

Mi interrogadora —en el uniforme llevaba cosida una tira de tela con el apellido POUX, aunque sin ofrecer una sugerencia de pronunciación*— no daba la menor impresión de ser una imbécil irremediable. Era posible que el hecho de tener un apellido imposible de pronunciar correctamente la hubiera convertido en lista. Me hizo todas las preguntas habituales, anotando mis respuestas en un cuadernito, de forma tan rápida como impersonal, hasta que finalmente dejé caer que era mi coche el que había estallado. En ese momento miró alrededor con una expresión que tengo que describir como furtiva. Supuse que estaba buscando a un policía de rango superior, pero todavía no había llegado ninguno.

La agente Poux casi sonrió. Chasqueó los labios y volvió a mirarme, mientras una expresión de febril concentración se enseñoreaba de su faz. Seguía estando al mando, y de pronto se había encontrado con una revelación muy gorda. No había preguntas estándares para algo así, y si la jodía le pegarían una bronca de padre y muy señor mío, como mínimo. Pero si lo hacía bien, la cosa podía reportarle un ascenso, y saltaba a la vista que la agente Poux no tenía previsto seguir vistiendo a perpetuidad el uniforme azul corriente y moliente. Entre otras cosas, no le favorecía la figura. De manera que comenzó a improvisar preguntas.

—¿Está seguro de que era su coche? —quiso saber.

—Sí —contesté—. Eh, de alquiler, en realidad.

—¿El coche era *de alquiler*? —repitió—. ¿Cuánto hace que lo alquiló?

Traté de acordarme. Dejando aparte el hecho de que estaba exhausto, habían sucedido demasiadas cosas con rapidez excesiva, y me resultaba casi imposible desmenuzar el pasado reciente en fragmentos coherentes de días y noches. Todo parecía formar parte de una misma mole, congelada en una burbuja de tiempos simultáneos, más similar a uno de esos insectos capturados en una gota de ámbar que a una secuencia histórica bien ordenada. Pero me devané los sesos y encontré la que parecía ser la respuesta correcta, por imposible que pareciera.

---

* El apellido POUX puede sonar fonéticamente parecido a la palabra inglesa *poo* (pronúnciese «puh»): «caquita». *(N. del T.)*

—¿Ayer? —respondí por fin—. O eso creo.

Me preguntó dónde había alquilado el coche, quién me lo había alquilado, si lo había perdido de vista en algún momento, dónde me encontraba cuando lo hice. Respondí con sinceridad, y tomó buena nota. Y a continuación vaciló, chasqueó los labios y pareció decirse: *Esto igual puede ayudarme a ascender a inspectora.*

—¿Le parece que hay alguien que puede estar interesado en matarle?

Ahí lo tenía, la gota que colmaba el vaso, el último mojón en el camino, la papeleta definitiva. ¿Había alguien que pudiera estar interesado en matarme? En todo este mundo violento, malévolo y pervertido, ¿había alguien que *no* lo estuviera? No se me ocurría por dónde empezar, ni por casualidad, y la idea del simple intento de elaborar un listado era tan grotesca que me la quedé mirando unos segundos… y sencillamente me eché a reír.

El hecho es que yo no siento verdaderas emociones, por lo que la risa no era algo que me embargara de manera natural o fácil. De hecho, había pasado gran parte de mi juventud aprendiendo cuándo y cómo reír de la forma apropiada. Me enorgullecía del resultado final, cuyo sonido era digno, sobrio y natural, y nada tenía que ver con el ruido que ahora estaba brotando de mis entrañas: una especie de jadeo agudo e intermitente que llevaba a pensar en una tos interminable escupida por un tenor de segunda categoría. Incluso si pudierais encontrar a alguien que me mirase con buenos ojos, esta persona sería incapaz de deciros que era un sonido del tipo agradable.

Pero no cesaba de fluir de mis adentros, un interminable graznido ahogado, y me resultaba imposible ponerle fin. La agente Poux se limitaba a mirarme, esperando con paciencia que dejara de reírme durante quizá medio minuto, y justo cuando yo empezaba a aflojar el ritmo, endureció su rostro en una imitación casi perfecta del Pétreo Careto de Polizonte, y no pude evitarlo y me reí todavía más.

La agente Poux esperó pacientemente un pelín más y, finalmente, se dio media vuelta. Pensaba que la había ofendido, lo que también era divertido, pero de inmediato volvió con uno de los médicos, si bien no con la mujer que me había atendido. El recién llegado era un varón afroamericano, de unos treinta y cinco años de edad, cuyo físico llevaba a pensar en uno de los defensas del equipo de fútbol de los Pittsburgh Steelers. El hombre se plantó ante mí, escrutó mis ojos, me agarró la muñeca y me tomó el pulso. Se volvió hacia la agente Poux y dijo:

—No sé qué le pasa. No estoy especializado en problemas psicológicos, la verdad. —Se encogió de hombros—. Lo más probable es que se trate de un simple shock. Deje que siga riendo hasta que se tranquilice un poco.

Y se marchó a atender a las víctimas con lesiones más interesantes.

La agente miró cómo se alejaba, se giró hacia mí y se limitó a mirarme fijamente. No parecía parpadear, y daba la impresión de que podía esperar todo el tiempo necesario. No fue mucho, pues yo ya estaba empezando a calmarme. Al cabo de unos segundos, conseguí ponerle las riendas al extraño espíritu de algún tipo que me había llevado a aquellos paroxismos de desternillante regocijo. Respiré hondo, le sonreí de forma reconfortante y dije:

—Lo siento. Es solo que… Es un poquito difícil de explicar.

Siguió contemplándome unos segundos y preguntó, como si no hubiera sucedido nada en absoluto:

—¿Le parece que hay alguien que puede estar interesado en matarle?

—Sí que me parece —respondí, combatiendo un pequeño brote de renaciente hilaridad—. De hecho, hay un listado muy largo.

—¿Puede darme un par de nombres, señor?

—Vaya, vaya, vaya —resonó una voz a mis espaldas.

Por desgracia, se trataba de una voz muy familiar, cuyo tono siempre era desdeñoso y seguramente etiquetaba a su propietario como un matón descerebrado para los conocedores de esas cosas. Era una voz que ni por asomo quería oír a mis espaldas, bajo ninguna circunstancia, y mucho menos todavía cuando mi coche acababa de saltar por los aires.

—Ahora que lo pienso —le respondí a la policía—, por aquí viene una de esas personas.

La agente Poux miró por encima de mi hombro y se medio cuadró en una postura envarada, mientras el mencionado propietario de la voz entraba en nuestro campo visual.

—Inspector Anderson —dije—. Es estupendo volver a verle. Pero ¿no hace ya un rato que tendría que haberse acostado?

—Ah, esto no me lo iba a perder por nada del mundo —contestó. Me miró con una expresión que tan solo puede ser descrita como de rabioso regodeo. Sin apartar la vista, ordenó a Poux—: Póngale las esposas. Y no hace falta que se ande con delicadezas.

—¿De qué se le acusa, señor? —inquirío ella.

Anderson se encaró con la mujer policía.

—Se le acusa de Porque lo Digo Yo —le espetó—. Haga lo que le digo.

Poux se quedó inmóvil un momento, y era posible que fuera a hacer lo ordenado por Anderson, pero este no le dio la oportunidad.

—¡A la mierda! —vociferó. Se acercó a la agente y agarró sus esposas—. Esto voy a incluirlo en mi atestado —dijo, mientras se volvía hacia mí.

—Sí, señor —respondió ella—. Y yo en el mío.

Anderson no vaciló. Me agarró por los hombros, hizo que me diera la vuelta y levantó mis manos de un estirón hasta dejármelas a media espalda.

—Ya sabía yo que haría alguna cosa rara —masculló, mientras me ceñía las esposas, apretándolas mucho más de lo necesario—. No sé cómo han podido dejarle salir a la calle. —Pegó un nuevo, brutal estirón y dio un paso atrás para que viera bien su mueca de desprecio—. Le resulta imposible no meterse en follones, ¿verdad, capullo?

—¿Para qué iba a tomarme la molestia? —pregunté—. Al fin y al cabo, usted siempre se las arreglaría para inventarse alguna cosa y cargarme con el mochuelo. —Sonreí—. Como está haciendo ahora mismo. ¿Cuántos informes va a tener que falsear para que esto sea mínimamente consistente, inspector? ¿Y cuándo va a aprender a disimular su escritura?

Me miró con furia un instante. Dio un paso al frente y me soltó un bofetón con la mano abierta, con fuerza. Me hizo daño. Lo suficiente para que el mundo se oscureciera y yo tuviera que dar un tambaleante paso atrás. Pensé que casi con toda seguridad me había aflojado una muela. Pero conseguí enderezarme, sonreí otra vez y le solté:

—He reparado en que tan solo me ha pegado después de haberme puesto las esposas.

El rostro se le oscureció, cerró los puños, y los dientes le rechinaron. Me pregunté si no habría ido demasiado lejos. Pero antes de que pudiera hacer algo más, la agente Poux se situó entre nosotros.

—¡Señor! ¡Es suficiente! —exclamó.

—No es suficiente ni de lejos —rugió él—. Quítese de ahí.

—No, señor —respondió ella. Se encaró con Anderson y agregó—: Y esto *también* voy a incluirlo en mi atestado. —Se lo quedó mirando fijamente unos largos segundos y añadió—: Señor.

En un tono que en absoluto era respetuoso.

—Si incluye esto en el informe —masculló Anderson—, hago que la destinen a vigilar parquímetros.

—Eso sería mejor que todo esto —replicó Poux—. Las agentes asignadas a los parquímetros tienen *cojones* de sobra para no sacudirle a un hombre esposado.

De pie el uno frente al otro, se miraron con furia un momento, y entonces, justo cuando Anderson iba a abrir la boca —seguramente para formular otra amenaza—, uno de los demás agentes dijo:

—¿Inspector? Los artificieros ya están aquí. —Anderson se estremeció un par de veces con fuerza, como si dos impulsos deleznables estuvieran tirando de su cuerpo en direcciones opuestas. Finalmente se contentó con ordenarle a Poux—: Métalo en mi coche.

Se dio media vuelta y fue a hablar con los artificieros.

La agente miró cómo se iba y, una vez que Anderson estuvo a distancia segura y dándonos la espalda, abrió las esposas, me las quitó de las muñecas y comentó:

—Tiene las manos azules. Sacúdalas un poco, para que la sangre vuelva a circular.

Era un hecho que mis manos estaban un tanto azuladas, lo que no era de sorprender, pues ya estaban entumecidas. Las sacudí, las flexioné y miré a la agente Poux con una ceja en alto.

Meneó la cabeza y me indicó:

—Extiéndalas.

Así lo hice hice, y volvió a ponerme las esposas… pero esta vez por delante, y bastante más sueltas.

—Gracias —dije cortésmente.

—Tan solo estoy haciendo mi trabajo —repuso. Como era la verdad, me quedé callado. Pero antes de sentarme con cuidado en la parte trasera del coche sin distintivos de Anderson, acercó su boca a mi oído—. En casos como este, cuando hay una bomba de por medio —susurró—, también tengo la obligación de llamar a los agentes federales.

La miré con cierta sorpresa.

—¿Y lo ha hecho? —pregunté.

Sonrió brevemente, de forma casi invisible.

—Lo he hecho —musitó. Volvió a asumir su papel de mujer policía encallecida e hiperefectiva y añadió—: Agache la cabeza, señor.

Terminó de sentarme en el coche y cerró la portezuela.

Miré cómo se alejaba, no sin cierta admiración. En el actual mundo paranoico posterior al 11 de Septiembre, era un hecho que formaba parte del trabajo alertar a todos los organismos federales posibles sobre cualquier acontecimiento que pudiera estar remotamente vinculado al terrorismo, y era evidente que una bomba siempre podía estarlo. Pero yo había visto casos en los que el Departamento de Seguridad Nacional, el FBI y la ATF luchaban por asumir la jurisdicción contra la policía de Miami-Dade, el FDLE y representantes de otros departamentos gubernamentales tan importantes que ni siquiera tenían un nombre.

Y normalmente, como los policías locales están por completo interesados en llevar todo caso que tiene lugar en su terreno, los primeros agentes en llegar por lo general esperan a que se presente un superior antes de llamar a los agentes federales. Lo que, por supuesto, puede suponer la pérdida de un tiempo precioso y hasta facilitar que un sospechoso se escabulla, pero por lo menos sirve para preservar nuestros derechos locales y, posiblemente, hasta para prevenir una nueva guerra civil.

La agente Poux no había esperado. Había tomado la iniciativa y hecho lo más inteligente. Y, mira tú por dónde, lo que había hecho iba a evitarme pasar otra temporada a la sombra sin documentación que lo justificase y sin esperanza de salir de allí. Cuando llegasen los federales, la policía les haría entrega de todo sospechoso retenido… de Mí, en este caso preciso. Y como los federales generalmente eran menos propensos a falsificar documentación por el mero hecho de que una persona les caía gorda, y dado que yo —por el momento— tampoco les caía especialmente gordo, era casi seguro que me dejarían en libertad, y con bastante rapidez.

Y todo porque la agente Poux había hecho lo correcto. Era una maravilla, un fenómeno inaudito, y de inmediato decidí que si un día me nombraban jefe de policía, mi primera medida sería ascenderla de rango. Poux había ido mucho más allá de la llamada del deber y hasta había hecho su trabajo.

Miré a la mujer policía alejarse y ponerse a trabajar otra vez, colmándola de elogios en mi interior. Como he dicho, muy de vez en cuando hay que quitarse el sombrero ante la policía por un trabajo bien hecho.

Seguí allí sentado, sin que nadie me molestase, durante largo rato: casi una hora y media, según mi reloj, que ahora podía ver sin dificultad gracias a la agente Poux. Nadie me golpeó, me amenazó ni me insultó durante dicho lapso, aunque, por otra parte, tampoco me trajeron un café ni un bollo con crema. Me dejaron por completo a solas, libre de hacer todo cuanto quisiera, siempre que pudiera hacerlo con las muñecas esposadas y sentado en el interior de un coche cerrado con llave. El listado de posibles actividades tampoco era muy largo. Por suerte para mí, el listado sí que incluía algo que tenía muchas ganas de hacer: dormir.

Y así lo hice. Casi de inmediato me sumí en un letargo profundo y sin sueños, y no volví a despertarme hasta que oí que la puerta del coche se abría.

Abrí los ojos, esperando encontrarme ante la agente Poux, y no me sentí decepcionado. Pero justo por detrás de ella se encontraban otras dos caras nuevas. No me sonaba ni la una ni la otra, pero cuando la puerta terminó de abrirse y me ayudó a salir, vi mejor a los desconocidos y al instante supe exactamente quiénes eran.

Se trataba de una pareja a juego, formada por un hombre y una mujer, de unos treinta y tantos años, con aspecto de estar en buena forma física y con unas expresiones tan serias como sus formales trajes casi idénticos. De modo que resultó un tanto consabido que la mujer levantara una placa en el aire y anunciara:

—FBI. Agente especial Revis. —Con la cabeza señaló a su clónico compañero masculino y agregó—: Y este es el agente especial Blanton. Quisiéramos hacerle un par de preguntas.

Sonreí de modo agradable.

—Encantado de conocerles. Pero me temo que no puedo responder a ninguna pregunta mientras mis derechos están siendo quebrantados.

Para dejar las cosas bien claras, levanté mis muñecas esposadas.

Los federales se miraron, y el masculino —el agente especial Blanton— miró a Poux sin comprender.

—Agente, ¿este caballero se encuentra detenido?

—No, señor, no que yo sepa —contestó la mujer policía.

—¿El caballero puede suponer un peligro para sí mismo o para los demás? —inquirió Revis.

—No me lo parece —respondió Poux en tono muy cuidadoso—. No ha dado ninguna muestra, por lo menos.

Los agentes volvieron a intercambiar sendas miradas. Blanton frunció el ceño y miró a Poux otra vez.

—Entonces, ¿por qué está esposado?

Con uno de los rostros más serios que he visto en la vida, Poux explicó:

—Señor, el inspector al mando me ordenó que esposara a este señor. Le pregunté de qué se le acusaba, y el inspector respondió que se le acusaba de —se aclaró la garganta y se esforzó visiblemente en mantener la expresión neutra—, de Porque lo Digo Yo.

—¿Eso le dijo? —inquirió Blanton sin levantar la voz.

—¿Y usted entonces le puso las esposas? —terció Revis.

—No, señorita —contestó Poux—. El inspector al mando a continuación agarró las esposas de mi cinturón y le esposó él mismo —titubeó un segundo y agregó—: Es verdad que yo después volví a esposarlo.

—¿Por qué? —preguntó Revis.

—El inspector al mando le había esposado de una forma que me parecía peligrosa, con las manos a la espalda y con las esposas demasiado ceñidas, lo que estaba dificultando la circulación de la sangre.

Los tres se volvieron hacia mí. Blanton frunció el entrecejo. Dio un paso al frente y escudriñó mi cara, allí donde Anderson me había abofeteado.

—¿Ese problema circulatorio fue lo que provocó la contusión visible en el rostro de este hombre? —quiso saber.

El cuerpo de Poux se tornó tan rígido como su propia expresión. Mirando al frente, respondió:

—No, señor.

—¿Tiene una idea clara de qué fue lo que causó esta contusión? —insistió Revis.

—Sí, señorita.

Blanton suspiró y miró a Poux a la cara.

—¿Tiene previsto compartir esa información, agente... —Frunció el ceño y miró el apellido en el uniforme—. Agente... ¿Pooh?

—Se pronuncia «Puh», señor —dijo ella.

—Espero que su nombre de pila no sea Winnie, como el osito de los libros infantiles —apuntó Revis en tono sardónico.

—Melanie —repuso ella.

—Lástima —musitó Revis.

—Agente *Puh* —terció Blanton sin dilación—. ¿Cómo se explica que este hombre tenga ese moratón en la cara?

—El inspector al mando le golpeó, señor —respondió Poux—. Después de haberle puesto las esposas.

Su postura era tan erguida y militar que tuve que contenerme a fin de no entonar el *Barras y estrellas para siempre*.

Blanton cerró los ojos y suspiró. Revis se contentó con decir:

—Creo que ya puede quitarle las esposas, Poux.

La agente al momento se acercó; levanté las muñecas. Me quitó las esposas, y, justo antes de que se girase, le hice un guiño. No me lo devolvió.

—Gracias, agente Poux —dijo Revis—. Puede volver a ocuparse de su trabajo.

Poux se marchó, y de inmediato me situé en el lugar hasta esos momentos ocupado por ella.

—Encantado de conocerles —dije a Revis, quien se giró para mirarme—. Me llamo Dexter Morgan.

—¿Le importaría responder a unas cuantas preguntas, señor Morgan? —preguntó.

—Cómo no.

Me condujeron al destartalado, pequeño vestíbulo del motel. Había estado situado lo bastante lejos del estallido como para no resultar dañado. Y en vista del estado del mobiliario desvencijado y putrefacto, resultaba difícil de creer y hasta cuestión de pura mala suerte. El viejo matrimonio que llevaba el establecimiento había apagado el televisor. El marido estaba sentado en un sillón medio roto y con la tapicería hinchada, con una expresión en el rostro acaso inspirada por Edvard Much, mientras la mujer iba y venía con un termo con café y una ristra de tazas de plástico en las manos.

Había un pequeño sofá que no era repulsivo por entero, y Revis me invitó a tomar asiento con un gesto. Se sentó frente a mí en una silla de madera con el respaldo alto. Su compañero, Blanton, se situó de pie a sus espaldas, en claro reconocimiento de que era ella la que llevaba las riendas.

—Ese coche que estalló era el suyo, ¿no es así, señor Morgan? —preguntó Revis.

—De alquiler —respondí con una encantadora sonrisa de modestia.

Por muy estupenda que fuese, la sonrisa no pareció funcionar, a juzgar por su siguiente pregunta:

—¿Usted hizo estallar ese coche de alquiler, señor Morgan?

—No.

Revis se limitó a asentir con la cabeza.

—El inspector cree que sí que lo hizo.

—Eso supongo, sí.

—Esa bomba era de las gordas, señor Morgan. ¿Quién la puso en el coche?

—No lo sé.

Y era la pura verdad: *no* lo sabía a ciencia cierta. Tenía un par de suposiciones fundadas, pero eso no era asunto del FBI. Por supuesto, ellos pensaban lo contrario.

—Si tuviera que adivinarlo, ¿quién *piensa* que lo hizo? —insistió.

—Bueno —respondí—, estamos hablando de un coche de alquiler. Es posible que la bomba estuviera destinada a la última persona que lo condujo. O que incluso… ya sabe. Que fuera un error de alguna clase.

—Un error —repitió el agente Blanton, con audible escepticismo—. O sea, que alguien puso la bomba en el coche que no era, ¿es lo que quiere decir?

Me encogí de hombros.

—Podría ser. Estamos en Miami.

—Señor Morgan —repuso Revis—. ¿No le parece que eso resulta un poco difícil de creer? —Enarcó una ceja—. ¿Por mucho que estemos en Miami?

—Hace un par de años, a pocos kilómetros de donde estamos, un hombre murió después de que un bloque de aguas fecales congeladas cayera de un avión y atravesara el tejado de su casa.

—¿Cómo es que el inspector le ha pegado? —inquirió Blanton de forma abrupta.

—Porque me tiene ojeriza —respondí.

Blanton me miró sin añadir palabra. Revis soltó una risa ahogada y comentó:

—Es lo primero que pensé.

—¿Sabe *por qué* le tiene ojeriza? —preguntó Blanton—. Y, por favor, no me venga con más aguas fecales congeladas.

Vacilé. Supongo que un verdadero ser humano hubiera procedido a narrar en detalle la historia larga y complicada, lleno de confianza en la absoluta integridad de los dos honrados agentes federales y el noble sistema del que eran representantes. Por desgracia, yo tenía las cosas más claras. Todo el mundo cuenta con unos propósitos ocultos, y hay que hacer hincapié en lo de *ocultos*. Revis y Blanton bien podían optar por ayudar a Anderson, a fin de conseguir mayor cooperación por parte de la policía de la ciudad, lo que constaría en el informe anual y llevaría a una ampliación del presupuesto, circunstancia que permitiría que los agentes del FBI en su conjunto pudieran tomarse más tiempo durante la pausa para el café. No había forma de saberlo. Y tampoco había forma de saber si contárselo era buena idea.

—¿Señor Morgan? —urgió Revis.

La miré, y a continuación miré a Blanton, su compañero. La verdad, ambos parecían ser verdaderamente probos e íntegros. Por supuesto, yo también parecía serlo, y todos sabemos lo poco que eso significa. Pero resulta que, muy de tarde en tarde, te quedas sin opciones lógicas y razonables, y llega la hora de tragar saliva, cruzar los dedos y decir la verdad.

Así lo hice. Conté toda aquella historia marcada por el engaño, la traición, la malevolencia y una ineptitud que resultaba inhumana. Creedme o no, lo conté todo de forma bastante parecida a como sucedió, con tan solo uno o dos cambios a la hora de subrayar las cosas y un par de bien calculadas pausas, sobre todo a la hora de hablar de la muerte de Rita, momento en que me aclaré la garganta. La contemplación de la televisión en horario matinal me había indicado que eso de aclararse la garganta es lo que hacen los Hombres Varoniles para mostrar que están tratando de contener sus emociones. Pensé que se trataba de un maravilloso recurso práctico, pues aclararse la garganta era mucho más fácil que esbozar todas las acostumbradas expresiones de dolor por la pérdida de un ser querido.

Revis y Blanton se contentaron con mirarme, sin perder comba de lo que estaba diciendo, o eso parecía. Cuando terminé, se miraron el uno al otro, durante unos segundos embarazosamente largos. Ninguno dijo palabra, pero tuve la impresión de que habían estado manteniendo una conversación de tomo y lomo, pues la mujer finalmente se giró hacia mí e informó:

—Seguramente vamos a necesitar hacerle unas cuantas preguntas más dentro de poco tiempo. ¿Dónde podemos encontrarlo?

Creedme o no, por primera vez comprendí que no tenía un lugar al que ir. Lo que tampoco estaba tan mal, pues no contaba con un medio para desplazarme.

—Mmm —contesté—. No lo sé. ¿Puedo llamarles cuando encuentre otro hotel?

Revis me pasó su tarjeta de visita. Muy bonita, con el logotipo del FBI y todo. Anotó el número de mi móvil, volvió a mantener otra rápida, silenciosa conversación con Blanton, asintió con la cabeza en mi dirección y dijo:

—Puede marcharse.

16

Después de que se fueran los dos agentes del FBI, durante largo rato continué sentado en el viejo sofá medio podrido del vestíbulo del motel, exhausto a más no poder, incapaz de hacer algo más consistente que parpadear de vez en cuando. Tan solo unas pocas horas antes, me había sentido agotado y maltrecho porque era mucho lo que había sucedido…, pero desde entonces había aprendido lo que *de verdad* suponía que pasaran muchas cosas. Tras el estallido de la bomba, la completa destrucción de mi medio de transporte y el rabioso abofeteo y esposamiento por parte de Anderson, ahora sabía bien qué era eso de *muchas cosas*.

Y todas ellas apuntando a mi casi inocente cabeza. Era casi suficiente para hacerme creer en la existencia de un dios… pues tenía que ser un dios mezquino, vengativo y malévolo el que empleara tanto tiempo y tantos esfuerzos en amargarle la existencia a alguien que en el fondo no se lo merecía. En un dios de ese tipo sí que podía creer. Por lo menos explicaría la reciente historia de Dexter, que estaba comenzando a resultar sobrenaturalmente desagradable.

Pensé en este último episodio a todas luces injusto. Una bomba. A pesar de cuanto había dicho a los agentes federales sobre la posibilidad de una coincidencia, como es natural ni por asomo creía que lo fuese. Tenía demasiados enemigos de verdad como para pensar en coincidencias y demás zarandajas. ¿Quién había sido esa vez? Tampoco se trataba de un misterio por completo insoluble. Descarté a Debs de inmediato; era demasiado quisquillosa en lo tocante a detalles como la legalidad y los daños colaterales. Anderson sin duda lo hubiera hecho, de haber sido capaz de dilucidar por qué lado había que coger la bomba, pero ni por un segundo pensé que se tratara del culpable. El hombre estaba demasiado entretenido en hacerme la vida imposible descargando sobre mí todo el peso del sistema legal adaptado a su gusto. Eliminado Anderson, no me quedaban muchas dudas de que eran los antiguos amiguetes de Brian, Raúl y compañía, los que habían puesto la bomba en mi coche. Lo único que quedaba por saber era cómo me habían localizado.

Cuanto más pensaba en ello, más importante me parecía averiguarlo. No tenía ningunas ganas de que volvieran a encontrarme. Pues era casi seguro que la próxima vez efectuarían un trabajo más esmerado.

Se me ocurrió que lo más urgente era avisar a Brian de lo sucedido. Era bastante posible que también dieran con él, por lo que resultaba oportuno que estuviera al tanto de esa posibilidad. Al fin y al cabo, Brian era la última persona que parecía estar de mi lado. A no ser que también contara a la agente Poux, lo que seguramente suponía exagerar un poco las cosas.

Así que llevé la mano al bolsillo para coger el teléfono… que por supuesto resultó no estar en el interior. De un modo u otro, en su lugar se encontraba un pequeño rectángulo de cartón con una anotación en tinta color bermellón: la tarjeta de Kraunauer y el número de su propio móvil, al que podía llamar veinticuatro horas al días siete días por semana. Pensé que seguramente estaría interesado en saber sobre el estallido de una bomba en mi coche y la subsiguiente brutalidad policial y que tenía que llamarle, pero, claro, no contaba con el teléfono.

Ahora que lo pensaba, ni siquiera tenía una camisa. Podía conseguir ambas cosas sin problema, siempre que me las arreglara para mover mis extenuados pies desde el vestíbulo hasta mi cuarto. Este parecía encontrarse mucho más lejos de lo que antes estaba, pero no me quedaba otra.

De forma que levanté mi agotada, maltrecha, malherida y abofeteada persona del vetusto sofá y salí trastabillando virilmente por la puerta del vestíbulo hasta enfilar la acera y dirigirme a la que hasta hacía poco era mi habitación. Pues, por desgracia, había dejado de serlo. Otro agente uniformado me informó cortés pero firmemente de que no podía entrar hasta que el equipo forense hubiera terminado con su trabajo, ni aunque fuera para recoger mi teléfono móvil.

Estaba demasiado cansado como para hacer otra cosa que no fuera mirarle con resentimiento y parpadear repetidamente, lo que no pareció surtir gran efecto. Los parpadeos repetidos no son muy útiles a la hora de proyectar una dura expresión de resentimiento.

¿Y ahora qué? No se me ocurría ningún lugar al que ir, como no fuera al asiento trasero del coche de Anderson otra vez, o al sofá diminuto y desvencijado en el vestíbulo. Creedme o no, pero el sofá era tan incómodo, viejo y repelente que tuve que pensarlo durante un minuto. Pero bueno, por muy alejado que estuviera de los estándares del mobiliario civilizado, el sofá por lo menos no guardaba ninguna relación con Anderson. Volví sobre mis pasos fatigosamente.

Mientras lo hacía, traté de pensar en una forma de llamar a Brian sin mi teléfono. Ahora que lo pienso, parece una estupidez, pero hay que reconocer que el teléfono móvil, ese ubicuo dispositivo personal que hace de todo y es casi todo, se ha convertido en algo tan importante para cada uno de nosotros que no podemos imaginarnos una vida sin él, y la mayoría de nosotros somos incapaces de efectuar las labores más sencillas si no tenemos nuestro tecnológico Mejor Amigo en la mano. Sin él, somos incapaces de escribir a una persona, de mirar el pronóstico del tiempo o las cotizaciones de la Bolsa, encontrar dónde estamos y cómo salir de ahí, pagar las facturas, presentarnos a una cita, reservar un vuelo… Sin él, no sabemos hacer nada en absoluto. El móvil se ha hecho con casi todos los aspectos de nuestras vidas. Y muy de vez en cuando, cuando de hecho queremos hacer una llamada telefónica, resulta que nuestros móviles también pueden hacerla. Han suplantado a un montón de otros artilugios, y hoy en día ni por asomo es posible pensar en una vida sin el aparato de marras.

Finalmente llegué al vestíbulo y me senté, para que los viejos cojines del sofá me absorbieran en su seno repulsivo, y se me ocurrió una forma novedosa e ingeniosa de contactar con Brian. Por decirlo todo, tengo que reconocer que tampoco es que *pensara* en la solución, sino que el vetusto, abollado teléfono fijo del mostrador de pronto empezó a sonar. Me giré para seguir el sonido, vi el arcaico dispositivo y pensé:

Ajá, me acuerdo de para qué servían estos cacharros.

El viejísimo artilugio sonó durante casi un minuto, sin que nadie respondiera. El viejo había desaparecido, y la vieja era apenas visible en la habitación posterior, donde estaba meciéndose en una mecedora de modo a todas luces demasiado enérgico. No se movió en absoluto para contestar a la llamada, y cuando el teléfono dejó de sonar, me levanté y fui hacia él.

Tengo una memoria formidable, y estaba bastante seguro de que me acordaba del número de Brian, así que marqué con tranquila seguridad en mí mismo. El tono de llamada resonó varias veces, hasta que una voz suave y ronca que no reconocí contestó:

—¿Sí?

—Discúlpeme —repuse, pensando todo lo rápidamente que podía en el estado de hundimiento personal en que me encontraba—. ¿Es la lavandería Hermanos Atwater?

Tras un corto titubeo, me llegó la respuesta... pronunciada por una voz completamente distinta.

—¡Hermanito! —dijo Brian—. El número no me sonaba de nada. ¿Desde dónde me llamas?

—Desde la recepción del motel. Mi teléfono ahora mismo está en manos del equipo forense.

—¿En serio? ¿Puedo preguntarte por qué?

Se lo resumí en pocas palabras. Soltó un largo suspiro sibilante y comentó:

—Estaba temiéndome algo por el estilo.

Me quedé sin palabras un momento. *¿Que se lo estaba temiendo?* O sea, que había pensado que podía pasar, pero no me había avisado.

—¿De veras? —repuse por fin.

—Recuerdas que te llamé, ¿no? —apuntó y, por supuesto, en su voz no había la menor traza de remordimiento—. Quería avisarte, pero me dijiste que estabas exusto.

Era más o menos cierto, pero yo seguía sintiéndome irritado, hasta el punto de que ni me molesté en corregirle por haber dicho *exusto* en lugar de *exhausto*.

—Muy bien —concedí con voz cansada—. ¿Qué era lo que querías decirme?

—Me ha llegado un aviso —explicó—. Cierto asociado de Raúl se encuentra en la ciudad.

—Un asociado —repetí. Pensé en lo que Brian me había contado sobre la épica lucha establecida entre Raúl y su rival, El Santo—. ¿Es posible que este asociado sea el que hizo volar por los aires al Santo Rojo?

—El mismo que viste y calza —respondió, con voz de sentirse muy contento de que me acordara.

—¿Y cuándo te proponías contarme esta interesante noticia?

—La verdad es que pensaba esperar hasta la hora del desayuno —contestó Brian—. Lo que creía era que iban a por mí.

—Parece que estabas equivocado.

—Eso parece, sí —manifestó en un tono muy desenfadado, por completo fuera de lugar.

Durante un momento me quedé con los ojos cerrados, dejando que la fatiga terminara de inundarme por entero.

—Tengo que irme de este lugar. Y mi coche ya no me sirve. ¿Puedes venir a buscarme?

—Bueeeno. Ahora mismo quizá no sea una idea demasiado buena. Tengo que suponer que están vigilándote, a la espera de que haga eso precisamente.

Era cierto; por muy egoísta que me pareciera, y muy contrario que resultara a lo que Dexter consideraba Decente, era innegable que sería un poquitín estúpido por su parte venir a recogerme. Era casi seguro que los hombres de Raúl estaban ojo avizor.

—Supongo que tienes razón —reconocí.

—Sí —convino Brian—. Pero esto da que pensar. De una forma u otra, te han localizado a ti primero. ¿Tienes alguna idea de cómo lo han hecho?

—Brian. Me acaban de poner una bomba, me han acribillado con esquirlas de cristal, me han abofeteado. Y eso que ya estaba exhausto antes de que empezaran. Ahora mismo no estoy para que se me ocurran ideas.

—Pues claro que no. Pobrecito… —repuso, rebosando una falsa conmiseración que seguía sonando demasiado feliz y desenvuelta—. Duerme un poco. Hablamos por la mañana.

Y colgó sin darme tiempo a despedirme. Quizá pensaba que antes me proponía decirle unas cuantas cosas más, de tipo más personal y antagónico. Al fin y al cabo, cualquier persona razonable tendría que reconocer que todo eso era por su culpa. Y yo posiblemente hubiera dicho más, pero acababa de colgarme, por lo que me había quedado sin posibilidad de disfrutar de ese pequeño consuelo.

Colgué el viejo auricular en su anticuada horquilla, maravillándome al ver lo bien que encajaba. Podéis pensar lo que queráis sobre la tecnología moderna; la gente antes sabía cómo construir unas cosas que *funcionaban*. Y en ese momento, todavía con la vista fija en el teléfono, pensé: *Kraunauer*. Saqué su tarjeta del bolsillo, alisé una pequeña arruga con cuidado, volví a echar mano al teléfono y marqué el número.

Kraunauer respondió a la segunda llamada, lo que estuvo muy bien. Pero me sorprendió su forma de responder:

—¿Se hace? —preguntó en su fluido español con acento mexicano.

Durante un segundo, me pregunté si ese viejo teléfono había cometido un error de alguna clase y le había dado al indicador de llamada de otra persona. Pero entonces me acordé de que al fin y al cabo era un teléfono fijo del tipo antiguo… y de que Brian tampoco había sabido quién le estaba llamando.

—Soy Dexter Morgan —anuncié—. Le llamo desde la recepción de un hotel.

Se quedó sin habla un instante, lo que resultaba por completo novedoso en mi trato con él.

—Ah, vaya… eh… Y bien, yo… eh… ¿está bien?

—Un poco maltrecho —respondí—. Alguien ha puesto una bomba de las gordas en mi coche.

—¿¡Cómo!? —exclamó—. Pero supongo que usted no estaba en el coche cuando estalló, ¿verdad?

—No, no lo estaba. De lo contrario estaría mucho más maltrecho.

—Naturalmente —dijo. Por la razón que fuera, no parecía estar haciendo gala de su habitual elocuencia. Quizá por lo tardío de la hora—. Y bien… eh… ¿la policía ha llegado?

—Ha llegado —confirmé—. Y el FBI. Mmm… el investigador al mando es el inspector Anderson.

—Ah. ¿Estamos hablando del mismo inspector que ha estado haciéndole la vida imposible?

—Del mismo que viste y calza. Me ha acusado de poner la bomba en mi propio coche. Y me ha soltado un bofetón. Que me ha dolido bastante.

—¿Hay algún testigo? —inquirió, y su voz de nuevo sonó más firme y alerta.

—Otra policía —respondí—. Una agente. La agente Poux, Melanie Poux.

—Mierda —soltó—. Va a ser imposible conseguir que preste declaración contra otro policía.

—Igual no —repliqué—. El hecho es que dejó que los agentes federales le sacaran la verdad.

—¿En serio? —preguntó. Su tono de repente era jubiloso—. Vaya, vaya. En ese caso, es posible que tengamos algo. El testimonio de un agente del FBI sería lo mejor que podría sucedernos. Eh, a ver… Los del FBI no piensan que fuera usted el que puso la bomba en su coche de alquiler, ¿verdad?

—No creo que lo piensen.

Kraunauer soltó una risita.

—Excelente, excelente —aprobó—. Bueno, pues créame si le digo que esto va a ser verdaderamente decisivo.

—En este momento no lo veo tan claro —aduje.

—No, pero va a serlo —insistió—. La noticia de la bomba mañana estará en todos los medios de comunicación, y cuando se enteren de que la bomba estaba destinada a matarlo *a usted*… No, no, esto es estupendo. Podemos utilizarlo para que la opinión pública se ponga de su parte. Esto puede cambiarlo todo por completo.

—No me diga.

—Por completo. No se engañe, señor Morgan. Nueve de cada diez casos se ganan en los medios de comunicación antes incluso de que el acusado comparezca ante el juez. Y si conseguimos explotar debidamente una cosa así… No me gusta repetirme, pero esto es decisivo de veras.

—Ah, pues muy bien —dije. Y a pesar de que era plenamente consciente de la necesidad de mostrarme del todo deslumbrado al hablar con Kraunauer, de pronto me sentí abrumado por la fatiga. Y se me escapó un bostezo—. Discúlpeme —agregué.

—Lo entiendo perfectamente. Sin duda está usted agotado —dijo de inmediato—. Acuéstese y duerma un poco, y mañana por la mañana hablamos. Eh… —Vaciló un segundo y preguntó en tono repentinamente muy relajado—. ¿Dónde va a alojarse?

—Aún no lo sé. Ya encontraré algún otro hotel.

—Por supuesto. Muy bien. —Todo eficiencia otra vez—. Duerma un poco y llámeme por la mañana.

—De acuerdo.

—Buenas noches —se despidió con voz animosa, y colgó.

Pensé en su tan sabio consejo: dormir. El concepto entero estaba empezando a adquirir proporciones legendarias, propias de algo que tan solo estaba al alcance de los héroes más míticos; yo desde luego no iba a conseguirlo. No estaba lo bastante extenuado para correr el riesgo de dormir en este lugar, en el vestíbulo, rodeado por Anderson, unos enloquecidos asesinos duchos en el manejo de explosivos y unas cortinas horrorosamente astrosas.

El simple descanso tampoco resultaba suficiente, y no me veía con fuerzas de volver a sentarme en el sofá. Así que hice lo único que podía hacer y recurrí a la última opción que me quedaba en este mundo de dolor y de alternativas cada vez más escasas. Salí de la recepción y me planté ante lo que antaño fuera mi cuarto, contemplándolo todo con triste estupor bovino hasta que los forenses finalmente acabaron con su trabajo. Entré, me puse una camisa, recogí mis escasas, míseras pertenencias y usé el teléfono para llamar a un taxi.

17

Cuando el taxi se presentó, el teléfono también me había servido para encontrar otro hotel, situado a pocos kilómetros de donde me encontraba. Pero, cuando iba a darle la dirección al conductor, un último retazo de mi conciencia agitó la roja banderita de la precaución, y en su lugar le pedí que me llevara al aeropuerto. Lo que iba a suponer otra hora adicional, o más, dolorosamente despierto, pero que quizá también dificultaría un poco que los malos de esa película dieran conmigo.

Una vez en el aeropuerto, decidí seguir jugando a ese juego un poco más. Entré y deambulé un rato por el lugar, sin ver a nadie que me estuviera siguiendo. Subí a la lanzadera que comunicaba las distintas terminales y recorrí el circuito dos veces, bajándome y subiéndome aleatoriamente, hasta que me aseguré de que no estaban siguiéndome. Cogí un autobús hasta un hotel de Coral Gables, paré otro taxi nada más bajarme y terminé en otro pequeño hotel en Homestead, sin apenas fuerzas para subir arrastrándome al tercer piso y derrumbarme sobre la cama completamente vestido.

Recuerdo haber pensado que esa cama por lo menos parecía ser muy firme y que de pronto estuve parpadeando ante el despertador de la mesilla de noche, que me decía que eran las once cincuenta y tres. No lo creía posible. Me había acostado pasada la medianoche. ¿Cómo podían ser las doce *menos* siete? Cerré los ojos y traté de pensar, lo que me resultó todavía más difícil de lo habitual en los últimos tiempos. Durante un momento creí que me había quedado dormido en sentido contrario al de las agujas del reloj, que me había desplomado sobre la cama antes incluso de haber llegado a ella. Disfruté de unos agradables instantes en los que pensé qué me diría a mí mismo cuando me viera entrar por la puerta. Pero entonces volví a abrir los ojos y reparé en un brilante faldón de luz visible bajo las gruesas cortinas, momento en que pensé: *Pues claro. Es de día. He dormido toda la noche sin parar, ¡eso es! Ha salido el sol. Ahora me lo explico todo.* Lo que no dejaba de resultar un poco decepcionante. Tenía ganas de mantener una conversación muy interesante con alguien conocido como un brillante conversador: Yo.

Me di la vuelta sobre el colchón y me senté. Me dolía todo. El cuerpo entero me dolía como si acabara de disputar diez asaltos con el campeón de los pesos pesados. O con uno de ellos, por lo menos, pues últimamente parecían existir unos cuantos. Era posible que se hubieran estado turnando para machacarme a fondo. No solo eso, sino que cada una de la veintena larga de las heridas producidas por las astillas de cristal me escocía, la cabeza me palpitaba, la mandíbula me dolía allí donde Anderson me había golpeado, y además tenía un calambre en el puente del pie izquierdo. Me esforcé al máximo en dar con una buena noticia: ¡estaba vivo! Fue lo mejor que se me ocurrió, pero en ese preciso instante no me pareció que fuera un motivo especial de celebración.

Volví a mirar el reloj: las once cincuenta y siete. Por lo menos, el tiempo ahora estaba comportándose como era debido y trasladándose hacia *delante*. Me levanté de la cama con lentitud y cautela. La experiencia me resultó tan atormentadora que me quedé inmóvil un minuto, con la esperanza de que la circulación de la sangre comenzara a eliminar algunos de mis dolores y molestias. El pie izquierdo fue mejorando un poco, pero eso fue todo.

Eso sí, continuaba con vida, lo que tampoco era moco de pavo. Pensé en darme una palmadita en la espalda, pero caí en la cuenta de que la tenía demasiado dolorida. Miré a mi alrededor, preguntándome qué nuevo milagro podría obrar a continuación. En el escritorio había una pequeña cafetera eléctrica para una taza. Me pareció un buen lugar por el que empezar.

El café empezó a bullir, y diría que el aroma del café recién hecho tuvo que poner en marcha una conexión neuronal o dos nada más llegar a mis conductos olfativos, pues de repente me acordé de lo dicho por Kraunauer: *La noticia de la bomba mañana estará en todos los medios de comunicación.* Volví a mirar el reloj. Las doce y un minuto.

Miami tiene la suerte —o la desventura, según el punto de vista— de contar con varios canales de televisión con muy activos departamentos de informativos que emiten programas de noticias al mediodía. Conecté el televisor emplazado junto a la cafetera eléctrica y fui al canal cuyos presentadores tenían los peinados más vistosos de todos.

El último ocupante de esa habitación sin duda era duro de oído, pues el televisor empezó a sonar a un volumen amenazador para mi integridad física. Me apresuré a bajar el sonido, justo en el momento en que la rubia sentada tras un escritorio informaba con voz susurrante:

«… las autoridades aseguran que se trata de un intento deliberado de asesinar a este hombre…»

Una horrorosa fotografía poco favorecedora de Mi Persona apareció a espaldas de la rubia.

«Dexter Morgan —continuó—, quien recientemente fue detenido como presunto autor de varios asesinatos y por haber intentado abusar sexualmente de su propia hijastra.»

Por supuesto, tuvo que indicarlo en un tono de voz bastante acusador, ya que estaba hablando de pedofilia. Con todo, fue maravillosamente surreal ver a Mi Persona unos segundos en la pantalla, por mucho que la foto no me hiciera justicia en absoluto. Pero si no te quieres a ti mismo, nadie va a hacerlo por ti, de modo que durante un segundo estuve admirando mis facciones, sin prestar atención a lo que la rubia decía, hasta que volví a captar su voz.

«… el conocido abogado penalista Frank Kraunauer, quien ha declarado a nuestro compañero Matt Laredo que su cliente es completamente inocente, a pesar de que la policía sigue tratando de hacerle la vida imposible.»

En la pantalla apareció Frank Kraunauer hablando en primer plano. Tenía mucho mejor aspecto que yo. De hecho, su aspecto era magnífico: indignado pero sobrio, inteligente, formidable, con cada pelo en su sitio, lo que hoy día es fundamental en todo noticiario televisivo que se precie.

«A estas alturas resulta evidente que el señor Morgan está siendo víctima de un montaje —afirmó—. Desde el mismo comienzo de este caso, las pruebas han sido manipuladas o, directamente, fabricadas.

Mi cliente ha sido injustamente acusado y encarcelado, de forma inadecuada también. No solo eso, sino que, además, un miembro del cuerpo de policía de Miami-Dade le ha agredido físicamente.»

Una reconcentrada voz de tenor terció en el acto, y la cámara enfocó al periodista, Matt Laredo, un jovenzuelo con el rostro serio y una espléndida mata de pelo oscuro.

«Señor Kraunauer, ¿está diciéndonos que un *policía* agredió a su defendido?»

La cámara fue a por Kraunauer.

«Anoche mi cliente fue retenido por la policía. En el momento de ser retenido se encontraba perfectamente, pero una vez puesto en libertad, tenía un enorme moratón en el rostro. —Dedicó una sonrisa sardónica al reportero, una que no le había visto hasta entonces y que era la conjunción total de ocho espléndidas falsas sonrisas distintas. Me sentí deslumbrado por la admiración, y casi me perdí lo siguiente—: La policía sin duda les dirá que mi cliente se hizo la contusión él solito. Pero resulta que tengo un testigo que vio cómo el miembro del cuerpo golpeaba a mi cliente. Estamos hablando del mismo funcionario que va por libre y amenazó de muerte a mi defendido.»

Matt Laredo intervino:

«¿Dónde se encuentra su cliente? ¿Podemos hablar con él?»

Kraunauer le miró con lástima.

«No, por supuesto que no. El señor Morgan considera que no es prudente mostrar el rostro, y yo estoy de acuerdo. —Kraunauer hizo una pausa, un perfecto intervalo de dos segundos destinado a maximizar el efecto dramático—. El señor Morgan ha sido amenazado de muerte. Por un *policía*. Y después, *alguien*… le ha puesto una bomba en el coche.»

La cara de Matt Laredo ocupó la pantalla entera, reflejando una excelentemente construida expresión de duda, asombro y hasta anonadamiento. Una mata de pelo estupenda y una gran capacidad histriónica. Ese chaval llegaría lejos, a un canal de ámbito nacional seguramente.

«Señor Kraunauer —repuso Laredo—. ¿Está diciéndonos que un integrante de la *policía* fue quien puso la bomba en el coche?»

Otra vez Kraunauer, quien dejó a Laredo para el arrastre, facialmente hablando, con una soberbia expresión de cínica diversión, combinada con disgusto, indignación y escándalo.

«Saque sus propias conclusiones —instó con voz sombría—. No estoy haciendo ninguna acusación. Pero el hecho es que a mi cliente le amenazaron, y lo siguiente fue que le pusieron una bomba. Y diría que sería muy conveniente para ciertos miembros del cuerpo de policía que Dexter Gordon ya no estuviera para prestar declaración contra ellos.»

La cámara se trasladó a Matt Laredo, quien ahora estaba de pie en el motel de la víspera, con los destrozados restos de mi coche en segundo término.

«Anita, todo parece indicar que lo que parecía ser una historia muy clara sobre varios asesinatos está convirtiéndose en un sorprendente caso de corrupción y ocultamiento de pruebas por parte de la policía, lo que lleva a la pregunta: ¿hasta qué nivel en el escalafón llega todo esto? ¿Y hasta qué punto podemos confiar en que la policía de nuestra ciudad hace su labor de forma justa y honesta? Sin o con Frank Kraunauer, de pronto nos encontramos ante unas preguntas muy serias… y con muy pocas respuestas.»

Tres segundos completos de la faz de Matt Laredo mirando a la cámara con nobleza y seriedad, y el realizador volvió a la susurrante rubia sentada en el estudio.

«Gracias, Matt. El hecho es que las autoridades federales han tomado cartas en el asunto, aunque por el momento no hay sospechas de terrorismo. Lo que viene a sugerir que el FBI tampoco confía plenamente en la policía de Miami-Dade.»

La imagen a sus espaldas se transformó en una vista aérea de un grupo de ballenas. Sin perder comba, la rubia pasó a otra cosa:

«Una nueva tragedia en la costa del sur de Florida, donde once ballenas piloto han embarrancado en una playa cercana a Everglades City. Debbie Schultz se encuentra en el lugar de los hechos.»

Por mucho que Debbie Schultz se encontrara en el lugar de los hechos, resultaba difícil preocuparse por la trágica suerte de un grupo de ballenas cuando el pobre Desventurado Dexter estaba pasándolo fatal. Apagué el televisor. Lo que claramente suponía que nunca llegaría a admirar el peinado de Debbie. Hasta era posible que la ligera brisa del mar meciera sus cabellos un poco, lo que siempre constituía un fenomenal momento informativo. Pero quizá sí que podía peinar mi propio pelo. Y, además, el café ya estaba listo. Mientras lo bebía a sorbitos, me esforcé al máximo en no regodearme, aunque reconozco que se me escaparon unas cuantas pequeñas sonrisas de satisfacción. Kraunauer había hecho un trabajo magnífico. Su labor valía hasta el último centavo que no estaba pagándole. Incluso me había convencido —a *mí*— de que yo era una pobre víctima inocente de un cuerpo policial corrupto y maléfico. Y por supuesto que lo era, por lo menos en ese caso concreto, pero nunca hubiera osado decirlo de no ser por Kraunauer.

El café también hizo su labor, y me sentía casi en plenitud de forma cuando sonó el móvil. Lo miré: la llamada era de Vince Masuoka. Lo cogí y respondí:

—Hola, Vince.

—¡Dexter, por Dios! ¿Estás bien? —preguntó con una voz cercana a la histeria—. Quiero decir, supongo que sí, porque... Pero ¡joder! ¡Una *bomba*! Es lo que han dicho en las noticias, ¿no? Y tú estabas... O sea, ¿estás...? A ver si me explico, ¿te encuentras...?

El estallido de Vince era tan frenético que se aproximaba a la definición legal de «agresión», pero creí entender que había visto algo en la tele no muy distinto de lo que yo mismo acababa de ver.

—Estoy bien, Vince, no te preocupes por eso. Un par de arañazos, nada más.

—¡Oh, *Dios*! ¡Podrían haberte *matado*!

—Creo que esa era la idea.

Pero él seguía con lo suyo:

—¡Pero Dios mío, Dexter...! ¡Una *bomba*! Y ellos... Quiero decir, ¿quién iba a hacer una cosa así? A hacerte una cosa así, quiero decir y...

—No lo sé —respondí—. Pero el FBI ya está ocupándose del caso. Se lo han quitado a Anderson de las manos.

—¿A Anderson? —apuntó, con voz aún más alarmada—. Pero eso... Anderson es... —Bajó la voz y agregó—: Dexter, ¿tú crees que

Anderson...? Quiero decir... —repuso en un murmullo apenas audible—. Acabo de descubrir que ha estado leyendo mis correos electrónicos.

Siempre resulta maravilloso contemplar la agilidad mental de que a veces hacen gala algunas personas dotadas de verdaderos sentimientos, y Vince acababa de ejecutar una hazaña verdaderamente acrobática, al trasladarse de la inquietud por mi vida a un pequeño problema sin importancia que estaba teniendo en el trabajo, y todo ello en menos de un segundo. Pero, un momento, la cosa también tenía otros aspectos de interés. ¿Anderson se había colado en el correo de Vince?

—Eso es imposible, Vince —aduje—. Anderson apenas se las arregla para manejar un teléfono móvil.

—Estoy completamente seguro, Dexter —insistió—. El otro día envié un mensaje a mi madre... eh, diciéndole que iría a verla por Semana Santa. Y Anderson poco después vino a verme y me preguntó: «¿Qué le hace pensar que en Semana Santa va a seguir *vivo*, Masuko?» Porque me llama Masuko —añadió, por si se me ocurría recordarle que ese no era su verdadero apellido.

—Ah —repliqué. Sí que parecía que Anderson había estado leyendo los mensajes de Vince—. Será que ha contado con ayuda técnica de alguna clase.

—Sí, claro, pero puede haber sido cualquiera —repuso Vince—. Dexter, todo esto es demencial... es como si de pronto *todo el mundo* estuviera metido en el asunto.. y yo, yo... a ver, esto es *abrumador* y...

Vince parecía estar al borde de las lágrimas, lo que hubiera sido un tanto excesivo para mí, de forma que traté de calmarle.

—La cosa está prácticamente solucionada, Vince —aseguré—. Está resolviéndose por sí sola. Tan solo vas a tener que aguantar el tipo un par de días más.

—Sí, Dexter, pero la situación aquí es *de locos* —insistió.

Seguía con lo suyo, pero finalmente logré que se tranquilizara un poco. Le manifesté que era un buen amigo, que había hecho una buena obra y que a partir de ahora tan solo podían sucederle buenas cosas, y, por raro que parezca, empezó a creer en mis palabras. Hice hincapié en que tenía que dejarle y prometí llamarle y mantenerle informado de lo que estuviera pasando; colgué, y noté que tenía un calambre en el cuello y que el oído me zumbaba. Anderson estaba convirtiéndose en un problema cada vez mayor, lo que apenas resultaba posible... y tampoco era justo, por otra parte. Si el nuestro era un Universo efectivamente racional y bien ordenado, ¿no bastaba con que a alguien le estuviera persiguiendo una partida de asesinos a sueldo? ¿Con que casi saltara por los aires destrozado por una bomba descomunal? Quiero decir, ¿qué sentido tenía añadir la persecución por parte de Anderson a todos? El Universo estaba comportándose de una forma que parecía ser mezquina en extremo, propia de alguien que te acabara de cortar las piernas y de propina te espetase:

—¡Por cierto, qué feo eres!

Durante un segundo pensé en Hacer Algo en lo referente a Anderson, pero al punto me di cuenta de que estaba fantaseando en lugar de trazar un plan. Anderson suponía un problema, sí, pero no tan inmediato como todos los demás. Ya tendría tiempo de pensar en él si me las arreglaba para seguir vivo unos cuantos días más.

Cogí el teléfono y llamé a Brian. Respondió al instante, pero no me saludó, sino que dijo:

—En la primera plana del *Herald*, la noticia del día en los informativos de la tele... ¿y ahora me llamas? Me alegro de que no te hayas olvidado de los seres insignificantes ahora que eres famoso.

—La fama tiene su precio —reconocí—. Esa foto mía es horripilante de veras.

—Sí que lo es —convino sin problema—. Pero por desgracia también es suficiente para facilitar que mis antiguos amigos te identifiquen.

—No me parece que vayan a necesitar ayuda.

—Es posible que no. Y quizá no es buena idea hablar de todo esto por teléfono. ¿Y si nos encontramos en algún lugar?

—Ahora que lo dices, tengo hambre.

—Vaya una sorpresa —observó Brian.

—Quizá sería buena idea ir a otro lugar, eso sí —propuse—. Y no porque me haya cansado de comer donuts.

—¿Dónde sugieres?

—Bueno, pues… —Me detuve, pues justo me acordé de un pequeño detalle—. Brian, estoy sin coche. ¿Puedes venir a recogerme?

—¿Dónde estás?

Se lo dije, y prometió llegar antes de media hora. Los siguientes veinte minutos los pasé en la ducha, y luego estuve mirando al espejo las múltiples punciones en mi cuerpo. Ninguna de ellas parecía ser realmente preocupante. De hecho, todas parecían estar cerrándose como tenía que ser. Recordé lo que la médico había dicho, que tenía el torso de un bombero, y traté de esbozar una pose de musculitos de calendario frente al cristal. No me salió muy convincente; dejando aparte el hecho de que nunca había visto uno de esos calendarios ilustrados con bomberos muy cachas, mi tez continuaba mostrando una antinatural palidez carcelaria, y era preciso reconocer que en torno a mi cintura estaba desarrollándose un cinturón de materia orgánica no esencial. Fruncí el ceño y me di cuenta de lo que estaba haciendo. Ah, Vanidad, tu nombre es Dexter.

Me cepillé los dientes, me peiné y me puse un conjunto de ropa de baratillo comprada en los almacenes Walmart. Bajé a la calle y me situé delante de la puerta del hotel; faltaban cinco minutos para que se cumpliera el intervalo de media hora prometido por Brian. Estaba de pie junto a un gran tiesto de cemento con un árbol de aspecto muerto en el interior. También contenía unas cuantas colillas de cigarrillo aplastadas contra la tierra. Intenté mostrar un aspecto despreocupado, sin conseguirlo en absoluto, mientras recorría el aparcamiento y la calle con la mirada. No se veía nada vivo, como no fueran los dos pájaros posados sobre el tendido eléctrico.

Fui andando con aire distraído a uno y otro lado del edificio, como si sencillamente estuviera aburrido mientras esperaba a que llegaran a recogerme, y miré a ambos lados. Tampoco se veía nada. Un puñado de coches vacíos. La hora límite de salida de los huéspedes del hotel había quedado atrás, y aún faltaba bastante rato para que llegara la hora del registro de los nuevos visitantes, y por allí no se veía un alma, cosa que a mí ya me convenía, y mucho.

Seguí de pie junto al gran tiesto un par de minutos más hasta que Brian por fin se presentó. Ese día conducía su Jeep color verde; se detuvo ante mí, y subí al vehículo.

—Buenos días, hermanito —saludé.

—Esperemos que sean buenos, pero, en fin, gracias por la idea.

—Salió a la calle con lentitud, giró a la izquierda y, nada más acelerar, dio un brusco giro de ciento ochenta grados.

—Muy listo —aprobé—. ¿Todo en orden?

—Eso parece —respondió, mientras escudriñaba por turno a través de los tres retrovisores. Viró por una calle lateral, por otra después y, por último, después de otros rápidos desvíos, entró en la autovía U.S. 1.

—Y bien —dijo, relajándose de forma visible—. ¿Dónde te apetece comer?

—En algún lugar que esté bien y no sea muy caro —contesté, y en ese preciso momento vi el establecimiento de una franquicia especializada en pastelería—. ¡Allí! —señalé.

—¡Pasteles! ¡Estupendo! —aprobó Brian—. Me encantan los pasteles.

Entró en el aparcamiento y condujo lentamente por el lugar, sin que se me ocurriera reprocharle un exceso de precaución. Halló una plaza libre justo frente a la puerta, visible desde el interior. Entramos y encontramos un reservado que daba al aparcamiento. Pedí un gran desayuno, a pesar del pequeño michelín que tenía en la cintura, detectado durante mi paso por el cuarto de baño. Ya me ocuparía de él más adelante; ahora lo principal era vivir. Ese era el plan, cuando menos.

Brian pidió una cosa llamada Pastel Francés de Seda y un café. Mientras esperábamos a que nos trajeran la comida, me miró, levantó una ceja y preguntó:

—¿Se te ha ocurrido alguna explicación para el hecho de que dieran contigo?

—No he pensado mucho en el asunto, la verdad —reconocí—. Pero supongo que hicieron un seguimiento del coche de alquiler, lo mismo que de la habitación del hotel. A partir de mi tarjeta de crédito.

Brian me miró con aspecto de estar poco convencido.

—Es posible —comentó—. Pero en el caso del hotel usé otra tarjeta de crédito, bajo un nombre falso, por completo distinto. Lo que supone que esos tipos conocían tu nombre de antemano. Y no porque yo se lo dijera.

—¿Estás seguro?

—Segurísimo.

Pensé en la situación, y por la expresión en el rostro de Brian deduje que estaba haciendo otro tanto. Me asaltó un pequeño, vago pensamiento, en lo más profundo del cerebro, pero cuando iba a por él, un alegre clamor procedente del teléfono móvil me interrumpió. Lo cogí y miré la pantalla. No lo reconocí al momento, si bien me resultó familiar. Iba a pulsar la tecla de rechazo de llamada, pero de pronto supe quién era: Kraunauer.

—Mi abogado —informé.

Con un gesto de la mano, Brian me instó a responder.

—Adelante.

—Señor Morgan —anunció Kraunauer—. Los agentes del FBI quieren hacerle unas cuantas preguntas más.

—Ah —dije. Sé que mi respuesta no fue muy ingeniosa, pero sus palabras me recordaban que no había contactado con los agentes federales, a pesar de lo que les había prometido—. Eh, en su opinión… ¿le parece que van a ser unas preguntas del tipo *hostil*?

—Nada de eso —contestó Kraunauer—. Por lo que parece, es cuestión de algunos flecos pendientes, de simple formulismo burocrático. No creo que vaya a llevarle más de media hora. Y —agregó, en tono ligero, pero reconfortante al tiempo— voy a estar a su lado para cogerle de la manita.

—Muy considerado por su parte.

—Todo forma parte del servicio. ¿Puede encontrarse conmigo allí en digamos, eh, cuarenta y cinco minutos?

—Sí que puedo —respondí—. Y, ¿señor Kraunauer?

—¿Mmm?

—Su actuación ante las cámaras ha sido buenísima —le elogié, pugnando por que mi admiración no sonara desbocada.

El abogado soltó una risita.

—A ese chaval de las noticias me lo he comido con patatas —afirmó—. Nada más fácil, la verdad. —Oí unos sonidos de fondo: el roce de papeles y unas palabras musitadas en la cercanía—. Y bien. Lo siento, pero tengo que dejarle. Nos vemos en cuarenta y cinco minutos —dijo, y colgó.

Brian enarcó las cejas.

—Los del FBI quieren hacerme unas preguntas —expliqué.

—Pues vaya. Eso no suena muy bien.

—No me parece que vaya a haber problema. Anoche se mostraron bastante razonables… Y Kraunauer va a estar a mi lado cuando hable con ellos.

—Entendido. En ese caso, supongo que todo irá bien. Y que nos queda un poco de tiempo para más pastel, ¿no?

—Siempre hay tiempo para más pastel.

18

A pesar de mis alegres promesas, habían pasado casi cincuenta y cinco minutos cuando Brian me dejó en la esquina de la avenida 2 NW con la calle 165, casi enfrente del cuartel general del FBI en Miami. No me importó tener que cruzar la calle y caminar media manzana. Era evidente que Brian no pensaba acercarse más que lo justo a aquel avispero rebosante de agentes de la ley.

Kraunauer estaba esperándome en el vestíbulo.

—Aquí le tenemos —dijo a modo de saludo.

—Sí, y perdone que le haya hecho esperar. Moverse por la ciudad sin coche es un poco complicado.

Hizo un gesto de asentimiento.

—Miami es una gran ciudad, pero con unas infraestructuras que son de pueblo —observó—. Están esperándonos.

Con la cabeza señaló el mostrador de recepción, donde una mujer joven vestida con un formal traje azul estaba de pie a un lado. Estaba mirándonos con expresión de gran seriedad, lo que me indicó, en mayor medida que el propio traje, que se trataba de una agente y no de una secretaria o archivera.

Nos condujo a una sala de reuniones situada en el segundo piso, donde Revis y Blanton, mis dos recientes amigos de la noche previa, estaban a la espera. Por desgracia, y para escarnio de todo cuanto es justo y decente en este mundo, no se encontraban a solas. Sentado a la punta de la mesa, arrellanado en la silla y haciendo gala de su habitual sonrisa desagradable, el inspector Anderson estaba con ellos.

—Ah, qué bien —exclamé—. Veo que a estas alturas ya lo han detenido.

Kraunauer soltó un corto bufido de risa, pero nadie más pareció encontrarlo tremendamente divertido, y menos aún Anderson, quien me miró con el ceño fruncido… lo que por lo menos significaba que me había entendido.

—Señor Morgan —dijo la agente Revis, asumiendo el mando una vez más—. En aras de la cooperación entre uno y otro organismo, hemos accedido a que un representante de la policía de Miami-Dade esté presente durante esta entrevista.

Sin levantar la voz, Kraunauer al punto terció:

—Les supongo al corriente de que este inspector tiene un historial de animosidad contra mi cliente, ¿no es así? Y de que también ha protagonizado unos cuantos actos reprensibles, ¿verdad?

—El inspector Anderson no va a tomar parte activa en todo esto —explicó Blanton—. Tan solo está aquí como observador.

Kraunauer me miró y levantó una de sus cejas perfectamente recortadas. Me encogí de hombros, y se dirigió a los dos agentes del FBI:

—Estoy conforme, en el bien entendido de que queda claro lo que acaban de decir —apuntó. Revis y Blanton asintieron a la vez. Kraunauer se volvió hacia Anderson, pero este se contentó con desviar la vista. El abogado se encogió de hombros y se dirigió a Revis—. Como digo, en tal caso, no tengo objeción. Empecemos de una vez.

Blanton echó mano a una silla y, con un gesto de la cabeza, me invitó a tomar asiento. Que fue lo que hice. Kraunauer se sentó a mi lado, y los dos agentes se acomodaron al otro lado de la mesa. Blanton abrió una carpeta color manila, miró al interior y frunció el entrecejo. Pero fue Revis quien habló:

—Señor Morgan, ¿alguna vez ha sido detenido por tenencia de narcóticos?

Lo preguntó en tono muy serio, como si estuviera preguntándome si tenía permiso de conducir, pero la pregunta era tan completamente disparatada que durante varios, largos segundos me quedé sin habla. Mi patética estampa no se vio favorecida por el hecho de que Anderson hubiera echado la cabeza hacia delante, con los ojos relucientes y una nueva versión mejorada de su habitual sonrisa de desprecio. Finalmente recuperé el habla, pero todo cuanto pude articular fue un penoso:

—¿Que si yo…? Eh… ¿Cómo?

—Responda sí o no, señor Morgan —me premió Blanton.

—No, claro que no —contesté.

Anderson meneó la cabeza, viniendo a decir que era escandaloso que alguien pudiera mentir con semejante descaro.

Pero Revis se limitó a asentir con la cabeza, muy tranquila y serenamente.

—¿Cuánto tiempo hace que consume drogas ilegales? —preguntó, con un ligero énfasis en la palabra *consume*.

—¿Todo esto tiene alguna relevancia? —preguntó Kraunauer, con cierto seco matiz de ironía en la voz—. Lo que había en el coche del señor Morgan era una *bomba*. No una *raya*.

Dos pares de Oficiales Ojos Federales contemplaron a Kraunauer, pero este se limitó a devolverles la mirada con un aire divertido e imperturbable que resultaba contagioso, al menos para mí. Me entraron ganas de poner los pies en el escritorio y prender un cigarro puro.

—Creemos que puede tener relevancia —informó Blanton.

—¿En serio? —apuntó el abogado con ligera incredulidad—. ¿Cómo es eso?

—Señor letrado —dijo Revis—. Tenemos razones para pensar que quien fabricó la bomba fue un conocido narcoterrorista. Y —añadió con el rostro serio, asintiendo con la cabeza— nos ha llegado información de que el señor Morgan tiene un largo historial de consumo de drogas.

Kraunauer miró a Anderson. Hice otro tanto. Pero Revis y Blanton eran demasiado corteses. Siguieron mirando al frente, como si se hubieran olvidado de la existencia del policía. Me hubiera gustado poder hacer lo mismo.

—Les ha llegado… información —repitió Kraunauer, como si estuviera acariciando las palabras, sin dejar de mirar a Anderson—. ¿Puedo preguntar *de dónde* les ha llegado esa información?

Anderson había empezado a revolverse un poquito en el asiento y, a medida que la acusatoria mirada de Kraunauer seguía fija en él, incluso comenzó a ruborizarse. Una imagen muy gratificante, que por sí sola justificaba el trayecto hasta la sede del FBI en la ciudad.

—Nuestra fuente es confidencial —afirmó Blanton.

Kraunauer se volvió con lentitud hacia los agentes.

—En serio —dijo—. Confidencial.

Blanton parecía sentirse incómodo, y él y Revis al momento se sumieron en uno de sus característicos diálogos sin palabras.

—No podemos revelar nuestra fuente —repuso Revis por fin—. Pero voy a enseñarle la documentación que consta en nuestro poder.

Kraunauer asintió con la cabeza.

—Muy bien.

Blanton empujó la carpeta color manila por la superficie de la mesa; el abogado la cogió. Acerqué el rostro para mirar.

El papel de arriba era la copia de un registro de entrada en el depósito de pruebas materiales. Cada vez que alguien entra en dicha sala, ya sea un policía o un especialista forense, está obligado a firmar el registro. En esa página, subrayada con rotulador amarillo fosforescente, aparecía una entrada que indicaba que Dexter Morgan había entrado en ella. La firma era un garabato infantiloide que se parecía tanto a mi firma de verdad como la escritura egipcia cuneiforme.

Kraunauer pasó página. La segunda hoja era la copia de un memorando interno del cuerpo de policía que informaba de que alguien se había llevado dos kilos de cocaína aprehendidos y almacenados en el depósito de pruebas materiales, en una fecha y una hora sorprendentemente parecidas a las de la presencia de «Dexter Morgan» en el lugar.

—Bueno, pues esto demuestra una cosa —aduje—. Que tengo superpoderes.

Kraunauer me miró y enarcó una ceja. Llevé el dedo a la línea donde se especificaba la fecha.

—Ese día me encontraba en la cárcel.

Kraunauer me miró sin apenas expresión. Después a Revis y dijo:

—Eso será de fácil comprobación.

—¿Qué nos puede comentar de la firma? —preguntó Blanton.

—Que ni siquiera es una buena falsificación —contesté—. Esta escritura es propia de un escolar no muy aplicado. Dígame una cosa, inspector —apunté, encarándome con Anderson—, dado que usted es el único de los presentes que no llegó a cursar estudios secundarios, ¿siempre tiene tantos problemas a la hora de escribir unas palabras?

Kraunauer se aclaró la garganta, para reprimir una risa o porque estaba algo resfriado.

—Agente Revis —intervino—. Mi cliente parece creer que esta no es su firma.

Revis asintió con la cabeza.

—¿Puedo ver su permiso de conducir, señor Morgan? —preguntó, extendiendo la mano.

Miré a Kraunauer, quien asintió con un gesto.

—Naturalmente.

Eché mano a la billetera y entregué el documento a Revis. Kraunauer devolvió la carpeta a través de la mesa; Blanton la cogió. Revis y él acercaron las cabezas un momento y compararon la firma que aparecía en mi permiso de conducir con el grotesco garabato del registro de entrada.

No les llevó mucho tiempo decidirse. Siempre he estado muy orgulloso de mi escritura. Me gusta trazar las letras limpiamente y de forma regular, y escribir palabras que son legibles para todo aquel sepa leer. Estaba tan claro que la firma del registro era la de otro que hasta un mentecato total como Anderson tendría que haberlo advertido. Y los dos agentes del FBI no eran unos mentecatos totales, ni parciales siquiera. Al cabo de unos segundos, Revis me devolvió el permiso de conducir.

—¿No es la misma firma? —le preguntó Kraunauer.

—Probablemente no.

—¡Porque él la cambió! —exclamó Anderson.

—Inspector —terció Revis a modo de aviso.

—¡La cosa está clara! ¡Este tipo falsificó su propia firma! —insistió Anderson.

Blanton se levantó. Dio dos pasos hacia el inspector y se situó junto a él, mirándolo con expresión de gélido enojo. Anderson le devolvió la mirada y, durante un segundo, se imaginó que seguramente podría aguantársela. Pero Blanton agachó la cabeza, hasta que su cara se situó a tres centímetros de la del policía.

—Habíamos quedado en que usted se limitaría a observar —recordó el agente federal sin alzar la voz. Levantó el dedo índice, y Anderson dio un respingo en la silla—. A observar. Sin hablar.

El inspector abrió la boca, pero lo pensó dos veces, y Blanton asintió con la cabeza y volvió a tomar asiento. Miró brevemente a Revis, y los dos agentes a continuación fijaron la vista en mí.

—Gracias por su colaboración, señor Morgan y señor Kraunauer —dijo Revis—. Pueden irse.

El abogado se levantó y repuso cortésmente:

—Gracias a *ustedes*, agente Revis. Agente Blanton. —Me miró y agregó—: ¿Señor Morgan?

—Se dio media vuelta y se encaminó hacia la puerta.

Me puse de pie. Pensé que tendría que decir algo amable a los dos agentes, pero no se me ocurrió nada que no llevara a pensar en un lameculos de tipo pueril, por lo que sencillamente me despedí con un gesto de la cabeza y me dirigí hacia la puerta.

Anderson había llegado antes que yo. Estaba en el umbral, ocupándolo con su masa corporal y bloqueándome el paso.

—Esto no se ha acabado, comemierda —rezongó.

—No mientras siga usted en libertad —respondí—. Pero, a ver un momento, inspector, ¿eso de las drogas…? ¿Es incapaz de inventarse algo mejor?

Clavó sus ojos en mí unos segundos más, con la posible esperanza de que me derritiera. Pero no lo hice, y tras una pausa tan larga como desagradable, asintió con la cabeza.

—Esto no se ha acabado, ni de lejos —repitió, y se hizo a un lado.

Agradecido, dejé el umbral atrás y cerré la puerta.

Kraunauer estaba esperándome junto a la misma agente joven y seria que nos había acompañado al llegar.

—Estoy empezando a pensar que el inspector Anderson le tiene cierta manía —comentó.

—No sé de dónde saca esas ideas —contesté.

Kraunauer soltó una corta risita y se dirigió a la mujer:

—¿Agente?

Estaba claro que había estado esperando con cierta impaciencia a conducirnos de vuelta al vestíbulo, y ahora que por fin podía hacerlo lo hizo con gran rapidez, sin perder valiosos minutos federales en cháchara insustancial. De hecho, estableció un ritmo tan rápido que tan solo al llegar a la recepción me acordé de que no tenía medio de regresar a mi hotel.

—Ah —le dije—. Eh… ¿señorita agente?

Me miró sin la menor traza de expresión.

—¿Sí?

—¿Sería posible conseguir un taxi? Estoy sin coche.

—¡Oh! —exclamó Kraunauer, antes de que la agente pudiera responder—. ¡Pues claro, por Dios! Y bien, no tengo problema en llevarle otra vez a su hotel.

—Muy amable por su parte. ¿De verdad no le importa?

—Pues claro que no, en absoluto. Vamos —me instó Kraunauer, con extraño entusiasmo.

Llevó la mano a mi hombro y me empujó hacia la salida, dejando atrás a la joven agente, quien parecía sentirse aliviada por librarse de nosotros de una vez.

—Tengo el coche allí —indicó el abogado, llevándome hacia un sedán de aspecto modesto con una estilizada «B» en cada uno de sus tapacubos.

No presté particular atención a ese último detalle, y hasta que no abrí la puerta y vi el salpicadero de madera de nogal y la tapicería de cuero suave no comprendí que la «B» era emblemática de «Bentley». Me deslicé por el asiento bienoliente e hice lo posible por no ensuciar su pureza sudando o pensando en cosas reprensibles.

Kraunauer se situó al volante y puso el coche en marcha. El motor se encendió al instante, con un ronroneo que llevaba a pensar en un gran felino con la garganta llena de miel.

—Muy bien. ¿Dónde está alojado?

Le di el nombre y la dirección del hotel, y enfiló la I-95 en dirección sur. Su coche era tan silencioso que incluso tenía miedo de aclararme la garganta, de forma que avanzamos en silencio unos minutos, hasta que Kraunauer finalmente dijo:

—Espero que entienda que todo esto es positivo. Positivo en extremo.

—Lo entiendo —respondí—. Dejando aparte lo de la bomba.

—Oh, no, eso es lo mejor de todo —replicó con bastante seriedad—. Esa bomba está granjeándole muchas simpatías, señor Morgan. Los chicos de la prensa están empezando a preguntarse en voz alta si no será usted inocente.

—El hecho es que soy inocente, ya sabe. — Se limitó a asentir con la cabeza, expresión de jugador de póquer en el rostro, los ojos fijos en el camino—. Supongo que eso es lo que todos sus clientes le dicen —comenté.

—No, no todos —respondió, añadiendo una pequeña risita—. Uno o dos de ellos en realidad hasta estuvieron jactándose de sus logros personales.

—Eso tiene que dificultarle mucho el trabajo —dije.

—En absoluto —contestó—. Lo que yo sepa o piense no importa en lo más mínimo. Lo que importa es lo que consiga hacer creer al tribunal. Y en su caso, mi labor ahora es mucho más fácil. Por lo demás, me extrañaría mucho que su caso llegara a juicio —afirmó. De repente giró el rostro hacia mí, como si le hubiera sorprendido de alguna forma—. Quiero decir que es una posibilidad, ya me entiende. Que retiren los cargos.

—Ah, pues muy bien.

Volvió a concentrar la atención en el tráfico, y me pregunté por la razón de tan extraña expresión facial por su parte. Por lo demás, el trayecto hasta el hotel resultó tranquilo y excepcionalmente agradable. El Bentley hacía que viajar fuera una experiencia sobrenaturalmente dulce, y ninguno de los dos tenía más que añadir, lo que resultaba un alivio, para decir la verdad. La mayoría de las veces que estás metido en un coche con alguien relativamente desconocido, es casi seguro que el otro insistirá en conversar sobre fútbol, política o sexo. Temas que no despiertan mi interés. Por supuesto, como pequeña parte de mi Disfraz de Ser Humano, he aprendido lo bastante sobre ellos para mantener una conversación superficial, pero lo cierto era que resultaba un alivio no tener que comparar la actual línea atacante de los Dolphins con la que encabezara su alineación allá por 2008.

Poco más de veinte minutos después, Kraunauer enfiló el caminillo de acceso a mi nuevo hotel. Miré por la ventanilla mientras nos acercábamos, preguntándome cuánto tiempo lograría estar alojado en él antes de que algo me obligara a marcharme otra vez. Esperaba que por lo menos fuesen un par de noches; ese era el que tenía la mejor cama hasta el momento, y ansiaba disfrutar un poco más de su muelle comodidad.

—Y bien —dijo Kraunauer, al detenerse ante la puerta de entrada—. Este lugar no parece estar mal del todo, por lo menos. —Me dedicó una sonrisa, pequeña y cortés, pero desde luego no una de sus impresionantes sonrisas de ganador—. Espero que la habitación sea cómoda… no le habrán puesto en la planta baja, ¿verdad?

—No, en el tercer piso, donde hay una vista estupenda de los contenedores de basura.

—Excelente. Y bueno, eh, es posible que tenga que enviarle unos papeles para que me los firme. ¿Cuál es el número de su habitación?

—La 317.

—Entendido. Muy bien. Y bueno, ya sé que puede ser un poco frustrante, pero quiero que se quede en su cuarto el mayor tiempo posible. No nos conviene que ande paseándose por la ciudad. Los periodistas podrían tropezarse con usted.

—Sí, claro.

Técnicamente, no se trataba de una promesa de quedarme en mi cuarto, cosa que, naturalmente, no tenía intención de hacer.

—No hable con ningún representante de los medios de comunicación; eso es fundamental.

—No lo haré —respondí, y en ese caso sí tenía intención de seguir el consejo.

—Muy bien —dijo. Pulsó una pequeña tecla y desbloqueó la portezuela de mi lado. La abrí; había llegado la hora de separarse.

—Gracias, señor Kraunauer. Por todo.

—Oh, todavía no me dé las gracias —repuso, agitando una mano en el aire.

Me bajé de su lujoso, formidable palacio sobre ruedas, y se esfumó en silencio, antes incluso de que yo llegara a la puerta del hotel.

19

El reloj de mi habitación en el hotel decía que tan solo eran las cuatro y treinta y ocho, cosa que no parecía ser posible. Parecía evidente que últimamente estaban pasándome cosas muy interesantes en muy poco tiempo. Lo que también me había producido hambre, pero cerca del hotel únicamente había una franquicia de comida rápida, situada en un puesto todavía más bajo en la escala evolutiva que el que me había producido dolores de barriga la víspera.

De modo que emití un profundo suspiro, me olvidé del hambre y de la fatiga, me senté en la horriblemente incómoda silla del escritorio y me puse a pensar. Hasta entonces, el día no había supuesto una completa pérdida de tiempo; incluso era posible que a Anderson en ese momento estuvieran apretándole las tuercas. Por supuesto, era demasiado esperar que los agentes federales fuesen a investigarlo o detenerlo, pero sin duda se daban cuenta de que algo no funcionaba del todo bien en el País Pequeñito, como podríamos denominar a la inteligencia de Anderson. Circunstancia que tendría que servir para mantenerlo a raya, por lo menos de forma temporal. Aunque, claro está, también era perfectamente posible que le empujara a intentar algo todavía más demencial.

Desde luego, las últimas palabras que me había dicho, *Esto no se ha acabado*, apuntaban a que más bien podía tratar de anticiparse a los acontecimientos. Y el hecho de que el FBI ahora tuviera buenas razones para pensar que había estado amañando pruebas y falsificando firmas probablemente incrementaría su desespero por demostrar que yo era una Buena Pieza de dimensiones colosales. Parecía lógico esperar que su estrategia más probable fuera la de tratar de incriminarme por tenencia de drogas. Ya lo había incluido en mi expediente, y si podía «demostrar» que estaba en lo cierto, no tan solo me devolvería a la cárcel, sino que también conseguiría rehacer su buen nombre.

Cuanto más lo pensaba, más seguro me parecía que ese iba a ser el plan de Anderson. Se haría con algo de la droga «desaparecida» y la metería entre mis escasas pertenencias. Era un plan simple, cosa obligada en su caso, y seguramente funcionaría. Incluso aunque todos pensaran que me había colocado el alijo, mirarían para otro lado. Asentí con la cabeza; eso era lo que haría… si descubría dónde me encontraba. Hasta el momento no lo había hecho, y si me aseguraba de que seguía sin hacerlo, no tendría oportunidad de llevar su plan a la práctica.

Aparqué esta preocupación para más tarde. Anderson no constituía una amenaza del mismo nivel que la ofrecida por los que me habían puesto la bomba. No había forma de contemporizar con alguien que estaba lo bastante empeñado en matarme como para llevarse por delante la mitad de mi hotel, si con eso me liquidaba de una vez para siempre. Habían fallado una vez, pero seguro que volverían a intentarlo tan pronto como pudieran. ¿Cómo? No tenía los suficientes datos para adivinar cuál iba a ser su siguiente maniobra. Nada sabía sobre ellos, excepto que las dimensiones de la bomba apuntaban a una temeraria *joie de vivre* que yo bien hubiera podido admirar, de no ser porque también indicaba su extremada seriedad en el propósito de enviarme al otro barrio.

Por otra parte, Brian *sí* que lo sabía todo sobre ellos. Y de propina, además tenía un coche, un vehículo conocido por su capacidad para trasladar a las personas a lugares en los que había comida. Lo que era más que suficiente; llamé a Brian, quien accedió a venir a recogerme.

Media hora más tarde estábamos sentados en una tranquila, agradable cafetería de Homestead.

—He oído que aquí hacen un pastel de carne estupendo —comentó—. Si te gustan las cosas de ese tipo.

—Me gustan —repuse, y el hecho era que la simple mención del pastel de carne había conseguido que mi estómago rugiera de forma audible.

Una camarera animosa y eficiente nos tomó el pedido: dos pasteles de carne con ajo picado y judías verdes. Café, té endulzado (para Brian). Se marchó con rapidez, y me arrellané en el asiento tapizado en rojo del reservado.

—Y bien —dije a Brian—, todo se resume en lo que estábamos hablando esta mañana.

—Al mediodía, de hecho —matizó Brian educadamente.

Hice un gesto con la mano.

—Lo fundamental es que los amigos de Raúl me han encontrado. Y hay dos cosas que no cuadran.

Mi hermano ya estaba asintiendo con la cabeza, dejándome otra vez claro que no tenía un pelo de tonto.

—Lo primero es que te hayan encontrado a *ti* —afirmó—. Y no a mí.

—Y lo segundo —continué— es que todo ha pasado con demasiada rapidez como para que haya sido una coincidencia o cuestión de suerte. De manera que la pregunta es…

—¿Cómo? —preguntó Brian—. Porque sin saber eso, va a ser mucho más difícil ponerle fin al asunto, ¿verdad?

—La parte más difícil de inventar es el final —aventuré. Parpadeó sin comprender, e hice lo posible por aparentar modestia—. Alexis de Tocqueville —expliqué.

Brian se limitó a asentir con la cabeza y fijó la vista en la mesa. Frunció el ceño muy concentrado, y me di cuenta de que mi expresión era un duplicado exacto de la suya. Qué extraño resultaba, después de llevar tantos años pensando que estaba solo y era único, encontrarme finalmente con alguien que era tan parecido, incluso en el aspecto físico. Por supuesto, mi escritura era mucho más bonita. Y estuviera familiarizado con Shakespeare o no, estaba seguro de que Brian era incapaz de citar a De Tocqueville como yo. Pero bueno, era bastante extraño, eso sí, de una forma agradable. Brian era mi familia de *verdad*, y no una hermana de pega que te daba la espalda a la que surgía el primer problemilla. Por su parte, Brian se había presentado, sin que yo se lo pidiera, cuando empecé a encontrarme en dificultades, y ahora estaba ayudándome a arreglar estos problemas. Sí, claro, estaba el pequeño detalle de que me había involucrado de lleno en una violenta, mortífera guerra entre narcotraficantes. Pero se lo podía perdonar; tenía que hacerlo, porque era mi familia. Familia permanente e innegable, y tan parecido a mí como era posible serlo. Y no como otras.

Dicho pensamiento podría ser comparado a un pie en una representación teatral bien ensayada, pues mi teléfono sonó justo después de formar estas palabras en mi mente. Miré la pantalla y vi, con asombro e irritación, que la llamada la estaba haciendo, increíblemente, la mencionada hermana de pacotilla: Deborah. Lo que no tenía el menor sentido. ¿Acaso necesitaba instrucciones para cambiarle los pañales a Lily Anne? ¿O quería pedirme permiso para dejar a Cody jugar con un objeto punzante? Pues que se fastidiara: estaba sola, y que se las arreglara como pudiese. Por lo que recordaba de nuestras dos últimas conversaciones, no teníamos nada en absoluto que decirnos. Ni ahora ni nunca más en la vida. Me había dejado muy claro que nuestros lazos familiares se habían roto para siempre, y era lo que ella prefería.

Sentía una pequeña punzada de enojo que casi llegaba al resentimiento, y decidí que el señor Dexter Morgan no estaba disponible. Pulsé la tecla de «rechazar» y volví a meterme el móvil en el bolsillo.

Hice que mi poderoso cerebro se concentrara otra vez en el problema que nos ocupaba, sin pensar más en mi exhermana. *¿Cómo me habían encontrado tan rápidamente?* Por lo demás, Deborah no tenía ninguna razón para llamarme.

El teléfono volvió a gorjear. O de pronto me había convertido en el Rey de la Popularidad, o acababa de producirse otro acontecimiento impensable. Miré la pantalla, y vi lo impensable. Era Deborah de nuevo.

Volví a pulsar la tecla de «rechazar», y mi irritación ascendió unos cuantos grados. ¿Es que nunca iba a dejarme en paz? ¿La mujer se proponía perseguirme hasta la tumba? Siempre suponiendo que alguien no me llevara a ella de forma anticipada y por el método habitual.

Otra vez: ¿cómo se explicaba que los hombres de Raúl me hubieran encontrado tan fácil y rápidamente? Tenían que haber dado conmigo después de que me hubiera ido del primer hotel, tras encontrar a Octavio muerto en mi cama. De lo contrario, primero hubieran ido a por Brian, no a por mí. Pero era muy posible que hubieran encontrado mi nombre a partir de mi registro en ese hotel. Y que se enterasen de que una cosa llamada «Dexter Morgan» de un modo u otro estaba relacionada con Brian. ¿Había usado mi tarjeta de crédito desde que me marchara precipitadamente de dicho hotel? No me lo parecía.

Entonces, ¿cómo habían dado conmigo? No creía que se hubieran limitado a deambular por la ciudad en busca de un Dexter, hasta que encontraron al que tenían en el punto de mira. Para empezar, uno no malgastaba una bomba tan espléndida en un objetivo dudoso. *Sabían* que era yo cuando pusieron la bomba en el coche. Pero ¿cómo? ¿En qué lugar podía haberme encontrado cuando la metieron en el auto? No pudo ser en un momento en que estuviera con Brian, por la misma razón. Porque en tal caso primero hubieran ido a por él.

Y bien, yo había estado en unos cuantos restaurantes. Al pensarlo, sentí que la adrenalina relampagueaba por mi columna vertebral, pues recordé que uno de esos restaurantes era *mexicano*. ¡Lo mismo que Raúl! Pero, por supuesto, la cosa no se aguantaba. Dejando aparte el hecho de que todo aquello era políticamente incorrecto en extremo, no tenía mucho sentido. Pepino's tenía tan escasa vinculación con un señor de la droga como la que el restaurante japonés en el que almorcé con Vince tenía con el ataque contra Pearl Harbor. Y este japonés estaba por entero descartado, pues me había pasado media hora sentado en el coche frente al establecimiento, ofreciendo un inmejorable blanco inmóvil. Incluso un enloquecido especialista en artefactos explosivos se hubiera dicho *¡Qué demonios!* y me hubiera liquidado de forma más directa.

Descartados los restaurantes, ¿qué era lo que quedaba? Hacía poco que había salido de la cárcel y no había estado en tantos lugares y... ¿era posible que mi móvil estuviera sonando *otra vez*?

Era posible. Y, una vez más, quien llamaba era Deborah. Por la superficie de mi cerebro corrieron muchas cosas distintas. En su mayoría se trataba de cosas hirientes que podía decirle. Por desgracia, las mejores de ellas implicarían levantar la voz y proferir unas barbaridades que incluso podían poner en peligro el servicio de mi pastel de carne.

Pero, poco a poco, otra cosa fue situándose en primer lugar, haciendo a un lado sin violencia todas aquellas frases y expresiones tan fuertes, soeces y divertidas. Tras dejarme muy claro que no quería volver a tener nada que ver conmigo, Deborah acababa de llamarme *tres* veces en dos minutos.

¿Por qué?

Resultaría agradable suponer que, tras haber pasado tan corto espacio de tiempo con mis hijos, era su propósito devolvérmelos… y todavía más agradable creer que se había dado cuenta de la verdad resplandeciente de lo erróneo de su conducta y quería suplicarme el perdón y arreglarlo todo entre nosotros. Pero, sabiendo lo testaruda que era, una epifanía semejante estaría al nivel de la experimentada por Pablo de Tarso en el camino a Damasco, y no me parecía que Debs estuviera por la labor mientras conducía por el carril rápido de la I-95. Tras descartar semejante ridiculez, que ella de pronto me había perdonado, no se me ocurría una sola razón por la que pudiera estar llamándome. Y en consecuencia no tenía razón para responderle.

A no ser que…

La curiosidad puede con todo, como suele decirse. Y a veces te mete en problemas. Y, sin embargo, una pequeña pero intensa punzada de curiosidad estaba entrometiéndose en mi concentración, exigiendo toda mi atención. Y, además, era incluso posible que en algún rincón de mi ser siguiera estando alojada una brizna de la lealtad familiar que Harry en su momento me inculcara. Por la razón que fuese, hice lo impensable, lo insensato, lo irresistible.

Respondí.

—¿Sí? —apunté en tono despreocupado, para que viera que su llamada, y ella misma, por extensión, no tenía la menor importancia para mí.

—Necesito que me ayudes —dijo Deborah entre dientes.

—¿En seriooo? —Y mi sorpresa nada tenía de fingida. La posibilidad de que llegara a pedirme una cosa así no se me había ocurrido ni en sueños—. ¿Y qué demonios te hace creer que tengo intención de ayudarte? —Lo dije con todo el desdén posible, sabedor de que en absoluto iba a poder darme una respuesta satisfactoria.

—Los niños han desaparecido. Los han secuestrado.

Excepto esa respuesta, claro.

20

Muy amablemente, Brian aceptó dirigirse al norte por la U.S. 1, tras lo cual torció a la izquierda hacia Gables, para ir a la casita de Deborah. No abrió la boca, como no fuera para preguntarme por el camino, y se lo agradecí. Casi cualquier otra persona se hubiera puesto a parlotear como una cotorra, llenando el silencio con sentimentales expresiones de comprensión y de compasión o, peor todavía, de declaraciones de completo apoyo a mi persona en ese momento difícil.

Brian no hizo nada de todo eso, dejándome claro una vez más que me conocía mejor que nadie en el mundo. Tenía claro que a la primera frase lacrimógena, a la primera varonil, compasiva expresión del tipo *Estoy contigo, compañero*, me abalanzaría sobre él y le arrancaría los ojos. Por supuesto, también era posible que entendiera que yo tenía claro que cualquier cosa parecida que dijese resultaría tan vacía como artificial, pues era tan incapaz de sentir compasión como de albergar cualquier otro sentimiento humano.

Y se suponía que yo era igual: vacío, sin nada en el interior, un cero a la izquierda en lo tocante a los sentimientos. Yo no tenía emociones, no sentía nada, ni piedad ni empatía ni demás patéticas babosidades humanas. Por lo que tenía que ser el hambre, producto de no haber desayunado, lo que me revolvía el estómago y me hacía palpitar las sienes como si estas fueran dos pequeños puños afilados.

Secuestrados.

Mis hijos.

Cuanto más pensaba en ello, más difícil me resultaba *pensarlo*. Una poderosa marea en ascenso de ira combinada con ansiedad estaba invadiéndome, y tan solo podía apretar los dientes, cerrar los puños y fantasear con lo que les haría a quienes se los habían llevado. Lo que era contraproducente, y hasta debilitante, pues el único resulta-do estaba siendo el regreso del dolor de cabeza de esa mañana, así como un par de cortes en las palmas de las manos, allí donde mis uñas habían hendido en demasía al cerrar los puños con fuerza.

Una ira estúpida, inútil, enfermiza… pero que sin embargo me sirvió para matar el rato. Antes de que me diera cuenta, Brian estaba estacionando el coche en la calle donde vivía Deborah.

—Si no te importa —dijo, con una reserva muy cortés—, prefiero no entrar.

—Claro.

Era a todas luces impensable que tratara de encontrarse con Deborah, hasta tal punto que sus palabras venían a ser una simple pérdida de tiempo. Iba a abrir la portezuela, pero su voz me inte-rrumpió:

—Dexter.

Me giré y le miré, algo irritado porque me estuviera retrasando.

—Voy a ayudarte en todo lo que pueda —afirmó, sin artificio de ninguna clase, con una limpia simplicidad que indicaba que efecti-vamente iba a hacerlo. Lo que para mí significó más que todas las lágrimas de cocodrilo del mundo. Dejé de apretar la mandíbula por primera vez desde la llamada de Deborah.

—Gracias —repliqué—. Te llamo en cuanto sepa más. En cuan-to pueda.

El coche de Brian se perdió calle abajo antes incluso de que yo llegara a la puerta de la casa. Y mejor así, pues la puerta se abrió de repente cuando yo aún me encontraba a tres o cuatro metros de dis-tancia. Deborah estaba en el umbral, con los puños cerrados a uno y otro costado; vi su rostro y comprobé, con anonadamiento abso-luto, que había estado llorando. Ella nunca lloraba. Jamás. La últi-ma vez que la había visto llorar fue cuando tenía ocho años, se cayó de un árbol y se fracturó la muñeca. Desde entonces siempre se había mostrado gélida y por completo controladora de sus emociones, más dura que la piedra, prácticamente biónica. Yo tenía claro que sí que *sentía* cosas; sencillamente nunca lo *mostraba*. Muchas veces me había dicho que resultaba irónico: ella lo sentía todo pero no mostraba nada, y yo hacía justo lo contrario. El Legado de Harry.

Me detuve al llegar a los escalones, todavía a cierta distancia, sin saber qué iba a pasar a continuación. Era evidente que ella tampoco lo sabía, pues me miró, desvió la mirada, volvió a mirarme y, a continuación, sencillamente entró en la casa, dejando la puerta abierta como muda invitación a entrar. Así lo hice, cerrándola a mis espaldas.

Deborah ya se había sentado a la desvencijada mesa de la cocina. Tenía la cabeza gacha sobre una taza de café llena a medias, contemplándola como si esta pudiera darle una respuesta. Me la quedé mirando un momento, pero no levantó la vista, de forma que cogí una silla y me senté frente a ella. En la mesa había unos papeles, que reconocí: el acuerdo de custodia que llevaba mi firma.

Agua pasada. Ahora tan solo importaban los niños.

—¿Qué es lo que ha sucedido? —pregunté. Me di cuenta de que mi tono en realidad venía a decir: *¿Cómo has podido dejar que sucediera una cosa así?*

Pero Debs asintió con la cabeza, como si se lo tuviera merecido.

—Los dejé en la guardería, como siempre —explicó—. Me fui al trabajo. Se presentaron media hora más tarde. Tres hombres armados. «Tráigannos a los hermanos Morgan», ordenaron. Nadie lo hizo, y entonces dispararon a una de las maestras. —Levantó la vista un segundo—. Se llevaron a los niños. A los cuatro. Los metieron en un coche y se marcharon. —Agachó la cabeza más aún—. Tienen a nuestros niños en su poder.

Sus palabras sonaban medio muertas, medio vacías, como si se hubiese rendido por entero. Nunca le había oído hablar en ese tono, que me resultaba muy incómodo.

—¿Quiénes eran esos tipos? —pregunté. Frunció el ceño, pero sin levantar la mirada—. Esos hombres armados —dije—. ¿Quiénes eran? ¿Hay alguna pista, por pequeña que sea?

Se encogió de hombros.

—Hispanos —respondió—. Hablaban con fuerte acento. Dos de ellos eran bajitos y morenos, el otro más alto y con el pelo más claro. Es lo único que han podido decirme.

—Estupendo —observé—. Hablaban con acento hispano. En Miami los encontraremos con facilidad.

—El coche era un cuatro por cuatro, azul oscuro. Nadie se fijó en la matrícula —agregó con la misma voz apagada.

Estuve a punto de decir algo sarcástico, pero de inmediato me contuve, pues un gigantesco gong de alarma empezó a resonar en la parte posterior de mi mente. Algo de lo que Debs me había dicho acababa de erizarme el vello de la parte posterior del cuello y de enviar a las tropas al parapeto. Al principio no lo capté. Rebobiné sus últimas frases. Tres hombres armados. Entendido. Hispanos. Entendido. Dos bajitos y uno más alto. Entendido. Un cuatro por cuatro azul oscuro...

Ding-ding-ding-ding-ding.

Naturalmente, daba por sentado que a los niños los habían raptado los hombres de Raúl. La única pregunta era la misma que en todo momento. ¿Cómo? ¿Cómo me habían encontrado? Y, una vez que me habían encontrado, ¿cómo habían establecido la conexión y encontrado a los niños?

De pronto, gran parte de la respuesta me resultó evidente.

Un cuatro por cuatro azul oscuro. Yo había visto uno hacía poco. De hecho, lo había visto más de una vez. Al aparcar mi coche en el callejón cerca de Pepino's... y después aquí aquí mismo, en el exterior de la casa de Deborah, un cuatro por cuatro azul oscuro había pasado circulando a poca velocidad. ¿Y no lo había vuelto a ver recientemente?

—Dexter —habló Deborah, interrumpiendo mis procesos mentales—. No puedo quedarme cruzada de brazos. Tengo que... Me han puesto en situación de baja administrativa. ¿Y se supone que tengo que quedarme aquí sentada, a la espera de que *ellos* encuentren a *mis* hijos? —Me miró, con una expresión suplicante que tampoco le había visto con anterioridad—. No puedo quedarme cruzada de brazos. ¡La puta que los parió, tenemos que hacer algo!

—¿Qué sugieres?

Durante un segundo tuve la impresión de que iba a perder los nervios y soltarme un ladrido. Pero de pronto se vino abajo y volvió a agachar la cabeza.

—No lo sé —musitó—. No piensan dejarme participar en este caso, ni de lejos. Ni siquiera puedo... Me han obligado a volver a casa y… —Meneó la cabeza lentamente, como si apenas le quedara energía para hacerlo.

—¿Por eso me has llamado? —inquirí—. ¿Porque crees que puedo encontrar a esos sujetos?

—No —contestó. Y entonces levantó la cabeza y me miró, y de nuevo volvió a ser Debs. Mejor aún, de pronto era la Súper Debs, Debs la que mató al Dragón. El fuego en sus ojos hubiera podido fundir el parachoques de un Buick—. Te he llamado porque cuando los encuentre, quiero verlos muertos.

Asentí como si fuera lo más natural del mundo, que me pidiera sumarme a su causa y hacer el trabajo sucio. Y, de hecho, durante un segundo o dos, sí que me pareció muy natural. Ella los encontraría, y yo me ocuparía de lo siguiente. Cada uno haría aquello que se le daba mejor, trabajando juntos y en armonía, como tenía que ser. Como muestra inmejorable del *verdadero* legado de Harry.

Pero, tras pensarlo un momento, no me parecía natural en absoluto. Unas pocas horas antes, Deborah me consideraba poco menos que muerto, un ente inferior a las algas de los estanques… y por esa misma razón, ahora encontraba que mi compañía era deseable. Se trataba de un cambio de actitud tan frío y tan calculado, tan completamente reptiliano, que tendría que haberme sentido admirado. No era el caso. Necesitaba más.

Como no tengo verdaderos sentimientos humanos, Harry me había enseñado a contemplar los lazos familiares como si fueran *normas*. Siempre he sabido manejarme bastante bien con las normas. Ayudan a que todo funcione bien y de forma ordenada, y el mundo sería mucho mejor si todos les prestaran mayor atención… y hasta si todos nos pusiéramos de acuerdo sobre un mismo conjunto de normas.

Deborah había quebrantado una norma muy importante, que Harry me había inculcado a machamartillo: *La familia es lo primero*. Todo lo demás en la vida viene y va, y las cosas que hoy parecen ser importantes terminan por desvanecerse como la nieve al final de la primavera. Pero esto no. La familia es para siempre. Siempre lo había creído, y hasta lo había fiado todo a ese principio. Que Deborah había quebrantado. La había necesitado, en mayor medida que a cualquier otra persona en la vida, había precisado de su ayuda, de su afecto y de su apoyo, las únicas cosas que una familia puede aportar de verdad. Y ella me había dejado tirado como a un viejo muñeco en la alfombra del salón. La única razón por la que ahora estaba volviendo a tratar conmigo era porque me *necesitaba*.

Por supuesto, siempre es agradable que alguien aprecie tu talento, sobre todo si ese alguien es un familiar, pero en ese punto de nuestra actual no relación, me estaba diciendo que Deborah tendría que brindarme algo más que una aceptación temporal destinada a que me cargara a unos cuantos fulanos.

De modo que la miré con ojos acerados.

—Me parece estupendo de veras —dije—. Pero ¿por qué tendría que hacer eso por ti? —Me miró con la boca abierta y la indignación en los ojos—. ¿Por qué tendría que hacer cualquier cosa, la que fuera, por ti? Y, por favor —avisé, mostrándole la palma de la mano—, *por favor*, no me respondas que porque soy tu hermano y porque son mis hijos. Tú misma te has encargado de quemar esos puentes, y a conciencia.

—Joder, Dexter, por favor —me espetó, y me gustó ver que en sus mejillas reaparecía algo de color—. ¿Es que tan solo puedes pensar en ti mismo?

—No tengo nada más en lo que pensar —contesté—. Dejaste que Anderson me arrebatara el empleo, que acabara con mi buena reputación y mi libertad… y luego *tú misma* me arrebataste a mi familia. —Empujé los papeles de la custodia en su dirección y levanté una ceja—. ¿Te acuerdas? No ha pasado tanto tiempo.

—Hice lo que me pareció mejor para los niños —dijo, y era posible que el color en sus mejillas de pronto fuera excesivo—. Es lo que siempre hago. —Tamborileó con un dedo sobre la mesa, con fuerza, una vez por cada palabra—. Es lo que Ahora Estoy Haciendo.

—¿En serio? ¿Lo mejor para ellos es que siga encerrado en la cárcel hasta que salga a liquidar a unos cuantos tipos para ti? ¿Y que luego desaparezca de forma conveniente? Ese es tu plan, ¿no? —Meneé la cabeza—. Tan solo mi hermana podría pedirme una cosa así…, pero resulta que ya no tengo hermana.

—¡Mierda! —me increpó—. ¿Qué quieres? ¿Una disculpa? Pues vale, lo siento, ¿está bien así?

—No. No está bien. Ni de lejos.

Debs alargó el cuello en mi dirección, todo cuanto era posible sin levantarse de la silla.

—Se necesita ser un mierda y un cabrón —vociferó—. ¡También son tus hijos!

—No, ya no —protesté, y miré los papeles de la custodia de manera significativa.

Durante un segundo, se limitó a enseñarme los dientes, mientras la rabia crecía en sus ojos y trataba de encontrar una dirección en la que ir y algo a lo que prender fuego. Y a continuación soltó un manotazo. Di un respingo y parpadeé, pero no iba a por mi cara. En su lugar agarró los documentos de la custodia, los rompió en dos y me tiró el resultado a la cabeza. Pillado por sorpresa, casi todos los papeles rotos dieron en mi cara. Si teníamos en cuenta todo lo que me había sucedido en las últimas horas, tampoco resultó tan doloroso. De hecho, en cierto modo extraño, incluso fue un poco agradable.

Volvía a tener una familia, o eso parecía.

—Acepto tus disculpas —dije—. ¿Cómo vamos a encontrar a esa gente?

Siguió fulminándome con los ojos unos instantes más; al fin y al cabo, tenía que dejar atrás la rabia y ponerse a planificar, y resulta mucho más difícil cambiar de tercio con rapidez si tienes emociones. Debs se arrellanó ligeramente en el asiento, adoptando una postura más normal, y meneó la cabeza.

—Ni idea —respondió—. Te he dicho todo lo que sé.

—Tres hombres hispanos —recapitulé—. Y un cuatro por cuatro azul oscuro.

—Eso mismo —convino, y su mirada otra vez fue a posarse a la taza de café—. Es todo lo que tenemos. —Cogió la taza, miró su contenido y volvió a dejarla en la mesa sin probarlo en absoluto—. Ni siquiera sé *por qué* se han llevado a los niños. ¿Una venganza de alguien a quien detuve en su día? —Volvió a menear la cabeza—. Si por lo menos supiera por qué…

Deborah siempre había tenido un ego bastante fuerte, y me alegró comprobar que seguía conservándolo en ese momento de crisis.

Lo que pensaba era que alguien había raptado a los niños para vengarse de *ella*. Por mi parte, ni siquiera había considerado esa posibilidad; de forma natural, había dado por sentado que habían sido los hombres de Raúl, con el propósito de ponerme en situación de desventaja. Pero pensé sobre dicha posibilidad, la de que fuera una venganza contra Debs, y la idea resultó tener varios elementos atrayentes. Para empezar, me liberaba de toda responsabilidad: no tenía que decirle que todo era por mi culpa, lo que bien podría enfriar ese tan cálido reencuentro. Tampoco tenía que hablarle de Brian, lo que sin duda complicaría mucho las cosas para este último.

—¿Te han soltado para siempre? —preguntó Deborah abruptamente.

—¿Que si me han soltado? —repetí, todavía sumido en mis meditaciones—. ¿De la cárcel, quieres decir? —Asintió con la cabeza—. Bueno, no está claro. El fiscal del estado se ha jurado hacerme pagar todo esto.

Soltó un bufido sardónico.

—Pues vaya una mierda —dijo—. Si Frank Kraunauer no es capaz de librarte de esta… Por Dios, Dex, ¿qué te pasa?

Lo que me pasaba era muy sencillo: la cabeza estaba dándome vueltas como un tiovivo. También era posible que estuviera inmóvil por completo, y que fuera la cocina la que no paraba de girar, y hasta el universo entero, repentinamente en danza giratoria como un descomunal derviche enloquecido. Mi rostro tenía que reflejarlo, pues el orden natural de las cosas de pronto se había trastocado de arriba abajo. El este ahora estaba arriba, el oeste era el mañana, nada era como tenía que ser, y sin embargo, a pesar de todo ello, las cosas de repente habían cobrado sentido. Resultaba enfermizo, enloquecedor, horroroso y nauseabundo, pero ahora todo encajaba a la perfección.

Me acordaba de dónde había visto antes aquel cuatro por cuatro azul oscuro.

Recordaba con claridad dónde había estado y qué había estado haciendo, y todas las monedas estaban entrando en las ranuras disponibles, al tiempo que se disparaban todas las luces, pitidos y sonidos en el gran juego del millón que era el Universo de Dexter. Lo sabía.

Un recuerdo repentino acababa de transformar la realidad entera, y todo encajaba de forma precisa.

Y no agradablemente. Nada de eso.

—¿Dex? —dijo Deborah con extrañeza, como si no estuviera segura de haber hecho las paces conmigo hasta el punto necesario para hacer gala de preocupación—. ¿Estás bien?

—Soy un imbécil —respondí—. Un primo redomado, un tonto de remate, uno que se lo cree todo. Ciego de un ojo, sordo de los dos oídos, con menos seso que una farola.

—Es posible. Pero ¿qué es lo que te ha llevado a caer en la cuenta?

—Sé cómo encontrarlos —afirmé.

La expresión de inquietud se esfumó de su rostro, sustituida por un hambre muy voraz.

—¿Cómo? —preguntó.

La miré y empecé a decírselo, pero me detuve. ¿De veras podía contárselo? ¿Que los secuestradores me habían seguido a *mí*, hasta su casa y los niños?

—¡Dexter, maldita sea! ¿Cómo? —quiso saber—. ¿Dónde están?

No terminaba de decidirme. Opté por disimular.

—No sé dónde están —expuse—. Pero —agregué, haciendo oídos sordos a los torrenciales, muy profesionales exabruptos de Debs— creo que puedo hacer que vengan a buscarme.

—¿A buscarte? ¿A ti? ¿Y por qué iban a venir a buscarte?

Respiré hondo. Y guardé silencio.

No soy una persona propensa a confiar en los demás. Mi propia experiencia vital y mi lúcida observación del ser humano me han llevado a concluir que la desconfianza es un rasgo muy deseable. Era verdad que había hecho excepciones, con mis familiares sobre todo. Con Deborah en particular.

Pero en ese momento, cuando nuestra nueva relación aún estaba definiéndose, no me parecía muy acertado. Para empezar, contarle la verdad sobre Brian, Raúl y todo aquel lío endemoniado —y reconocer que el culpable del rapto de los niños era yo— bien podía tener unas consecuencias muy desagradables.

La verdad es una cosa muy frágil, ¿verdad que sí? Una vez rota, no hay superpegamento en el mundo capaz de recomponerla. Era posible que con el tiempo llegara a confiar en mi neohermana. Pero todavía no.

—¡Qué coño, Dexter! —exclamó ella—. ¿Por qué mierda iban a venir a por ti?

Reprimí el impulso de sonreír de modo reconfortante, pues era posible que el gesto fuera tomado como muestra de burla. En su lugar, brindé a Deborah una mirada inigualablemente firme y varonil.

—Vas a tener que confiar en mí —dije.

21

Por supuesto, Deborah quería ir conmigo. Tampoco era porque no se fiase de mí, aunque, claro está, no se fiaba. Simplemente quería hacerlo porque era, y siempre ha sido, lo que suele llamarse una Persona Absolutamente Controladora. No podía soportar la idea de que algo que le importaba se perdiera de vista y recayera en manos menos competentes que las suyas... y, naturalmente, a su modo de ver, ningunas manos eran tan competentes como las suyas.

Pero no podía ser. Había demasiadas variables en juego, y era muy posible que Debs se tropezara con alguna de ellas y nos buscara un problema muy gordo. De forma que, al final, después de que hubiera recurrido a la blasfemia, el matonismo, el halago, el chantaje, la extorsión y la amenaza de la fuerza física enorme y violenta, cedió. No solo eso, sino que hasta me proporcionó una Fusca Fría.

Por si no conocéis la expresión, o —peor— la conocéis, pero pensáis que tan solo un policía corrupto puede tener ese tipo de cosas, permitidme que me explique. Una Fusca Fría es una pistola sin historial. No está registrada, y es bastante frecuente que hayan limado el número de serie. Lo que significa que si es empleada en el curso de uno o dos delitos graves sin importancia, resulta imposible rastrear quién la tiene o la tuvo en su poder. Como podéis ver, tal circunstancia hace que sea bastante práctico eso de contar con una Fusca Fría.

Y si sois de los que pensáis que a un honrado integrante de un cuerpo de policía ni por asomo se le ocurriría estar en posesión de un objeto tan vil, dejadme deciros una cosa: ¡ja! Más todavía: ¡ja, ja!

Los polis prefieren no hablar del asunto, claro. Pero de vez en cuando, en el curso de una labor que resulta rutinariamente contradictoria, degradante y amenazadora para la vida, de vez en cuando surge una situación en la que el Policía Bueno se encuentra en un Grave Apuro, y el Bien Común exige forzar un poquitín las normas tan estrictas a las que está sometido.

Y de ahí la Fusca Fría. Deborah tenía una, una muy bonita Ruger de nueve milímetros, con peine de quince balas y, según me aseguró, por completo imposible de rastrear. La puso en mis manos y hasta me proporcionó un segundo cargador lleno de proyectiles, y si bien no llegó a romper a llorar y musitar «Que Dios te acompañe», sí que me miró a los ojos durante dos segundos enteros antes de decir «Qué coño» y apartar la vista. Lo que en el caso de Deborah estaba muy cerca de expresar «Que Dios te acompañe».

No me gustan las armas de fuego. Son frías, impersonales, unos artefactos desagradables, por completo carentes de belleza. No tienen verdadera *alma*, y le quitan toda la gracia a las cosas. Pero también son bastante efectivas a la hora de igualar las fuerzas, y como hijo que soy de un antiguo marine fogueado en el combate y más tarde policía, también soy bastante ducho en su manejo. Y dado que no tenía una idea muy clara de lo que me esperaba, el peso de la Ruger en el bolsillo inspiraba notable confianza.

De muy mala gana, Deborah me condujo hasta Dadeland, un viejo centro comercial enclavado en South Miami, ante cuya puerta me dejó, sin que su mal humor hubiera desaparecido en absoluto. Me miró larga y torvamente antes de dejar que me fuera, pero todo cuanto dijo fue:

—Llámame en cuanto puedas, carajo.

Deambulé por el centro comercial durante media hora o así, para darle a Debs la oportunidad de cansarse de montar esperanzada vigilancia en el aparcamiento, y a continuación me dirigí al área de los restaurantes y resolví unos cuantos problemas tan serios como inmediatos. Al fin y al cabo, no había llegado a probar el pastel de carne. Era posible que hubiera estado tan concentrado en el proyecto de salvar a mis hijos como para olvidarme del hambre que tenía. Pero la poderosa máquina conocida como Dexter no funciona de esa manera. A fin de desempeñarse al nivel más alto posible, necesita hacer acopio de combustible con regularidad. Y como el futuro próximo iba a depararme una o dos tareas muy exigentes, necesitaba hacerlo en ese momento.

En el área de los restaurantes había una amplia gama de posibilidades, como suele pasar. Me decidí por dos grandes porciones de pizza, por muy buenas razones. Primero, porque lo primero con lo que me tropecé fue una pizzería. Segundo, y casi tan importante, porque las porciones estaban a la vista bajo una luz roja, prestas para su servicio al instante. Me las comí con rapidez, para no fijarme en su sabor repugnante.

Después de comer encontré un Starbucks y pedí un Doble Súper Reverso Mega Ultra Extra Buenísimo Lo-que-Fuera, cuyo sabor fue sorprendentemente parecido al del café. Me lo llevé a una mesa situada en un rincón tranquilo, tomé asiento y llamé a Brian.

Respondió al momento.

—Hermanito —contestó, con su falsa bonhomía acostumbrada.

—Tengo algo muy importante que decirte. ¿Puedes venir a recogerme?

—¿Es de suma importancia?

—Por supuesto —le aseguré—. Un problema está resuelto.

—Ah, muy bien. Ahora mismo voy.

Me senté y bebí a sorbitos la mezcla Reverso Mega Ultra Extra Buenísimo, a la espera de que Brian llegase. Volví a considerarlo todo con minuciosidad, tratando de dar con alguna indicación de que había estado razonando mal, y no di con ninguna. Estaba todo lo seguro que es posible estarlo, lo que siempre es una sensación bonita. Si salía con vida de esta, tendría que acordarme de experimentar dicha sensación más a menudo.

¿Y por qué no podía experimentarla más a menudo *en ese preciso instante*? ¿Por qué no podía pensar en algo que me produjera tal sensación y me ayudara a resolver de una vez la absurda, torpe malevolencia de Anderson? La cosa estaba verdaderamente fatal; por primera vez desde que todo comenzara, estaba empezando a pensar que quizá había una solución. Pero si mi nueva teoría era la correcta, todavía tendría que manejarme con el Inspector Incompetente.

Me acordé de una frase que mi madre adoptiva, Doris, acostumbraba a repetir: «Dos pequeños problemas llevan a una gran solución». Supongo que era su forma de ponerle buena cara al mal tiempo, y nunca me había parecido que fuese verdad. Pero si en algún momento efectivamente *podía* ser verdad, esa era la ocasión idónea.

De vez en cuando tengo la impresión de que mis pensamientos están fijos en una cosa, aunque de hecho no sea el caso. Cuando eso sucede, es bastante frecuente que se aclaren la garganta para llamarme la atención cortésmente y que a continuación me hagan saber en qué he estado pensando *de verdad*. Sentado en el centro comercial Dadeland, mientras me acordaba de la Querida Doris, oí un suave pero claro *ejem* procedente de un rincón en desuso de mi cerebro. Me volví hacia él, suponiendo que oiría la petición de una porción adicional de la tan horrorosa pizza. Pero lo que me llegó en su lugar fue algo más sabroso, incomparablemente.

Hasta tal punto, de hecho, que volví a sentir Aquella Sensación.

Una vez más, eché mano al teléfono, y el dispositivo en esa ocasión me maravilló de veras. Incluso me arrepentí de haberle tenido tirria en su día. ¡Qué magnífico artilugio era un teléfono móvil! Puedes tomar fotos, enviar mensajes de texto, acceder a Internet, funciona como un GPS o una grabadora y cien cosas más… ¡y hasta puedes hacer llamadas telefónicas! Y para rematar ese mundo de maravillosas posibilidades, ¡incluso te permite enviar correos electrónicos!

Con rapidez, empecé a usar unas cuantas de esas fantásticas prestaciones. Entré en Internet y encontré un portal que te permite hacer reservas de hotel; reservé una habitación en el Galleon de South Miami con el nombre de Brian Murphy, el que aparecía en la tarjeta de crédito falsificada de mi hermano. El portal te permitía elegir la habitación precisa, y me decanté por la 1221 por ninguna razón en particular, pulsé confirmación y salí de allí.

A continuación empleé mi tan querido móvil para enviar un correo a Vince Masuoka. «Hola, Vince», escribí. «Para k lo sepas, stoy en Hotel Galleon, habitcion 1221. No se l digas a nadie!!!» Y después añadí: «PD: Voy a star fuera de mi cuarto unas 2 hras, así k no vengas ahora mismo».

Y finalmente, para rematar la jugada, usé el tan maravilloso dispositivo para hacer una llamada telefónica de verdad.

—Vince —dije, cuando me respondió—. Acabo de enviarte un correo y...

—¿¡Qué!? ¡Noo! —gimió—. Dexter, te lo advertí... ¡Anderson está leyendo mis correos!

—Sí, ya lo sé —repuse en tono tranquilizador—. Es lo que me interesa.

—Que es lo que te intere... ¿Cómo?

—Tú limítate a no hacer caso del mensaje. ¿Entendido?

—¿Que no haga caso...? Pero se trata de mi correo electrónico.

—Vince, por favor, es muy fácil. Limítate a no hacer caso de los mensajes que te envíe. ¿Comprendido?

—Eh... bueno, vale. Pero, Dexter...

—Tengo que dejarte, Vince —dije con rapidez, antes de que pudiera volver a las andadas—. ¡Adiós! —Colgué.

¿Os habéis fijado en que el mundo puede ser un lugar maravilloso, en esas raras ocasiones en que las Cosas salen como tiene que ser y funcionan según lo previsto? Esa era una de esas ocasiones, y para celebrarlo por todo lo alto, me levanté y compré otro Extra Magno Fantabuloso. Una vez más, el sabor era muy parecido al del café, lo que también me convenía. Fui bebiendo a sorbitos, mientras aguardaba a mi hermano.

Y unos pocos minutos después, Brian estaba sentado frente a mí, dando cuenta a sorbitos de su propio Gigundo Estupléndido Triple Colosal Cósmico Milagroso.

—¿Estás seguro de lo que acabas de decirme? —preguntó, limpiándose de nata montada el labio superior.

—Sí que lo estoy. Pero si me equivoco, lo peor que puede pasar es que nadie se presente.

Asintió con la cabeza y bebió otro sorbo.

—Muy bien. En tal caso, hagámoslo.

Llevé la mano al bolsillo y saqué el teléfono, así como la tarjeta de visita que conservaba a su lado. Marqué, sonaron tres llamadas, y una voz respondió:

—Kraunauer.

—Dexter Morgan, señor Kraunauer —anuncié—. Verá. Creo que un periodista me ha reconocido en el vestíbulo. Razón por la que me he cambiado a otro hotel, y he pensado en llamar para avisarle. Por si las moscas, ya se sabe.

—Me parece una buena idea —repuso el abogado—. Más vale prevenir... ¿Dónde se encuentra?

—En el Galleon Hotel de South Miami, habitación 1221 —respondí, pensando que era la primera vez que le oía pronunciar una frase hecha de ese tipo. Saltaba a la vista que su mente estaba ocupada en cuestiones más importantes, como informar a sus amigachos asesinos sobre la nueva localización de Dexter. El recurso a un cliché seguramente no constituía una prueba definitiva en el plano legal, pero para mí resultaba suficiente.

—De acuerdo. Sea paciente y quédese en la habitación el mayor tiempo posible.

—He alquilado una película. Voy a quedarme en el cuarto durante las dos próximas horas y luego saldré a dar un bocado.

—Excelente. Creo que pronto vamos a tener buenas noticias.

—Espléndido. Gracias, señor Kraunauer.

—No se merecen en absoluto —respondió, y colgó.

Brian estaba mirándome a la expectativa. Me encogí de hombros y aduje:

—Tampoco es que haya confesado.

—No, claro.

—Pero me parece que tengo razón —añadí—. Y creo que va a ser muy pronto. A ver qué pasa con la secuencia temporal.

—Todavía me cuesta un poco creerlo —apuntó Brian—. Este hombre tiene muy buena fama en determinados círculos. —Me brindó una rápida sonrisa—. Ya me entiendes, los círculos en los que estuve moviéndome hasta hace poco. —Miró el café y frunció el ceño—. ¿Por qué iba a hacerte una cosa así? ¿Por cuestión de un cliente?

—Por simple cuestión de dinero —contesté—. Yo para él no soy más que un caso, con un presupuesto limitado. Raúl, por el contrario, representa una fuente ilimitada de futuros clientes forrados de pasta. Y —agregué— Raúl probablemente mataría a Kraunauer si se negara a hacer todo esto.

—Lo que puede ser persuasivo —reconoció Brian.

—Y tú te enteraste de la existencia de Kraunauer a partir de tu trabajo con Raúl, ¿no es así? —pregunté. Brian asintió—. Sabemos que hay una conexión entre el uno y el otro. Y esa conexión me parece casi definitiva.

—Supongo que lo es —dijo pensativo. Guardó silencio un momento, suspiró y meneó la cabeza—. En qué mundo vivimos —agregó—. Supongo que es verdad eso de que no hay nada sagrado.

—Tan solo dos cosas —aduje—. Los abogados y el dinero.

—Amén —repuso—. Y bien. Ahora ¿qué vamos a hacer?

—Esperar. Lo mejor sería hacerlo en un lugar cercano al hotel, desde donde podamos ver sin ser vistos.

—Sí. Y lo de Sin Ser Vistos me parece más que oportuno.

El Galleon se encontraba a cosa de kilómetro y medio del centro comercial, y al cabo de media hora nos encontramos en situación: en un lugar idóneo a media manzana de distancia, en un aparcamiento circundado por un vallado de alambre. Los propietarios habían plantado un escuálido seto junto a este para dotarlo de algo más de privacidad. Atardecía, y el tráfico de la hora punta empezaba a atenuarse. A través del patético seto, podíamos ver la entrada principal del hotel. Pero nadie podía vernos a nosotros, ocultos como estábamos tras el seto y el parabrisas.

Seguíamos a la espera, cuando de pronto tuve una idea poco tranquilizadora.

—¿Y si les da por poner otra bomba? —pregunté.

—No creo que vayan a hacerlo —contestó Brian. Sonrió ligeramente con despreocupación—. Raúl no tolera los fracasos. Y esta vez querrá una confirmación directa y cara a cara.

—¿Cuántos van a ser?

—Esta vez vendrá el mejor equipo de todos. Los mejores tiradores de Raúl. Por lo menos dos de ellos, y posiblemente también un conductor.

—Eso espero. Nos sería más fácil atrapar al conductor con vida.

—Si verdaderamente tenemos que hacerlo.

—Tenemos que hacerlo —repuse con firmeza—. Necesitamos a uno vivo, por lo menos, para que nos lo cuente todo.

Brian incluso hizo un mohín de decepción.

—Es una lástima.

—Sí, Brian, ya lo sé. Pero necesitamos a alguien que nos diga dónde están los niños.

—Claro, claro. —Su expresión de pronto se iluminó visiblemente—. ¡Pero ¡eso significa que tendremos que *persuadirlo* para que hable! ¡No se me había ocurrido! Nos vamos a divertir.

Se puso a canturrear con suavidad, sin afinar demasiado. Al momento encontré que su antimúsica resultaba irritante, de forma casi insoportable.

Era posible que estuviese un poquito nervioso... aunque tenía motivos para estarlo, ¿no? Finalmente tenía una forma de responder a todo el dolor, la persecución y la perfidia que estaban haciéndome la vida imposible, pero la jugada era arriesgada y también muy delicada. Si el lapso temporal no era exactamente el calculado, o si uno de mis peones no reaccionaba del modo previsto, todo podía venirse abajo. Había demasiadas variables, y no podía controlar ninguna, y después de tres minutos de esperar y escuchar el horroroso canturreo de Brian, me entraron ganas de estrangularle.

Pero al cabo de pocos minutos, un Ford Taurus se detuvo frente al hotel y aparcó de mala manera. El Taurus era el modelo sin marcas característico de la policía de Miami-Dade, y la forma de aparcar era la propia de un polizonte que se creía poco menos que intocable. Y, claro que sí, Anderson se bajó inmediatamente del coche.

—Bingo —dije.

—¿El primero de la lista? —preguntó Brian.

—El mismo.

Le contemplamos subir por los escalones y entrar en el hotel, con una caja de zapatos bajo el brazo. Ahora todo era cuestión de que la secuencia temporal fuese la correcta. Durante un segundo ansié que efectivamente existiera un dios, y que este escuchara una oración procedente de alguien como yo. Hubiera sido bonito pronunciar una pequeña oración y efectivamente creer que iba a funcionar. Pero, que yo supiera, no había dios alguno, y la única oración que conocía era un rezo infantil para irse a dormir, que en ese momento no me parecía el más adecuado.

Por suerte para mí, no fue necesario rezar. Dos minutos después de que Anderson desapareciese por la puerta del hotel, un cuatro por cuatro azul pasó por delante de nosotros a poca velocidad y fue a aparcar al otro lado del hotel.

—Los segundos de la lista —comenté—. Todo marcha sobre ruedas.

Brian asintió con la cabeza, mientras contemplaba ese segundo vehículo con interés. Dos hombres se bajaron de él: bajitos y fornidos, morenos, uno de ellos con una pequeña maleta.

—El de la maleta es César —murmuró Brian—. Un tipo muy peligroso. Al otro no lo conozco.

Cerraron las puertas del coche y fueron hacia el hotel arrastrando la maleta.

—No han venido con conductor —observé, y la ansiedad hizo que mi estómago se estremeciera.

Brian meneó la cabeza.

—Yo no veo ninguno.

—Maldita sea.

Eso complicaba las cosas un poco…, pero no nos quedaba otra que dejar que estas siguieran su curso y esperar que todo saliera bien.

Esperamos un par de minutos más, y Brian me miró.

—¿Probamos?

—Probemos.

Salimos del coche y cruzamos la calle por la esquina más alejada del hotel. Y a continuación, moviéndonos con rapidez pero con todos los sentidos alerta, fuimos por la acera hasta la puerta de acceso.

—Déjame entrar primero —repuso Brian.

Asentí con un gesto.

Entró por la puerta, y me quedé a la espera unos treinta segundos que parecieron ser mucho más largos, hasta que asomó la cabeza y dijo:

—Todo en orden.

Le seguí al interior.

El vestíbulo era muy bonito, si es que os gustan los viejos suelos de terrazo y el papel pintado de color dorado y un tanto ajado en los bordes. En el mostrador, el recepcionista tenía expresión de aburrimiento y estaba tecleando en un iPad. Ni siquiera levantó la vista cuando pasamos andando hacia los ascensores. Me alegré al ver que había uno detenido en la planta baja, a la espera de nuestra llegada.

Subimos al duodécimo piso. En el ascensor se oía una música tan suave que resultaba directamente flácida, y Brian se puso a canturrear aquella canción que de nada me sonaba. Se me habían pasado las ganas de estrangularle. Estaba demasiado ocupado en preguntarme qué era lo que iba a salir mal a continuación.

Cuando las puertas se abrieron al llegar al duodécimo piso, Brian levantó la mano y, una vez más, fue por delante, con la pistola preparada. Pero esa vez volvió en unos pocos segundos.

—Rápido, hermanito —siseó, haciéndome gestos frenéticos.

Salí del ascensor y al momento vi qué era lo que le había alarmado.

La habitación 1221 era la segunda situada a la derecha de los ascensores, y su puerta estaba entreabierta unos diez centímetros. Yo estaba a cuatro o cinco metros de distancia, pero olí la pólvora y vi que lo que mantenía la puerta entreabierta era la mano de un ser humano. Inmóvil por completo.

Miré a uno y otro lado del pasillo. Alguien tendría que haber oído algo, ¿no? Pero no había señales de vida, ni se oían gritos de «¡Policía!» o «¡Socorro!» o incluso «¡Me cago en la puta!» Todas las demás puertas del pasillo estaban cerradas y bien cerradas. Me parecía imposible que nadie hubiera oído nada... y el hecho era que resultaba *imposible* de veras. Pero estábamos hablando de Miami en el siglo veintiuno, y cuando uno oye disparos, desgarradores gritos pidiendo ayuda y el ruido de varios cuerpos contra el suelo, lo que hace es echar el cerrojo de la puerta y subir el volumen del televisor. Una vez más sentí que el orgullo cívico henchía mi pecho: esa era la ciudad de Dexter.

Pero ni siquiera el amor por mi ciudad natal iba a protegerme si alguien seguía respirando en la habitación 1221. Empuñé la Ruger y seguí a Brian por la astrosa moqueta hasta llegar a la puerta parcialmente abierta. Cuidadosa, delicadamente, con la pistola apuntando al frente, Brian la abrió empujándola con el pie. Su cuerpo me bloqueaba la vista del interior; la verdad era que estaba mostrándose muy considerado y protector. Tan solo podía ver sus espaldas mientras movía la pistola de izquierda a derecha, hasta que de pronto la dejó caer al costado.

—Tu plan ha funcionado un poco demasiado bien, hermanito —sentenció, haciéndose a un lado.

Asomé la cabeza. El cadáver que bloqueaba la puerta era del segundo pistolero de Raúl, el que Brian no conocía. El gran boquete irregular situado donde antes estuviera su ojo izquierdo era indicación palmaria de que ya no se encontraba en el mundo de los vivos. Y más allá, junto a la cama, estaba el otro componente.

César, el Tipo Muy Peligroso, al final había resultado No Serlo Tanto. Estaba tumbado de espaldas, o lo estaba en su mayor parte. Varias partes menores de su persona de hecho se encontraban pegadas a la pared situada más allá, decorando los dos agujeros practicados en la placa de yeso por los dos disparos que las habían pegado a ella. En torno al cuerpo, en el suelo había la suficiente casquería sanguinolenta para certificar que César estaba muerto.

Los dos pistoleros de Raúl. Muertos y bien muertos, fuera del alcance de toda técnica de interrogatorio conocida y que no implicara el uso de un tablero de güija. Estaba tan lejos de encontrar a mis hijos como lo había estado dos horas antes. Un plan excelente, el mío. Sin otro resultado que más cadáveres.

Supongo que tendría que haber sentido alguna clase de remordimiento, pero, por supuesto, nunca lo he sentido y espero no sentirlo en la vida. Y en ese caso hubiera supuesto el colmo de la hipocresía, pues yo mismo me había encargado de que todo eso sucediera. De lo único de que me arrepentía era de que no contáramos con un pistolero vivito y coleando. Sin él, sin alguien que nos dijera dónde se encontraban mis niños, todo esto carecía de sentido.

O casi. Porque había algo que sí tenía sentido, y mucho.

Justo enfrente de César se encontraba el inspector Anderson.

El Anderson que yo conocía era muchas cosas, desagradables en su mayoría, pero al parecer también era otra cosa: mejor tirador de lo que hubiera podido sospechar. Dos tiros a la cabeza, dos hombres muertos. Y resultaba que también era un poco más duro de pelar de lo que hubiera imaginado.

Estaba sentado en el suelo, con la espalda contra el pie de la cama y las piernas despatarradas. Las manos caían por sus costados, y una de ellas seguía aferrando la Glock.

Junto a la otra mano, la caja de zapatos con la que se había presentado en el hotel estaba caída a un lado. La tapa se había abierto, dejando entrever varias bolsas grandes de plástico llenas de una sustancia en polvo blanco.

Anderson no se movía. Había tres brillantes círculos rojos en la pechera de su barata camisa blanca. Cualquiera de ellos hubiera podido matarle. Tres de ellos lo habían hecho, en realidad. Pero, por estúpido que fuese, Anderson todavía no se había dado cuenta de que estaba muerto, o eso parecía. Al acercarme para asegurarme, vi que su pecho se movía, muy débilmente, y que un párpado se abría convulso y con lentitud, hasta que el ojo se fijó en mí vagamente.

Durante un largo instante me miró; le miré a mi vez. Sus labios se abrieron y se movieron un poco; trató de decir «Ayúdeme», pero nada sucedió, excepto que una de las heridas en el pecho escupió un poco más de sangre.

Me acuclillé a su lado. Allí estaba el ceporro incesantemente activo que había tratado de arruinarme la existencia, y que casi lo había logrado, y por una vez deseé sinceramente contar con emociones, para disfrutar un poquito más de la situación.

—Lo siento —le dije—. ¿Me ha pedido que le *ayude*? ¿De verdad está pidiéndome, *a mí*, que le ayude?

Se contentó con mirarme con el ojo inyectado en sangre que todavía podía abrir y volvió a mover los labios, como un pez que llevara demasiado tiempo fuera del agua. El párpado aleteó y de pronto se abrió por completo, como si Anderson de pronto hubiera comprendido quién era yo.

—Sí, soy yo —confirmé con voz jovial—. ¿Recuerda que me dijo que todo esto no se había acabado? —Acerqué mi rostro a su oído, todo cuanto resultaba posible sin tocarle—. Pero ahora se ha acabado —añadí—. Por lo menos para usted.

Mi comentario fue justo a tiempo. El ojo de Anderson se ensanchó más y más, todavía fijo en mí, y contemplé la vieja, familiar belleza de Ese Momento, el segundo final en el que comprendes que *es* el segundo final y que nunca más va a haber más segundos, no para ti, nunca más en absoluto, y que todas las cosas sencillas y magníficas que dabas por sentadas, como el respirar y la luz del sol y todo lo demás que hay en la superficie de la Tierra, que todo eso empieza a retroceder, separándose de ti poco a poco, por mucho que te empeñes en asirlo, separándose de modo cada vez más rápido, mientras te sumes en la oscuridad interminable… y lo que sigue es que desapareces y todo se ha acabado para siempre.

Vi todo esto en el ojo de Anderson, la comprensión de que se acabó lo que se daba, y seguí contemplándolo y siguiéndolo, como siempre, sintiendo, como en anteriores ocasiones, esa especial sensación de tranquilo éxtasis originada por la observación del momento, y si la sensación esa vez fue un poco más intensa, el hecho era que me lo tenía merecido.

Contemplé cómo aquella comprensión se disipaba hasta tornarse en incomprensión absoluta. Y las piernas de Anderson de pronto se estremecieron, y el lento movimiento de su pecho se detuvo en seco, pareció volverse un poco menor y un poco más sucio, y de repente ya no estaba, arrebatado para siempre del mundo de los dulces conejitos, el arcoíris y Dexter el Torturador.

Tendría que haber sido una ocasión espléndida para mí, llegado en el último minuto, a tiempo de ver cómo mi atormentador abandonaba su envoltura humana. Pero la satisfacción no duró mucho. Incluso en el momento de morir, Anderson se las había arreglado para fastidiarme a base de bien. Al matar a tiros a los dos pistoleros, se había asegurado por entero que nadie pudiera revelarme el paradero de mis hijos. Mi plan había funcionado a la perfección, pero él se había encargado de hacerlo fracasar.

—Cabronazo —le espeté a Anderson. Me levanté, y le hubiera soltado un patadón, de no ser por que me habría manchado los zapatos de sangre.

—Mejor será que nos vayamos —murmuró Brian.

Me volví hacia la puerta, pero me detuve en el acto. No había razón para no aprovechar una oportunidad como esa, en la que bastaría con añadir un pequeño detalle para que la escena resultara más memorable aún… y para desacreditar a Anderson hasta tal punto como para sembrar serias dudas sobre mi propia culpabilidad.

—Brian. —Mi hermano volvió el rostro hacia mí—. ¿Puedes dejarme algo de efectivo? —pregunté.

—Dexter, ¿y ahora qué demonios...? Bueno, sí, claro. Se llevó la mano al bolsillo y sacó un gran fajo de lo que parecían ser billetes de cien en su mayor parte—. Tendrás que conformarte con esto —se excusó, tirando los billetes desde el umbral.

Eché un último vistazo, y me gustó mucho lo que vi. La escena no hubiera podido estar más clara ni con la ayuda de unos subtítulos. Un policía corrupto había intentado vender un alijo de drogas sustraídas en el depósito de pruebas materiales. Una discusión sobre el dinero había provocado una ensalada de tiros. Bastaría una rápida identificación de los cadáveres para establecer que los otros dos muertos estaban vinculados al crimen organizado. Y estaba clarísimo que Anderson era tan culpable como ellos. Hasta nunca a los tres. Caso cerrado.

Seguí a Brian hasta el ascensor. Bajamos al tercer piso, salimos y enfilamos las escaleras. Seguí a mi hermano hasta la puerta posterior del hotel, dimos la vuelta a la manzana y fuimos al coche.

—Y bien —dijo Brian, mientras se alejaba a prudente velocidad del Galleon Hotel—. Supongo que estamos de vuelta en el punto de partida.

—No del todo —maticé—. Por lo menos ahora sabemos la verdad sobre Kraunauer.

—Sí. —Suspiró—. Pero hubiera preferido sacar a César con vida.

—¿En serio? —inquirí con cierta sorpresa—. ¿Era amigo tuyo?

—Oh, no, nada de eso —respondió—. De hecho, en su momento tuvimos unas cuantas diferencias, y no pequeñas. —Me miró con una sonrisa algo tímida y agregó—: Así que estaba pensando en llevármelo a un sitio tranquilito para charlar un rato a solas.

—Otra vez será —sentencié.

Otra vez deseé ser capaz de rezar, aunque fuera un poquito. Porque nada garantizaba que fuera a darse una próxima vez.

Y, sin ella, mis hijos estaban muertos de todas todas.

22

Brian condujo hasta una cafetería situada en Coconut Grove. Era noche cerrada cuando salimos del coche, entramos y fuimos a un reservado del fondo. Ninguno de los dos tenía mucho que decir. Con la mente en otras cosas, Brian jugueteó con la plastificada carta del establecimiento, mientras yo me esforzaba en pensar en un nuevo paso lógico, ahora que el plan A había desaparecido sumidero abajo. De forma más inmediata, tenía bastante claro que Deborah estaba sentada en casa, comiéndose el mobiliario a bocados, a la espera de que la llamase, y no quería poner en peligro nuestra todavía frágil reconciliación haciéndola esperar. Y dado que Mi Plan había terminado en lo que Harry hubiera llamado una Cagada con Todas las de la Ley, a la vez estaba obligado a encontrar una combinación de palabras verdaderamente mágica para explicarle a Debs lo sucedido.

Por su parte, Deborah sin duda se habría enterado de lo sucedido a Anderson y era tan capaz de sumar dos y dos como cualquier otra persona. El resultado de la operación matemática con toda seguridad sería Dexter se lo ha Cepillado. Debs podía estar dispuesta a hacer muchas cosas en ese momento difícil, pero convertirse en cómplice del asesinato de un policía —incluso de un poli corrupto— seguramente no era una de ellas. Si añadíamos la angustia y el pánico que sentía en lo referente a los niños, era seguro que a esas alturas se encontraba al borde de la locura. Estaba tan convencido de ello que ni siquiera había vuelto a encender mi teléfono móvil.

Nos trajeron el café, en unas desportilladas tazas de porcelana, y resultó estar caliente y entrar la mar de bien. Brian pidió pastel de fresas, y yo me decanté por una tostada con atún y queso fundido. El tiempo avanzaba a un ritmo ridículamente lento. Incluso creí oír el tictac de mi reloj, y seguía sin dar con el formidable discurso que tenía que pronunciar ante Deborah. Pero no veía forma de retrasar la cosa más todavía, por lo que cogí el teléfono y lo encendí.

Casi de inmediato empezó a mostrarme una llamada perdida tras otra, casi todas ellas hechas por Debs. Me tomé otro minuto, pero la inspiración continuaba sin llegar. Y bueno, llamé.

—¿Dónde demonios has estado? —inquirió, con una voz a medio camino entre un chirrido y un ladrido—. ¿Qué cojones...? ¿Has encontrado a los niños? Y, por Dios, lo de *Anderson*. ¿Has sido tú? Porque...

—Deborah —respondí, en tono mucho más fuerte del deseado, y Brian me miró con una ceja enarcada.

Pero al menos conseguí que me escuchara, y tras mascullar unas cuantas palabrotas más —ninguna de ellas demasiado original—, volvió a sumirse en un mal humor acaso menos histérico.

—La puta de oros, Dexter. Te marchas con una pistola, y de lo siguiente que me entero es de que han encontrado a Anderson muerto y... ¿De qué va a servir para recuperar a los niños? ¿Me lo puedes explicar?

—No mientras sigas hablando sin parar —repuse, y oí que sus dientes rechinaban al cerrar la boca. Aproveché el momentáneo silencio para bajar la voz—. Créeme que lo siento, pero no fui yo el que mató a Anderson. —En ese preciso instante tuve la suerte de encontrar la explicación perfecta que me excusaba de todo—. Pero, Debs, Anderson a su vez se cargó a los hombres que hubieran podido decirnos dónde están los niños.

Deborah contestó con un sonido sorprendente, un gemido al parecer emitido a través de los dientes apretados.

—Joder —rezongó—. Joder, coño.

—Pero hay otros.

—¿Otros secuestradores? ¿Puedes encontrarlos?

—Eso *creo* —contesté con cautela, pues la pregunta era obvia, pero en ese momento no tenía respuesta a ella.

Debs calló un segundo, pero pronto soltó:

—Esta vez tengo que ir contigo. Tengo que hacerlo, Dex.

—No, Debs, todavía no —dije.

—¡*Tengo* que hacerlo, joder! —insistió—. No puedo quedarme sentada en la puta casa mientras andas por ahí jodiéndolo todo a base de bien y mis niños siguen en... ¿dónde, Dexter? ¿Dónde mierda están mis niños?

—Voy a encontrarlos, Debs.

—¡Maldita sea, quiero encontrarlos contigo!

—Voy a encontrarlos —repetí—. Te volveré a llamar en cuanto pueda.

—¡Dexter, eres un mierda y un cabrón!

Ya sabía que era un mierda y un cabrón, así que colgué.

—¿Y bien? —repuso Brian, con la más radiante de sus sonrisas—. ¿Cómo está tu hermana?

—Todo lo bien que cabe esperar —respondí—. Brian, ¿crees que podemos volver a usar el mismo truco?

—¿Hacer que los hombres de Raúl vengan a por ti? —preguntó, y asentí con la cabeza. Frunció el ceño, pensativo—. Bueeeno... Conozco bien a Raúl, y es seguro que no anda muy lejos. Y que tiene a tus hijos consigo. Pero no han conseguido traerte de rodillas ante su presencia, y ya ha fallado *dos* veces en el intento. Por lo que seguro que está empezando a ponerse un poquito... ¿nervioso? Frustrado, rabioso, incluso bordeando en lo apopléjico. —Meneó la cabeza con tristeza—. Ese hombre sencillamente es incapaz de controlarse. Y *odia* por completo no conseguir lo que quiere cuando lo quiere.

—Supongo que por eso es un capo del narcotráfico —comenté—. ¿Te parece que va a tomarla con los niños?

—Mmm, nooo —contestó Brian, de forma no muy convincente—. No, *de momento*...

—¿Qué es lo que va a hacer?

—Querrá matar a alguien, claro está —contestó—. A ti y a mí, preferentemente. —Se encogió de hombros, como si fuera la primera idea racional de Raúl—. Pero a estas alturas ni por asomo debe quedarle algo de paciencia. O de capacidad para ver las cosas con sutileza.

—¿Quieres decir que puede picar en el mismo cebo?

—A estas alturas, estoy convendido de que Raúl es muy capaz de morder un gran anzuelo desprovisto de cebo a fin de encontrarnos de una vez.

—Entendido. ¿Y dices que cuenta con otros sicarios?

—Sí, claro que sí. Los recursos humanos no son un problema. No para un hombre con tanto éxito como Raúl.

—Bien. ¿Y qué es lo mejor que podemos hacer?

Lo pensamos un instante. Brian finalmente propuso, no sin cierta vacilación:

—Mmm… ¿Quizá podríamos utilizar a Kraunauer?

—¿Te parece que Kraunauer se lo tragará? Lo lógico es suponer que a estas alturas sospecha algo, ¿no te parece?

—No lo creo —contestó. Levantó el índice y lo meneó, como si estuviera impartiéndome una lección—. Cuando está cabreado, Raúl siempre se las arregla para que todos sus colaboradores se pongan muy nerviosos. Y estén ansiosos de complacerlo. Incluso Frank Kraunauer.

Fruncí el ceño, lo pensé, y no se me ocurrió una alternativa mejor.

—Muy bien —dije, echando mano al teléfono—. Pero, Brian, esta vez tenemos que hacer lo que sea para que uno de ellos hable y nos lo cuente todo.

—Sí, claro, naturalmente.

Marqué el número.

Kraunauer respondió al instante.

—Señor Morgan, ¿qué…? ¿Se encuentra bien?

—Estoy bien.

—Es que… Acabo de oír que… parece que se ha producido un tiroteo en su hotel, ¿no es así? Y ese inspector de policía… el mismo que, eh…

—Sí, el mismo. Pero yo no estaba en el hotel cuando sucedió.

—Ah —replicó, y hasta él mismo reparó en la decepción en su voz. Se aclaró la garganta y agregó precipitadamente—: Es estupendo, claro que sí, pero ¿cómo…? ¿y qué…? ¿dónde se encuentra en este momento…?

—El hecho es que estoy escondiéndome. En un lugar de North Miami. —Barrio que en realidad se encontraba bastante lejos de mi emplazamiento, pero es que, por la razón que fuera, no me fiaba de él.

—Muy bien, muy bien, excelente. Pero esto… ¿Cómo se las arregló para…? En lo referente a ese inspector… Quiero decir, ¿qué fue lo que pasó…?

—El hombre me llamó al móvil —respondí, dando rienda suelta a mi imaginación—. Me dijo que, eh, que tenía unos documentos. Que demostraban mi inocencia. Pero que nunca conseguiría hacerme con ellos, pues, eh, tenía previsto prenderles fuego delante de mis narices, sin que yo pudiera evitarlo...

—Ya veo —repuso Kraunauer—. ¿Y entonces?

¿Y entonces? Nada. Mi mente de pronto estaba en blanco.

—Y entonces... y entonces... —me entrabanqué, a la espera de que se me ocurriera algo. No se me ocurrió—. Tengo esos documentos, señor Kraunauer. Y el hecho es que demuestran mi inocencia.

Mi única esperanza era la de que Brian tuviera razón y Kraunauer estuviera tan nervioso como para no darse cuenta del considerable salto en la narrativa.

—Magnífico —repuso Kraunauer sin vacilar—. ¿Dónde se encuentra en este momento?

Di las gracias en silencio al aterrador Raúl, y fui corriendo a la línea de meta.

—La verdad es que no creo que estén seguros en mis manos —dije, bajando la voz por puro efecto histriónico—. Quiero entregárselos lo antes posible.

—¡Excelente! —exclamó, con muy creíble entusiasmo—. Voy a estar cenando en el Tick Tock a las diez. ¿Lo conoce?

—Eh, en South Beach, ¿no?

—Eso mismo. —Me dio la dirección y añadió—: ¿Puede venir unos minutos antes de las diez?

—Voy a necesitar cuarenta y cinco minutos para llegar . Pero tengo que ser cuidadoso y asegurarme de que nadie me sigue. O sea, que igual tardo un poco más.

—Perfecto. Estaré en el restaurante a eso de las diez menos cuarto. ¿Puede encontrarse conmigo en el aparcamiento de la parte posterior?

—En la parte posterior del Tick Tock. A las diez menos cuarto —repetí—. Hecho.

Desconecté el teléfono, que volví a llevarme al bolsillo. Brian me miró con extrañeza.

—¿El Tick Tock? —inquirió—. ¿Es una tienda de relojes?

—Un restaurante —corregí—. Se supone que bastante bueno.

—¿Te parece que sería capaz de intentarlo en un restaurante de los buenos? —preguntó Brian con aire dudoso.

—Conozco la zona bastante bien. Al lado hay una parcela vacía, y el aparcamiento casi no se ve desde el restaurante. De hecho, el lugar es perfecto.

—Si tú lo dices, hermanito…

—Lo digo.

Asintió con la cabeza.

—¿Te parece buena idea que nos presentemos un poco antes?

—De acuerdo —convine, y me levanté—. ¿Vamos?

Dejamos algo de dinero en la mesa, fuimos al coche, y Brian no tardó en entrar en la U.S. 1.

—No sé muy bien qué podremos hacer si esto no funciona —comentó, mientras se dirigía al norte para enlazar con la I-95.

—En tal caso, tenemos que asegurarnos de que funciona.

Cruzamos hasta South Beach por la autovía elevada MacArthur y fuimos hasta la calle 5. Brian pasó por delante del Tick Tock sin reducir la velocidad, y miré con atención por la ventanilla. Por supuesto, tan solo vi un pequeño gentío que hacía cola para entrar. Ninguno de los presentes parecía estar armado con un fusil de asalto. Una manzana más allá, Brian viró a la derecha y entró en un aparcamiento circundado por un perímetro de árboles. Estacionó el coche en una plaza desde la que se veía el restaurante y dejó el motor en marcha.

—¿Qué tienes pensado hacer? —preguntó.

—Estaría bien saber cómo van a montárselo. ¿Cuántos crees que vendrán?

—Lo que ellos piensan es que solo hay uno: tú. La última vez vinieron dos, pero esta vez es en un lugar público. Así que seguramente vendrán tres. Dos pistoleros y un conductor. El conductor se quedará a la espera con el motor en marcha. Estará armado, claro, pero los pistoleros no querrán utilizarlo. Por cuestión de orgullo, ya me entiendes —dijo, meneando la cabeza—. Esa gente se toma su trabajo muy en serio. Y bueno, creo que serán tres. Resultaría un poco exagerado que se presentaran más tipos. —Me brindó una sonrisa tan ancha como falsa—. Si no te importa que te lo diga, claro está.

—No me importa en absoluto. Y bien. Estamos hablando de tres hombres: los dos sicarios y el conductor.

—Probablemente —convino, y asintió con la cabeza.

—Si se separan, nos van a complicar mucho las cosas —observé—. Tendremos que vérnoslas con tres blancos diferentes en tres lugares distintos.

—Y seguramente nos tendrán bajo fuego cruzado. Es lo que harán.

—Pero para eso tendrían que llegar antes que nosotros —dije, pensando en voz alta.

—Y no van a hacerlo —repuso Brian con jovialidad.

—De hecho, durante un minuto o dos, vamos a tener a los tres metidos en su coche.

—Y entonces vamos a tenerlos bajo fuego cruzado. *Nosotros* a *ellos*.

—Justamente. Tenemos que suponer que vendrán pertrechados con fusiles de asalto, como mínimo.

—Es casi seguro —convino Brian.

—Pero si les pillamos por sorpresa, siempre hace falta un poco más de tiempo para apuntar y disparar con un fusil automático. Y es de suponer que el conductor no tiene que ser un tirador excepcional.

—Por eso es el conductor.

—Sí. Y tendrá las manos en el volante. Así que cada uno de nosotros se ocupa de uno de ellos. Uno para cada uno.

—Yo me encargo del que tenga más cerca.

—Y yo hago otro tanto. Y al conductor lo cogemos con vida.

Frunció los labios.

—¿Para congraciarte con tu supuesta hermana?

—Porque sabrá dónde están los niños, Brian. Eso es lo que importa, ¿entiendes? Salvarlos.

Suspiró con fuerza y meneó la cabeza.

—Es fácil olvidarse cuando estás pasándolo tan bien.

—Pero tengo que atraparlo con vida, *como sea*. ¿Está claro? Con vida, Brian.

—Solo para empezar —dijo con placidez.

Le di una palmadita en la espalda.

—Solo para empezar —repetí. Consulté el reloj. Tan solo habían pasado unos veinte minutos desde mi conversación con Kraunauer. Pero, a fin de asegurarlo todo bien, necesitábamos situarnos en posición lo antes posible. Miré a Brian e hice un gesto con la cabeza—. ¿Vamos?

—Vamos —respondió, con júbilo no disimulado—. Ah... Me encantan las *sorpresas*.

El coche resultó ser otro cuatro por cuatro, de color dorado esta vez. Entró en el aparcamiento unos quince minutos después de que nos hubiéramos apostado a la espera, y no había dudas sobre quiénes lo ocupaban. Llegaron a poca velocidad, mirando a su alrededor con cuidado, de una forma que nada tenía que ver con unos comensales deseosos de probar el local de moda y en busca de una plaza de estacionamiento, pero que era la forma exacta en que una partida de asesinos profesionales escudriñaría el escenario de la próxima ejecución. Desde donde me encontraba a la espera, tan solo vi a un hombre sentado en el asiento del copiloto, girando la cabeza con lentitud a uno y otro lado y observándolo todo con detenimiento. De pronto, cuando el coche pasó a poca marcha bajo una de las farolas que iluminaban el aparcamiento, vi que había otro hombre al otro lado, sentado tras el conductor. Y con el propio conductor sumaban tres, tal y como Brian había predicho... a no ser que hubiera otro tipo pegado al suelo del vehículo, escondido. No me parecía probable. Los dos rostros que había visto daban la impresión de mostrarse confiados, tranquilos. ¿Y por qué no? Venían armados hasta los dientes y habían llegado primero. Y eran unos profesionales, a punto de emboscar a un aficionado asustado y por completo ignorante de que iba a meterse en una trampa.

El coche se detuvo al final del estacionamiento, en el punto más alejado del restaurante, frente a un callejón que discurría en perpendicular. Se trataba del lugar exacto en que Brian y yo esperábamos que se detuviera, pues era el emplazamiento idóneo para emprender la fuga con rapidez y, además, permitía que los dos pistoleros vieran bien la zona antes de situarse para la emboscada.

También era el lugar donde yo mismo me encontraba, agazapado en la oscuridad entre el último coche en el aparcamiento y el siguiente edificio.

Y entonces, cuando el conductor terminó de estacionar el cuatro por cuatro y los dos pistoleros iban a empuñar sus armas, salí de mi escondite y di un golpecito en la ventanilla del copiloto con la mano izquierda. Una cara levantó la vista y me miró con irritación. El fulano tenía unos bigotes enormes, tres pequeñas lágrimas tatuadas bajo la comisura de un ojo y una cicatriz en la frente. Le sonreí, y necesitó casi dos segundos enteros para reconocer mi propia faz... por desgracia, demasiado tiempo para su conveniencia. En el momento preciso en que estaba abriendo mucho los ojos y abriendo la boca para soltar un grito de aviso, Brian salió de detrás de un coche aparcado al otro lado y disparó al pistolero sentado en el asiento trasero. Cuando el otro al que estaba sonriendo se giró con brusquedad para ver morir a su compañero, le disparé en la nuca, dos veces.

La ventanilla del auto estalló por obra de mis disparos, y el Señor Bigotón se desplomó de lado sobre el conductor. Metí la mano entre los cristales destrozados y abrí la portezuela. El conductor me miró horrorizado, se volvió y empezó a revolver en el asiento vecino en busca de una pistola. Me eché hacia delante y le clavé el cañón de la Ruger en el lóbulo de la oreja.

—Nada de eso —ordené.

Muy considerado y atento, el hombre se detuvo en seco.

—Las manos sobre el volante.

Titubeó, y le hinqué la pistola en la oreja con mayor fuerza.

—¡Ay! —chilló.

—Las manos —le ordené en español, señalando el volante con un gesto de la cabeza—. ¡Las dos!

Puso las manos sobre el volante y, un segundo después, Brian abrió la puerta posterior del vehículo. Oí un ruido fuerte pero sordo, cuando el pistolero muerto situado a ese lado se desplomó contra el suelo de hormigón.

—¡Huy! —exclamó Brian—. Ibang, ¿eres tú? ¡Pues vaya una sorpresa! —Se acuclilló y le dio una palmadita en la sien—. Es como pronuncia su propio nombre, «Iván» —explicó—. Al modo cubano. El amigo Ibang es cubano.

—Estupendo.

—Ibang es el artificiero de Raúl, el especialista en explosivos —observó Brian con jovialidad, acariciando juguetonamente el cabello del finado—. ¡Seguro que ha traído algunos de sus juguetitos!

—Seguro que sí. ¿Y si nos damos un poco de prisa, por favor?

—Un segundo —pidió Brian. Alargó el cuello y miró la parte trasera—. ¡Lo que pensaba! —exclamó, y al instante salió con una pesada bolsa deportiva de lona—. Siempre me ha hecho ilusión jugar con estas cosas. Y seguramente nos pueden ser útiles.

Dejó la bolsa en el suelo con rapidez y abrió de golpe la portezuela del conductor. Clavó el cañón de la pistola en la cara de Iván, ladeando con brusquedad la nariz del cubano.

—¡Fuera del coche, Ibang! —gritó en español, subrayando sus palabras con un par de golpes en la frente del otro propinados con el cañón del arma—. ¡Ahora!

Iván siseó de dolor. Un pequeño reguero de sangre empezó a surcar su frente desde el punto donde Brian le había golpeado. Se levantó con dificultad, salió del coche tambaleándose, y Brian le agarró por el brazo.

Oí que una puerta se cerraba de golpe y miré hacia el restaurante. Frank Kraunauer venía por el aparcamiento, andando con rapidez en nuestra dirección.

—¡Brian! —siseé, y el instinto hizo que me escondiera en la oscuridad.

Mi hermano levantó la vista y lo que hizo fue sonreír, de una forma bastante creíble además.

—Perfecto, perfecto por completo —observó. Se agazapó tras la espalda de Iván y hundió la pistola en la base de la columna vertebral del sicario—. Sonríe —dijo en español—. Tú no digas nada, ¿comprendido?

El cubano sonrió con expresión aturdida.

Kraunauer llegó con rapidez y se situó frente a Iván.

—¿Ya está? —quiso saber—. ¿Dónde están los...? ¡Arg! —Dio un respingo hacia atrás cuando Brian se levantó y se encaró con él.

Salí de las sombras y me hice visible también, y el abogado dio otro nuevo, brusco paso atrás—. ¿Cómo...?

Y entonces, cuando me disponía a brindarle una respuesta contundente e hiriente que fuera a dejar las cosas claras para siempre, en lo tocante a mi ingenio incomparable y en aras de la justicia, Kraunauer movió la mano, con tal rapidez que no llegué a ver del todo la pistola hasta medio segundo después, cuando el arma de Brian disparó: uno, dos, tres tiros.

Frank Kraunauer dio un violento medio paso atrás a cada nuevo disparo. Y a continuación se quedó unos segundos inmóvil con la sorpresa pintada en la cara. Miró la pistolita en su mano y frunció el ceño, como si el arma tuviera la culpa de todo. Y entonces dio un último, lento paso atrás y se desplomó como si le hubieran extirpado los huesos de las piernas.

Brian le contempló caer, sin dejar de sonreír, y a continuación me miró.

—Vaya —dijo. La sonrisa se esfumó—. Lo siento, hermanito. Me temo que vas a necesitar otro abogado.

Yo también lo sentía, pero lo que en ese momento me inquietaba más era salir de allí antes de que alguien más apareciera corriendo y nos viera.

—Ya buscaré a otro en Internet —contesté, mirando a mi alrededor con angustia—. Tenemos que irnos. Más tarde o más temprano, alguien dirá que ha oído disparos.

—Por mucho que estemos en Miami —convino él.

Algo después metimos a Iván en el asiento trasero del Jeep de Brian aparcado en el callejón adyacente. Me senté junto al especialista en explosivos, pero este tenía los ojos fijos en mi hermano. La expresión en su rostro me indicó que sabía muy bien quién era él y qué era lo que podía hacer, y que estaba dispuesto a hacer todo lo posible para evitar que lo hiciera. Estaba tan absorto en la contemplación de Brian que no opuso resistencia cuando le até las muñecas con un rollo de cinta americana que había llevado para la ocasión. Brian condujo al exterior del callejón y salió a la calle 6 mientras yo terminaba de atarle los pies y de amordazar a Iván. Sin embargo, este seguía con la mirada puesta en él.

—Y bien —comentó Brian finalmente—. Diría que la cosa no ha salido mal del todo.

—Seguimos vivos, y ellos no —repliqué—. Y ahora también tenemos un nuevo compañero de juegos.

—Eso mismo, y tengo claro que va a hablar hasta por los codos. La vida es maravillosa.

Brian fue directamente a la autovía elevada MacArthur, lo que me pareció buena idea. En las calles situadas a ras de tierra pueden pasar demasiadas cosas conducentes a una incómoda conversación con un agente de la ley muy celoso de su labor. Esos polis metomentodo a veces se interesan por detalles triviales, que claramente no son de su incumbencia, como, quizá, el hecho de que lleves a un pasajero atado con cinta americana. En una autovía es mucho más difícil que te encuentres con esta clase de intromisiones enojosas, siempre que respetes el límite de velocidad y no tengas un accidente.

Pero, una vez que salimos de la MacArthur y bajamos a tierra firme, Brian torció por la I-95 en dirección norte. Tampoco tendría que haberme sorprendido, pues ni me había molestado en pensar adónde iríamos si salíamos victoriosos. Era evidente que mi hermano sí que había pensado en la cuestión, aunque sin darme detalles al respecto.

—¿Adónde vamos? —me interesé.

—A un pequeño trastero que tengo alquilado —informó—, en un guardamuebles, cerca del aeropuerto Opa-locka. —Sus ojos se encontraron con los míos en el retrovisor, y me enseñó unos cuantos dientes—. Un lugar tranquilo y sin pretensiones. Que me ha sido útil otras veces.

—Muy buena elección —manifesté, y es que lo era.

El aeropuerto Opa-locka es un lugar verdaderamente muy raro, una especie de zona neutra espaciotemporal y, lo principal, también en lo referente a los agentes de la ley. Por el lugar entran, salen y circulan tantos espías, confidentes, contrabandistas e individuos cuyo origen y adscripción no están claros que, con el paso de los años, se ha llegado a un acuerdo no escrito: los agentes de la ley, a todos los niveles, sencillamente se mantienen al margen. Así todo es mucho más simple y se evitan situaciones embarazosas, como la detención de un repugnante monstruo tatuado y babeante, quien claramente está introduciendo heroína, así como armas de toda clase, desde pistolas a misiles Titan, para después enterarse de que en realidad es un agente federal perfectamente legitimado para actuar, antiguo marine y *boy scout*, siempre al servicio de la patria, quien está trabajando de forma encubierta en un operativo tan secreto que ni siquiera existe.

Por esa razón en la zona que circunda el aeropuerto de Opa-locka casi no hay policías, lo que tiene muchas pequeñas ventajas colaterales, como la de convertirla en el lugar perfecto para que Brian y yo pudiésemos relajarnos, distraernos y mantener una pequeña charla con Ibang. Miré con arrobo a mi amigo nuevo de trinca sentado a mi lado y pensé en las horas de diversión que nos aguardaban. Había pasado demasiado tiempo desde la última vez que tuve oportunidad de relajarme, disfrutar con mis cosas y hacer que alguien se abriera de verdad. Y ese simpático fulano, que estaba temblando en silencio a mi lado, era el candidato perfecto para la aplicación de algunas técnicas novedosas. Estaba claro que había logrado atraer mi interés más personal, y es que las bombas son algo muy desagradable, ¿verdad? Sería un placer hacerle comprender que la sociedad en su conjunto mira con malos ojos eso de hacer saltar cosas por los aires, sobre todo si hay gente en el interior. Me figuré que seguramente encontraríamos la manera de enseñarle que sus comportamientos no eran los más apropiados. Y, sí, como Brian acababa de decir, Ibang sin duda iba a hablar hasta por los codos, de eso no tenía dudas. Lo único que me angustiaba era la posibilidad de que empezara a hablar demasiado *pronto* y nos privara de gran parte de la diversión.

Es natural que me sintiera bastante contento mientras nos dirigíamos al norte, a la expectativa de mantener una conversación con Iván… con Brian a mi lado, embarcado en una simultánea conversación paralela con el cubano. Era algo que me hacía ilusión desde largo tiempo atrás. A los dos nos hacía ilusión, de hecho; teníamos tanto que aprender el uno del otro, tantas cuestiones técnicas y de procedimiento que comparar y demostrar… Bien podíamos disfrutar de una muy ejemplar combinación de diversión, educación y refuerzo de los lazos fraternos, y me sentía muy feliz por lo que estaba al caer.

Por su parte, Iván no parecía sentirse tan contento. No había apartado la mirada de Brian, y llevaba rato temblando, por mucho que la noche fuera muy cálida. El color de su piel era malsano, a todo esto, y los dientes le castañeteaban de modo audible. Empezó a inquietarme la posibilidad de que sufriera de algún horroroso trastorno médico que pudiera matarlo antes de empezar a charlar. Lo que sería una circunstancia deplorable. Además de perder a un nuevo amigo antes de que pudiéramos conocerle a fondo, también perderíamos la mejor oportunidad de todas para saber dónde tenían retenidos a los niños.

En consecuencia, y dado que mostrarse amable con un desconocido siempre te sitúa un poco más arriba en la escala kármica, me acerqué un poco a él y le di una palmadita en la mejilla. Dio un respingo en el asiento como si le hubiera abofeteado y, por primera vez, su mirada abandonó a Brian y se centró en mí.

—¿Estás bien, Iván? —pregunté con falsa consideración y preocupación. No dijo nada, limitándose a mirarme con los ojos saltones e inyectados en sangre—. ¿Estás bien, Ibang? —repetí en castellano.

Parpadeó tres veces, pero no hizo intento de responder. Es verdad que estaba amordazado, pero siempre hubiera podido tratar de contestar mediante la mímica o moviendo las cejas en señal de afirmación. No lo hizo, sino que siguió mirándome fijamente y, cuando terminó de parpadear, volvió a concentrar la mirada en la nuca de Brian, como si temiera que mi hermano fuera a castigarlo por haber apartado la vista.

Meneé la cabeza con tristeza, pensando que seguramente tenía que ser muy bueno a la hora de fabricar una bomba. Pues estaba claro que nunca iba a conseguir un empleo merced a sus dotes para la comunicación.

Mi hermano tenía igualmente poco que decir, pero el trayecto fue corto y discurrió sin incidencia, y pronto nos encontramos en la entrada de un enorme edificio de trasteros situado a menos de un kilómetro del aeropuerto de Opa-locka. Brian tecleó una contraseña, la puerta se abrió, y entramos. La zona estaba iluminada por una agrupación de esas luces tan feas que llevan la denominación de «anticrimen», aunque no creía que fueran a estorbarnos demasiado. Como es natural, los espías y maleantes que rondan por el aeropuerto suelen utilizar los complejos de guardamuebles y trasteros situados cerca de la zona neutral de Opa-locka, de forma que la policía tampoco se molesta en investigar esos lugares. Y si había algunos vecinos en uno de los trasteros cercanos, era casi seguro que evitarían hacer preguntas sobre los ruidos inusuales que Iván estaba a punto de emitir. De hecho, muchos de esos vecinos estarían demasiado ocupados en la creación de ruidos de tipo similar.

Un buen trastero de almacenamiento es un espacio maravillosamente flexible. Si así lo deseas, tiene luces, conexión a la red eléctrica y hasta aire acondicionado. Lo normal es que el suelo y las paredes tengan una robustez industrial y un diseño muy práctico, por lo que no hay necesidad de preocuparse por la posibilidad de hacer raspaduras en la pintura o de dejar feas manchas de sangre en el suelo. En realidad, un trastero resulta tan espléndidamente adecuado para cometer fechorías que es casi increíble que haya quien lo use para otros propósitos.

Brian aparcó el coche frente a una gran unidad, de tal modo que el lado de Iván quedaba frente a la gruesa puerta de acero.

—Muy bien —comentó. Se dio media vuelta y le sonrió anchamente—. ¡Ha llegado el momento de pasarlo bien!

Lo expresó con felicidad, y el propio cubano se dio cuenta de ello. La certeza de *por qué* Brian se sentía tan feliz hizo que el pobre, nervioso sicario empezara a temblar de arriba abajo.

Pero cuando mi hermano abrió la portezuela y alargó el brazo para facilitarle la salida, el desventurado cubano comenzó a agitarse y retorcerse con frenesí, hasta tal punto que incluso se soltó con brusquedad cuando traté de inmovilizarlo un poco. Fue una verdadera pérdida de tiempo y energía, pues su única forma de salir del coche era a través de la puerta que Brian acababa de abrir, pero aun así insistía en debatirse... hasta que mi hermano alargó el cuello y le advirtió:

—Quieto de una vez, Iván.

Lo dijo con suavidad, de forma amable incluso, pero sus palabras ejercieron un efecto eléctrico en el cubano. Este se detuvo por entero… y a continuación echó la cabeza hacia delante, empezó a estremecerse cuan largo era y, para mi asombro, a sollozar y lloriquear. Lo que nunca es un espectáculo agradable, ni en el mejor de los casos. Pero cuando tienes las manos y la boca aseguradas con cinta americana, el efecto todavía es de peor gusto: Iván empezó a segregar humedades y mucosidades por todos los orificios que no fueran los oídos.

Eso sí, nos fue mucho más fácil sacarlo del coche que cuando estaba revolviéndose. Terminamos de hacerlo, y le sujeté mientras Brian abría la puerta del trastero. Se dio media vuelta y nos invitó a entrar con un gesto.

Iván caminaba como si no tuviera tendones en la parte inferior del cuerpo; las piernas pendían de las caderas, y los pies se movían a trompicones, por lo que tuve que agarrarlo por fuerza de los brazos. Ocupado como estaba, no llegué a ver bien la pequeña sala de juegos de Brian hasta que cerró la puerta de acero y conectó los fluorescentes pegados al techo. Pero cuando mi hermano condujo a Iván a una silla desocupada, miré en derredor… y cuanto vi fue suficiente para inundar de tranquilo contento mi corazón, de haber tenido un corazón.

Brian había decorado aquel espacio con un estilo sobrio pero exquisito que tan solo puedo describir como de Dentista Nazi / Industrial. En las paredes estaba alineada una amplia gama de sierras, taladros y otras interesantes herramientas eléctricas cuya función no terminaba de entender, en ese contexto preciso por lo menos. Sé muy bien cómo se podan los árboles, y he visto aparatos pulverizadores de uso comercial con anterioridad. Pero la presencia de esas cosas en ese lugar constituía una agradable sorpresa, y me quité el sombrero metafórico ante mi hermano, por aquella creatividad suya que alcanzaba niveles insospechados.

Miré a Brian llevar a Iván a un sillón de dentista, atornillado al suelo y al parecer dotado del acostumbrado mecanismo hidráulico para regular la altura. También había sido customizado ligeramente, con un juego de sujeciones metálicas para las manos, los pies, el pecho y la cabeza, sujeciones que mi hermano aplicó cuidadosamente a nuestro invitado, mientras silbaba una canción desafinadamente y no a volumen suficiente para imponerse a los desagradables, húmedos lloriqueos de Iván.

Me acerqué al sillón y vi que a espaldas de Brian había una gran caja de herramientas desplegable.

—¿Puedo echar un vistazo? —pregunté.

Brian levantó la vista y sonrió.

—Cómo no, hermanito. Y ya puestos, estaría bien que pensaras en unos cuantos movimientos de apertura.

—Será un placer.

Me giré y abrí la bandeja superior de la caja de herramientas. Levanté la tapa y, si bien no llegué a soltar un grito de entusiasmo, sí que me quedé unos cuantos segundos sin habla, maravillado por completo. De inmediato me puse a abrir todas las demás bandejas, presa del placer de descubrir cosas nuevas.

Siempre he sido muy ordenado y organizado, lo que sirve para que las cosas sean un poco más fáciles en este tan complicado caos que es la vida. Mi espacio de trabajo en el laboratorio y mi pequeño despacho en el hogar siempre estaban limpios y bien ordenados, de forma lógica. Pero, en razón de la naturaleza de mi existencia hasta muy recientemente, nunca había podido ser tan meticuloso como me hubiera gustado a la hora de adquirir y organizar las herramientas acaso útiles para mi afición personal. Mi espacio y mi privacidad eran tan limitadas que mi elección de los aparatos precisos también se veía constreñida, en mayor medida de lo deseable. Casi todos los días veía algún nuevo interesante artilugio, diseñado para una función de tipo más vulgar, y en esos momentos me decía que el cacharro sin duda tenía muchas más aplicaciones maravillosas que nadie había experimentado aún.

Hasta ahora, pues era evidente que Brian había coleccionado —y *usado*— todas esas cosas, y muchas otras más en las que yo nunca había pensado. Había hileras y más hileras de instrumentos quirúrgicos, claro: escalpelos y sierras de toda posible forma y tamaño. Por no hablar de los utensilios de cocina: hojas de corte, molinillos, picadoras, sacacorchos y objetos más pequeños y afilados para los trabajitos de precisión. Había hileras y más hileras de cuchillos brillantes, centelleantes y de la más alta gama, cuyo tamaño iba del filo diminuto al volumen de un machete. Había hojas rectas y curvas, finas como agujas, anchas, dentadas... Estábamos hablando del equipamiento de todo un gran artista, y me embargó el tranquilo orgullo de estar emparentado con alguien que era tan meticuloso, creativo y bien preparado.

—Brian... —dije, una vez concluida mi rápida inspección—. Todo esto es magnífico de veras. Te quita la respiración.

—No solo sirve para quitarte la respiración. También sirve para quitarte un dedo de la mano, otro del pie, la nariz... —comentó en tono jovial, con el rostro sonriendo ampliamente al aterrado y sudoroso Iván, como si fuera una luna pálida y malévola—. ¿Por dónde te parece que empecemos?

—Es tan difícil decidirlo... —respondí pensativo.

Contemplé la caja de herramientas, repasando todas las espléndidas opciones, visualizando unas cuantas de ellas, cómo podrían desarrollarse mientras Iván se debatía y chillaba, firmemente atado al asiento, mientras mi hermano y yo estábamos tan maravillosamente juntos un poco por encima de él...

... Y mientras me lo pensaba, una creciente oleada de anticipación se hizo conmigo e inundó hasta el último rincón del Castillo de Dexter, fluyendo con lentitud por la escalera húmeda y batida por el viento desde las murallas hasta los sótanos, hasta finalmente llegar al subterráneo más profundo de Mi Ser, allí donde las Cosas Prohibidas descansan y sueñan. Y por primera vez en demasiados meses sentí el rápido aleteo de unas alas apergaminadas y un júbilo oscuro y creciente que siseaba con malevolencia en el sombrío sótano donde el verdadero Dexter descansa sin dormir. *Sí*, lo oí cantar, y a continuación se desplegó con lánguida malignidad y empezó a ascender como las alas de un vampiro por la tenebrosa escalinata circular, y a pesar del brillante destello de las luces fluorescentes lo cubrió todo de Oscuridad a medida que iba saliendo de la cripta y *por fin* empezó a extender sus maravillosos pliegues malsanos por cada uno de los rincones del Dexter bañado por la luz del día, y más allá, cubriendo el mundo perverso y fatigado que nos rodeaba, hasta que la temperatura en el trastero empezó a disminuir, lo mismo que los colores del espectro, y la realidad se deslizó hacia las frías sombras de la Verdad de la Noche, y todo volvió a verse bañado por una fría media luz horrísona marcada por la maravilla inminente que, por fin, iba a desplegarse en un éxtasis tan esperado como profundo. No iba a resolver los muchos problemas que mi mundano yo tenía que afrontar, y no iba a arreglar las cosas de verdad más allá de las paredes de esta pequeña cámara del placer repulsivo, pero todo eso tenía menor importancia que la menor de las gotas de sudor que en ese momento rodaban por la cara pálida y temblorosa de Iván. Todo cuanto importaba, todo cuanto tenía algún peso o realidad en este mundo, o en cualquier otro, era que por fin, *por fin*, estábamos en libertad de hacer lo que teníamos que hacer y que ahora íbamos a ser libres e íbamos a hacerlo.

—Es tan difícil decidirlo… —repetimos, y la voz sonó distinta en nuestros mismos oídos: más baja, más oscura, más fría, marcada por los tonos reptilianos propios del Pasajero al mando, y los ojos de Iván fueron de lado a lado tratando de dilucidar qué era aquello nuevo y terrible que amenazaba con salir a la superficie—. Pero una cosa está clara —agregamos—: tendríamos que empezar por algo pequeño y refinado…

—Y a la vez *permanente* por completo —añadió Brian—. Aunque tan solo sea por cuestión de efecto.

—Sí, claro, algo *permamente* —repetimos con lentitud, saboreando deliberadamente aquella palabra que tanto iba a suponer para la despreciable cosa productora de mucosidades que se debatía en la silla. Abrimos la tercera bandeja, en la que había una estupenda serie de herramientas diseñadas para el corte en seco, desde unas tijeritas de manicura hasta un pequeño cortacadenas. Con gélido, perverso entusiasmo, nos decantamos por unas tijeras de jardinería, del tipo empleado para recortar los macizos de rosas.

—¿Empezamos por un dedo o dos? —aventuramos, empuñando las tijeras.

—Mmm… síí… —dijo Brian pensativo—. Yo empezaría por el meñique. De momento —agregó a modo de consuelo.

—Por supuesto —respondimos—. De momento.

Le acercamos el utensilio y lo tendimos en su dirección. Llevó la mano a él, y nuestros dedos se rozaron y nuestros ojos se encontraron.

Y durante un momento maravillosamente largo, miramos a Brian, y este nos miró a su vez, y cuando lo hizo, aquel sombrío *algo* titiló con vida en sus ojos, desplegando toda su oscura y poderosa gloria, hasta erguirse y rugir al Pasajero Oscuro... quien le devolvió el rugido a modo de saludo y, aunque muchas otras veces habíamos encontrado otro Pasajero en alguien más, habíamos oído el rugido de desafío y se lo habíamos devuelto a nuestra vez, en esta ocasión era diferente. Se trataba de mi hermano, de mi gemelo idéntico en malevolencia retorcida, y por primera en la vida los dos Pasajeros emitieron sus negras neblinas de reconocimiento y se encontraron en el medio, saludándose con alborozo y fundiéndose en un abrazo de hermanos e iguales, hasta convertirse en uno solo, con una sola voz que cantaba con alegría, con una armonía perfecta, con acordes alegres y sibilantes. *Juntos...*

Iván fue quien nos interrumpió, al estirar infructuosamente las metálicas ligaduras que sujetaban sus manos, produciendo un clac repetino y estridente que hizo que nos volviéramos hacia él. Se detuvo, nos miró y vio las dos sonrisas idénticas dirigidas a su persona, asimismo vio lo que tales sonrisas implicaban, y otra pequeña, necesariamente desechable parte de Iván el Especialista en Explosivos se marchitó y murió.

—¿Empezamos de una vez, hermanito? —propusimos, levantando las tijeras de jardinero.

—Tú primero —respondió Brian, con una pequeña, cortés reverencia.

Nos sentimos abrumados por aquella alegría maravillada por lo que estaba por llegar, nos giramos hacia el sillón y abrimos y cerramos las tijeras un par de veces: *snik-snik*, e Iván miró y se revolvió y emitió un desagradable gimoteo preñado de mucosidades que tan solo sirvió para animarnos aún más a poner manos a la obra, aunque tan solo fuera para eliminar por completo el horroroso sonido húmedo de su asquerosa, impotente, flácida debilidad, y otra vez hicimos lo mismo: *snik-snik*, más cerca, y vimos que los ojos se le salían de las órbitas, que los tendones sobresalían, que las venas vibraban, y que todo ello constituía una perfecta sinfonía del dolor inminente, una sirena que nos llamaba a seguir adelante, por arriba, por abajo, al mismo centro de aquella helada promesa de sufrimiento que tanto nos alborozaba a los dos.

Y empezamos.

23

Había desconectado el teléfono antes de nuestro pequeño encuentro con Iván y sus compadres en el aparcamiento. Como es natural, no quería que unos sonidos inesperados delataran mi posición. También lo había dejado apagado durante nuestra más personal reunión con el cubano, porque, hay que decir la verdad, el artista necesita concentración absoluta para rendir al máximo, y cualquier pitido o tuit repentino emitido por la omnipresente máquina infernal sin duda hubiera distraído nuestra tan magnífica concentración.

Al salir del trastero al aire fresco de la madrugada, me alegré mucho de haberlo hecho. Pues cuando volví a conectarlo, por puro acto reflejo, vi que Deborah me había llamado siete veces... y mientras estaba contándolas empezó a sonar la llamada número ocho: Deborah. La verdad era que me resultaba un tanto excesivo. A ver si me explico: la persistencia puede ser positiva, y en su vida profesional siempre lo había sido. Pero en este caso parecía resultar muy poco considerada y hasta directamente irritante. Al fin y al cabo, hacía apenas nada que habíamos vuelto a dirigirnos la palabra. Debs no tenía demasiado derecho a entrometerse en mis momentos de alegría.

Con todo, pensé que ella no acababa de disfrutar de una larga y placentera sesión destinada al relajamiento y la liberación de las tensiones interiores como yo. Por muy liberado de ellas y muy extasiado y dado a las ensoñaciones que me sintiera en ese instante, comprendí que cuanto acababa de hacer no dejaba de tener un *propósito* preciso, que iba más allá de la simple satisfacción personal por el trabajo espléndidamente realizado de forma esmerada. Había estado tratando de averiguar dónde tenían secuestrados a mis hijos, y Debs tenía bastante interés en saber qué había descubierto. Y resulta que entiendo muy bien lo importantes que resultan la compasión y el ponerse en el lugar de los otros… al fin y al cabo, llevaba toda la vida fingiendo todas esas cosas, y de forma bastante efectiva, dicho sea de paso. Era natural que Deborah estuviese muy angustiada —hasta el punto de haber hecho ocho llamadas— y ansiosa de que compartiera con ella la nueva información conseguida de modo tan gratificante.

De manera que, a pesar de que hubiera preferido sentarme a disfrutar de tan relajada contemplación y de la gran placidez que me embargaba, respondí al teléfono.

—Hola, Debs —saludé, y antes de que pudiera agregar una sola sílaba más, mi hermana me espetó—: ¿Qué coño es lo que sabes sobre Kraunauer? ¡La noticia está en todos los putos canales!

Durante un segundo me limité a parpadear como un estúpido. Tendría que haber supuesto que una cosa así iba a ser noticia en toda la ciudad, en todo el país posiblemente. «¡Un famoso abogado acribillado a tiros delante de todo el mundo! ¡Y a las once el peliculón de esta noche!» Y tendría que haber supuesto que Deborah una vez más sumaría dos más dos y llegaría al resultado de Dexter. Pero, egoísta a más no poder, yo tan solo había estado pensando en la deliciosa labor inmediata, por lo que la cosa me había pillado desprevenido. Podía dar unas cuantas respuestas a Debs, del tipo contemporizador o mintiendo con descaro, y hasta se me ocurrieron un par de interesantes patrañas durante esos pequeños parpadeos de vacilación.

Pero si íbamos a salvar a los niños de la que parecía ser una situación muy peliaguda, necesitaba del concurso de Deborah. Por lo demás, si Debs y yo íbamos a reconciliarnos de verdad, lo mejor sería que oyese una versión más o menos emparentada con la verdad relativa. En lugar de eludir lo sucedido, opté por ser franco y decirle toda la verdad… o al menos una familiar muy próxima de la verdad.

—Kraunauer nos dijo dónde están los niños —afirmé.

Oí que Debs respiraba hondo al otro lado y que se sumía en lo que tan solo puede ser descrito como un silencio asombrado.

—Joder, coño —replicó finalmente.

—Pues sí.

—Y entonces, ¿le *disparaste*? —repuso con incredulidad.

—Él desenfundó primero —expliqué—. En un visto y no visto.

—¿Y qué pasó con esos dos turistas mexicanos que trataron de ser de ayuda? —quiso saber—. ¡No me digas que también los mataste porque te vieron!

Tuve que reprimirme para no reír. ¡Unos «turistas»!

—¿Eso es lo que dicen? ¿Que eran un par de turistas? —apunté—. Sugiero que consultes las fichas de esos dos pájaros en el ordenador, y verás qué clase de turistas eran.

—¿Qué coño quieres decir con *eso*? —me espetó.

—Lo que quiero decir es que esos dos fulanos eran dos asesinos a sueldo —respondí—. Dos sicarios de un narcotraficante. Kraunauer los hizo venir para que nos mataran, pero nosotros les dimos lo suyo antes.

—¿Qué es eso de *nosotros*? ¿De quién más me estás hablando?

Comprendí que mi afán de ser sincero me había llevado a cometer un error muy grave. El que dijo que la sinceridad es el mejor camino que seguir —o que incluso es un camino *bueno*— evidentemente sabía muy poco sobre el funcionamiento real de las cosas.

Siempre había tenido mucho cuidado de evitar que Deborah se enterase de cualquier detalle sobre Brian, algo bastante natural, pues la única vez que se encontraron fue cuando Brian la secuestró y la fijó a una plancha de madera con intención de diseccionarla de forma lenta y cuidadosa. Y mi hermano, que no tenía un pelo de tonto, había tenido aún más cuidado en no volver a tropezarse con Debs, pues se decía, no sin justificación, que un primer encuentro de este tipo suele ser memorable y que ella en último término era una policía. Así que Debs ni siquiera sabía que Brian estaba vivo, y menos todavía que estaba trabajando conmigo. Yo estaba a punto de sacar de la jaula un bicho más bien problemático, y no había modo de saber qué era lo que iba a pasar si dejaba que saliera del todo. Era posible que Deborah se sumiera en una ira incontrolable —y justificada— y decidiera detener a Brian. Lo que, por supuesto, a su vez podía llevar a Brian a actuar de forma más seria todavía, a ir más allá de la simple ira, y de manera permanente, cosa que sería complicada para todos los involucrados, y sobre todo para mí, pues me encontraría situado justo en el medio, tratando de separar al uno y la otra e instándoles a dejarse de niñerías y comportarse como era debido. Desde luego, no quería verme obligado a escoger entre la una y el otro. Para ser completamente sincero, ni siquiera sabía por quién me decidiría en tal caso.

Y para rematar la situación, necesitaba todas las ayudas posibles si quería contar con alguna oportunidad de liberar a mis hijos. Las probabilidades en mi contra eran formidables de por sí, y otra mano bien motivada que empuñara un arma con firmeza seguramente podía resultar decisiva. De un modo u otro, de la manera que fuese, Debs tendría que aceptar a Brian, y viceversa. Tendrían que trabajar juntos, conmigo, o sencillamente no nos quedaría la menor esperanza, a ninguno de los tres, y a los niños menos aún.

Y también era preciso actuar con rapidez. Miré mi reloj: las dos y pico de la madrugada. Si poníamos manos a la obra ahora mismo, podríamos lanzarnos contra Raúl antes del amanecer, en el momento idóneo y mejor de todos. Si nos retrasábamos con discusiones sobre quién hizo qué a quién hace ya muchos años, cuando llegásemos sería de día y nos verían venir desde cinco kilómetros de distancia.

—No hay tiempo para todo esto, Debs —repuse con firmeza—. Tú no te muevas. Ahora mismo vamos a buscarte.

—¡Maldita sea! ¿Tú y quién más...? —estaba chillando cuando desconecté.

Me llevé el teléfono al bolsillo y me giré hacia el trastero. Me detuve al comprender la clase de labor que ahora tenía que afrontar. Del tipo que ponía los pelos de punta, sí: me había dicho que iba a ser difícil convencer a Debs, pero la dificultad resultaría doble en el caso de Brian. Si quería convencerle de la necesidad de aceptar el concurso de Deborah, iba a necesitar todas las lenguas de los hombres y de los ángeles. Y por el momento solo tenía una.

Suspiré con fuerza, y no únicamente por el deseo de disponer de más lenguas. Lo que en principio era una proposición relativamente sencilla y lógica —*lo mejor es hacer todo esto juntos*— de pronto empezaba a parecer más difícil y peligrosa que la labor que de veras nos interesaba: rescatar a los niños de manos de una partida de narcos fuertemente armados. Pero bueno, lo mejor suele ser acometer primero las tareas más difíciles. De modo que, con paso varonil, entré en el trastero para encararme con mi hermano.

Brian estaba de pie junto a su sillón de trabajo, contemplando con agrado la ruina que era Iván. El especialista en explosivos seguía vivo, pues teníamos que asegurarnos de que nos lo había dicho todo. Vivo, sí, pero no parecía que el cubano a esas alturas se alegrara mucho al respecto. Había muchas partes de su persona de las que se había despedido para siempre… unas partes insignificantes, quizá, si las tomábamos de una en una. Y el hecho era que las habíamos tomado de una en una, y de forma muy meticulosa. Pero las partes eran muchas, y no iba a volver a verlas nunca más, y era inevitable que el amigo caribeño en un momento dado fuera sumándolas y terminara por preguntarse si valía la pena seguir adelante sin ellas.

Hubiera sido muy agradable limitarme a seguir junto a mi hermana y disfrutar de lo que habíamos hecho a medias… o quizá sería mejor decir *deshecho* a medias, considerando el estado de Ibang, en reposo fragmentado ahora mismo. Pero era mucho lo que quedaba por hacer, y el tiempo corría y volaba, y lo que quedaba por hacer tampoco resultaba muy agradable. Me apreté los machos, me acerqué a Brian andando con paso firme y se lo solté:

—Hermanito. Tenemos que ir a ver a una persona. Ahora mismo.

—¿En serio? —preguntó, con una voz tan despreocupada y hasta melodiosa que prácticamente resultaba indecente—. ¿De quién se trata, si se puede saber?

—De Deborah.

Brian dio un gran respingo, como si fuera un títere de cuyos hilos hubieran estirado con fuerza. De su expresión se habían borrado todas las trazas de íntima satisfacción por la tan placentera experiencia reciente, como si nunca hubieran existido.

—¿Qué? No, no, de eso ni hablar —protestó, meneando vigorosamente la cabeza—. Ni lo plantees.

—Necesitamos su ayuda.

Aún seguía meneando la cabeza.

—No, eso es ridículo. Lo primero que haría sería detenerme. Y tampoco nos ha hecho falta su ayuda para ocuparnos de Iván.

—Esto es muy diferente.

—¿El qué? ¿El qué es diferente? O sea, ¿por qué es diferente? —inquirió, sumando una palabra a la anterior con cierta frágil energía angustiada que nunca antes le había visto—. No hay razón para… para… Ella es una *policía*, Dexter, y yo no le caigo especialmente bien, como sabes perfectamente. Y seguro que haría todo lo posible para… Y a ver, ¿por qué demonios la necesitamos? De hecho, ni siquiera es una de *nosotros*, como también sabes.

—Brian —intervine, zanjando su monólogo de maníaco—. Te acuerdas de para qué hemos venido a este lugar con Iván, ¿verdad?

—Pero eso no tiene nada que… Bueno, sí, claro, pero… hermanito, la verdad es que… Incluso así, ¿qué es lo que *ella* puede hacer? ¿Qué es lo que puede hacer que tú y yo no podamos hacer solos?

—Necesitamos cuantas más pistolas mejor —contesté—. Y no creo que vayamos a encontrar a otros voluntarios.

—Pero estamos hablando de una *policía* —repitió, y tengo que decir que de forma un poco chillona y quejumbrosa—. Y si hacemos todo esto, vamos a quebrantar toda clase de leyes, eso está claro.

—Deborah también es una muy buena tiradora. Y los niños también son suyos. Hará lo que sea preciso para recuperarlos. Incluyendo acribillar al par de inmigrantes ilegales que los raptaron.

—Pero… pero, Dexter —insistió, de manera abiertamente estridente a esas alturas—. Va a acordarse de mí.

—Casi con toda seguridad.

—Y cuando se entere de que todo esto ha sido por mi culpa, o sea…

—Eso no tiene por qué saberlo —corté. Y al momento rectifiqué mi reciente decisión de contarle a Debs casi toda la verdad—. Le diremos que toda la culpa fue de Kraunauer.

—¿Y se lo creerá? —preguntó en tono de duda.

—Conozco a Debs y sé que estará ansiosa de pasar a la acción y rescatar a los niños. No empezará a hacerse preguntas sino mucho después. —Me encogí de hombros para inspirarle un poco de confianza—. Y por entonces puedes estar muy lejos, si quieres.

—O muerto —musitó.

—Primero voy a prepararla un poco. Puedes esperarme en el coche, y si la cosa sale mal, no tienes ni que entrar.

—Puede salir mal. Es lo que va a pasar.

Veinte minutos después, Brian aparcó el Jeep frente a la casita de Deborah. Tamborileó con los dedos en el volante, sin apagar el motor. Me dispuse a abrir la portezuela.

—Dexter —dijo, y me miró con visible nerviosismo.

—Brian, por favor —repuse—. Esto nos brinda la mejor oportunidad de todas.

Chasqueó los labios.

—Eso supongo —replicó, con muy escaso convencimiento—. Si antes no me pega un tiro.

—Deborah tiene un viejo revólver del treinta y ocho especial. Ni te darías cuenta.

No dio la impresión de que el chiste le divirtiera. Con la mirada puesta en el parabrisas, meneó la cabeza y comentó:

—Te espero aquí. Pero no veo cómo…

—Pronto te digo algo —prometí.

Me bajé del coche y fui hacia la puerta de la casa.

Una vez más, Deborah abrió cuando estaba a mitad de camino. Pero esta vez abrió la puerta de golpe; la cerré a mis espaldas y seguí a Debs hasta la cocina.

Llevaba varias horas en ella, o eso parecía, pues había hecho trizas el viejo mantelito individual de mimbre que tenía delante y había empezado a hacer otro tanto con el situado a su derecha. En la mesa había tres tazas, una de ellas todavía medio llena de café, otra vacía, con el asa arrancada de cuajo, y otra tirada de lado y medio rota.

—¿Dónde están? —inquirió, antes incluso de que pudiera sentarme frente a ella—. Maldita sea, ¿qué coño ha pasado con Kraunauer…? ¿Y qué es eso de *nosotros*, joder?

—Por favor, Deborah —respondí, tratando de que mi tono fuera tranquilizador—. Hazme las preguntas de una en una.

Deborah levantó las manos en el aire y las flexionó, como si estuviera pensando en la posibilidad de estrangularme. Me mostró los dientes, los cerró y espiró largamente.

—Dexter, coño, tienes que ayudarme… —dijo. Dejó caer las manos en la mesa e hizo un visible tremendo esfuerzo por reprimir lo que parecía ser una urgente ansia homicida—. Muy bien —soltó. Co-

gió la abollada cuchara de acero inoxidable situada junto al destrozado mantelito de mimbre y empezó a estrellarla contra la mesa con
rapidez—. ¿Dónde están los niños?

—Te vas a quedar de una pieza —avisé.

—¿Dónde, maldita sea?

—En el yate de un capo del narcotráfico.

Muchas personas se hubieran quedado pálidas y sin aliento al
enterarse de que sus hijos estaban en poder de un auténtico archivi-
llano dado al asesinato. Y muchas otras se hubieran puesto a aporrear
la mesa y a gritar de rabia y de impotencia. Deborah sencillamente
entrecerró los ojos, y se hubiera dicho que estaba tranquila por completo… de no ser porque la cuchara en sus manos ahora estaba doblada en un ángulo casi recto.

—¿Dónde? —preguntó con voz queda.

—El barco está anclado frente a Toro Key.

Deborah tiró la destrozada cuchara a la mesa y flexionó los dedos.

—¿Con cuántos hombres cuenta ese tipo? —inquirió.

—No lo sé —reconocí—, pero ahora tiene tres menos.

—¿Tres? —repitió—. Junto a Kraunauer tan solo había *dos*.

—Cogimos a uno con vida, para interrogarlo.

Deborah se quedó completamente inmóvil durante un segundo,
mirándome fijamente.

—¿*Cogimos*? ¿Tú y quién más? —preguntó, en el mismo tono
engañosamente suave—. ¿Y cómo se explica que un jefazo del narcotráfico secuestrara a los niños? —agregó, de forma igualmente suave
y amenazadora.

Resulta asombroso de veras que una pregunta tan sencilla pueda
dejarte sin habla. Me había presentado en su casa convencido de que
mi cerebro estaba funcionando al máximo nivel, preparado para todo
tipo de posibilidades extrañas e improbables. Y estaba seguro de tenerlo todo bajo control… hasta que una pregunta *obvia* a más no
poder —«¿por qué?»— me había dejado descolocado por entero.
Me di cuenta de que en eso no había pensado. ¿Cómo era que un
capo de la droga tenía secuestrados a nuestros hijos? Bueno, ¡pues
porque estaba furioso con mi hermano, naturalmente!

… Pero si se lo contaba a Deborah, la operación se habría terminado antes incluso de empezar. Algo tenía que decirle, y algo que fuera convincente, pero tan solo podía pensar en lo estúpido que había sido al no prever la pregunta más obvia de todas.

—¿Por qué, Dexter? —repitió Debs, y en su voz había un deje peligroso que iba mucho más allá de la rabia y la frustración.

—Es un poco complicado —respondí, tratando de ganar tiempo, con la esperanza de que se me ocurriera alguna explicación brillante o de que un rayo cayera sobre la casa.

—Pues *simplifica* —me espetó.

—Bien —dije, ganando otro par de segundos—. Todo empieza con Kraunauer.

Buen comienzo; Debs asintió con la cabeza.

—Te sigo.

—Uno de sus clientes era un importante narco mexicano. Raúl… —agregué.

—Su nombre me importa una mierda —soltó.

—Y, eh… Raúl se enteró de que Kraunauer estaba representándome. Y, eh… —Me detuve, y no por cuestión de efecto dramático. Aquí era donde todo podía irse al garete, a no ser que tuviera una excelente inspiración repentina. Esperé a que se presentara. Deborah también seguía a la espera, aunque no con tanta paciencia. Empezó a golpear en la mesa con la doblada cuchara, de forma cada vez más rápida—. Raúl es un hombre muy paranoico —continué—. Y, eh, se le ocurrió que, eh, ya sabes…

—*No*, no lo sé, ¡maldita sea! —cortó—. ¡Y tampoco me lo estás diciendo!

Cerré los ojos y volví a considerar los méritos relativos de la sinceridad. Tenía la impresión de que tan solo resultaba positiva en un aspecto: si no decías la verdad, tu inventada versión de los hechos más tarde o más temprano se volvería contra ti y te pegaría un bocado en la entrepierna. Lo único que podía añadir en lo referente a la sinceridad era que, si antes lo intentas con otras cosas, es frecuente que no funcionen y que la sinceridad sea tu último recurso. Pero entonces te encuentras con una herida en la entrepierna e igualmente estás obligado a decir la verdad, solo que ahora tienes que decirla en una atmósfera de indignación y resentimiento. La vida es una partida trucada; el hecho es que no tienes forma de ganarla.

Seguía sentado en la silla, mordido hasta el hueso por mis frágiles embustes. Y frente a mí estaba sentada Deborah, más que dispuesta a morderme a su vez, y muy probablemente a patearme la entrepierna también.

Respiré muy hondo y abrí los ojos. Debs estaba mirándome, y su expresión no era de paciencia ni de calma.

—¿Y bien? —inquirió. Su voz era gélida, y una retorcida, malévola astilla de hielo fue a dar en la mesa apuntando en mi dirección. Debs tiró la destrozada cuchara con rabia. Rebotó en la mesa dos veces y fue a parar al suelo—. ¿Por qué, maldita sea?

Muy bien, pensé. *Pues no se me ocurre nada de nada.*

—¿Te acuerdas de mi hermano Brian, Deborah? —pregunté, tratando de poner despreocupación y encanto en la voz.

No en la medida suficiente, ni por asomo. Debs siseó con rabia y medio se levantó de la silla.

—¿El psicópata hijo de puta que trató de matarme? —apuntó—. ¿*Ese* Brian? —En su voz no había el menor vestigio de calma ni de tranquilidad—. ¿Cómo es que no está *muerto*?

—Siéntate, Deborah, por favor.

Siguió en aquella postura imprecisa un segundo más, fulminándome con la mirada y jadeando de rabia, hasta que finalmente se dejó caer en el asiento otra vez.

—Eres un mierda y un cabrón —masculló, rechinando los dientes—. ¿Te has aliado con *él*?

—Necesitaba *ayuda*, Deborah —expliqué—. Y nadie más estaba dispuesto a ayudarme.

No era mi intención lanzarle una puya, pero así fue como se lo tomó, claramente. Su cara se tornó de un color rojo brillante, y su voz se convirtió en un chirrido preñado de amenaza.

—¡Necesitabas *ayuda*! ¡Y lo que esperabas era que tirara mi vida entera y mi puta carrera profesional por la borda por ti! ¡No eres más que un puto psicópata que finalmente tiene lo que se merece...! ¡Y tu *hermano* es todavía *peor*!

Era una auténtica lástima que Deborah otra vez se decantara por repetir las mismas cosas hirientes, justo cuando estábamos a punto de llevarnos bien otra vez, y el pequeño detalle de que seguramente eran más bien ciertas no las convertía en menos hirientes. Más bien ciertas, ojo. Al fin y al cabo, ¿qué persona en su sano juicio podía acusarme de no ser «nada más» que un psicópata? También soy muy bueno en los juegos de mesa.

—Él me ayudó, Deborah —expliqué—. Cuando estaba solo por completo, sin la menor esperanza, él vino y me ayudó. —Abrí las manos—. No tenía por qué hacerlo, pero... No estoy diciendo que sea la Madre Teresa. Pero sí que me ayudó. Y contrató a Kraunauer para que me defendiera.

—Es un puto asesino y un puto psicópata —sentenció, con una voz capaz de triturar el granito.

—Pues claro que lo es —convine, no sin cierta irritación—. Pero es mi *hermano*. Y me *ayudó*.

Me miró de modo furibundo. Vi que la mandíbula se le movía en semicírculo y hasta creí oír el rechinar de los dientes.

—¿Y él qué tiene que ver con todo esto?—quiso saber—. ¿Con el hecho de que ese Raúl haya raptado a mis niños?

—Brian en su momento pensó que Raúl había muerto —expliqué—. Se hizo con un dineral que era de Raúl y se dio el piro.

—Pero Raúl no estaba muerto.

—No, no lo estaba. Y entonces fue a por Brian.

—¿Y Kraunauer fue el que puso a Raúl sobre tu pista?

Asentí con la cabeza. Esa versión seguía teniendo algunos puntos oscuros, pero esperaba que fuera suficiente; ya era bastante mala de por sí.

—Brian y yo a continuación atraímos a los sicarios de Raúl a una trampa y capturamos a uno con vida, para que nos dijera dónde estaban los niños —añadí—. Y ahora lo sabemos.

Observé a Deborah y vi que seguía moviendo la mandíbula. Quizá estaba haciéndome falsas ilusiones, pero Debs daba la impresión de estar pensándolo todo bien y decantándose por aceptar las cosas como eran. En todo caso, sus dientes ya no rechinaban tanto.

—Deborah —la insté—. Tenemos que ponernos en marcha. —Levantó la vista, me miró, y en su cara había rabia, pero no tanta, pues parecía estar mezclada con otra cosa. ¿Determinación? ¿Aceptación? No lo sabía, pero opté por insistir—. Lo que tú pienses de Brian ahora es irrelevante. Lo único que ahora importa es que le necesitamos. —Debs abrió la boca e hizo amago de levantarse de la silla otra vez, pero en esta ocasión no me pilló desprevenido—. Los *niños* le necesitan, Deborah.

Me miró con los ojos muy abiertos durante un segundo, con la boca entreabierta también; volvió a arrellanarse en el asiento y me preguntó:

—¿Qué coño quieres decir?

—Hay que tener la cabeza fría, Debs —respondí—. No sabemos con cuántas armas vamos a tener que vérnoslas cuando subamos a ese yate…, pero seguro que van a ser más de dos. Es posible que sean más de diez. —Me eché hacia delante y golpeé con el índice en la mesa, de forma repetida, para subrayar mis palabras. Era un recurso dramático que había visto muchas veces en la tele y que solía ser efectivo—. Necesitamos cuanta más ayuda mejor —afirmé.

—¡Incluso la de ese puto psicópata y asesino que dice ser tu hermano! —vociferó.

Meneé la cabeza con impaciencia.

—Debs, tienes que entenderlo. No vamos a presentarnos en el barco para detener a esos tipos.

—¡Sigo siendo una policía! No puedo dejar que…

—Sí que puedes. Tienes que hacerlo —insistí—. Puedo entender que no quieras mancharte las manos de sangre. Es tu elección. Pero no podemos dejar a Raúl con vida.

—Joder, Dexter, me cago en la puta… ¿Te propones ejecutarlo?

—¡Por favor! Estamos hablando de un capo del narcotráfico. Mientras siga vivo, no vamos a estar seguros… ¡Los *niños* no van a estar seguros!

—Maldita sea…

—Sabes que es verdad, Deborah. Necesitamos a Brian para todo esto. ¿O acaso tus compañeros del cuerpo van a ayudarnos? ¿Quieres preguntárselo a alguno de los inspectores? ¿Al capitán

Matthews, quizá? ¿Te parece que van a apuntarse a un asalto y un tiroteo ilegales a más no poder? ¿Seguidos por una ejecución? Porque vamos a tener que ejecutar a ese sujeto, Debs. —Y le señalé con el dedo, haciendo gala de otro recurso histriónico aprendido de la tele—. Si Raúl vive, los niños mueren.

Se trataba de un argumento excelente, poderoso y lógico a la vez, y Debs lo sabía. Se mordió los labios, siseó y gruñó, pero no dijo más, de forma que repetí:

—Necesitamos a Brian, Debs. —Miré mi reloj de forma significativa y añadí—: Y tenemos que hacer todo esto *ahora*.

Me fulminó con los ojos, pero un poco más humanamente. Apartó la vista, tragó saliva de forma evidente y volvió a mirarme. Asintió con la cabeza una vez, con mucha rapidez.

—Muy bien. Por los niños. —Alargó el cuello en mi dirección todo cuanto pudo y agregó—: Pero una vez que hayamos terminado con este asunto…

—Si es que terminanos con el asunto, Debs —dije, repentinamente cansado de estar constantemente vadeando lo que Harry solía llamar una de esas Charcas de Mierda—. Porque la cosa no está clara, ni mucho menos. Pero *si* lo conseguimos… Mierda. Veremos qué pasa entonces.

Me miró; asintió con un gesto.

—¿Dónde está? —preguntó.

—En su coche, en la calle.

Volvió a morderse los labios, con fuerza, respiró hondo y dijo:

—Dile que venga.

—Tienes que darme tu palabra, Deborah…

—¡Que lo traigas, joder! —explotó—. Tenemos prisa, ¿no? —Le miré un instante, y volvió a fulminarme con la vista. Finalmente asintió con la cabeza—. Tráelo. Voy a comportarme.

No iba a conseguir nada mejor, y la verdad, era más positivo de lo que esperaba. Me levanté de la mesa desvencijada y fui hacia la puerta de la casa.

Brian seguía esperando allí donde lo había dejado, lo que resultó ser un alivio. El motor del coche continuaba en marcha, claro, pero no se había ido, lo que era fantástico. Medio sospechaba que se ha-

bría marchado, despavorido y a toda velocidad. Y cuando abrí la
portezuela, me miró con una expresión de alarma, o poco menos. Oí
que el motor giraba una vez cuando dio un pisotón por acto reflejo,
pero no llegó a accionar la palanca de cambios.

—Todo arreglado —declaré, en el tono más tranquilizador posible—. La línea Maginot resiste, hemos llegado a una tregua y he hecho
que Debs se comprometiera a no invadir Polonia.

Con los ojos tan abiertos como los de una lechuza, pestañeó repetidamente.

—Esto es todavía peor que tus citas de De Tocqueville —sentenció—. Hermanito, a veces te esfuerzas demasiado.

Pensé que su brusca contestación era simple muestra de celos,
pues llevaba horas sin que se le ocurriera algo ingenioso. Pero lo principal fue que aceptó mis palabras, apagó el motor y se bajó del coche.
Rodeó el vehículo y se plantó a mi lado con aire inseguro. Se estremeció ligeramente, irguió los hombros y desembuchó:

—Bueno sería hacerlo rápido.

Me miró un segundo, para cerciorarse de que había reparado en
la cita de Shakespeare, cruzó por la entrada y se dirigió a la puerta de
la casa de Deborah.

Le seguí de inmediato, pero Brian andaba más deprisa. Era posible que efectivamente quisiera terminar con todo eso de una vez.
Cuando por fin llegué al interior, él y Debs estaban el uno frente al
otro en la cocina, a tan solo medio metro de distancia. Deborah lucía
su tan profesional expresión de cabreo permanente, pero sus puños
cerrados por lo menos no llevaban armas de fuego. Brian estaba contentándose con mirarla de forma neutra, con los brazos cruzados sobre el pecho. En vista de las circunstancias, teniendo en cuenta los
motivos de nuestra empresa en común, no sería adecuado hablar de
un duelo de miradas a la mexicana. Pero cada uno daba la impresión
de estar esperando que el otro se lanzara al ataque cuchillo en mano
a fin de poder abrir fuego con una Uzi. En todo caso, se trataba de la
mejor reunión de tipo familiar a la que hubiera podido aspirar en ese
momento.

También estaba bastante claro que era a mí a quien correspondía acelerar un poco las cosas, en parte para evitar que terminaran

por matarse de veras, de modo que opté por una alegre fórmula de cortesía.

—Deborah, Brian. Brian, Deborah. ¿Entendido? Y bien —dije, mientras me sentaba en una de las sillas hechas polvo—. Creo que estaréis de acuerdo en que tenemos que presentarnos allí con rapidez y tratar de pillarles por sorpresa en la oscuridad.

—Por sorpresa —repitió Debs con sarcasmo, sin dejar de mirar a Brian—. Raúl tiene a nuestros hijos y sabe que habéis liquidado a sus dos pistoleros. ¿Cómo puedes pensar que vamos a pillarle por sorpresa?

—Porque no sabe que vamos a presentarnos —respondí—. Ni siquiera sabe que hemos descubierto dónde *está*.

—Por lo general, es raro que alguien vaya a por *él* —explicó Brian de forma considerada, sin dejar de observar a Deborah—. La verdad, no creo que se lo esté esperando.

—Pero ¿y si lo adivina? —insistió ella—. En tal caso, ¿qué cojones vamos a hacer?

—Siempre podemos quedarnos aquí y tomar un café —sugirió Brian.

Me parecía imposible, pero la mirada de Deborah se volvió aún más torva y rabiosa. Hizo amago de contestar, alguna lindeza, sin duda, pero se contuvo.

Pero lo que a mí me interesaba era *evitar* tales intercambios de lindezas y promover una atmósfera de entusiástica colaboración. Por lo que intervine antes de que pudiera decir algo que pusiera fin a nuestra alianza antes incluso de que fuese definitiva.

—No importa. Lo que está claro es que tenemos que intentarlo, ¿no? Y bien, Brian, ¿qué puedes decirnos sobre ese barco?

Mi hermano tomó asiento en una silla no menos endeble, todavía con la mirada puesta en Deborah.

—Lo he visto —explicó—. Incluso estuve a bordo una vez. —Me miró un segundo, y sus ojos volvieron a observar a Deborah—. El *Nuestra Señorita*. Un yate muy bonito —añadió—. Muy bonito.

Deborah soltó un bufido.

—Pues qué bien. Gracias, todo esto que cuentas es muy útil.

Como acabo de mencionar, todo dependía de mí.

—Brian, ¿podrías dibujarnos un plano del barco? Debs, trae un papel y un lápiz, por favor.

De mala gana, dio un paso atrás, apartó la mirada de Brian y se giró hacia un cajón de la encimera. Brian se puso tenso cuando metió la mano en el cajón, pero Debs se giró sin que en la mano tuviera otra cosa que un cuaderno y un bolígrafo mordisqueado. Sin dejar de vigilar a Brian, los puso en la mesa y, con cuidado, se sentó al otro lado del mueble.

—Excelente, muchas gracias —exclamé, con mi mejor voz de presentador de concurso televisivo—. ¿Brian?

Mi hermano cogió el bolígrafo, abrió el cuaderno y, lenta y de mala gana, apartó la vista de Debs y la fijó en el papel.

—Bien —dijo, mientras procedía a trazar unas líneas con rapidez—, como he mencionado, tan solo estuve a bordo una vez. Pero esto es lo que recuerdo. —Las líneas se convirtieron en la popa de una gran embarcación, con la superestructura en lo alto—. La parte trasera... —Me miró un instante—. La *popa* —se corrigió con despreocupación. Trazó unas líneas más—. Es así. Del tipo *escalonado*... es como lo llaman, ¿no? —Levantó la vista. Se lo confirmé con un gesto de la cabeza—. Ya sabes —agregó, volviéndose hacia Debs—. La popa está a un nivel mucho más bajo que los costados. Por si quieres tirarte al agua para disfrutar de un chapuzón. Y aquí está la embarcación auxiliar, una bonita lancha con motor fueraborda que pende de estos ganchos situados detrás. —Señaló el dibujo con el bolígrafo—. Es fácil subir a bordo por ahí.

—No nos sirve —cortó Debs, escupiendo las palabras como si tuvieran mal sabor—. Si hay vigilantes, sin duda estarán en ese lugar.

—Sí que hay vigilantes, claro —convino Brian, en tono acaso demasiado despreocupado—. Un montón de vigilantes.

—¿Cuántos dirías que hay, Brian? —pregunté.

—Pues no lo sé, la verdad.

—Fantástico —murmuró Debs.

—Pero supongo que podemos contar con diez o doce —añadió él—. A los que hay que sumar a Raúl, al capitán y, seguramente, a unas cuantas mujeres de su harén personal. —Volvió a sonreír, de manera inapropiada y no muy bien ejecutada—. Raúl está hecho un auténtico mujeriego.

—Toda esa gente no va a estar en la cubierta —tercié—. No, si nos presentamos antes del amanecer.

—Mmm, nooo —admitió Brian pensativamente—. Lo más probable es que la mayoría estén durmiendo. Eso espero, por lo menos.

—Estupendo —intervino Deborah—. No puedes decirnos cuántos son, dónde estarán ni nada más, como no sea que hay que esperar que estén roncando.

—Lo más probable es que haya dos en la cubierta, en la popa seguramente —aventuré, como si estuviéramos manteniendo una conversación de lo más razonable—. Y es posible que haya otro en el puente. ¿Tú qué opinas, Debs?

Me miró y se mordió el labio inferior un segundo. Asintió con la cabeza.

—Tiene sentido. Es lo que yo misma haría.

—Hay que recordar que técnicamente no eres un narcotraficante mexicano de los gordos —matizó Brian pensativo.

Supongo que mi hermano quería dejar claro que él también podía ser muy mordaz, y el hecho es que lo dejó claro. Debs se encaró con él, y de nuevo tuve que intervenir para que las cosas siguieran yendo en la dirección oportuna.

—¿A qué altura del agua está la proa, Brian? —me interesé.

—Bueno, eso no lo sé seguro, pero sí que está mucho más alta que la *popa* —respondió—. En su momento pasé casi todo el tiempo en la parte de abajo.

—Entiendo —dije. Con la cabeza, señalé el papel y el bolígrafo—. Danos una idea del aspecto que tiene.

—Mmm… —musitó, cogiendo el boli y frunciendo el ceño—. A ver si me acuerdo bien… hay una gran área abierta, como una sala de estar. —Fue a otra página del cuaderno y dibujó un amplio espacio diáfano, con banquetas tan mullidas como sofás en sus lados—. Hay una gran pantalla de plasma. Una barra de bar. Una pequeña cocina, para tentempiés. La cocina principal está más abajo. —Me sonrió con complicidad—. La verdadera cocina de *a bordo*.

—¿Qué más?

Brian lo pensó, mientras daba unos golpecitos con el bolígrafo en el papel.

—Bueno, en la otra punta, hacia la parte delantera del barco… —Esperaba que fuese a regalarme con su horrorosa sonrisa y la palabra *proa*, pero esta vez no se le ocurrió hacerlo, como comprobé con alivio—. Hay unos escalones que llevan a los camarotes.

—¿Cuántos escalones? —quiso saber Deborah.

—Tampoco son tantos —respondió él—. Cinco o seis, quizá. No muchos.

—¿Y cuántos camarotes? —pregunté.

Se encogió de hombros.

—Tenéis que entenderlo; tampoco llegué a bajar del todo —explicó—. Tan solo eché una mirada cuando Raúl subió por los escalones. Su camarote, el principal… está en el extremo delantero. —Frunció el ceño—. En el pasillo había cuatro o cinco puertas. Una es la de la cocina… Así que creo que hay unos tres camarotes.

—Los niños estarán agrupados en uno de ellos —intervino Deborah.

—Eso espero —dije. Yo hubiera metido a los niños en la sentina, y más aún tratándose de los míos.

—Los tendrá en un camarote —insistió Debs con convencimiento—. Pero todo lo más lejos posible de él.

Me pareció que seguramente tenía razón; miré a Brian. Asintió con la cabeza.

—Es lo más probable —reconoció—. A Raúl le gustan los niños. Pero también le gusta tener privacidad, sobre todo cuando está ocupado con sus mujeres.

—Bien —tercié, esforzándome en sonar dinámico, firme y optimista, como si de hecho hubiéramos conseguido algo tangible—. ¿Y cómo vamos a hacer todo esto?

Me miraron los dos, y tuve que reprimir una risita, pues sus rostros exhibían idéntica expresión de vacío y de confusión. Ambos estaban igual de sorprendidos por la pregunta; ninguno tenía ni idea de cómo actuar precisamente, y era lo único en lo que estaban de acuerdo hasta el momento. Una vez más quedaba claro que lo único que verdaderamente sirve para unir a las personas de toda laya y condición es la Ignorancia Supina.

Deborah rompió el silencio al levantarse de golpe.

—Nos quedan unas cuatro horas hasta el amanecer. Lo mejor es que vayamos e improvisemos. Que hagamos lo que sea necesario.

Abrí la boca para objetar y subrayar que la planificación meticulosa es la madre de todos los éxitos… pero Brian asimismo acababa de levantarse, asintiendo con la cabeza.

—Vamos en mi coche —dijo—. Hacia tu propio barco, ¿no? Luego ya veremos.

Se levantó y salió de la cocina. Deborah me hizo un muy leve gesto con la cabeza y le siguió los pasos. Me encogí de hombros y salí tras ellos.

Como acabo de decir, la Ignorancia Supina es lo que nos une a todos.

24

Por la noche, Byscaine Bay puede ser muy hermosa. El viento cálido suele soplar sobre la superficie, y el agua reluce con una ligera luminosidad, y si hay luna llena y el oleaje es moderado, a veces te dices que estar vivo y a bordo de una embarcación en esa bahía es una cosa espléndida.

Puse rumbo al sur desde el amarre que tenía alquilado en Coconut Grove y me acordé de eso justamente, de que era estupendo estar vivo y encontrarme en el agua esa bonita noche iluminada por la luna. Apreciaba con sinceridad los encantos de una travesía de madrugada por las aguas de mi querido lugar de nacimiento. Pero también estaba pensando que me gustaría *seguir* vivo y que tendría bastantes más oportunidades de conseguirlo si la luna no fuera tan luminosa.

No había forma en el mundo de acercarnos al yate de Raúl sin ser vistos, no con esa luna casi llena proyectando su luz paliducha. La luz de la luna siempre había sido una agradable amiga y una aliada fiel, mi fuerza y mi refugio a la vez. Esa noche era distinto: como todo cuanto apreciaba en la vida, la luna se había vuelto en mi contra. La fría luz de esa luna traicionera iba a conseguir que me mataran, y su imagen en lo alto no me alegraba en absoluto. Brillaba de forma implacable en un cielo casi por entero despejado. Hacia el horizonte, en dirección a Bimini, una oscura línea de nubarrones avanzaba con rapidez y a baja altura en nuestra dirección, pero en el punto donde estábamos tan solo contábamos con un cielo mortíferamente claro.

El oleaje era muy ligero, por lo que avanzábamos a buena velocidad, algo por encima de los veinticinco nudos. Incluso al sur de Cape Florida, donde el empuje del océano abierto suele provocar olas considerables, las aguas estaban lo bastante tranquilas como para que pudiéramos mantener dicha velocidad. Íbamos a llegar en cosa de media hora... y quizá esa era la razón que me llevaba a disfrutar de la travesía más que de costumbre. Pues si la visibilidad era así de buena a nuestra llegada, era casi seguro que esa iba a ser mi última travesía en la vida. Raúl tendría centinelas, y sería imposible que no nos vieran, lo que pondría punto final a todo el asunto. Y a nosotros mismos también.

Lo habíamos estado hablando, naturalmente. Durante el trayecto en coche desde la casa de Deborah hasta mi barco, no habíamos hecho más que hablar. Empecé por enumerar lo que podía pasar, lo que podríamos hacer al respecto y cómo maximizar la que verdaderamente era una muy exigua probabilidad de triunfar. Y si bien Debs y Brian insistieron en mostrarse poco impresionados por todos los seguros peligros que describí, tengo que reconocer que por lo menos las cosas estaban mejorando mucho mejor de lo esperado en el terreno de las relaciones personales. Debs se las había arreglado para no acribillar a Brian, y este tampoco le había rebanado el cuello para esfumarse por completo después.

Antes de subir al coche de Brian habíamos reunido la máxima potencia de fuego. Debs sacó una escopeta de corredera del maletero de su propio vehículo, así como un botiquín de primeros auxilios, lo que me pareció un tanto pesimista por su parte. También echó mano a su pistola Glock, cosa de la que me alegré. Debs tenía gran aprecio sentimental por el viejo revólver del 38 de Harry, y me había estado temiendo que lo escogiera, por mucho que el revólver tuviera la mitad de las balas y la mitad de la potencia de fuego que la Glock. Brian y yo contábamos con nuestras propias pistolas, vueltas a cargar y prestas para el uso, con un peine adicional para cada uno.

Tan solo nos llevó diez minutos ir de la casa de Debs hasta el amarre que tenía alquilado en una tranquila zona residencial del Grove. La casa era propiedad de una pareja de ancianos que, por la razón que fuese, vivían en Nueva Jersey la mayor parte del año. Les venía bien que alguien se acercara de vez en cuando a su minimansión sureña, para ahuyentar un poco a los ladrones, razón por la que me cobraban un alquiler muy bajo. Y a pesar de que no lo había usado en los últimos meses, mi barco estaba en excelente condición;

tan solo fueron precisos unos segundos para calentar el motor y bombear al exterior el agua de la sentina antes de que estuviera listo para zarpar.

Mientras avanzábamos por el corto canal que desembocaba en la bahía, abrí la taquilla del barco y cogí unos cuantos cuchillos de filetear, bastante más silenciosos que las armas de fuego, quizá adecuados para alargar el factor sorpresa unos cuantos minutos. El hecho de que en realidad también fueran bastante más divertidos que las pistolas en ese caso no resultaba un factor primordial. Como era de esperar, Brian se quedó encantado con el que le proporcioné. Debs se negó a aceptar el suyo, lo que tampoco me sorprendió demasiado.

Además de toda esa letal ferretería, mi hermano había insistido en llevar la bolsa de lona arrebatada a Iván. Estaba llena de unas cosas de aspecto inquietante que Brian denominaba «juguetitos» y que, estaba convencido, podían sernos útiles.

—Aunque solo sea para borrar nuestras huellas después —explicó con desenfado.

De nuevo, asombrosamente, Deborah se mostró conforme.

—Si uno de estos chismes sirve para destruir las pruebas, va a ser cuestión de usarlo —sentenció.

Por esa razón estábamos cargando con un par de bombas muy feas, unos artefactos explosivos desconocidos y probablemente inestables, simplemente porque era *posible* que tuviéramos ocasión de usarlos. Y quizá efectivamente íbamos a usarlos. Pero primero teníamos que subir al yate de Raúl en silencio y con vida, y para hacerlo era preciso llegar sin ser vistos. Hasta el momento no habíamos dado con un método para hacerlo, como no fuera el de acercarse a ver qué pasaba. De haber dependido de mí, ese tan laxo plan de ataque ni siquiera sería nuestro plan B, ni tampoco el plan C. No me gusta improvisar. Cuando por las noches salgo a Hacer de las Mías, necesito contar con un plan y necesito atenerme a él. El comienzo, el medio y el final... he de tenerlo todo pensado de antemano y he de ejecutarlo paso a paso. Eran demasiadas las cosas que podían salir mal, incluso cuando se trataba de mí solo, sin más compañía que la de otro compañero de juegos cuidadosamente escogido, un compañero que nada sospechaba hasta que ya era demasiado tarde para que la sospecha le resultara útil.

De esta forma descuidada estábamos acercándonos a una docena aproximada de individuos que esperaban alerta y vigilantes, así como muy bien pagados para evitar toda sorpresa. Y nosotros improvisando. Lo detestaba, y detestaba no tener más opción que la de seguir adelante de esa guisa. Por muy bonita que fuera la noche, no podía sustraerme a la sensación de que las cosas no podían salir bien.

Tan solo había un resultado probable, y este era el fin violento de la Saga de Dexter... y justo cuando mi situación personal empezaba a mejorar. Ahora que Anderson había muerto acribillado a tiros en un entorno tóxico a más no poder, estaba bastante seguro de que desestimarían las acusaciones contra mí, incluso sin la ayuda de Kraunauer, y de nuevo estaría en libertad de disfrutar de una feliz vida de perfecto equilibrio entre mi diaria condición de asalariado y mi Maligna Diversión por las noches. Pero, como no sucediera un verdadero milagro, todo eso estaba a punto de acabarse para siempre.

Estaba a solas con mis tan sombríos pensamientos —no tenía sentido tratar de mantener una conversación alentadora por encima del ruido del motor y del viento—, pero por lo que veía de Debs y de Brian, tampoco estaban precisamente pensando en jardines de rosas bañados por el sol y llenos de simpáticos animalitos y cucuruchos de helado. Deborah sencillamente estaba sentada mirándose los pies con el ceño fruncido, mientras que Brian se encontraba a proa, mirando al frente con expresión de angustia. No me sentí muy animado al verlos así; no parecía que constituyéramos una formidable amenaza para una docena de mercenarios armados hasta los dientes.

Abandonados a su suerte, mis pensamientos se tornaron aún más oscuros. Esa era una misión sin esperanza, condenada al fracaso, y el fracaso significaría la muerte segura. Y la muerte es algo que siempre he tratado de evitar... la mía, por lo menos. Y, al fin y al cabo, ¿de verdad era necesario que nos metiéramos en una cosa así? ¿Para salvar a los niños? ¿Por qué? Si lo piensas bien, ¿para qué necesitas a unos niños? Y, en especial, a unos niños como *esos*. Lo único especial en ellos era que Lily Anne y Nicholas llevaban ADN mío y de Debs, y si ella o yo verdaderamente sentíamos la necesidad de replicarlos, todavía nos quedaba ADN para rato. Por lo demás, Cody y Astor eran sendos Oscuros Potrillos Salvajes, a la espera de crecer y convertirse en algo parecido a mí. Y estaba claro que nadie en su sano juicio aspiraría a dejar sueltos por el mundo a otros depredadores nocturnos infestados de Pasajeros.

Y, en todo caso, ¿no es verdad que todos los especialistas en el cuidado de los niños coinciden en que en realidad es *malo* hacer demasiado por tus hijos? Es sabido que si siempre estás protegiéndolos, nunca aprenden a valerse por sí mismos. Terminarían por convertirse en unos parásitos de la sociedad, siempre dependientes de subsidios y ayudas estatales, acaso dados a robar en alguna gasolinera de vez en cuando. De hecho, podía decirse que estábamos malcriando a nuestros hijos, empujándolos a una vida marcada por el delito y la servil dependencia de los demás.

Y si ahora nos volvíamos a casa, y a los niños les sucedía lo peor… Pues bueno, ¿y qué? Siempre podían ser reemplazados, bien por gestación, bien por adopción. Hay millones de chavales sin hogar en este mundo… lo que a su vez demuestra que los niños son una materia prima de escaso valor, ¿o no? A ver si me explico: en el mundo hay muy pocos Bentleys sin hogar. Probablemente casi cero, como no estemos hablando del de Kraunauer, vehículo que sin duda no tardaría en encontrar un nuevo garaje flamante. La gente haría cola alrededor de una manzana entera para asegurar que era suyo y tratar de quedarse con él… y era muy posible que en esa misma manzana hubiera una decena de niños sin techo, sin que nadie fuera a mover un dedo por ellos. Eso demostraba algo, ¿no? Un ser humano razonable llegaría a la conclusión de que la única alternativa lógica, justa y saludable, era la de dar media vuelta, volver a casa y dar a los pequeños la oportunidad de crecer como personas aprendiendo a cuidar de sí mismos.

Era una cuestión de simple lógica aplastante. Pero, por supuesto, no tenía sentido intentar que los demás vieran las cosas a mi manera. El ser humano nunca ha prestado mucha atención a la lógica, por mucho que quiera pensar lo contrario. Y estaba muy seguro de que Deborah, por lo menos, no contemplaría la situación bajo ese prisma sensato y racional. Y Brian, a pesar de su encomiable carencia de emociones, parecía estar muy decidido a acabar con Raúl para siempre. Si de paso rescataba a un puñado de niños, la cosa no parecía importarle demasiado, a condición de que la liquidación de Raúl fuera definitiva.

Como si hubiera estado escuchando mis pensamientos, Brian se giró y me miró a los ojos. Asintió con la cabeza una vez, me regaló su falsa sonrisa horrísona en extremo y volvió a mirar al frente. No iba a serme de ayuda. Casi seguro que yo era el único con dos dedos de frente, deseoso de dar media vuelta y regresar a casa. Y no pude evitar la idea de que, por maravillosa coincidencia, *yo* era el que estaba pilotando el barco. *Mi* barco. Podía hacerlo… bastaría con hacer girar el timón de forma lenta e imperceptible para trazar un gran círculo que terminara por llevarnos de vuelta a casa y a la lucidez. Era lo que *tendría* que hacer. Y Debs y Brian un día comprenderían que les había salvado la vida y me darían las gracias por ello.

Entonces noté un toquecito en el codo; sorprendido, me giré y vi que Deborah estaba a mi lado. No parecía que fuera a darme las gracias por nada. Sencillamente acercó la boca a mi oído y preguntó:

—¿Cuánto falta para llegar?

Miré el navegador GPS Chartplotter. Tan solo estábamos a un par de millas de Toro Key. Demasiado cerca para dar media vuelta: lo había estado pensando demasiado.

—Unos pocos minutos, diría —respondí.

Asintió con la cabeza y se quedó en silencio un momento. Y a continuación, de forma sorprendente, acaso más sorprendente que todo cuanto había sucedido en los últimos días, llevó la mano a mi brazo, lo apretó con fuerza un instante y se marchó para situarse junto a Brian.

Acababa de darme un toque, en el plano físico y en el emocional. Mi hermana había atravesado de manera simbólica el gran espacio vacío que nos separaba y me había dicho: *Estamos juntos en esto. Tú y yo, Dex, hombro con hombro, hasta el final cada vez más próximo. Si todo termina, terminará para los dos juntos.* Muy cálido, muy humano, y tendría que haberme llegado al alma. Estoy seguro de que es lo que habitualmente sucede, por lo menos en aquellos dotados de emociones. Yo no las tengo, así que no era mi caso. Y no tenía ganas de que todo terminara, ni juntitos ni separados.

Al frente veía la luz brillante del faro de Fowey Rocks, un poco al este de Soldier Key, una islita situada a pocas millas al norte de Toro Key. Teníamos que estar cerca, y mantuve el curso, cada vez más seguro de que estaba conduciéndonos a todos hacia el final irremisible.

Debs fue la primera en ver el yate. Acercó su rostro al de Brian y le dijo algo, mientras señalaba al frente, un poco a la izquierda. Brian miró en esa dirección, asintió con la cabeza y vino hacia mí.

—Tiene que ser eso de allá —me susurró al oído.

Reduje la marcha al momento, hasta que estuvimos avanzando con lentitud y —eso esperaba— casi deslizándonos en silencio por las aguas. Viré un poco a babor y no tardé en verlo. A primera vista no era más que un tenue punto de luz situado bastante por encima de la superficie: la luz de anclaje exigida por la ley. Esa en particular era un poco más débil de lo normal, seguramente a propósito, pero seguía cumpliendo las regulaciones.

Brian volvió a proa y contempló el punto luminoso con atención. Nos fuimos acercando lentamente, y una vaga silueta apareció bajo la luz y empezó a adoptar la forma de una embarcación grande y cara. Cuando la forma se tornó más cercana y más clara, tuve que preguntarme si en su día me había equivocado al escoger mi profesión, pues lo que estábamos viendo no era un simple yate: era un *superyate*, del tipo que los jeques árabes y los traficantes griegos de armas compran para sus vacaciones en el Mediterráneo, aptos para zarpar de Atenas mientras te sirven una cena de cinco tenedores y para llegar volando a Venecia con tiempo para disfrutar del postre. Tan solo tendría unos dieciocho metros de eslora, pero su estampa rezumaba velocidad, categoría y pasta gansa. Ya podían acusarle de otras cosas —más que justificadamente, por lo demás—, pero estaba claro que nadie podía tachar a Raúl de tacaño. Empecé a preguntarme cuánto dinero le habría levantado Brian. Tenía que haber sido un montón para que Raúl llegara a reparar en su desaparición.

Habían echado el ancla justo al norte del cayo, en el único sitio con profundidad suficiente para un barco de esas proporciones, o eso me parecía. Pero el yate estaba al abrigo de las olas del océano, mayores en tamaño, y de los vientos propios de esa época del año, y si las prestaciones de la embarcación auxiliar eran del mismo nivel que las del yate, Raúl podía plantarse en Miami en cuestión de veinte minutos. Y si de pronto necesitaba salir a escape, estaba apuntando directamente al Atlántico, y en un santiamén podría llegar a México a bordo de un barco tan rápido como ese.

A poco menos de unos doscientos metros de distancia, viré hacia el sur y aceleré un poquito, para avanzar en paralelo al yate, con la esperanza de que nos tomaran por unos simples aficionados a la pesca con caña madrugadores. Tenía su sentido, pues justo al sur de Toro había un arrecife con buenas capturas. Pero ni Brian ni Debs se lo encontraron; se dieron media vuelta y me miraron.

—¿Qué estás haciendo? —inquirió Debs en un murmullo furioso.

—No vemos casi nada —protestó Brian, en tono similar.

Meneé la cabeza.

—No podemos ver —convine—, y *ellos* tampoco pueden vernos a *nosotros*. Lo que es *bueno* —agregué, dado que ni el uno ni la otra parecían entenderlo bien.

Debs volvió a situarse a mi lado.

—Dexter, tenemos que saber más sobre esos centinelas. Cuántos son, dónde están… no podemos subir a ciegas.

—Si ven que nos acercamos, no vamos a subir en absoluto —repliqué.

Brian llegó y se situó a mi otro lado.

—Hermanito, estaría bien saber…

—¿Es que estáis mal de la puta cabeza? —solté. Me miraron con idéntica sorpresa, y tengo que reconocer que yo mismo estaba sorprendido. Casi nunca recurro a las palabrotas… y es que hay muchas palabras finas que son mucho más hirientes. Pero lo cierto era que parecía ser el único de los tres interesado en seguir con vida. Brian y Debs parecían considerar que estábamos en una especie de excursión de recreo—. Vamos a pasar por su lado como si nos dirigiéramos a pescar en el arrecife. Y luego nos acercaremos poco a poco por la proa —afirmé—. Sin hacer ruido. Es la única posibilidad que tenemos de que no nos vean.

Y creo que mi tono fue lo suficientemente autoritario.

—La proa es demasiado alta —se quejó Debs—. No soy un puto chimpancé… y no vamos a poder subir por la cadena del ancla.

—En la taquilla hay una escala de gato —dije, señalando hacia atrás con la cabeza—. Ve y tráela.

Se produjo la primera confirmación de mi nueva autoridad, pues Debs obedeció de inmediato. Volvió con igual rapidez y me la entregó.

La escala tenía seis peldaños de madera y dos ganchos en la parte superior. La tenía porque mi barco contaba con unas bordas muy altas para la navegación no costera, de forma que siempre enganchaba la escala cuando me apetecía nadar o bucear un rato.

—Hermanito, ¿tienes un plan? —preguntó Brian.

—Lo tengo —contesté, con voz de experimentado lobo de mar—. Llegamos en silencio hasta su proa. Tú —señalé a Brian con la cabeza— te encargas de enganchar la escala a la borda del yate.

—Es demasiado alta —objetó Deborah.

—Y, Brian, después tú y yo —continué, haciendo caso omiso de Debs y de su negatividad— subimos por la escala hasta la cubierta. Debs, tú te quedas aquí esperando y…

—Y una mierda. ¡No voy a quedarme en el puto barco como si fuera una animadora del fútbol americano! —contestó.

Pasé por alto el hecho evidente de que ni los barcos ni los comandos de ejecución suelen incluir una animadora de este tipo y me limité a decir:

—Deborah, tenemos que sacar a los niños por la popa. De modo que tendrás que rodear el yate después de que Brian y yo nos carguemos a los centinelas de cubierta, ¿entendido? —Su rostro se inmovilizó en una mueca testaruda y disgustada, por lo que tuve que añadir, de forma un tanto ruin—: Tenemos que hacerlo en silencio, Debs. Estamos hablando de un trabajo de *cuchillo*.

Siguió fulminándome con los ojos, hasta que terminó por asentir con la cabeza.

—De acuerdo. Pero luego me llamáis para que suba o…

—Muy bien, no se hable más —sentencié.

Durante los siguientes minutos no tuvimos mucho que decir, lo que en realidad era positivo, teniendo en cuenta sus constantes parloteos hasta el momento. No me interesaba que discutieran ni me distrajeran, y tampoco necesitaba que me dijeran que el mío seguía siendo un plan demencial, suicida. Porque lo era; estaba seguro de que en el puente habría alguien, que seguramente miraría a proa de vez en cuando. Era apenas posible que tuviéramos una suerte de veras formidable y nos plantáramos en la cubierta justo cuando estuviera mirando en otra dirección... pero no me parecía que la suerte estuviese de nuestro lado. Nada de toda esta absurda expedición parecía estar llamando a la suerte. Lo único que sentía era una fuerte náusea ante lo que estaba por llegar, así como un frío bulto en el estómago y el convencimiento pleno y absoluto de que todos estábamos a punto de morir... o que por lo menos yo lo estaba, lo que era igual de negativo, bajo mi punto de vista.

Pero bueno, aquí estaba y era cuestión de seguir adelante. De forma que puse rumbo al sur hasta que el yate volvió a convertirse en una muy tenue luz de anclaje, momento en que viré en redondo, puse el motor al ralentí y me dirigí otra vez hacia la luz diminuta. Y hacia —estaba seguro de ello— una muerte desagradable.

Justo cuando casi no podía distinguir la proa del yate y había empezado a comerme el coco de tal manera que estaba dispuesto a suicidarme saltando por la borda, noté que una pequeña gota de agua fría caía sobre mi mejilla. Al principio no hice caso, diciéndome que era otro indicio de que toda esa travesía era una idiotez condenada al fracaso. *Estoy prácticamente muerto, y lo único que me falta es mojarme además.* Traté de pensar en otras cosas; matarte a ti mismo es cosa seria, en la que uno tendría que concentrarse por entero. Pero entonces noté otra gota, y dos más después, y luego cinco, y estaba claro que eran demasiado frías para que fueran de espuma salada, y por fin tuve el primer instante de lucidez en toda la noche, comprendí lo que podía ser y miré a lo alto.

A un centenar de metros sobre nuestras cabezas, un bajo frente nuboso corría justo en nuestra dirección: era la borrasca que había visto sobre el océano en las inmediaciones de Bimini. Como muchas veces sucede con estas tormentitas, de repente había esprintado sobre las aguas y nos había sorprendido, y creo que ningún fenómeno meteorológico me había hecho tan feliz en la vida como la contemplación de la espesa cortina de lluvia que caía sobre las aguas y corría velozmente hacia mi barco.

Unos segundos después estaba sobre nosotros, un furioso, gélido diluvio. Y aunque me sentía eufórico por el hecho de que ahora éramos invisibles para los del yate, de pronto se me ocurrió que el yate también era invisible para nosotros y que tenía que andarme con cuidado para no estrellarme contra nuestro objetivo.

Me volví hacia Brian, quien seguía de pie a mi lado, con el nerviosismo pintado en el rostro y la escala en la mano.

—Ve a proa —ordené—. Estate atento a que no nos la peguemos contra el yate.

Asintió con la cabeza, dejó la escala en cubierta con cuidado y fue a proa.

Justo cuando empezaba a pensar que habíamos perdido el yate, Brian me hizo unos frenéticos gestos con la mano. Apagué el motor, dejé que las olas nos empujaran y, un momento después, vi la proa de la embarcación muy cerca y en lo alto entre la espesa cascada de lluvia.

—Agarra el timón —le indiqué a Debs y lo agarró.

Recogí la escala y fui a encontrarme con Brian a proa. Farfulló algo que no entendí bajo los restallidos de la lluvia. Acercó la boca a mi oído y repitió:

—Sujétame por el cinturón.

Lo hice, se subió a la borda de mi barco y le agarré por el cinturón para afianzarlo.

Una vez recuperado el equilibrio, Brian tendió la mano en mi dirección y movió los dedos. Necesité un segundo para entender: la escala, por supuesto. Se la pasé, y, sosteniéndola sobre la cabeza, dio un par de pasos con las puntas de los pies. Se bamboleó, titubeó y se encogió en un ovillo para recobrar el equilibrio una vez más; lenta, cuidadosamente, volvió a erguirse. No era mucho lo que yo podía ver, pero entendí que estaba moviéndose en lo alto. Al cabo de un momento, volvió a acuclillarse.

—Lo tengo —dijo.

Asentí con un gesto y empecé a encaramarme a la borda. Brian extendió el brazo y me detuvo.

—Hermanito, si no te importa, yo voy primero.

Inclinó la cabeza hacia mí, como si esperase que hiciera alguna objeción. No la hice. Sonrió, brindándome la misma horrorosa imagen de sus dientes carente de toda emoción, y se enderezó. Dio un saltito, y desapareció al subir por la escala de abordaje hasta llegar a la cubierta del yate. Le seguí tan rápidamente como pude, haciendo una seña a Debs con la mano y separando el barco con los pies mientras trepaba escala arriba.

No oí nada en absoluto cuando me encaramé a la cubierta, lo que me pareció una señal muy positiva. Me acuclillé; el tramo de cubierta que terminaba en la proa trazaba una ligera curva ascendente, una especie de medio cono pintado de azul oscuro, para diferenciarlo de la blanca cubierta que lo rodeaba. Supuse que su función era la de dotar al camarote de Raúl de un poco más de altura. Subí por la franja azul y me hice un ovillo otra vez, con la esperanza de que mis ropas oscuras me camuflaran. Raúl seguramente estaba justo debajo de donde me hallaba, en su camarote. Me pregunté si estaría con sus mujeres. Esperaba que le mantuvieran ocupado.

La lluvia estaba empezando a amainar. Miré allí donde Brian había desaparecido. Al principio no le vi. Mis ojos buscaron el punto donde la pequeña pendiente terminaba, en la base del puente de mando. Un poco más arriba, a mitad de camino hacia el acristalamiento del puente, había un borrón oscuro. Era Brian, quien estaba trepando cuidadosa pero velozmente. En ese momento me miró de reojo. Llevaba el cuchillo de filetear prendido entre los dientes, como si fuera un pirata. El cuchillo era muy afilado; si no se andaba con cuidado, pronto tendría una nueva sonrisa, seguramente mejor que la que ahora acostumbraba a mostrar. Con un gesto me indicó que esperase y, poco a poco, asomó la cabeza para escudriñar a través de los cristales.

Se quedó unos segundos inmóvil, con la mitad de la cabeza asomando sobre los cristales. A continuación reunió fuerzas y medio se subió medio saltó hasta perderse de vista.

Y me encontré solo por completo, hecho un ovillo bajo la lluvia, en un barco atestado de individuos fuertemente armados y decididos a matarme.

25

Me quedé a la espera. Resultaba más fácil decirlo que hacerlo. En el puente de mando podían estar pasando un millar de cosas, y tan solo una de ellas podía ser buena. ¿A qué venía tanto retraso? ¿Había un centinela en el puente? Seguramente, o Brian no habría saltado de esa manera. ¿Mi hermano le había sorprendido? Si era el caso, ¿por qué tardaba tanto en reaparecer? Quizá estaba disfrutando del momento, prolongándolo un poquito más de lo necesario. Quizá el vigilante había sorprendido a Brian. Era posible que el barco fuera a estallar en un pandemonio de gritos y disparos, y yo seguía agazapado allí en la proa como un imbécil.

Y si efectivamente sucedía, ni siquiera estaba en condiciones de ofrecer una mínima resistencia. Había metido el cuchillo de filetear en su funda, para no cortarme al subir al yate. Allí seguía. Lo desenvainé y lo esgrimí. No parecía ser muy peligroso, por lo menos en comparación con seis o siete tipos pertrechados con fusiles de asalto. ¿Y por qué la empuñadura resultaba tan escurridiza? Se diría que me sudaban las manos, lo que resultaba absurdo. Yo era Dexter el Oscuro, el Frío Asesino. Las manos no me sudaban, ni siquiera entonces, por mucho que Brian estuviera retrasándose de veras y fuera casi seguro que algo había salido rematadamente mal.

Estaba a punto de seguir el camino de Brian para echar una mirada cuando finalmente reapareció y me hizo una seña jubilosa con la mano. Del cuchillo que sujetaba goteaba una sustancia rojiza. Con un gesto me dio a entender que fuera a reunirme con él. Me arrastré por la pendiente y subí al puente de mando tan rápido como pude, no sin cierta irritación. Mi hermano tampoco tenía razón para estar tan satisfecho consigo mismo. Al fin y al cabo, únicamente se había cargado a un solo centinela… y era evidente que se había tomado su tiempo, para divertirse un poco, mientras yo estaba humillantemente agazapado más abajo.

Trepé hasta el acristalamiento del puente. Una especie de parabrisas que tampoco protegía mucho de las brisas, pues no tendría más de unos treinta centímetros de altura, lo que al menos me sirvió para saltar por encima de él con facilidad. Brian estaba poco más de un metro más allá, contemplando con satisfacción un cadáver despatarrado. Había ido a parar a una banqueta acolchada emplazada a la altura de la rodilla, junto a la que había nada menos que un verdadero jacuzzi, lo bastante grande para albergar a cuatro personas a la vez. Seguía mirándolo con la boca abierta cuando Brian se acercó y me cogió por el codo.

—Ahí abajo tan solo hay un centinela —susurró, señalando la popa del yate con la cabeza—. Está apostado justo al pie de las escaleras.

Se arrodilló y me instó a hacer otro tanto. Fuimos reptando hasta el borde del puente, donde un tramo de escalones moldeados en la pared conducía a la cubierta principal, situada tres metros por debajo.

Me arrastré y asomé los ojos. Al principio no vi nada. Era posible que el vigilante hubiera bajado a mear. Pero entonces tosió, movió los pies y le vi. Estaba justo debajo de mí, cubierto por las sombras y mirando a su alrededor con atención.

Retiré la cabeza y acerqué mis labios al oído de Brian.

—Pensaba que habría *dos* —murmuré.

Se encogió de hombros, lo que no es fácil cuando estás tumbado boca abajo.

—Raúl seguramente se ha confiado —respondió en un susurro.

Volví a mirar. Tan solo había un centinela. Retrocedí, y Brian me miró y enarcó una ceja. Mis ojos fueron a parar a la banqueta acolchada junto al jacuzzi. Fui reptando hacia ella, me levanté y agarré uno de los cojines, una cosa pesada y forrada en lona, cuadrada y de casi un metro de longitud. Hice un gesto a Brian y se lo entregué.

—Déjalo caer por allí, a la cubierta principal —musité señalando a mi izquierda.

Lo entendió al momento; agarró el cojín y, en silencio, fue hacia el pasamanos. Me miró a la espera, y de nuevo me dejé caer de bruces y serpenteé hacia los escalones. Empuñé el cuchillo, respiré hondo e hice una seña a Brian.

De inmediato oí que el cojín se estrellaba con un ruido sordo contra la cubierta de abajo. Se oyó un «¡*Carajo*!» ahogado, pronunciado por el centinela apostado justo por debajo de donde me hallaba. El plan hasta el momento estaba saliendo a pedir de boca. Y el plan especificaba que el vigilante ahora se acercaría al tramo de cubierta situado bajo el pasamanos para ver de dónde había procedido aquel ruido, y yo me abalanzaría sobre sus espaldas.

Pero estaba claro que el muy estúpido asignado a la cubierta principal no se sabía bien el guión. Lo que hizo fue dar un paso en dirección contraria y mirar hacia arriba en mi dirección; apenas tuve tiempo de retirar la cabeza para que no me viese.

—Toño, pendejo —dijo a media voz—. ¿Qué ha sido eso?

Por supuesto, Toño no contestó, pues justo entonces se encontraba muy ocupado en estar muerto. Me quedé a la espera y noté que las palmas de la mano me sudaban otra vez. Nunca me habían sudado hasta esa noche, y ya eran dos veces. No me gustaba, y no me gustaba estar hecho un manojo de nervios con las manos sudorosas. Pero tampoco podía hacer mucho al respecto. Continué a la espera, con las manos empapadas, disgustado conmigo mismo. Finalmente volví a oír la palabra *carajo*, seguida por el sonido de unos pies al moverse… y *alejándose* de donde me encontraba.

Asomé los ojos con cautela. El espacio cubierto por las sombras más abajo estaba desocupado. Me acuclillé y me deslicé escalones abajo tan rápido como pude, hasta situarme en el rincón a oscuras. Unos segundos después oí un susurro, unas cuantas sílabas sin duda imprecatorias, y a continuación vi que el cojín arrojado por Brian se movía por el aire frente al rincón.

En un puntilloso arrebato de pulcritud, el centinela acababa de recoger el cojín, probablemente para devolverlo a su lugar junto al jacuzzi más arriba y, de paso, para reprender a Toño por su descuido. Sin embargo, por desgracia para los Amantes del Orden a Toda Costa, el hombre no llegó a subir por los escalones. Pues al llevar el cojín por delante de ese modo justo había proporcionado a Dexter un idóneo ángulo muerto, y antes de que el centinela pudiera hacer otra cosa que parpadear un par de veces, fui por detrás y me lancé sobre sus espaldas, rodeándole la garganta con el brazo y hundiendo el cuchillo en ella.

El fulano era muy robusto, y casi se soltó, pero conseguí sujetarlo bien, hice girar la hoja y la clavé una y otra vez, y tan solo emitió un único gruñido, ahogado por mi antebrazo prendido a su garganta, hasta que se desplomó inerte.

Seguí sujetándolo, hasta asegurarme bien de que estaba muerto a más no poder. A continuación dejé su cadáver en el suelo con cuidado, bastante satisfecho conmigo mismo. Me había llegado el turno de actuar, y me había desempeñado tan bien como mi propio hermano... mejor que él, incluso, sin entretenerme en diversiones que no venían a cuento. Nada de eso, mi eficiencia había sido mortífera, un ejemplo esplendoroso de la forma en que hay que hacer estas cosas.

Estaba poniéndome en pie, todavía felicitándome, cuando la puerta a mi lado se abrió hacia el exterior y una nueva voz masculina murmuró:

—Ah. Una buena meada es como... ¿Qué?

Es una pena que nunca llegase a aprender cómo era una buena meada. Pero al salir y cerrar la puerta, el recién llegado me vio, y sus poéticos elogios a los orines cesaron por completo. Por suerte para mí, se quedó con la boca abierta dos segundos enteros, lo que en principio me resultaba más que suficiente para acallarlo indefinidamente...

... con la salvedad de que, al dar un paso en su dirección con tal fin, tropecé con el cadáver a mis pies y caí sobre una rodilla, de forma que no pude sino contemplar cómo el meón echaba mano al fusil de asalto que pendía de su hombro por medio de una correa.

Todo cuanto el centinela tenía que hacer era situar el fusil en posición de disparo y apretar el gatillo, y Dexter estaría tan muerto como los brontosaurios. Pero el Tiempo de pronto se ralentizó en un avance confuso y borroso, y el vigilante pareció no terminar de ejecutar nunca esa tarea en principio tan facilita. Aquello era como mirar a cámara lenta una vieja comedia de cine mudo, mientras se debatía con la correa, se rompía una uña contra la culata y se daba con la frente en el cañón del arma, nervioso en extremo, presa de una frenética ansiedad que le atiesaba los dedos y le entorpecía los movimientos, con la lengua asomando por la comisura de los labios. Le miré con impotencia mientras con dificultad pero finalmente llevaba el fusil al frente y trataba de situar el índice en el gatillo, y justo cuando iba a encontrarlo, una sombra oscura se desplomó desde lo alto y le hizo caer de bruces contra la cubierta; unos segundos después, volvió a encontrar la voz, pero tan solo a tiempo para emitir un último sonido ahogado, soltar sendas patadas en el aire y quedarse inmóvil.

—Y bien —musitó Brian, acuclillado sobre el recién finiquitado vigilante—. Al final parece que sí había tres centinelas.

—Eso parece —convine en un murmullo malhumorado—. ¿Estás seguro de que no son cuatro?

Seguimos acuclillados un minuto más, para cerciorarnos de que nadie había oído el ruido sordo producido por Brian y el centinela al estrellarse contra la cubierta. En su momento me había parecido un ruido horrorosamente fuerte, incluso en mi estado de estupefacta percepción a cámara lenta. Pero, por lo visto, Raúl y sus demás tripulantes tenían el sueño profundo. No se oyeron gritos, ruidos de pasos, trompetas llamando al asalto ni nada por el estilo. De forma que dejamos a los dos finados vigilantes allí donde habían caído y efectuamos un rápido y silencioso recorrido por la cubierta, evitando las ventanas, de tamaño demasiado grande para considerarlas unos simples ojos de buey. Finalmente fui hacia el pasamanos y asomé la cabeza. La pequeña borrasca que había posibilitado todo eso estaba esfumándose, por lo que vi a Deborah con bastante claridad, a unos metros de la proa, sujetando un bichero enganchado a la cadena del ancla del yate. Le hice una seña, se soltó de la cadena, dejó el bichero sobre la cubierta e hizo avanzar mi barco en dirección a la popa del yate.

Bajé a la pequeña plataforma para buceadores situada en esa popa. Brian estaba en la cubierta, justo a mis espaldas, vigilando la aparición de inconvenientes señales de vida. La lancha del superyate estaba allí, amarrada a una bita y meciéndose con suavidad ante nuestros ojos. Daba la impresión de ser más cara que una casa con tres habitaciones y dos cuartos de baño. El panel de control habría hecho las delicias del capitán Kirk. Los asientos eran muy mullidos y en la proa hasta tenía un pequeño camarote a nivel inferior. Las llaves estaban a la vista, colgando de la ignición junto al timón. Quizá Raúl efectivamente se había confiado. Era posible que contar con un barco tripulado por hombres armados a base de bien te llevara a bajar la guardia un tanto.

Oí un ligero arremolinamiento de agua, y Debs apareció por el costado. Acercó mi barco a la lancha, agarré el cabo de la proa que me pasó y lo anudé con intención de que mi barco se alejara tres o cuatro metros, para que no se diera con el yate y suscitara la siempre indeseable alarma.

Debs agarró su escopeta y subió por la borda con rapidez; en un santiamén estuvo en la cubierta del yate, como si se encontrara hambrienta y llegara tarde a la cena.

—¿Por qué leches habéis tardado tanto? —preguntó.

—El tráfico estaba fatal —respondí.

No pareció que el chiste le divirtiera, pues siguió con el ceño fruncido. Pero antes de que pudiera adentrarse en el yate y liarse a tiros con todo el mundo, Brian siseó desde lo alto, urgiéndonos a guardar silencio. Me giré, y señaló con el dedo.

—La bolsa —murmuró. Tuve que mirarle sin comprender, pues bajó con rapidez, agarró el cable y acercó mi barco a la borda. Se bajó y echó mano a una pesada bolsa de lona depositada en la proa. Se la echó al hombro, subió otra vez y pasó por mi lado, musitando—: Los juguetitos de Ibang.

No estaba seguro de lo que se proponía hacer con la bolsa con los explosivos de Iván. Por mi parte consideraba que lo mejor sería reservar los fuegos artificiales para la limpieza final, una vez que nos hubiéramos hecho con los niños. Como sabía bien, las bombas suelen ser ruidosas y poco precisas, razón por la que no me gustan mucho. Tampoco me inspiraban confianza, pues podían explotar sin razón aparente en el momento menos pensado, y me parecía temerario cargar con ellas en una situación en la que muy bien podían producirse disparos.

Pero Brian había tomado su decisión y, por lo demás, había desaparecido en dirección a la cubierta del yate. Así que me encogí de hombros y fui tras él, mientras Debs me seguía hasta la puerta que daba a la sala principal, donde Brian ya estaba aguardándonos con impaciencia. Abrió la puerta hacia el exterior y entró por el umbral con cuidado; le seguí un segundo después.

La sala tan solo estaba iluminada por un par de lámparas muy tenues, pero incluso así, tuve la muy extraña sensación de haberme colado por un agujero espaciotemporal, y no por una puerta y de haber ido a parar a una suite en un hotel de lujo. La sala parecía ser demasiado grande para una embarcación y resultaba increíblemente opulenta. Por dos de sus lados corrían unos elongados ventanales de cristal ahumado oscuro, y las paredes estaban recubiertas por enormes espejos bañados en oro. Como Brian nos había dicho, había una pequeña cocina en un rincón situado en la otra punta de la escalera que conducía a los camarotes adyacentes a la sala. Esta a la vez contaba con un comedor formal, con candelabros bajos y una mesa y unas sillas pesadas y chapadas en oro, así como un número absurdo de mullidos sofás y sillones en cuero y una descomunal pantalla de plasma.

La decoración era demasiado recargada y lujosa como para que la pudiera apreciar a primera vista, y me di la vuelta con lentitud para observarla bien, pero Brian reparó en mi cara boquiabierta y me agarró por el brazo, meneando la cabeza con decepción. Fuimos sigilosamente hacia la escalera, liderados por Brian, mientras Debs me daba codazos para ir en segundo lugar.

Brian se detuvo al llegar a lo alto de la escalera y escudriñó el interior. Con una seña nos indicó que aguardásemos y, cuidadosamente, dejó en el suelo la bolsa de lona con los juguetitos. Empuñó la pistola y empezó a bajar en silencio. Tan solo había cinco o seis peldaños, y veía con claridad la cabeza y los hombros de mi hermano mientras avanzaba unos centímetros, se detenía y volvía a avanzar un poco más. Levantó la mirada, hizo una seña y, antes de que pudiera moverme, Deborah me adelantó y bajó por la escalera con la escopeta en alto.

Cuando me uní a los dos en el corredor situado al pie de la escalera, Debs y Brian estaban sosteniendo un animado debate por medio de la mímica. Debs insistía en señalar la puerta enclavada a la derecha, mientras Brian gesticulaba recomendando no precipitarse y, eso me pareció, ir con mucho cuidado. Debs hizo una mueca, frunció el ceño con expresión de determinación, bajó la cabeza y se acercó a la puerta de la derecha con intención de abrirla. Me interpuse con rapidez y la agarré del brazo, momento en que me miró con un resentimiento feroz. Me contenté con levantar un dedo y señalarme el oído repetidamente. Me miró con gélida hostilidad, hasta que di un paso al frente y llevé el oído a la puerta.

Mientras trataba de detectar alguna clase de sonido revelador, Debs llevó su propio oído a la puerta situada al lado. Como a una señal, ambos nos vimos recompensados por el ruido de un ronquido atronador procedente del camarote, seguido por otro ronquido, más suave y agudo.

Debs apartó la cabeza, y me enderecé también, a tiempo para verle cruzar el pasillo y acercar el oído a la puerta de enfrente. Apenas estuvo un segundo a la escucha, y de pronto se irguió con tanta brusquedad que temí que alguien le hubiera clavado un estilete a través de la cerradura. Pero, de forma todavía más inquietante, en su rostro había una ancha sonrisa. Señaló con agitación y formó la palabra *¡Nicholas!* con la boca. Y, a continuación, sin esperar a explicarme por qué creía que su hijo estaba en ese camarote, me puso la escopeta en las manos, agarró el pomo y abrió la puerta de golpe.

Brian me miró con el pánico en el rostro y dio un salto en su dirección para detenerla, pero era demasiado tarde. Debs ya estaba en el interior, avanzando con rapidez sobre una gruesa alfombra afelpada. Mi hermano dio un paso atrás, mirando frenéticamente a uno y otro lado del corredor. Seguí a Debs al interior.

Allí estaban los niños, al completo. Cody y Astor se encontraban en la cama más cercana, dormidos como unos troncos y abrazados el uno al otro. Lily Anne y Nicholas, los dos bebés, estaban en la otra cama. Nicholas estaba dando pataditas en el aire y gorjeando, sonido que había indicado a su madre que efectivamente se hallaba en el camarote.

Y tumbada junto a los dos bebés, asimismo dormida, se encontraba una mujer joven. Tenía el pelo oscuro y vestía un camisón de franela color rosado, que encontré un tanto sorprendente para una niñera al servicio de un capo del narcotráfico. Pero era demasiado esperar que fuera a seguir dormida mucho rato. Tan solo se me ocurría una forma de mantenerla en silencio mientras nos hacíamos con los niños y emprendíamos la fuga de vuelta a casa. En consecuencia, mientras Deborah cogía a Nicholas con cuidado, saqué el cuchillo de filetear de su funda y di un paso al frente… pero una mano de hierro se cerró sobre mi hombro.

—¡No! —murmuró Debs con ferocidad—. ¡Así no!

Le miré con exasperación. Ese era el peor momento posible para dejarse llevar por la siempre tan engorrosa empatía. Bastaría con que la mujer dormida abriera el ojo una fracción de segundo para que todos estuviésemos muertos sin remisión. Pero no, no podía acallarla de forma permanente.

—Pues ¿cómo? —pregunté en un susurro.

Se contentó con menear la cabeza y, con el mentón, señaló a Cody y a Astor.

—Despiértalos —musitó.

Rodeé a mi hermana y me acerqué a la cama en la que yacían dormidos. Apoyé la escopeta en la pared junto a la cama y llevé mi mano al hombro de Astor, que moví con suavidad. Gruñó, frunció el ceño y terminó por abrir los ojos. Parpadeó repetidamente al verme y se sentó de golpe en la cama.

—¡Dexter! —exclamó jubilosa.

Le hice un gesto frenético para que se callara; se mordió el labio y asintió con la cabeza. Moví a Cody, un par de veces tan solo, y este asimismo se sentó en el lecho y me miró, despierto por completo.

—Sabía que vendrías —dijo, lo bastante animado como para que sus palabras fueran perfectamente audibles y todo.

—Rápido —insté, sin levantar la voz pero en tono urgente—. ¡Y sin hacer ruido! Subid por la escalera y salid… mi barco está amarrado a la parte trasera. ¡Ahora mismo!

Y Astor se levantó de un salto, cogió a Cody de la mano, y los dos se fueron corriendo.

Con expresión impaciente, Deborah estaba plantada en el centro del camarote, con la pistola en una mano y Nicholas en la otra. Fui hacia la otra cama, donde Lily Anne continuaba durmiendo. Estaba tumbada en silencio junto a la también dormida niñera, chupando con fuerza un chupete. Me agaché, conteniendo los nervios y haciendo el menor ruido posible, y situé una mano bajo la cabeza del bebé y otra bajo su trasero. La levanté con cautela, lentamente, y ya la tenía a media altura cuando de repente escupió el chupete. Contuve el aliento, pero Lily Anne volvió a sumirse en el sueño. Miré la cama, con intención de recuperar el chupete, y de inmediato vi que no iba a poder hacerlo.

El chupete había caído sobre la niñera.

Y la niñera acababa de despertarse y estaba mirándome fijamente con los ojos oscuros muy abiertos.

Sus ojos se abrieron más aún, y asimismo abrió la boca al máximo. Con rapidez, situé a Lily Anne sobre mi brazo izquierdo y cerré la mano derecha con fuerza en torno a la garganta de la niñera.

—Silencio —murmuré, en el tono más ominoso posible—. No haga el menor ruido.

Cerró la boca de golpe y asintió vigorosamente. Di un paso atrás, sin apartar la vista de la joven y puse a Lily Anne en manos de Deborah.

—Llévalos al barco.

Deborah encajó a Lily Anne bajo su otro brazo, pero no terminé de dar media vuelta. Vi que estaba a punto de enzarzarse en una discusión sobre la necesidad de ir corriendo al barco. Antes de que pudiéramos decir palabra, Brian asomó la cabeza por la puerta.

—¿Por qué estáis tardando tanto? —murmuró con irritación—. ¡Joder, qué es esto…! —soltó a continuación, al reparar en la niñera que estaba mirándonos con los ojos muy abiertos—. Va a ponerse a chillar en cualquier momento —dijo, y dio un paso en su dirección mientras desenvainaba el cuchillo.

Pero se equivocaba. La niñera no chilló. Tampoco habló. Miró a mi hermano que llegaba empuñando el cuchillo y, con tranquilidad, metió la mano bajo la almohada, sacó un revólver y le disparó a quemarropa.

No supe decir dónde, pero tuve claro que Brian había resultado herido. Con todo, dio un salto hacia delante, con increíble rapidez. Antes de que la joven pudiera disparar otra vez, la mano izquierda de Brian apretó su revólver contra la cama, al tiempo que la izquierda le clavaba el cuchillo en la garganta. La mujer se debatió y pataleó brevemente; no llegué a ver qué fue lo que hizo Brian, pero los hombros se le tensaron por el esfuerzo, y los pataleos cesaron con brusquedad. Brian se levantó, con mucha mayor lentitud que a la hora de abalanzarse sobre ella, y la sangre empapaba sus manos, al igual que la pechera de su camisa y sus pantalones. Las heridas en la garganta pueden provocar que la sangre salga a chorro de una manera horrorosa, y la mayor parte de aquellas manchas tenían que proceder de la niñera. La mayor parte, pero no todas.

Mientras terminaba de enderezarse, Brian se tambaleó ligeramente y se llevó la mano al abdomen, un poco por encima y a la derecha del ombligo.

La mente a veces funciona de modo curioso, ¿verdad? Tenía que ser el caso, pues a pesar de haberme quedado anonadado por el increíblemente resonante ruido del disparo en el pequeño camarote, por la razón que fuera, mi cabeza comenzó a dar vueltas. Y durante un segundo me figuré que Raúl iba a necesitar una nueva niñera, y hasta llegué a ver lo que pondría en el anuncio consabido: *Se requiere niñera. Bilingüe inglés / español, y con experiencia en el manejo de armas cortas.* Pero Brian volvió a bambolearse, y aparté aquella idea de mi mente.

—Brian —dije.

Fue todo cuanto conseguí decir. Desde fuera del camarote llegó un grito, y otro más después. Un tiro a corta distancia es un despertador muy efectivo, y el disparo de la niñera había sido más que suficiente para alertar a los demás vigilantes.

—¡Debs, rápido! —urgí.

—Esta vez no discutió, sino que se dio media vuelta, con un bebé bajo cada brazo, y salió corriendo hacia mi barco.

—Brian —le hablé, acercándome—. ¿Estás bien?

La pregunta era una estupidez por mi parte, pues sabía que estaba herido, lo que no tiene nada de «bien», por mucho que uno se esfuerce en verlo de otra forma.

Brian se limitó a mirarme con expresión de dolor.

—Me temo que hemos perdido el factor sorpresa —constató.

Sonrió con debilidad, y angustiado como estaba ni me fijé en lo horriblemente postizo de su sonrisa.

—¿Puedes caminar? —pregunté.

—No veo que tengamos muchas otras alternativas. —Dejó caer el cuchillo y sacó la pistola—. Creo que eso nos va a hacer falta —agregó, señalando la escopeta de Deborah con el mentón.

La agarré, inserté un cartucho en la recámara, y salimos del camarote a toda prisa.

Nada más llegar al corredor, me alegré de contar con la escopeta, pues la puerta de enfrente, de la que nos habían llegado los ronquidos, estaba abriéndose poco a poco, con suma precaución. Sin molestarme en apuntar, dirigí el cañón de la escopeta hacia la puerta y disparé.

El ruido fue ensordecedor, en mucha mayor medida que el producido por el disparo de la niñera. Pero el resultado fue satisfactorio a más no poder. En la puerta se había formado un boquete del tamaño de una pelota de baloncesto; entreabierta como estaba, de pronto se cerró de golpe. Me di media vuelta y subí corriendo por la escalera.

Brian estaba en lo alto, arrodillado y revolviendo en el interior de la bolsa de lona con los juguetes de Ibang. Sus movimientos eran rígidos, y saltaba a la vista que era presa del dolor, pero por lo demás parecía estar divirtiéndose.

—Sabía que estos chismes nos vendrían bien —afirmó. Sacó un cuadrángulo de un color marrón-grisáceo, de forma y tamaño similares a los de un ladrillo, y lo levantó con entusiasmo—. Iván hizo un buen trabajo —comentó en plan de elogio. Señaló lo que parecía ser una calculadora pegada con cinta a un lado—. Sencillo de manejar, y la mar de efectivo. —Pulsó en la calculadora con un dedo—. Basta con ajustar el temporizador y…

Oí más ruidos que llegaban de abajo, unas voces cada vez más altas e insistentes en la necesidad de subir a darnos nuestro merecido.

—Brian.

Hizo caso omiso. Me acuclillé un poco por detrás de él, con la escopeta preparada.

—Uno, dos —dijo Brian. Y arrojó el ladrillo con fuerza hacia el pasillo de abajo. Me miró, seguramente para decir «¡Tres!» Y hasta es posible que lo dijera. Pero si lo hizo, no llegué a oírlo por efecto del enorme rugido de la explosión, una colosal, informe chillona masa de ruido, humo, llamas y escombros que levantó a Brian por los aires y lo depositó a mi lado con violencia. Me vi impelido hacia atrás, hasta adentrarme en un lugar oscuro y de tintes rojizos en el que no había luz ni otro sonido que no fuera un terriblemente doloroso zumbido estridente que no cesaba de ninguna de las maneras.

Y seguí allí tirado. Al principio no podía moverme, y después sencillamente no lo hice. No podía pensar en absoluto, ni albergar el más simple de los pensamientos, y parece que tienes que hacerlo si quieres moverte.

De forma que seguí allí tumbado en silencio. No sé durante cuánto tiempo. No pudo ser tanto como me pareció en ese instante. Al cabo de un rato me di cuenta de que tenía algo pesado encima. Y entonces pensé por primera vez y recapacité: *No tendría que estar encima.* Consideré la situación durante largo rato y agregué con lentitud, sílaba a sílaba: *Voy a quitármelo de encima.*

Tal hice. Empujé aquel peso que tenía sobre mi cuerpo. Me deslicé hacia un costado y me senté. La cabeza me dolió mucho al hacerlo. Durante unos segundos permanecí inmóvil, con la cabeza entre las manos. Seguía sin oír nada en absoluto, pero si abría un ojo, algo podía ver. Cuando la cabeza dejó de dolerme tanto, abrí los dos ojos.

Miré aquel peso del que me había librado. Se parecía mucho a lo que había sido Brian. Ya no era Brian. No se movía ni respiraba. Sencillamente yacía allí donde lo había empujado, contemplando el techo con los ojos tranquilos y muy abiertos. Su faz estaba congelada en una media sonrisa, aquella horrísona, inquietante, terrible falsa sonrisa, ahora fijada para siempre a aquel rostro que tanto se parecía al mío.

Me lo quedé mirando hasta que la palabra asomó a mi cabeza. *Muerto.* Brian estaba muerto. Mi hermano se había ido para siempre, y yo nunca iba a tener otro. *Muerto.*

Sentí un pequeño golpe de viento en la cara, y me giré hacia el lugar ocupado por la escalera unos minutos antes. Seguía sin oír otra cosa que aquel zumbido estridente, y tampoco podía ver la escalera. En su lugar sencillamente había un montón de humo. Unas cuantas pequeñas lenguas de fuego chisporroteaban por debajo, a bastante profundidad. Muy bonitas. Las contemplé unos segundos. Me palpitaba la cabeza, que daba la impresión de estar llena de un fango espeso y oscuro, y en ese momento era incapaz de pensar en algo, en lo que fuera, por lo que seguí contemplando las pequeñas llamas que se estremecían bajo la gran columna de humo.

Y entonces, algo se movió entre el humo y salió de él.

Al principio no fue más que una forma imprecisa en el pasillo de abajo, una sombra algo más oscura que la oscuridad que la envolvía. Poco a poco fue acercándose, adoptando gradualmente la forma de una persona. Poco a poco, con un cuidadoso paso de felino al tiempo, la forma emergió de entre el humo hasta que pude ver lo que era.

Era un hombre. De altura y complexión corrientes. Con el pelo negro y la tez suave y olivácea. No tenía sentido, pero tan solo llevaba puestos unos calzoncillos color verde oscuro. ¿A quién se le ocurría vestir así? Fruncí el entrecejo y meneé la cabeza para aclarármela un poco, pero no lo conseguí, y la imagen siguió siendo la misma. El hombre continuaba sin vestir otra cosa que aquellos calzoncillos verdes, y seguía acercándoseme. En torno al cuello llevaba unas gruesas cadenas de oro, con incrustaciones de piedras preciosas tan grandes como chillonas. Me miró y, al cabo de un segundo, sonrió. Lo que tampoco tenía sentido. Yo a ese tipo no le conocía. ¿Por qué me sonreía?

Pero, lentamente, mientras daba un nuevo paso tan suave como el de un tigre en mi dirección, en mi cerebro se formó otra palabra: *Raúl.*

Lo pensé. No resultaba fácil, pero lo intenté, y pensé en algo llamado *Raúl.* Esa palabra era un nombre. Un nombre que de algo me sonaba, si bien a ese hombre no le conocía. ¿Era *su* nombre?

Y él entonces levantó la mano. En la mano llevaba una pistola, y me acordé, y supe por qué estaba sonriendo. Y estaba en lo cierto, pues al apuntarme directamente con el arma, su sonrisa se ensanchó. Le miré, tratando de recordar qué se suponía que tenía que hacer yo. Sabía que algo tenía que hacer, pero la cabeza continuaba palpitándome, y no daba con ello. ¿Decir algo? ¿Quizá pedirle que no me disparase? ¿O la cosa implicaba un movimiento físico de alguna clase? Lo de pensar era tan complicado…

Antes de que el hombre apretara el gatillo, me acordé de otra cosa. *Las armas de fuego pueden ser dañinas. Más vale mantenerse alejado de ellas.* Y en el último segundo reaccioné: *¡Sal corriendo!*

No podía correr. Seguía sentado donde estaba. Pero sí que rodé hacia un lado, y de muy lejos me llegó un lejanísimo, ahogado ¡blam!

Algo me golpeó en el hombro con mucha fuerza, como si me hubieran dado con un bate metálico de béisbol. Noté que mi boca se abría por sí sola, pero no oí sonido alguno, si es que llegó a producirlo. Pero el dolor algo hizo. Consiguió que mi cerebro empezara a funcionar, un poco. Supe que tenía que moverme de nuevo, alejarme del hombre con la pistola, y empecé a reptar en dirección opuesta a la de la escalera.

Me resultó muy difícil. El hombro herido no me respondía. Ni tampoco el brazo que pendía de él. Me arrastré por la cubierta con ayuda del otro brazo, y mi cerebro empezó a funcionar mejor todavía, pues recordé que yo también disponía de armas. Si encontraba una, podría disparar a Raúl. Y él entonces no podría dispararme a mí.

Levanté la cabeza y miré. El gran estallido lo había desperdigado todo en torno a la escalera. Vi que a lo lejos, junto a la puerta que daba a la cubierta, se encontraba la pesada bolsa de lona que tantos problemas había causado, y que a su lado estaba lo que tenía que ser la escopeta. Si conseguía hacerme con ella, podría dispararle al otro.

Repté con mayor fuerza y rapidez. Pero no había llegado muy lejos cuando algo me agarró por el tobillo, tiró con fuerza y me obligó a tumbarme boca arriba.

El hombre de la pistola estaba en lo alto, apuntándome. Raúl. Mirándome como si yo no fuera más que una mancha en la moqueta. Su aspecto era sumamente peligroso, si tenemos en cuenta que tan solo llevaba puestos unos calzoncillos verdes y un montón de cadenas de oro. Y entonces volvió a sonreír. Se acuclilló a mi lado. Vi que su boca se movía, pero no oí nada. Ladeó la cabeza, a la espera de que yo dijera algo. No lo hice, por lo que frunció el ceño e hincó el cañón de su arma en la herida en mi hombro.

El dolor fue descomunal. Abrí la boca y oí un extraño ruido animal que llegaba de lejos y hacía juego con la forma de mi boca. Un ruido horrible, inhumano, pero que al otro le gustó. Volvió a hincar la pistola en mi hombro, con mucha más fuerza, y esa vez hurgó con el cañón en el interior, y noté que algo cedía por dentro haciendo una especie de snip, y de nuevo volví a emitir aquel ruido.

Pero Raúl parecía estar aburriéndose de mis ruidos. Se levantó y me miró desde las alturas con el desprecio más absoluto pintado en la cara. Enderezó la pistola y me miró como si su sola mirada pudiera desintegrarme. A continuación asintió con la cabeza y apuntó directamente al espacio situado entre mis ojos.

Y entonces *desapareció.*

Desde muy lejos me llegó un estruendo colosal, rugiente y retumbante que abofeteó el aire con un bump agudo y tembloroso al tiempo, de forma tan fuerte que incluso llegué a oírlo también, un poco. Resonó una sola vez y se llevó a Raúl por delante, y a continuación se detuvo. Me quedé inmóvil, por si volvía a producirse. Antes de que me atreviera a moverme, una nueva persona apareció y se arrodilló a mi lado, y de inmediato supe quién era.

Deborah.

Llevaba la escopeta encajada sobre el antebrazo; me miró y movió la boca con urgencia, pero yo seguía sin oír. Puso la mano bajo mi hombro y me ayudó a tomar asiento, sin dejar de mover la boca, contemplándome con profunda inquietud. Finalmente dije:

—Estoy bien, Debs.

Fue una sensación extraña, la de entender que acababa de decir algo, la de notar las vibraciones en mi garganta y mi cara, pero sin llegar a escuchar bien mi propia voz. De modo que añadí:

—No oigo nada. La explosión.

Debs me miró fijamente un momento más; finalmente asintió con la cabeza. Movió los labios de manera exagerada, y creo que dijo: «Vamos», pues se levantó y me ayudó a enderezarme.

Durante los siguientes segundos me encontré tan mal como en los inmediatamente posteriores al bombazo. Tenía violentos accesos de náusea y de visión borrosa y el martilleante dolor en la cabeza y en el hombro persistía. Pero la cosa esta vez no duró tanto. Debs me condujo a la puerta, y resultó que podía andar más o menos bien. Y por extraño que pareciera, aunque todo en mi interior parecía estar muy suelto y mis piernas daban la impresión de ser minúsculas y encontrarse muy distantes, mi cerebro empezó a funcionar otra vez. Vi la bolsa de lona junto a la puerta y me acordé de un último detalle de importancia.

—Las huellas —dije—. Hay que borrar todas las huellas.

Deborah negó con la cabeza y tiró de mi brazo, del brazo menos indicado, el pegado a mi hombro con la bala alojada en el interior. Solté una especie de aaaajj, un ruido estúpido y como espástico que fui incapaz de oír, y Debs dio un fuerte respingo.

El dolor en el hombro no duró demasiado. Sencillamente se transformó en una suerte de sufrimiento sordo y en segundo plano. Examiné la herida. Llevaba puesta una camisa negra, claro, por cuestión de mimetizarme en la noche, por lo que no se veía mucho más que un agujero sorprendentemente diminuto. Y, sin embargo, había un montón de tela empapada alrededor, o eso parecía. Me pasé la mano por la camisa, con cuidado, y miré. Mi mano estaba chorreando sangre.

Era de esperar, naturalmente. Las heridas de bala sangran. Y cuando Raúl hincó el cañón en la herida por segunda vez, era posible que hubiera sajado una vena o algo parecido. La sangre parecía ser muchísima, desde luego, y no me gusta mucho la sangre. Pero todo eso podía esperar un poco, y Debbie por lo demás estaba tirando de mi brazo otra vez. Me solté de su mano.

—Tenemos que hacerlo saltar por los aires —comenté.

Sentí las palabras en mi boca, sin llegar a oírlas.

Deborah sí que las oyó. Meneó la cabeza y trató de llevarme hacia la puerta, pero me solté y fui hacia la sala destrozada.

—Hay demasiadas huellas, Debs —expuse—. Huellas de los niños, de las armas, del cuerpo de Brian. Todo tiene relación contigo, Deborah. Y conmigo también. —Seguía negando con la cabeza, con aspecto de sentirse más asustada que furiosa, pero yo sabía que tenía razón—. Tengo que hacerlo estallar —insistí—. O los dos acabaremos en la cárcel. Y los niños se quedarán solos por completo.

Me daba cuenta de que estaba hablando a un volumen a todas luces demasiado alto, y las palabras me costaban demasiado y no terminaban de sonar bien, como si no estuviera conformándolas como tenía que ser.

Pero Debs me entendió con claridad, pues volvió a menear la cabeza y me arrastró hacia la puerta, moviendo los labios con rapidez y urgencia. No importaba. No podía oírla.

—Tengo que hacerlo explotar —repetí, con mi voz tan rara y vacía, por entero desconocida—. Tengo que hacerlo. —Me agaché y cogí la bolsa de lona. Durante un segundo, todo me dio vuelta en forma de unos círculos color rojo brillante. Pero finalmente me enderecé—. Vete. Con los niños. En un momento estoy con vosotros.

Deborah seguía moviendo los labios cuando me eché la bolsa al hombro y fui bamboleándome hacia la escalera. Un poco antes de llegar, me giré. Debs ya no estaba.

Me detuve un instante. La bomba que había matado a Brian también había producido mucho ruido, humo y fuego, pero sin llegar a ocasionar una vía de agua en el casco lo suficientemente considerable para hundir el yate. Tenía que situar esta otra bomba en un lugar mejor. En un lugar susceptible de borrar el superyate de la superficie. ¿Quizá cerca de los depósitos de combustible? Pero no sabía dónde se encontraban ni confiaba en poder seguir moviéndome hasta dar con ellos. La bolsa era mucho más pesada de lo que recordaba, y me sentía exhausto. Y tenía frío. De pronto tenía mucho frío. ¿Cómo se explicaba? Estábamos hablando de una cálida noche en Miami, y no me parecía que el aire acondicionado pudiera seguir en funcionamiento. Pero mi cuerpo entero de repente estaba helado, de pies a cabeza, y volví a sentir algo de aquellas náuseas tintadas de rojo. Cerré los ojos. Seguí sintiendo la náusea, por lo que abrí los ojos y contemplé la escalera que tenía delante. Podía dejar la bomba allí abajo. Seguramente sería suficiente. Y el final de la escalera sin duda estaba menos lejos de lo que me parecía en ese momento. Unos pasos más, y probablemente llegaría a ella.

Di un paso. Me resultó más difícil que unos segundos antes. De hecho, casi no pude darlo. Tenía tanto frío… Y necesitaba descansar, aunque fuera un instante. Busqué un lugar en el que sentarme. El estallido había volteado todos los sillones y sofás. Junto a la pared seguía indemne una banqueta espléndidamente mullida. Daba la impresión de estar muy lejos. Seguramente no iba a poder recorrer todo ese camino para sentarme nada más, ¿verdad? No, claro que no. Pero quería sentarme como fuera, y ahí abajo, junto a mis pies se encontraba el suelo. Que seguía siendo liso. Podía sentarme en él.

Lo hice. Me senté, cerré los ojos y traté de reunir fuerzas para levantarme y terminar de una vez. *No es tan difícil, Dexter. Levántate, deja la bomba preparada allí donde vaya a hacer su trabajo y vuelve al barco. Fácil.*

Pero no lo era. Nada era fácil a esas alturas. Ahora que lo pensaba, las cosas no lo habían sido en los últimos tiempos. No para Dexter el Diletante, el Ninja Necio que siempre se las arregla para que maten a quienes están cerca de él: Rita, Jackie, y ahora Brian, y seguramente Debs y los niños en cuestión de un minuto o dos. Y cuando casi todas las cosas han salido bastante bien, se las arregla para recibir un bombazo y un disparo. Y ahora no tiene que hacer nada en absoluto, excepto situar una pequeña bombita de nada en el lugar adecuado, ajustar el temporizador e irse a casa… y ni siquiera es capaz de hacerlo. Me parecía tan increíblemente difícil levantarme y hacer algo. Ya ni podía hacer las cosas más sencillas, me había sido imposible desde que dejé que mataran a Jackie. Y a Rita también. Muertas en razón de mi estupidez y mi torpeza propias de un pobre mentecato sin remedio. Muertas, al igual que mi propia vida tan sencilla y bonita… muertas, lo mismo que Brian. Muertas a causa de mis autoengaños propios de un cabeza de chorlito, de mis vanas ilusiones de que era listo y capaz de hacer cosas. Muertas porque ya no era capaz de hacer nada. No podía ni pensar. Y ahora ni siquiera podía dar los tres o cuatro pasos adicionales necesarios para preparar la bomba y marcharme a casa. Y, quizá, encontrar a alguien que restañara la hemorragia de mi herida de bala. Porque la herida estaba sangrando que daba gusto. A esas alturas estaba empapado por entero, por toda la parte frontal de mi cuerpo, y la cosa no me gustaba un pelo.

Ya está bien, Dexter. Levántate y a por ello. Y si no eres capaz de levantarte, arrástrate por el suelo y hazlo. Ajusta el temporizador, tira la bomba escaleras abajo, arrástrate de vuelta hasta el barco. Uno, dos, tres. Tan fácil que hasta un merluzo como yo podría hacerlo. ¿Preparado de una vez?

Uno: metí la mano en la bolsa de lona. Seguía estando abierta desde que Brian la usara en su momento, por lo que no necesitaba abrir la cremallera, cosa que me iba muy bien, pues no me creía capaz de hacerlo. Palpé en el interior, y mis dedos se cerraron en torno a algo que me pareció más o menos adecuado. Saqué una cosa de buen tamaño, cuadrada y brillante. Tenía el mismo tipo de temporizador que la bomba de Brian, pero ese ladrillo era mucho mayor. Más que suficiente para cumplir su función. Pero el temporizador parecía tener vida propia y palpitaba por su cuenta, desenfocándose, al tiempo que los números rojos insistían en confundirse con la rojiza vorágine que estaba empezando a envolverme otra vez. No era bueno. Fruncí el ceño y lo miré fijamente, para que el artilugio entendiera que iba en serio. Los números se tornaron más o menos nítidos. Marqué cero cero cinco. Cinco minutos. Tiempo más que sobrado.

Dos: respiré hondo y me arrastré hacia delante apoyándome en el brazo bueno, con la bomba en la mano. No hacía falta ser un especialista para encontrar el emplazamiento ideal, no para esa bomba de las gordas. No era necesario, y tampoco hubiera conseguido encontrarlo, pues por algo era Dexter el Desgraciao. Y, sin embargo, cuando aún me quedaban algunos metros por recorrer, noté que las fuerzas me fallaban. Mal, muy mal. Tenía que conservar algo de energía para escapar. Era fundamental salir de allí. Intenté levantarme. Muy difícil. ¡Pesaba lo mío! Tendría que ponerme a régimen a la que todo esto terminara. Pero seguía cargando con la bolsa de lona. ¡Otro error de los tontos! La solté y, con dificultad, conseguí ponerme en pie. Descansé un minuto. Un minuto de descanso nada más... y entonces me acordé de la bomba. Ahora tan solo me quedaban cuatro minutos. *Sigo teniendo que escapar de aquí.*

Me eché hacia delante y arrojé la bomba. Con muy escasa fuerza. Claro. Pero rebotó en el escalón superior y, a continuación, felizmente para todos, se ladeó y rodó escalera abajo. Al llegar al final se estrelló contra algo que hizo *bong*. Lo que no me dio buena espina. Trastabillé un nuevo paso adelante y escudriñé el interior.

El incendio ahora era algo más vivo, lo que a su vez implicaba que el humo no era tan espeso. Vi un gran agujero allí donde estuviera la cubierta enmoquetada. La primera bomba se había llevado la cubierta por delante, y abajo había algo metálico, algo que hacía bong cuando tirabas una gran bomba sobre ella. Parpadeé estúpidamente un momento, meciéndome ligeramente. Y entonces pensé: *¿Un depósito de combustible...?* Tenía que serlo. Los tanques de combustible hacen bong, y luego hacen ¡bum! Bingo. *Muy bien, Dexter. Muy bien.*

Seguía allí de pie, felicitándome a mí mismo, y entonces pensé: *¿Por qué tengo que estar celebrándolo de pie? Mejor me siento y lo celebro todo a mis anchas.*

Me senté. No de forma tan elegante como me hubiera gustado. Más bien de un modo demasiado rápido y torpón, la verdad sea dicha. Se diría que unos cuantos elementos de control no estaban bien conectados. Las piernas no me sostenían, veía y no veía, un brazo me colgaba inerte y el otro parecía ser de cartón... Pero me senté, sintiéndome complacido. No me había hecho daño. Y había dejado la bomba sobre el depósito de combustible. *Buen trabajo, Dexter. No está nada mal para un cenutrio incompetente como tú. Pero, ah, ¿y qué me dices del paso número tres, Rey de los Merluzos?*

Tres. Eso. El paso tres tenía que ver con ir a algún sitio, ¿no? Esperaba que a un sitio mejor iluminado que ese. Allí estaba cada vez más oscuro, de una forma horrorosa... ¡y hacía más frío aún! ¿Cómo se explicaba? ¿Por qué tenía que estar sentado en un lugar gélido y con todo ese repulsivo color rojizo alrededor? Ahora incluso lo sentía por debajo, una especie de helada blandura que no me gustaba lo más mínimo. ¿Por qué me llevaba a pensar en algo muy malo? ¿Cuándo había tenido tanto frío y me había sentido cubierto por una viscosidad rojiza en el pasado? Porque eso parecía...

Mamá estaba algo más allá. Veía su cara, que escondía un poco, al tiempo que miraba por encima de... aquellas cosas. Tan solo veía su cara inmóvil, impasible, inmutable. Y ni siquiera me respondió cuando la llamé en voz muy alta.

—Mamá —dije.

No pude oírlas, pero sentí las palabras en mis labios. ¿Cómo era que ahora estaba pensando en mamá? ¿Allí, en el maltrecho yate de un multimillonario que iba a saltar por los aires en un periquete? ¿Por qué pensaba en mamá, a quien de hecho nunca conocí, excepto de verla allí inmóvil, sin que ni siquiera me respondiera?

Ahora la vi. ¿Cómo es que ni me hizo un guiño? Ni el menor gesto de que me había oído, de que todo esto era una broma, de que pronto nos levantaríamos, saldríamos de aquí y nos iríamos a casa para estar con Biney. Pero mamá no hizo nada de todo eso, como si ni tan solo estuviera presente, y sin mamá yo me encontraba solo, sentado en este profundo charco de una desagradable, asquerosa, horrísona sustancia pegajosa de color rojo, y eso que no quería estar aquí sentado, para nada, sentado en esta moqueta, no otra vez, nada de eso, no quería seguir sentado y a la espera en esa oscuridad repelente y pegajosa, hasta que la puerta finalmente se abriera y Harry llegara, me sacara en brazos y todo esto volviera a empezar de nuevo, en un ciclo interminable para el descerebrado, desnortado, desventurado, el Muy Merluzo, Memo y Mentecato de Dexter... sangre, sangre, SANGRE.

Otra vez no.

Abrí los ojos. Seguía sentado en la moqueta mojada y hecha trizas. Y no quería estarlo, no quería continuar allí sentado en este profundo charco de rojizas viscosidades, mientras el temporizador avanzaba silenciosamente no lejos de donde me hallaba...

Levántate. Levántate. Tenía que levantarme, escapar a todo eso... y esa vez no iba a esperar a que Harry se presentara. Me levantaría y saldría por mi propio pie. Lo haría todo de forma distinta, mejor, *a mi manera*, para que las cosas esa vez no se convirtieran en una mierda absoluta. Esta vez todo sería diferente, mejor, más inteligente, si conseguía levantarme y salir de esa estancia pequeña y fría e irme a casa, allí donde las cosas eran mejores, más bonitas, más cálidas, más luminosas...

Me las arreglé para levantarme. Me tambaleé un poco, pero de pronto todo me resultó muy claro, por la razón que fuese, y lo que pensé fue: *¿Cuánto tiempo me queda? ¿Cuánto falta para el Big Bang?* No podía faltar mucho. Tenía que apresurarme.

Pero la rapidez no estaba en el menú del día, no en el del Local de Dexter para los Lerdos y los Ilusos. Lo intenté, pero no parecía que pudiese hacer más que permanecer erguido y avanzar torpe y lentamente.

Voy bamboleándome hacia el lado de la sala y sigo hacia la puerta a trompicones, buscando apoyo en las paredes, las ventanas y el mobiliario, mientras en la mente oigo un suave, insistente, terrible tictac de temporizador, y mi mano finalmente da con el pomo de la puerta, el pomo horriblemente duro y difícil de hacer girar. De alguna manera, con lentitud exasperante, con los dedos tan imposiblemente rígidos como unos lápices de colegial, lo hago girar y siento la gélida brisa nocturna en el rostro, como el bofetón de un viento frío y sañudo, tan fuerte que casi voy para atrás y tengo que volver a sostenerme con los brazos en las paredes, y me las compongo para salir de allí, doblo por una esquina y llego al pasamanos, al que me asomo corriendo, pero al instante comprendo que he seguido el camino erróneo, girando por el lado en lugar de ir en línea recta hacia mi barco, pero ahora no tengo nada en que apoyarme para seguir, de forma que miro el mar, miro hacia atrás, miro en busca de mi barco y de Deborah, pero no la veo.

Y trato de girarme para mirar atrás, pero no puedo, y lo que sucede es que la cabeza me da vueltas, y de pronto me encuentro mirando a lo alto, a la infinita noche negra que hay arriba, a su oscuridad eterna hasta decir basta...

... pero no. No es la oscuridad, no lo es en absoluto. Allí la tengo, justo encima, flotando sobre mi cuerpo con su frío destello tan acogedor. Aquí la tengo. La última amiga de Dexter, su último familiar, el último rostro conocido y amable. La Vieja Señora Luna, llegada para contemplarlo todo y musitar unas canciones quedas y del color de la plata, la música de la Oscura Alegría, la banda sonora de la Vida de Dexter, la magnífica sinfonía de sombras que me acompaña durante cada noche de necesidad, la que ahora me ilumina con sus rayos suaves e inmediatos, como siempre ha hecho antes, cantando con dulzura unas naderías en homenaje al cuchillo enorme, imperioso e inminente...

... pero ahora es distinta, esta noche es diferente. Oigo unas notas distintas y un estribillo nunca antes escuchado, cada vez más brioso en la luz tenue y brillante de su sonrisa lejana y conocedora. Y no tan lejana ahora, esta noche no. Más próxima que nunca, de hecho. Mucho más cercana, y ahora empieza a entonar otro estribillo que también es nuevo y que no te incita a hacer de las tuyas, sino que te da la bienvenida, llamándote con unas armonías tan dulces como límpidas: *Ven a casa, querido Dexter, ven a casa...*

La hermosa canción de plata se ve rota por un ruido horrísono, una queja mecánica que lleva a pensar en el mugido de una vaca y se impone a la cadencia y el embrujo de tan bienvenida melodía, ahogándola de forma tan estruendosa que incluso yo puedo oírla y, a pesar de que mi cabeza parece encontrarse en un centro de acogida para refugiados, entiendo lo que es: la sirena de un barco. La sirena de mi barco. Y en un instante de maravillosa comprensión me doy cuenta de lo que eso significa: Deborah está llamándome, arrancándome de la tan espléndida y hospitalaria oscuridad plateada, con intención de sacarme de aquí y llevarme a un hogar muy distinto...

Pero no. No voy a volver al hogar, ahora no. No, si no me muevo. La bomba, el barco... no puedo perder el tiempo y escuchar la canción errónea, y trato de enderezarme y mantenerme en pie, pero no lo logro, y vuelvo a oír la sirena, así como el terrible tictac, tictac, a mayor volumen que antes, y comprendo que la bola de fuego va a producirse en cualquier segundo para levantarme por los aires, para que deje atrás todo y me hunda en la nada oscurísima y perpetua, y no estoy dispuesto a que eso suceda. Por mucho que la luna siga cantando tan fascinantes nanas maternales. Todavía no, nada de eso. Dexter no. Y no. Y de una forma lentísima que va más allá del esfuerzo y del dolor y de casi todo cuanto ha tenido lugar en el mundo, me levanto muy poco a poco. Y lentamente, sin dejar de agarrarme al pasamanos, paso un pie por encima y miro.

Veo que mi barco se mece suavemente por allí, a una distancia casi segura que parece encontrarse muy lejos. Miro abajo. El agua oscura está allí, con la superficie surcada por el viento y la burlona luz de la luna, y si consigo meterme allí, en el agua, puedo nadar hasta mi barco, y todo terminará bien, de modo que, lenta y cuidadosamente, y es que cada movimiento parece sugerir que tengo pesas de plomo en las extremidades, me las compongo para situar el otro pie al otro lado del pasamanos, y hago un gesto a Debs, quien tan lejos está por allí, y emito un ruido tan formidable como estúpido para indicarle que venga a recogerme, y sé que va a hacerlo, porque la familia siempre es lo primero, y estoy seguro de que ahora por fin lo ha comprendido, y de pronto estoy cayendo por la borda, y mientras me desplomo el agua da la impresión de encontrarse a una distancia imposiblemente lejana, y es tan oscura, tan profunda y tan oscura...

... y de repente aparece una imagen combada y ondulante de la luna, con su rostro feliz y salvaje a la vez, que se transforma en Mí corriendo hacia Mí, y choco contra Mí de forma violenta pero insonora, y en silencio me rompo en un millón de quebradas astillas carmesíes de la luz de la luna que poco a poco comban sus rayos cada vez más oscuros en torno a mí, mientras caigo por los titileos de luz-oscuridad-luz, hasta que los últimos fríos destellos plateados se desvanecen y dan la bienvenida a las sombras, y ahora tiene lugar una paz fresca y reconfortante, y vuelvo a hacer amago de levantarme, hacia la negrura que me lleva en torbellino en dirección al lado oscuro de la luna, y me caigo, una y otra vez, sí, pero el maravilloso estribillo de silencio llega a su momento álgido cuando me levanto y termino de hacerlo, y siento que otra vez, por fin he vuelto al hogar mientras me deslizo hacia abajo, por el hermoso silencio umbrío, en dirección a la fría y acogedora luna-Mamá Oscuridad por fin, y...

ECOSISTEMA
DIGITAL